Akram El-Bahay
Magische Bilder – Die verschollenen Meister

Weitere Titel des Autors:

Die Flammenwüste-Trilogie
Die Vorgeschichte: Flammenwüste – Das Geheimnis der goldenen Stadt
Band 1: Flammenwüste
Band 2: Flammenwüste – Der Gefährte des Drachen
Band 3: Flammenwüste – Der feuerlose Drache

Die Bibliotheks-Trilogie
Band 1: Die Bibliothek der flüsternden Schatten – Bücherstadt
Band 2: Die Bibliothek der flüsternden Schatten – Bücherkönig
Band 3: Die Bibliothek der flüsternden Schatten – Bücherkrieg

Die Ministry-of-Souls-Dilogie
Band 1: Ministry of Souls – Das Schattentor
Band 2: Ministry of Souls – Die Schattenarmee

Die Magische-Bilder-Dilogie
Band 1: Magische Bilder – Die verschollenen Meister
Band 2: Magische Bilder – Der Meister der siebten Familie

Über den Autor:

Akram El-Bahay hat seine Leidenschaft, das Schreiben, zum Beruf gemacht: Er arbeitet als Journalist und Autor. Für seinen Debütroman Flammenwüste wurde er mit dem Seraph Literaturpreis und dem silbernen RPC Award ausgezeichnet. Auch die Folgeromane waren jeweils für den Seraph nominiert.

Als Kind eines ägyptischen Vaters und einer deutschen Mutter ist er mit Einflüssen aus zwei Kulturkreisen aufgewachsen und lässt sich ebenso von der bunten Mythenwelt des Orients wie von westlichen Fantasytraditionen inspirieren. Zudem zieht sich die Magie der Sprache wie ein roter Faden durch alle seine Romane. Er ist Mitglied des Phantastik-Autoren-Netzwerkes PAN. Der Autor lebt mit seiner Familie in Nordrhein-Westfalen.

Akram El-Bahay

MAGISCHE BILDER

Die verschollenen Meister

Roman

Lübbe

Die Bastei Lübbe AG verfolgt eine nachhaltige Buchproduktion. Wir verwenden Papiere aus nachhaltiger Forstwirtschaft und verzichten darauf, Bücher einzeln in Folie zu verpacken. Wir stellen unsere Bücher in Deutschland und Europa (EU) her und arbeiten mit den Druckereien kontinuierlich an einer positiven Ökobilanz.

Originalausgabe

Dieses Werk wurde vermittelt durch die
Michael Meller Literary Agency GmbH, München.

Copyright © 2023 by Akram El-Bahay
Diese Ausgabe 2023 by Bastei Lübbe AG,
Schanzenstraße 6–20, 51063 Köln

Textredaktion: Katja Hildebrandt, Blankenfelde
Umschlaggestaltung: Massimo Peter-Bille
Einband-/Umschlagmotiv: © shutterstock: bogadeva1983 | Frame Art | Krakenimages.com | krusto | pixelparticle
Satz: GGP Media GmbH, Pößneck
Gesetzt aus der Adobe Caslon
Druck und Verarbeitung: GGP Media GmbH, Pößneck

Printed in Germany
ISBN 978-3-404-19228-1

1 3 5 4 2

Sie finden uns im Internet unter luebbe.de
Bitte beachten Sie auch: lesejury.de

Aus der Bibliothek der ungeschriebenen Bücher

Stimmen aus dem Nichts

»Das ist Magie, Artur.« Monsieur Rufus sah nicht einmal auf, als Art den kleinen Laden für Fotografie betrat, der versteckt in einer der Seitenstraßen nahe des Place de Clichy lag. *Wieso weiß Monsieur Rufus eigentlich immer, dass ich es bin?*, fragte sich Art. Der Engländer, der seine Kunden stets in einem eleganten Dreiteiler bediente, konnte ihn doch nicht nur daran erkennen, wie er die alte, knarrende Tür öffnete. Monsieur Rufus sah selten auf, wenn jemand hineinkam. Fast immer war er vertieft in seine Arbeit oder blätterte durch den Katalog einer Galerie. Als könnte er nicht genug von Fotos bekommen, egal wie viele er schon gesehen hatte. Als wäre er immer auf der Suche nach einem besonderen Bild.

Art verstand das allerdings sehr gut, denn er teilte die Begeisterung seines Chefs für die Kunst der Fotografie. »Entschuldigen Sie die Verspätung. Meine Vorlesung hat länger gedauert«, murmelte er und warf seinen Rucksack hinter den Tresen.

»Vorlesung.« Monsieur Rufus hatte eine amüsierte Miene aufgesetzt, als er nun doch den Kopf hob. »Fotografieren lernt man nicht in der Universität, sondern da draußen.« Er deutete aus dem großen Schaufenster, über das sich spiegelverkehrt die Buchstaben zogen, die den Namen des Ladens bildeten. *Art de la photographie* war von außen zu lesen. Art freute sich jedes Mal, wenn er den Schriftzug las. Welcher Laden konnte besser zu ihm passen als dieser, der seinen Namen in sich trug? Es regnete, und die Menschen liefen so hastig durch Paris, als fürchteten sie, im nächsten Moment fortgespült zu werden. »Zumindest, wenn es trocken ist«, fügte Monsieur Rufus hinzu und strich sich über seinen kurzgeschnittenen Vollbart, der denselben kastanienbraunen Ton hatte wie seine noch vollen Haare.

»Eine neue Ausstellung?«, fragte Art und deutete auf den Katalog in den Händen seines Chefs. Monsieur Rufus galt, das hatte Art schnell festgestellt, in der Kunstszene als absoluter Kenner für die Geschichte der Fotografie. Manchmal wunderte es Art, dass sein Chef nicht an der Universität lehrte, die er besuchte. Monsieur Rufus entwickelte nicht nur die Fotografien seiner Kunden, sondern unterstützte sie auch dabei, seltene Bilder zu finden. Es gab einen Markt für besondere Fotos in der Kunstszene. Und Arts Chef stand in dem Ruf, hervorragende Kontakte zu besitzen.

»Ja, aber eine schreckliche. Mit dem Wunder der Fotografie darf man so nicht umgehen. Sie haben das erste Foto der Welt verfremdet und zeigen es in zahllosen Variationen. Sie wollen so seine Seele herausstellen. Ich habe selbst eine Kopie dieses besonderen Bildes und weiß, dass es niemandem seine Seele offenbart, wenn man es in Neongelb einfärbt. So ein Unsinn, oder Artur? Nur in seiner unverfälschten Form ist es Magie.«

Wie immer, wenn jemand seinen vollen Namen nannte, zuckte Art kurz zusammen. »Sie meinen Joseph Nicéphore Niépces Ansicht von Le Gras?« Er beugte sich vor, um einen Blick auf den Katalog zu werfen. »Das erste Bild in der Geschichte der Menschheit. Aufgenommen vom Erfinder der Fotografie.«

»Ja«, murmelte Monsieur Rufus ein wenig gedankenverloren. »Nicéphore. Es war ein Wunder, als die Menschen damals lernten zu fotografieren. Eine äußerst seltsame Zeit. Beinahe magisch.«

»Sie klingen, als seien Sie dabei gewesen«, versuchte sich Art an einem Scherz.

Monsieur Rufus blickte zu Art auf und sah ihn mit einem seltsamen Ausdruck im Gesicht an. »So ein Unsinn«, erwiderte er nach einer kurzen Pause und lachte ein wenig zu laut. Dann widmete er sich wieder dem Katalog und deutete auf eine unverfremdete Abbildung des ersten Fotos der Geschichte. Wie immer, wenn er in Gedanken war, spielte Monsieur Rufus mit seinem Ring. Er war das einzig Auffällige, das er trug. Das silbergraue Schmuckstück hatte die Form eines Fuchses, der sich um den vierten Finger seiner rechten Hand wand. »Du weißt doch, was ich sage. Fotografieren …«

»… ist Magie«, beendete Art den Satz. Monsieur Rufus sagte dies in der Tat mindestens einmal am Tag. »Eine Magie, die Menschen nun schon seit achtzehnhundertsechsundzwanzig beherrschen.«

Monsieur Rufus wirkte beeindruckt. »Es scheint, dass du an deiner Universität wenigstens etwas lernst.« Er klappte den Katalog zu und stellte ihn in ein Regal hinter dem Tresen. Dann erhob er sich und deutete auf einen Arbeitstisch in der Ecke des kleinen Ladens, der voller Fotomappen lag. »Die dort müssen in den kommenden Tagen alle entwickelt werden. Ein paar auf Film. Einige …«, er stockte, als würde ihm das nächste Wort wie eine Fischgräte im Hals stecken, »… auf USB-Sticks.«

»Kommen Sie, Chef. Nicéphore würde sich sicher freuen, dass die Menschen noch heute Fotos schießen.« Art hatte erneut einen Scherz machen wollen, doch Monsieur Rufus hob nur tadelnd eine Augenbraue.

»Chef? Du bist vielleicht erst ein paar Monate lang meine Aushilfe, aber du solltest wissen, dass ich es bevorzuge, mit meinem Namen angesprochen zu werden. Und der lautet nicht Chef. Was überdies Monsieur Nicéphore freuen würde und was nicht, das lassen wir mal lieber seine Sorge sein.« Er seufzte. »Ich fürchte, du musst dir nicht die Mühe machen, deine Jacke auszuziehen. Ich bin angerufen worden. Man erwartet mich im Bal. Für die Eröffnung ihrer nächsten Ausstellung wollen sie einen Vortrag von mir.« Er seufzte erneut. »Ich hoffe, ich kann das der Direktorin ausreden. Trotzdem muss ich den Laden heute etwas früher zumachen. Aber es wartet auch morgen noch mehr als genug Arbeit auf dich.«

»Wieso zumachen?« Art hatte sich seine Jacke bereits aufgeknöpft und sah seinen Chef fragend an. »Ich kann auch auf den Laden aufpassen. Ich meine«, fuhr er schnell fort, als er sah, dass Monsieur Rufus Anstalten machte, etwas zu erwidern, »ich weiß, wie die Kasse funktioniert. Und mit den Kunden komme ich auch klar. Bei dem Wetter wird sowieso kaum einer den Laden betreten.« Art wusste bereits, dass Monsieur Rufus Unzuverlässigkeit ebenso sehr hasste, wie einen Auftritt in der Öffentlichkeit. Manchmal hatte er das Gefühl, der Engländer wäre am liebsten unsichtbar. Noch schlimmer für ihn wäre es nur, ohne Not die eigenen Öffnungszeiten zu missachten. Art konnte Monsieur Rufus ansehen, wie dieser mit sich rang. »Es gibt nichts, worüber Sie sich sorgen müssten, Chef.«

Der Engländer hob noch einmal die Augenbraue, doch diesmal sparte er sich die Belehrung darüber, wie er genannt werden wollte. Er schien fast ein wenig erleichtert, dass er nicht vor Ladenschluss die Tür zu seinem Geschäft abschließen musste. »Na gut, dann sieh zu, dass du mit den Abzügen anfängst. Die auf Film stammen von Studenten wie dir. Sind bestimmt ein paar hübsche Arbeiten darunter. Die anderen haben Touristen vorbeigebracht. Ich wette, sie zeigen den Eiffelturm. Die Seine. Das Übliche eben.« Er zog sich einen Mantel über den gestreiften Anzug und griff nach seinem Regenschirm, der in einem Ständer neben der Tür steckte. »Fang mit den Aufnahmen der Touristen an.«

»Warum gerade mit denen?«, fragte Art, als Monsieur Rufus schon halb zur Tür heraus war. »Sind sie besonders eilig?«

»Nein«, erwiderte sein Chef und öffnete den Regenschirm. »Aber dann muss ich sie mir nicht ansehen.«

Das Prasseln des Regens war das einzige Geräusch im Laden. Art sah nur kurz aus dem Schaufenster in den ungemütlichen Abend, als er sich alles für die Arbeit zurechtlegte. Er war noch nie an einem Ort gewesen, an dem er sich wohler fühlte. Warum er gerade inmitten all der Fotos diese unerklärliche Ruhe fand, konnte er selbst nicht sagen. Nicht einmal zu Hause, in dem Vorort von Marseille, den er vor einem Jahr verlassen hatte, um in Paris Fotografie zu studieren, fühlte er sich so. Vielleicht lag es daran, dass Monsieur Rufus nicht einen Moment lang gezögert hatte, ihn einzustellen, als sich Art bei ihm beworben hatte. Nicht auf die schwarze Haut gesehen hatte, deren Anblick allen anderen, denen Art normalerweise begegnete, wenigstens eine Sekunde lang die Worte im Hals stecken bleiben ließ. Dieser kleine Moment, in dem sich die Menschen innerlich zu sagen schienen, dass sie sich dem Schwarzen gegenüber, dem sie ins Gesicht sahen, betont normal verhalten mussten. Dabei war Art nicht einmal völlig dunkel. Seine Grundschullehrerin hatte ihn als den Kakaojungen bezeichnet. Aber ganz gleich, wie freundlich sie das gesagt hatte, es hatte immer auch eines bedeutet: *Du bist anders.* Monsieur Rufus dagegen hatte nie darauf hingewiesen, dass Arts Haut eine andere Farbe als seine besaß. Nur darauf, dass er sich Mühe geben und bitte sehr pünktlich sein solle. Noch heute schien es Art in besonders verrückten Momenten, als wäre es ihm bestimmt gewesen, diesen Ort zu finden. Als wäre das Fotogeschäft der Grund dafür, dass Art in diese Stadt gekommen war.

Vielleicht vermittelten die vielen Fotos Art das unerklärliche Gefühl der Geborgenheit. Sie waren überall in dem altmodischen Laden zu finden, an den Wänden, zusammengerollt oder in Papiertaschen verstaut in den Regalen. Die Welt hatte tausendundein Gesicht. Und sie alle schienen in die Fotos gebannt, die Art hier umgaben. Der Laden mochte unscheinbar sein. Aber für ihn war er wie die Spitze eines gewaltigen Turms, von der aus er die ganze Welt betrachten konnte. Er …

Eine Stimme schnitt seinen Gedanken ab wie einen Faden. Verwirrt drehte sich Art um. Es war doch niemand hereingekommen oder hatte die Tür geöffnet. Draußen regnete es noch immer, als wollte der Himmel die Erde fortspülen. Und kein Mensch, der bei Verstand war, würde freiwillig auf die Straße gehen. Vielleicht hatte Art ein wenig geträumt? Manchmal gingen seine Gedanken wie von selbst auf die Reise, wenn er Fotos betrachtete. Als könnte er die Welt, die sie stumm und starr zeigten, fühlen. Er malte sich dann aus, wie es links und rechts der Ränder aussah. Schon als Kind hatte er das gemacht. Doch seit er hier im Laden arbeitete, musste er sich manchmal zusammenreißen, um nicht am helllichten Tag zu träumen. Er …

Wieder die Stimme. Diesmal war sich Art sicher. Sie kam von irgendwo hinter ihm. Es gab hier neben dem Raum für die Entwicklung der Bilder ein noch kleineres Zimmer. Monsieur Rufus verschwand gelegentlich darin, wenn er die Buchhaltung machen musste. Er hatte Art den Zutritt nie richtig verboten, aber es war klar, dass er da nichts zu suchen hatte. Doch genau von dort war die Stimme gekommen. Vorsichtig drückte Art die Tür auf und schaltete das Licht ein. Der Raum war so klein, dass kaum etwas in ihn hineinpasste. An der Wand hing die Ansicht von Le Gras in einem Rahmen. Sicher die Kopie, von der Monsieur Rufus gesprochen hatte. Außerdem gab es einige Regale voller Aktenordner und einen Tisch mit einem Stuhl, auf dem neben einem Stapel mit Papieren eine antiquierte Rechenmaschine stand. Unwillkürlich schüttelte Art den Kopf. Monsieur Rufus war aus Überzeugung altmodisch. Aber einen Computer hätte er sich doch wirklich einmal zulegen können. Das Ding dort war sicher fünfzig Jahre alt. Woher nur war die Stimme gekommen? Die einzige Möglichkeit, sich hier zu verbergen, bestand darin, unter den Tisch zu kriechen. Doch als Art nachsah, war dort niemand. Er wollte sich schon abwenden, als er die Stimme erneut hörte. Ganz deutlich.

Und diesmal mischten sich weitere hinein. Als wäre eine ganze Menge hier in dem winzigen Raum, in den nur wenige Leute zur selben Zeit hineinpassten. »Vive la Nation! Vive la République!«
Ein Radio. Art schlug sich gegen die Stirn, als er es zwischen den Ordnern in einem der Regale erkannte. Natürlich. Es war ein handgroßes, betagtes Modell. Kein Wunder, angesichts der Liebe seines Besitzers zu allem Vergangenen und aus der Mode Gekommenen. Doch als Art es in die Hand nahm, stellte er fest, dass es ausgeschaltet war. Erneut hörte er die Stimmen. Es schien, als würden sie hinter der gerahmten Kopie des ersten Fotos der Geschichte erklingen.

War da ein Lautsprecher, den er nicht sehen konnte? Arts Finger zitterten ein wenig, als er das Bild berührte. Nichts. Vorsichtig nahm er es von der Wand. Er wollte sich nicht ausmalen, was passieren würde, wenn er es beschädigte. Dass Monsieur Rufus penibel auf seinen Besitz achtete, hatte Art sehr schnell gelernt. Vielleicht musste man so sein, wenn man in der Vergangenheit lebte.

Hinter dem Bild entdeckte Art zu seiner Verwunderung einen Safe. Fast kam er sich wie ein Dieb vor, der nach einem wertvollen Schriftstück oder einem Edelstein suchte. Der Safe war so passgenau in die Wand eingelassen, als wäre er ein Teil von ihr. In dem grau-silbernen Metall waren weder Schlüsselloch noch Griff oder Zahlenrad zu erkennen. Es gab scheinbar keine Vorrichtung, um ihn zu öffnen. »Was verbergen Sie, Monsieur Rufus?« Arts Stimme klang heiser vor Aufregung. Spätestens jetzt hätte er das Bild wieder aufhängen und den Raum verlassen müssen. Das hier ging ihn nichts an. Doch die Stimmen erklangen aufs Neue, als wollten sie ihn zu sich rufen. »Sesam öffne dich«, murmelte Art, legte den Kopf schief, und strich mit den Fingern prüfend über das Metall. Erschrocken zog er sie sofort wieder zurück. Für einen Moment hatte er eine Stimme im Kopf gehört. Sie klang anders als die, die er zuvor vernommen hatte. Tiefer. Älter.

Geh weg, Art, dachte er. Doch er blieb und presste die Finger erneut gegen das Metall. Es war nicht kalt, sondern überraschend warm. Und wieder hörte er die Stimme in seinem Kopf.

Secretum meum vestra, Magus.

»Secret… was?« Art hatte keine Ahnung, in welcher Sprache er da gerade Worte gehört hatte. Latein?

Die Stimme erklang nicht noch einmal. Dafür aber drückte sich ein Griff aus dem Metall. Er wuchs wie eine Pflanze, und Art stand nur da und verstand nicht, was hier gerade passierte. Vorsichtig, als könnte er sich an dem Griff verbrennen, berührte er ihn. Nichts geschah. Mit ein wenig mehr Kraft drehte er ihn, bis er ein Klacken hörte.

Langsam schwang die Tür des Safes auf. Argwöhnisch lugte Art hinein und fand nur ein einzelnes Foto darin. Was sonst hätte ein Bildernarr auch schon in einen Safe stecken können?

So achtsam, als hielte er ein lebendes Geschöpf in Händen, hob Art es heraus. Er blickte auf ein Bild, das er in ähnlicher Form einmal gezeichnet gesehen hatte. In einem Schulbuch. Ein Platz, auf dem sich zahllose Schaulustige eng aneinanderdrängten. Menschen, die so altmodisch gekleidet waren, als wäre das Foto vor zweihundert Jahren aufgenommen worden. Und eine Guillotine auf einer hölzernen Empore in der Mitte der Aufnahme. Vier Männer befanden sich auf ihr. Allerdings trugen nur drei ihren Kopf zwischen den Schultern. Der Vierte lag bäuchlings unter dem Fallbeil. Sein blutiges Haupt hielt einer der anderen wie eine Trophäe der Menge entgegen.

Art wusste sofort, was er da sah. Sicher kannte jedes Schulkind in Frankreich das Bild. Die Hinrichtung von Louis XVI. Allerdings war dies hier kein Gemälde, sondern ein Foto. Von echten Leuten. Ein Film? Nein. Die Aufnahme sah so alt aus, dass Art fürchtet, sie könnte Schaden nehmen, wenn er sie zu lange festhielt. Er war nie ein sonderlich guter Schüler gewesen, doch selbst er wusste sofort, dass dieses Foto noch früher aufgenommen worden sein musste als Nicéphores berühmtes Panoramabild. Das Papier war brüchig und fleckig. Art roch daran, als könnte er den Duft der Jahrhunderte an ihm wahrnehmen. Ein so altes Foto konnte es nicht geben. Das war völlig unmöglich. Doch die Aufnahme fühlte sich nicht alt an. Er runzelte die Stirn. Fast schien es ihm, als hielte er biegsames Glas in der Hand.

»Vive la Nation! Vive la République!«

Beinahe hätte Art das seltsame Foto fallen gelassen. Für einen Moment glaubte er, dass er nur träumte – ja, dass er sich diesmal völlig in dem Bild, das er betrachtete, verloren hatte. Einen Augenblick lang hatte er das Gefühl gehabt, dort zu sein. Auf dem Platz. Er hatte nicht mehr den staubigen Duft des Papiers, sondern den von eisiger Luft in der Nase gehabt. Schweiß. Essen. Ein kalter Wintertag. Und er hatte die Menschen jubeln gehört. »Vive la Nation! Vive la République!« Der Ruf war von Mund zu Mund gesprungen. Zu viele Eindrücke in nur einer Sekunde. Art atmete schwer. Er ...

»Was bei allen Enklaven dieser Welt machst du da?«

Noch immer nach Luft schnappend wirbelte Art herum. Und blickte Monsieur Rufus in das vor Fassungslosigkeit erstarrte Gesicht. Regen tropfte aus seinem Bart und er trug noch seinen nassen Mantel.

»Ich ... ich ...« Es lag nicht nur an seiner Kurzatmigkeit, dass Art ihm nicht antworten konnte. Er verstand einfach nicht, was da gerade geschehen war. Da er nicht die richtigen Worte in seinem von Aufregung erfüllten Kopf fand, hielt er stumm das Foto in die Höhe, als würde es alle Fragen beantworten.

Monsieur Rufus starrte es an und sah aus, als würde ihn im nächsten Moment der Schlag treffen. Er hob eine Hand, und Art meinte, die Augen des Fuchsrings aufblitzen zu sehen. Dann ließ er sie wieder sinken und deutete nach draußen. »Raus. Sofort!« Er zog Art das Foto aus den Fingern und drängte sich in dem engen Raum an ihm vorbei. Hastig legte er das Foto zurück in den Safe und drückte die Tür zu. Der Griff versank in dem Metall, als hätte es ihn nie gegeben.

Is clausum secretum meum, Magus. Wieder eine Stimme, die kein Mund ausgesprochen hatte.

»Magus? Was heißt das?«, fragte Art. Er war rückwärts aus dem Raum gestolpert und stand in dem verlassenen Laden, den Rücken zur offenen Tür gewandt, die hinaus auf die Straße führte.

Doch Monsieur Rufus antwortete nicht. Er hantierte an dem Safe herum. Dann hob er eine Hand, und Art hatte das Gefühl, dass ihn unsichtbare Finger auf die Eingangstür zudrückten. Kaum war er hinausgestolpert, fiel sie ins Schloss. Schwer atmend stand Art im Regen. Dann riss er sich los. Er wusste nicht, wer oder was ihn lenkte, doch er lief, als müsste er vor dem flüchten, was er gerade gesehen hatte und nicht verstand. Niemand war mehr unterwegs, als er die Straße entlangrannte. Und während er versuchte, alles zu begreifen, war da noch immer der Duft eines kalten Wintertags vor über zweihundert Jahren in seiner Nase.

Nicéphore

Art wischte sich über das Gesicht, als könnte er die Erinnerung an das, was er gerade erlebt hatte, fortwischen wie den Regen. Die Stimmen. Der Safe. Das Foto. Vielleicht war er ein wenig übergeschnappt? Die vergangenen Wochen waren anstrengend gewesen. Er hatte einige Klausuren geschrieben. Und im Laden von Monsieur Rufus hatte es mehr als genug zu tun gegeben. So viel, dass er mehrere Nächte hindurch hatte lernen müssen. Doch bei dem Gedanken an seinen Chef kam ihm dessen verärgertes Gesicht wieder in den Sinn. Der seltsame Ring.

Er schüttelte den Kopf, was die ältere Dame, die neben ihm in der Metro saß, von ihm abrücken ließ. Art war es gewohnt, dass er ablehnend gemustert wurde. Er hatte einmal gelesen, dass es in Frankreich zwei Millionen Schwarze gab. Und dennoch taten viele der übrigen Franzosen so, als gehörten Menschen wie Art nicht hierher. In diesem Fall war er allerdings nicht sicher, ob die Frau seine Haut oder sein seltsames Verhalten abschreckend fand.

Von der Station Maubert-Mutualité im Cartier Latin, an der er ausstieg, waren es nur ein paar Minuten bis zu seinem Zimmer in einer der Seitenstraßen abseits der Cafés. Dennoch war Art endgültig nass bis auf die Haut, als er die Eingangstür in das Haus aufdrückte, in dem er wohnte. Die Fassade machte nicht viel her, aber innen war es immerhin sauber. Art war so in Gedanken verloren, dass er beinahe den Hausmeister umrannte, der ihm auf der engen Treppe entgegenkam. Mit einer gemurmelten Entschuldigung auf den Lippen schloss er seine Wohnungstür auf. Er warf seine Jacke in die Ecke des kleinen Flurs und ging mit schnellen

Schritten in den Raum, der gleichzeitig Schlafzimmer, Arbeitszimmer und Wohnzimmer war.

Die Hinrichtung von Louis XVI. Wann genau hatte sie stattgefunden? Vielleicht irrte er sich, und sie hatte sich nach achtzehnhundertsechsundzwanzig und damit nicht vor dem ersten Foto ereignet. Geschichte war nicht unbedingt sein Lieblingsfach gewesen, und irgendwie gehörte die Vergangenheit Frankreichs für ihn nur den anderen, die allzu oft auf ihn herabblickten. Es war nicht seine Vergangenheit. Wenn er sich irrte, war alles gut. Dann konnte es das Foto geben.

Und wenn er sich nicht irrte?

Er schaltete seinen Computer an und tippte seine Anfrage in die Suchmaske. Als er die Jahreszahl fand, schwand die Hoffnung, dass er sich die Existenz des Fotos würde erklären können. Über dreißig Jahre lagen zwischen beiden Ereignissen. Das Foto konnte es nicht geben.

Wieder wischte sich Art über das Gesicht. Er bemerkte erst jetzt, dass er sich in seinen nassen Sachen an den Computer gesetzt hatte. Schnell ging er ins Bad, trocknete sich ab und zog sich um. Dann saß er wieder vor dem Bildschirm. Gut, die Hinrichtung hatte also vorher stattgefunden. Welche andere Erklärung gab es für diese Aufnahme? Existierten Bilder, die älter als das vermeintlich erste der Welt waren, und die keiner kannte? Nein, sicher hatte niemand vor Nicéphore ein Foto gemacht. Und selbst wenn, läge es bestimmt nicht in einem sprechenden Safe im Hinterzimmer des Ladens von Monsieur Rufus. Und wenn doch? Die Vorstellung war verrückt. Aber diese ganze Sache war noch verrückter.

Art begann, im Internet zu suchen. Schnell fand er ein paar Seiten, die sich über die Geschichte der Fotografie ausließen, doch keine bescherte ihm den erhofften Hinweis. Zunehmend frustriert durchforstete er mehrere spezialisierte Foren. Er wollte schon abbrechen, als ihn sein nächster Klick auf eine Seite führte, die eher in den Bereich der Spinner und Verschwörungstheoretiker gehörte. Hier wurde vor allem die Ansicht vertreten, dass Menschen einen Teil ihrer Seele verlieren würden, wenn sie sich fotografieren ließen. Die Einträge waren ziemlich konfus, doch Art fand in einigen von ihnen die Behauptungen, dass Fotos schon viel länger gemacht würden, als allgemein bekannt war. Gut, auch diese Absätze lasen sich, als würden ihre Verfasser zu viel Zeit in dunklen Räumen alleine vor ihren Bildschirmen verbringen. Doch irgendwann traf Art auf eine kleine Liste von Fotos, die allesamt noch älter als das von Nicéphore sein sollten. Eines sollte ... die Hinrichtung von Louis XVI. zeigen.

Für einen Moment war Art so verwirrt, dass er den ganzen Eintrag erneut lesen musste. Und zur Sicherheit noch ein drittes Mal. Doch die Worte blieben dieselben, und Arts Herz schlug so schnell in seiner Brust, als wollte es aus ihr entkommen. Der Verfasser, der auf der Suche nach Hinweisen auf die seltsamen Fotos war, trug den Namen Nicéphore. Sehr passend. Um in Kontakt zu ihm zu treten, musste sich Art in dem Forum anmelden. Er war einen Moment unschlüssig. Wer konnte schon sagen, was für Irre sich da herumtrieben? Doch die Neugierde darauf, ob das Foto, das er gesehen hatte, wirklich echt war, überwog. Bei den Daten zur Anmeldung log er dennoch. Sicher war sicher. Als er das neueste Mitglied des Forums für freies Denken und freie Fotografen war, öffnete er das Profil von Nicéphore. Der Mann hatte sich nicht nur den Namen, sondern auch das Bild des echten Erfinders der Fotografie gegeben. Der grüne Punkt neben dem Konterfei zeigte den anderen Nutzern, dass derjenige, der das Bild der royalen Enthauptung scheinbar ebenfalls kannte, online war.

Hallo, schrieb Art und wartete. Es kam keine Antwort. Also gut, vermutlich musste er sich erst einmal vorstellen. Sicher waren die Mitglieder eines Forums von Verschwörungstheoretikern Fremden gegenüber nicht unbedingt aufgeschlossen. Andererseits hatte Art keine Zeit. Er wollte wissen, was er da vorhin zu Gesicht bekommen hatte. Er überlegte und tippte weiter.

Ich habe eine der Aufnahmen gesehen. Eine von denen, die älter als das erste Bild sind. Er wartete atemlos. Dann erschien eine Antwort.

Welche?

Offenbar verschwendete Monsieur Nicéphore ebenfalls keine Zeit damit, sich vorzustellen. Aber immerhin antwortete er.

Die Hinrichtung.

Es dauerte einen Moment, ehe Monsieur Nicéphore erneut schrieb. Nach diesem Foto wird von sehr vielen Leuten seit einer äußerst langen Zeit gesucht, Le blanc.

Le blanc. Art hatte sich den kleinen Scherz nicht verkneifen können, sich der Weiße zu nennen. Es war ein Zufall. Und was für einer.

Wieder dauerte es eine Zeit, ehe Monsieur Nicéphore die Unterhaltung fortführte. Ich würde es gerne einmal sehen.

Das glaube ich, dachte Art, schrieb aber: Was wissen Sie darüber? Die Fragen, warum es in einem Safe verborgen war, den es nicht geben konnte, und weshalb sein Chef mit einem ziemlich schrägen Ring herumlief, verkniff er sich an dieser Stelle. Von körperlosen Stimmen einmal ganz zu schweigen. Das Internet mochte voller Irrer sein. Doch bislang schien Monsieur Nicéphore nicht zu dieser Sorte zu gehören, auch wenn die meisten in diesem Forum sicher nicht ganz bei Trost waren. Besser, er hielt Art ebenfalls nicht für einen Verrückten.

Vieles. Aber derlei Dinge sollten in einem direkteren Rahmen diskutiert werden. Ich darf davon ausgehen, dass Sie sich in Frankreich aufhalten, Le blanc?

Nun war es Art, der zögerte. Er hatte eigentlich nicht daran gedacht, jemanden zu treffen, um mit ihm über das Foto zu sprechen. Oder über seinen Chef. Nicht, dass Monsieur Rufus am Ende noch in Schwierigkeiten geriet. Andererseits brauchte er Antworten. Ja, in Paris, schrieb er. Also ist das Foto echt?

Die Hinrichtung Louis XVI. gehört zu den ältesten Aufnahmen

der Geschichte. Aber die Entstehung dieses Fotos ist mit einigen heiklen Umständen verknüpft, die dafür gesorgt haben, dass es bis heute nie einer breiten Öffentlichkeit gezeigt wurde. Nur wenige Augen haben es je erblickt. Wo haben Sie es entdeckt? In dem Laden, in dem ich aushelfe. Art zögerte. *Schreib ihm nicht zu viel*, sagte er sich. Er soll dir etwas erzählen, nicht umgekehrt.

Wenn Sie, Le blanc, dabei helfen können, es der Menschheit zugänglich zu machen, wären Sie ohne Übertreibung ein Held der Kunst. Und dieses heldenhafte Engagement soll belohnt werden. Ich darf behaupten, dass ich ein durchaus wohlhabender Sammler bin. Es wäre mir eine Freude, Sie für Ihre Mühe zu entschädigen.

Einen Augenblick lang fühlte sich Art tatsächlich geschmeichelt. Es kam selten genug vor, dass andere ihm mit Wohlwollen oder gar Respekt begegneten. Noch ungewöhnlicher war es, wenn ihm dieser Respekt von einem Fremden entgegengebracht wurde. Doch dann dachte er an Monsieur Rufus, der sich ihm gegenüber, abgesehen von seinem heutigen Ausbruch, auch immer sehr freundlich verhalten hatte. Und war Art nicht selbst schuld an der Wut seines Chefs? Immerhin hatte Art den Safe geöffnet. Der Name des Ladenbesitzers hallte noch in seinem Kopf nach, als er die nächsten Zeilen schrieb. Vielleicht tauchte er deshalb in ihnen auf. Ich muss erst mit Monsieur Rufus sprechen. Dann melde ich mich wieder bei Ihnen.

Art starrte auf seinen letzten Eintrag. Verdammt. Er hätte den Namen nicht schreiben sollen. Selbst der größte Idiot unter den verrückten Verschwörungstheoretikern konnte aus dem Namen und dem Hinweis auf den Laden die Spur zu ihm aufnehmen. Er loggte sich so hastig aus, als könnte er die Spur auf diese Weise verwischen. Verdammt. Vielleicht würde demnächst irgendein Wahnsinniger bei Monsieur Rufus durch die Tür treten. Art seufzte und traf eine Entscheidung. Er würde zurück in den Laden gehen. Er musste sowieso noch einmal dorthin, um seinen

Rucksack zu holen, den er bei seinem überhasteten Aufbruch vergessen hatte. Und bei der Gelegenheit würde er mit Monsieur Rufus sprechen. Er wusste nun, dass die Aufnahme echt sein konnte. Und er fand, dass er ein Recht darauf hatte zu erfahren, wie das und alles andere, was er erlebt hatte, möglich war.

Wie seltsam es sich anfühlte, als Art eine halbe Stunde später vor der verschlossenen Tür von Monsieur Rufus' Laden stand. Seit dem unerklärlichen Vorfall mit dem Foto waren kaum drei Stunden vergangen. Und doch schien es ihm, als käme er nach einer Ewigkeit wieder an einen einst vertrauten Ort, der nun fremd und abweisend war. Der Regen hatte aufgehört, aber inzwischen war es so spät, dass auch ohne die Sintflut niemand mehr auf der Straße war. Das Licht hinter dem Schaufenster war gelöscht, und selbst der Stein der Mauern schien Art zuzurufen, dass er fortgehen sollte. Monsieur Rufus musste bereits weg sein.

Enttäuscht wollte sich Art schon abwenden, dann aber bemerkte er den blassen Lichtschein. Er sickerte unter der Tür zum Hinterraum hindurch. *Monsieur Rufus ist also doch noch da*, dachte Art mit klopfendem Herzen. Unter anderen Umständen wäre er wieder gegangen und hätte auf den nächsten Tag gewartet. Doch er musste jetzt sofort wissen, was vorhin geschehen war. Das Unbegreifliche begreifen. Und Monsieur Rufus erklären, dass er nicht herumgeschnüffelt hatte. Er wollte nicht, dass sein Chef ihn für einen kleinen Kriminellen hielt. Diesen Verdacht las er schon oft genug in den Augen der anderen, die glaubten, alleine die Herkunft eines Menschen würde seine ganze Geschichte erzählen. Er hatte sich an diesen Blick längst gewöhnt. Doch auf diese Weise von Monsieur Rufus angesehen zu werden, würde ihm wehtun.

Art griff in seine Hosentasche und zog den Schlüssel hervor, den sein Chef ihm nach einer Woche in seinen Diensten ausgehändigt hatte. Tief atmete Art durch. Es konnte sein, dass Monsieur Rufus noch wütender wurde, wenn Art einfach den abgeschlossenen Laden betrat. Aber für diesen Fall konnte er behaupten, dass er seinen Rucksack holen und sich entschuldigen wollte. Er schloss auf, trat in den dunklen Laden und drückte die Tür wieder zu. Er wollte gerade rufen, als er Worte hörte. Monsieur Rufus schien mit jemandem zu sprechen. Eine andere Stimme als seine war nicht zu hören, also musste er telefonieren. *Wunderbar*, dachte Art. Es würde sicher seltsam aussehen, wenn er hier im Dunkeln darauf wartete, bis sein Chef fertig war. Am Ende würde Monsieur Rufus noch glauben, Art hätte ihn belauscht. Gerade wollte er sich abwenden und hinausgehen, als er seinen Namen hörte. Undeutlich nur, doch er war ganz sicher, dass Monsieur Rufus von ihm sprach. Unschlüssig stand Art weiter in dem verlassenen Laden und versuchte, so leise zu atmen, wie er konnte, um das Gesagte besser verstehen zu können. Dann hörte er seinen Namen erneut. Mit wem sprach Monsieur Rufus über ihn? *Die Polizei*, schoss es ihm durch den Kopf. Verdammt. Er konnte sich vorstellen, wie die Sache ablief. Der Afropéen hatte versucht, sich an den Einnahmen zu bedienen. Vielleicht würde gleich eine Streife losfahren, um bei Art zu klingeln und ihn mit aufs Revier zu nehmen. Es sah sicher ganz schlecht aus, wenn man ihn nicht dort, sondern am vermeintlichen Tatort fand. Das hier war womöglich Arts letzte Chance, alles wieder in Ordnung zu bringen. Er fasste sich ein Herz und trat an die Tür ins Hinterzimmer. Er hatte schon die Hand auf der Klinke, als er Monsieur Rufus' Stimme erneut hörte, dumpf klang sie durch die Tür. Doch diesmal verstand er die Worte deutlich.

»Ich habe keine Ahnung, wie das sein kann.« Nun schien der andere etwas zu sagen, denn Monsieur Rufus schwieg eine Weile. »Ja, er hat den Safe geöffnet.« Eine kurze Pause. »Nein, er war wirklich zu.«

Vermutlich schilderte Monsieur Rufus gerade einem Polizisten den vermeintlichen Diebstahl. Zeit, dem ein Ende zu machen. Art drückte die Klinke hinunter.

»Himmel, du begriffsstutziger Ägypter. Der Safe hat sich freiwillig für den Jungen geöffnet. Er ist einer von uns. So wie ich es vermutet habe. Ein Magus.«

Ohne die Tür zu öffnen, hielt Art die Klinke weiter gedrückt. *Einer von uns?* Was meinte Monsieur Rufus? Sicher nicht die Hautfarbe. Er hatte schon viele wenig freundliche Namen verpasst bekommen. Nègre. Bimbo. Doch Magus war er noch nie genannt worden. Klang wie Magier. Und hatte Monsieur Rufus den Polizisten gerade als begriffsstutzigen Ägypter bezeichnet? Art verstand gar nichts mehr.

»Ich weiß nicht, zu welcher der Familien er gehört.« Pause. »Ja, mir ist klar, dass das eigentlich unmöglich ist. Vielleicht ein vergessener Zweig im Stammbaum der Franzosen. Ich habe Wu kontaktiert. Niemand kennt sich besser aus in der Geschichte der Familien als Wu. Denn bei allen Enklaven der Magie, er gehört zu uns.«

Magie? Echt jetzt? Art musste sich verhört haben. Das war alles zu viel für seinen Kopf. Er brauchte Antworten. Sofort. Mit einem Ruck öffnete er die Tür.

Monsieur Rufus saß hinter dem Tisch und starrte Art an, als wäre er ein Geist. »Woher kommst du denn?«, fragte er verwirrt.

»Von draußen.« Etwas Besseres fiel Art nicht ein. Um weitere Fragen nach seinem Eindringen vorzubeugen, zog er den Schlüssel aus der Hosentasche. »Monsieur Rufus«, begann er hastig, ehe sein Chef dazu kam, etwas zu erwidern, »es tut mir leid. Aber da waren Stimmen. Und Ihr Safe hat mich wie Sie Magus genannt.« Während er sprach, war ihm eingefallen, dass auch der Safe diesen seltsamen Begriff verwendet hatte. Himmel, das klang völlig irre. »Und ich verstehe nicht, wie es dieses Foto geben kann. Nicéphore meinte, dass es echt ist.«

»Warte kurz«, sagte Monsieur Rufus in den Hörer. Dann wandte er sich Art zu und sah ihn blinzelnd an, als wäre er nicht sicher, ob der Junge vor ihm wirklich echt war. »Ganz ruhig. Wieso Nicéphore? Hast du etwa mit jemandem darüber gesprochen?«, fragte er so ernst, als hinge das Schicksal der Welt von der Antwort ab.

»Ja«, sagte Art vorsichtig und hoffte, dass er damit keinen Fehler machte.

»Verdammt«, zischte Monsieur Rufus. Noch nie hatte Art seinen Chef fluchen hören. Das Wort klang seltsam falsch aus dem Mund des sonst immer so korrekten Engländers.

Hastig drückte Monsieur Rufus wieder den Hörer an sein Ohr. »Ich habe ein Problem. Kannst du kommen? Ja, sofort. Ja, es ist ernst. Ja, es geht um eines der Bilder. Keine ... keine Zeit für Erklärungen. Wenn wir Glück haben, sind sie mir nicht auf die Schliche ...« Er brach den Satz so abrupt ab, als hätte er seine Zunge verschluckt. Das Knarren der Ladentür hatte auch Art gehört. »Hast du abgeschlossen?«, wisperte Monsieur Rufus. Vor Aufregung klang er so heiser, als hätte er seine Stimme für mehrere Wochen nicht benutzt.

»Nein«, murmelte Art und runzelte die Stirn. Sicher hatte sich nur noch ein später Kunde in den Laden verirrt. »Ich kümmere mich darum.«

Art sah aus dem Augenwinkel, dass sich Monsieur Rufus hastig aus dem Stuhl erhob, als er die Tür des Hinterzimmers ganz öffnete. Alles erschien so seltsam still. Als duldete dieser Moment keine Geräusche oder Worte. Nicht nur ein Kunde hatte den Weg in das dunkle Geschäft gefunden. Im Licht der Straßenlaternen, das durch das Schaufenster in den Laden schien, erkannte Art wenigstens ein halbes Dutzend Männer. Er wunderte sich noch darüber, dass sie alle den gleichen grauen Anzug trugen.

Und dann brach das Chaos aus.

Fuchsring

Die Stimme, die die angespannte Stille zerschnitt, stammte von dem Safe. Art war sich ganz sicher, dass sie aus der nun wieder völlig glatten Metallfläche kam. *Terror! Inquisitors!* Einer der in Grau gekleideten Männer warf sich gegen Art und drückte ihn gewaltsam zurück in das kleine Hinterzimmer. Art stieß gegen eines der Regale und sah, während er sich am Holzrahmen festhielt, wie Monsieur Rufus mit beiden Händen ausholte, als wollte er einen unsichtbaren Ball fortwerfen. In seinen Händen war ganz sicher nichts, doch der Eindringling wurde zurückgestoßen und fiel aus dem Raum hinaus, als hätte ihn etwas getroffen. »Das Foto«, rief Monsieur Rufus. »Her damit.«

Art starrte erst auf die übrigen Männer in Grau, die unbeeindruckt von der Attacke auf die Tür ins Hinterzimmer zuliefen und dann auf Monsieur Rufus. »Ich habe es nicht.«

»Ich meine nicht dich«, zischte sein Chef angespannt. Er hielt seine Hand dem Safe entgegen, dessen Tür wie von Geisterhand bewegt aufsprang. Das Foto, das es nicht geben durfte, flog in die Hand des Engländers wie ein dressierter Vogel. Dann sprang Monsieur Rufus in Richtung Zimmertür und zog sie gerade noch rechtzeitig zu, ehe der erste der Männer den Fuß über die Schwelle setzen konnte.

»Was ist hier los?« Art wähnte sich in einem Traum.

»Keine Zeit«, erwiderte Monsieur Rufus kurz angebunden, während von draußen jemand gegen die Tür schlug. »Du hast die Inquisitoren auf meine Spur gebracht. Nun, irgendwann mussten sie mir ja auf die Schliche kommen.« Auf einen Wink seiner Hand klackte es im Schloss der Tür.

»Was sind Sie?«, fragte Art entgeistert.

»Dein … Chef, wie du es nennst«, erwiderte der Engländer. Er nahm den Hörer wieder zur Hand. »Inquisitoren«, sagte er. Offenbar war der Gesprächspartner noch in der Leitung. »Ein wenig Beeilung wäre schön. Bitte nicht die übliche arabische Unpünktlichkeit. Vielen Dank.« Er steckte das Foto in die Innentasche seines Jacketts. »Wenigstens muss ich nun nicht diesen furchtbaren Vortrag halten«, sagte er zu Art und winkte ihn zu sich. Der Lärm der Schläge wurde lauter, die Tür bebte unter ihnen und würde sicher nicht mehr lange standhalten. »Was glauben die wohl?«, meinte Monsieur Rufus und straffte sich. »Dass wir sie reinlassen, wenn sie nur genug Lärm machen?« Er schüttelte den Kopf, griff Arts Arm und presste die Hand mit dem Fuchsring gegen die Tür. Die Augen des nachgebildeten Tieres begannen zu leuchten.

Im nächsten Moment hatte Art das Gefühl, er würde in einem Karussell sitzen, das sich mit atemberaubender Geschwindigkeit drehte. Das Licht im Hinterzimmer wurde zu Schlieren, dann war es auf einmal so dunkel, dass er fast nichts mehr erkennen konnte. Alles bewegte sich, und er taumelte zur Seite, als sein Chef ihn losließ. Hart stieß er gegen den Tresen des Ladens. Der Verkaufsraum? »Was …«, murmelte er. »Wie kommen wir hierher?« Die Männer in Grau waren fort. Und für einen Moment hatten auch die Schläge gegen die Tür aufgehört. Dann aber erklangen sie wieder. Und zwar auf der anderen Seite der Tür.

»Ganz einfacher Zauber. Nennt sich Fallare. Unterste Stufe. Sehr hilfreich, wenn man seinen Schlüssel vergessen hat.«

»Zauber?« Art weigerte sich zu glauben, dass sein Chef ein Zauberer war. Andererseits … Monsieur Rufus sah ihn mitleidig an.

»Du hast Fragen. Vermutlich ziemlich viele. Ist leider gerade kein guter Moment für die Antworten. Wir müssen los. Der Ägypter ist auf dem Weg. Er kann uns ein Portal herbeizaubern.

Familienzauber. Ist auch sehr hilfreich, besonders wenn einem ein halbes Dutzend Inquisitoren auf den Fersen ist.«

Gerade als Art fragen wollte, was nun wieder ein Inquisitor war, wurde die Tür in das Hinterzimmer aufgebrochen und prallte so hart gegen die Wand, dass ein kleines Regal mit Bildern umfiel.

»Also jetzt wird es sehr unhöflich.« Monsieur Rufus machte erneut Anstalten, ihren Angreifern etwas Unsichtbares entgegenzuwerfen. Doch als er seine Hände nach vorne stieß, hatte einer der Männer seine Arme erhoben und schien das, was der Engländer ihm entgegenwarf, aus der Luft aufzufangen. Erst jetzt bemerkte Art, dass jeder der Männer einen Handschuh trug.

»Oh, bitte nicht diese Dinger«, murmelte Monsieur Rufus. »Vorsicht, Art«, rief er im nächsten Moment und stieß ihn beiseite. Der Handschuh des Grauen, der Monsieur Rufus gegenüberstand, färbte sich mit einem Mal so rot, als wäre ein Feuer in ihm entzündet worden. Dann stieß sich der Inquisitor, wie Arts Chef ihn nannte, nach vorne, und die Luft flimmerte. Über Art, der zu Boden gefallen war, schoss etwas hinweg und traf Monsieur Rufus gegen die Brust. Mit einem erstickten Keuchen wurde der Engländer nach hinten geworfen und krachte durch das Glas seines Schaufensters, das in Scherben brach.

Art drückte sich auf die Beine, riss die Ladentür auf und lief auf den Engländer zu. Monsieur Rufus hatte es immerhin schon wieder auf die Knie geschafft, doch er schien für einen Moment benommen. Während er sich mit Arts Hilfe erhob, langte er in die Innentasche seines Jacketts und zog das Foto hervor. »Hier.« Er klang, als habe er in seiner Lunge kaum genug Luft für das eine Wort. »Für den Notfall. Sie werden es nicht bei dir suchen.«

Zahllose Fragen lagen Art auf der Zunge, als er das Foto in seine Jacke steckte, doch er schluckte sie alle hinunter. Nicht jetzt. Nicht hier. Die Grauen kamen schon aus dem Laden gelaufen. Im Licht der Straßenlaterne erkannte Art, dass der Handschuh von einem der Männer rot schimmerte. Doch der Ton verblasste schon wieder und wurde silbergrau. So wie der Ring an Monsieur Rufus' Finger.

Unwillkürlich ballte Art die Hände zu Fäusten. Fast sieben Jahre hatte er im Verein geboxt. Doch er war nicht sicher, ob er hier mit dem, was er dort gelernt hatte, weiterkommen würde. Besonders stark sahen die sechs Männer nicht aus. Aber das mussten sie offenbar auch nicht sein, um zu gewinnen. Erst jetzt schaffte es Art, einen genaueren Blick auf sie zu werfen. Sie waren alle hellhäutig und sahen seltsam alterslos aus. Art konnte nicht sagen, ob sie zwanzig oder achtzig Jahre waren. Ihre Haare waren so hellblond, als hätte die Sonne sie ausgeblichen. Kaum war der Erste bei ihnen, sprang Monsieur Rufus vor und packte ihn am Arm. Es war kein besonders bedrohlicher Angriff, doch der Mann sah Arts Chef an, als richtete dieser eine Waffe auf ihn. Die Augen des Fuchsrings leuchteten für einen Moment auf. Und dann war der Engländer fort. An seiner Stelle stand plötzlich ein weiterer grau gekleideter Mann. Er hätte ein Zwilling des Angreifers sein können, den Monsieur Rufus gepackt hatte. Art bemerkte einen seltsamen Duft, der ... eine Farbe zu haben schien. *Das muss eine Folge der Aufregung sein*, dachte er.

»Vorsicht!«, rief einer der Grauen, während sich die beiden voneinander lösten. Dieser wie aus dem Nichts aufgetauchte Mann war anders als die übrigen. Als einziger trug er sein Haar etwas länger und er überragte die Inquisitoren um gut einen Kopf. Was ihn aber am meisten Unterschied, war der Ausdruck auf seinem Gesicht. Die Härte in seinen fein geschnittenen Zügen erschreckte Art. Es gab für ihn keinen Zweifel, dass er dem Anführer der Grauen gegenüberstand.

»Ein Speculorum-Zauber.«

Verdammt, ein was? Art stand mit wild klopfendem Herzen da und verstand nichts. Nur eines sickerte immer stärker in sein Bewusstsein. Zauberei. Magie. Was er hier gerade sah, konnte er nur damit erklären. Oder?

Unter den Grauen wurden hektische Rufe gewechselt. Dort, wo eben Monsieur Rufus und sein Gegner gestanden hatten, war nur noch einer der Männer, und die übrigen streckten allesamt die Arme aus, als wollten sie sich die anderen vom Leib halten. Sie ähnelten einander auch so schon wie Zwillinge, und in dem Licht der Straßenlaternen waren Unterschiede zwischen ihnen noch schwerer zu erkennen.

»Wie lange dauert der Spiegel-Zauber?«, fragte einer von ihnen. Sie schienen Art in diesem Moment ganz vergessen zu haben.

»Ungewiss«, antwortete ein anderer. Die beiden blickten sich misstrauisch an. »Eine Minute oder eine Stunde oder so lange es der Alunni möchte.«

Ein weiteres seltsames Wort. Alunni. Art nahm es nur am Rande wahr. Er hatte gerade andere Sorgen und sah die Straße entlang. Sie waren alleine. Was, wenn er laut um Hilfe schreiend davonlief? Vermutlich würde sich kaum einer für ihn interessieren. Aber vielleicht verständigte jemand die Polizei und vertrieb damit die seltsamen Angreifer. Art wollte gerade losrennen, als der Anführer der Grauen mit dem Finger auf einen der Männer deutete. Art erkannte den Ring an dessen Hand. »Wie nennst du dich jetzt? Rufus? Bitte, lass die Spielerei.« In aller Seelenruhe hob er die Hand mit dem silbergrauen Handschuh. Die Geste war nicht sonderlich Furcht einflößend. Doch dem Mann neben ihm malte sie einen Ausdruck des Grauens auf das Gesicht.

War das Monsieur Rufus? Art blieb stehen und starrte atemlos zu den beiden.

»Wer bist du?« Die Stimme des Ringträgers gehörte tatsächlich dem Engländer. Er schien in dem Gesicht des Grauen nach etwas Vertrautem zu suchen.

»Du erinnerst dich nicht?« Der Inquisitor lachte heiser. »Es kränkt mich nicht. Wir sind uns ja auch nie offiziell vorgestellt worden. Rufus. Ich habe dich immer unter deinem echten Namen gesucht. Alasdair.« Er richtete seine Hand genau auf das Gesicht des Grauen vor ihm. »Dabei warst du offenbar ganz in meiner Nähe.«

»Zeitverschwendung«, sagte Monsieur Rufus in der Gestalt eines Grauen. Er fiel auf die Knie und stieß seine Faust auf die Straße. Im nächsten Moment bebte die Erde. Die Männer stürzten. Alle, bis auf ihn selbst. »Art.« Hektisch winkte Monsieur Rufus ihn zu sich, während er sich auf die Füße drückte.

Die Grauen lagen wie betäubte Fliegen um ihn herum. Er sprang über sie hinweg auf Monsieur Rufus zu. »Wer sind die?« Art musste sich zwingen, die Worte über die Lippen zu bringen. Er fürchtete, verrückt zu werden. Oder womöglich war er es schon? Ein Speculorum-Zauber? Das war alles völlig irre.

»Gute Frage«, erwiderte Monsieur Rufus in der Gestalt des Grauen, während er links die Straße hinunterdeutete. »Aber schlechter Zeitpunkt. Komm, wir müssen zur Enklave. Wir ...«

Die Explosion, die Monsieur Rufus den Atem für seine Worte nahm, schien in seinem Inneren zu erklingen. Art konnte keine Wunde im Leib seines Chefs erkennen. Er war unversehrt, und doch sank Monsieur Rufus getroffen auf die Knie. Er hatte kaum den Boden berührt, da wandelte sich sein Äußeres. Aus dem Grauen mit dem alterslosen Gesicht wurde wieder der Engländer mit dem gepflegten Vollbart. »Meine Hand.« Er bewegte ein paar Finger. Auf einem steckte der Ring. »Richte sie auf die Inquisitoren.«

Art begriff nicht.

Die Angreifer regten sich langsam, als erwachten sie aus einem Schlaf. Nur einer von ihnen stand schon auf den Beinen. Der Anführer, der die Finger in dem silbergrauen Handschuh auf Monsieur Rufus gerichtet hielt.

»Nein!«, schrie Art. Er wollte sich schützend vor seinen Chef stellen, doch der zerrte an ihm.

»Meine Hand.«

Art blickte ihn verwirrt an und nickte. Er packte die Hand seines Chefs und hielt sie so, dass die Spitzen der Finger auf die Grauen deuteten.

Dann holte Monsieur Rufus tief Luft.

Und die Inquisitoren vor ihnen erstarrten. Es war, als wären sie zu Steinfiguren geworden. In den Augen der Bewaffneten erkannte Art einen so tiefen Hass, dass er unwillkürlich zurückwich. »Kommen Sie, Monsieur Rufus. Ich bringe sie zu einem Arzt.«

Doch der Engländer schüttelte langsam den Kopf, als hätte er kaum genug Kraft dafür. »Der Tempus-Zauber wird nicht lange halten.« Selbst seine Stimme klang schwach. »Du musst verschwinden.« Er hustete Blut auf die regennasse Straße. Dann hob er die Hand mit dem Ring und schnippte. Der Fuchs bewegte sich daraufhin, als wäre er lebendig, und löste sich vom Finger des Engländers. Wie auf einen stummen Befehl hin sprang er auf Arts Hand, und ehe dieser sie wegziehen konnte, schlang sich der Fuchs nun um dessen Ringfinger. »Der Ägypter«, keuchte Rufus. »Finde den Ägypter. Er wird dich zur Enklave bringen. Gib den Fuchs meiner Schwester, wenn sie kommt.« Die Worte kamen ihm immer schneller über die Lippen, als fürchtete er, dass ihm nicht genug Zeit für sie blieb. »Und das Foto muss an den Zirkel gehen. Auch wenn sie fast alle Schwachköpfe sind.« Er schnappte hastig nach Luft. »Es tut mir leid, aber dein Leben wird nie mehr sein wie früher. Wenn du es schaffst, es zu behalten.« Für einen Moment schloss er die Augen. Dann zwang er sie wieder auf. »Willkommen im Club. Und jetzt lauf und finde den Ägypter.«

Art konnte seinen Chef nur anstarren. Er würde sicher nicht fortlaufen und ihn hier zurücklassen. Als hätte Monsieur Rufus seine Gedanken gelesen, sah dieser auf den Fuchsring. »Ihr müsst los, alter Freund.« Die Worte mischten sich ineinander, als gehorchte dem Engländer seine Zunge nicht mehr richtig.

Wie zur Antwort leuchteten die Augen des Fuchses auf. Zu Arts Verblüffung schien ein Fremder die Kontrolle über seinen

Körper zu übernehmen. Obwohl er sich anstrengte, stehen zu bleiben, lief er rasch fort von dem Engländer und den Grauen. Er sah noch, wie sich die Angreifer wieder zu bewegen begannen, und Monsieur Rufus die Hände hob. Es gab einen Blitz. Doch Art hatte längst die nächste Ecke erreicht und konnte nicht mehr anhalten.

Wie lange war er gelaufen? Art konnte es nicht sagen. Er hatte nicht nur die Kontrolle über seine Beine verloren, sondern auch das Gefühl für die Zeit. Es war, als befände er sich in einem Traum. Erst, als er einige Treppenstufen hinabeilte, kam er wieder zu sich. Die Metro. Mit Mühe gelang es Art, sich am Geländer festzuhalten, um einen Sturz zu verhindern. Wie eine endlose Spirale wand sich die Treppe in die Tiefe, als wollte sie Art aus dieser Welt in eine andere entführen. Und an ihrem Fuß wurde er endlich aus dem unsichtbaren Griff dessen, was ihn hierhergebracht hatte, entlassen. Keuchend sank er auf die unterste Stufe.

Er brauchte einen Moment, bis er sicher war, dass er sich wieder ganz alleine gehörte. Niemand war in seiner Nähe, doch aus dem Gang, der auf die Treppe zuführte, hörte er die Stimmen von Menschen. Er lehnte sich gegen die Wand und schloss die Augen. In seinem Kopf überschlugen sich die Gedanken. Mit Mühe drängte er sie alle beiseite und hielt sich an dem einzigen fest, der wichtig war. *Monsieur Rufus ist in Gefahr.*

Unwillkürlich hielt er sich die rechte Hand vor das Gesicht und sah dem silbergrauen Fuchs in die Augen. Noch immer leuchteten sie, als würde da ein unerklärliches Leben in dem Fuchs stecken. Was hatte Monsieur Rufus gesagt? Art runzelte die Stirn, als er sich die Worte in Erinnerung rief. *Gib ihn meiner Schwester, wenn sie kommt.* Aber wo war diese verdammte Schwester? Monsieur Rufus hatte nie von seiner Familie erzählt. Im

Grunde wusste Art nur, dass er aus England stammte und vor Jahren nach Frankreich gekommen war. Er schüttelte den Kopf. *Nein*, dachte er bei sich. *Ich werde die Polizei verständigen und ... und den Ring Monsieur Rufus zurückbringen.* Die Sache mit dem vermeintlichen Diebstahl des Fotos war angesichts des Angriffs der Grauen sicher kein Thema mehr. Es ... es würde sich schon alles aufklären. Er konnte seinen Chef unmöglich mit diesen Inquisitoren alleine lassen. Und anschließend würde Monsieur Rufus ihm vieles erklären müssen.

Art stemmte sich hoch und brauchte einen Moment, ehe er sicher auf den Füßen stand. Als er aber die Treppen wieder nach oben steigen wollte, schien es, als würde ihn jemand festhalten. Er wandte sich um, doch da war niemand. Er sah nur die Menschen, die er zuvor gehört hatte, durch den Gang auf sich zukommen. Sosehr er sich auch anstrengte, Art konnte keinen einzigen Schritt machen. Während er vergeblich versuchte, sich am Geländer die Treppe hinaufzuziehen, blickte er den Leuten nach, die eilig die Metrostation verließen. Die meisten beachteten ihn nicht, doch einige schauten kurz zu ihm hin und musterten ihn, als hätte er den Verstand verloren. Oder vielleicht vermuteten sie auch nur, dass er zu betrunken war, um noch gehen zu können. Sie um Hilfe zu bitten, hätte sicher keine Aussicht auf Erfolg.

»Ich muss zu ihm.« Art presste die Worte so leise aus dem Mund, dass nur er sie hören könnte. Er und was auch immer ihn festhielt. Er sah auf den Ring an seinem Finger. Die Augen des Fuchses leuchteten heller als zuvor. Wie zur Antwort wurde die Kraft, die Art zurückhielt, stärker und begann ihn weg von der Treppe zu ziehen, hin zum Bahnsteig. Hinein in die Metrostation. Für einen Moment stieg Angst in Art auf. Was, wenn hier unten die Grauen auf ihn warteten? Oder etwas Schlimmeres. Das Gefühl verflog so schnell, wie es gekommen war. Der Ring gehörte Monsieur Rufus. Zumindest die Inquisitoren sollten also nichts mit ihm zu tun haben.

Art atmete tief durch. Inquisitoren. Ein leuchtender Ring. Zauberei. Art fühlte sich wie in einer Geschichte. »Nein.« Wieder sahen ihn ein paar Leute verwirrt an, doch es war ihm gleich. Er wollte zu seinem Chef. Stattdessen aber stolperte er an den Menschen vorbei auf den Bahnsteig zu. Art versuchte, seine Beine dazu zu bringen, sich nicht mehr zu bewegen. Doch sie gehorchten ihm nicht. Als wäre er eine Marionette, stakste er weiter. Die schmalen Glastüren, die den Weg nur für die freigaben, die ein Ticket besaßen, standen seltsamerweise offen. Art betrat unfreiwillig den Bahnsteig. Nur wenige Menschen warteten auf die Metro. Sie hielten erkennbar Abstand zu Art. Doch die Aufmerksamkeit der Leute wurde schon im nächsten Moment von ihm abgelenkt, als ein Zug aus dem Tunnel heranrauschte. Die Türen sprangen auf, und Art wurde gegen seinen Willen in den Wagen gelenkt. Dann schlossen sie sich, und die Metro brachte ihn fort. Weg von Monsieur Rufus und den Angreifern.

Der Ägypter

Art zählte die Stationen nicht, an denen der Zug vorbeifuhr. Er saß nur da und hatte das Gefühl, einen finsteren Traum mit offenen Augen zu erleben. Mittlerweile waren die wenigen Menschen, die mit ihm in dem Waggon gesessen hatten, nacheinander ausgestiegen. Und obwohl er nun alleine war, fühlte er sich so bedroht wie noch nie in seinem Leben. Als würden unsichtbare Augen jeden seiner Schritte beobachten. Zweimal hatte Art versucht, aufzustehen, um die Metro zu verlassen, doch er hatte es nicht mal vom Sitz hoch geschafft.

Das Licht im Waggon begann zu flackern. Im nächsten Augenblick erlosch es ganz. Für einen Moment hielt Art vor Überraschung die Luft an. Unwillkürlich wollte er aufspringen, doch noch immer hatte er keine Kontrolle über seine Beine. Und dann flammte das Licht wieder auf. Art keuchte überrascht auf. Neben ihm saß, als hätte die Dunkelheit ihn geboren, ein Mann. Wortlos starrte Art ihn an und wusste nicht, ob er sich über ihn wundern oder sich vor ihm fürchten sollte. Der Mann trug einen schneeweißen Mantel mit einem buschigen Fellkragen. Seine Hose und seine Schuhe waren ebenfalls so weiß, als hätten die Wolken sie gefärbt. Dafür saß ein hellroter Hut auf seinem Kopf. Dunkle Augen, die in einem Gesicht steckten, dessen Farbe nur wenig heller als das von Art war, musterten ihn interessiert. Nach einem stummen Augenblick verzog sich der Mund zu einem Lächeln. Der dünne Bart, den der Mann über den Lippen trug, bewegte sich dabei, als säße ihm eine Raupe unter der Nase. Er schien kaum zehn Jahre älter als Art zu sein. Und doch wirkte er, als hätte er schon alles gesehen. Und zwar mehrfach. »Du musst Artur sein«, sagte der Mann auf Französisch mit einem schweren Akzent und reichte ihm eine Hand. An jedem der Finger steckte ein Ring. Das Schmuckstück an seinem rechten Ringfinger hatte die Form einer Schlange, die ebenso silbergrau wie der Fuchs war.

»Nennen Sie mich Art«, erwiderte er heiser. Er sah sich um, doch der seltsame Mann war der Einzige, der mit ihm in dem Waggon saß. Wie um alles in der Welt war er hier hereingekommen?

»Ein Portal-Zauber«, sagte der Mann und sah Art an, als erwartete er ein paar anerkennende Worte dafür.

»Können ... können Sie Gedanken lesen?« Noch während die Frage seinen Mund verließ, kam sich Art furchtbar töricht vor. Andererseits war vermutlich nichts wirklich verrückt. Nicht nach dem, was er gerade erlebt hatte.

Der Mann seufzte. »Moment. Mein Französisch ist nicht gut genug für längere Gespräche.« Kurz steckte er sich einen Finger in den Mund und schnippte dann. Die mit Spucke benetzte Kuppe leuchtete silbern auf. Er bohrte ihn sich ins Ohr. Und ehe Art reagieren konnte, tat der Fremde dies auch bei Art.

»Bah!« Entfuhr es ihm.

»Ist ein Babel-Zauber«, sagte der Mann entschuldigend. »Jetzt kannst du mich auch verstehen, wenn ich Arabisch spreche, und dein Französisch klingt für mich wie feinstes Hocharabisch.« Dann hob er tadelnd eine Augenbraue. »Also, was soll das mit dem Gedanken lesen? Sehe ich etwa aus wie eine Wahrsagerin mit Warzen und einer Glaskugel?« Der Fremde lachte und entblößte Zähne, die ebenso hell schimmerten wie der Stoff seines Mantels. Offenbar erwartete er, dass Art über den Scherz mitlachte. Doch da er den Mann nur weiter anstarrte, seufzte dieser. »Nein, ich kann natürlich keine Gedanken lesen. Das kann keine der Familien. Du kennst die Familien?«

Langsam schüttelte Art den Kopf.

»Ach ja, Rufus hat gesagt, dass du keine Ahnung hast. Kenne ihn fast nicht mehr unter einem anderen Namen, so lange wie er sich schon Rufus nennt. War übrigens gar nicht leicht, dich zu finden. Aber der Ring hat mir im Grunde gesagt, wo ihr seid. Allerdings müssen wir hier weg. Ich meine, normale Magie können die Inquisitoren unter der Erde zwar nicht fühlen«, er deutete durch das Fenster in den dunklen Tunnel, »aber wenn einer der Ringe benutzt wird, sieht die Sache natürlich anders aus.« Er sah Art an, als erwartete er, dass dieser ihm zustimmte.

»Sie kennen Monsieur Rufus?« Mehr brachte Art nicht heraus. Im ersten Augenblick übersprang sein Herz vor Freude einen Schlag. Doch dann kniff er misstrauisch die Augen zusammen. »Sind Sie einer von denen?«

»Von denen?« Der Mann runzelte die Stirn. »Du meinst die Inquisitoren, nicht?« Er seufzte erneut.

Art wusste nicht, ob er ihn um Hilfe bitten oder vor ihm davonlaufen sollte. Da ihm seine Beine noch immer nicht gehorchten, entfiel zumindest die zweite Möglichkeit.

»Kannst dich nicht rühren, was?«, bemerkte der Mann mit einem Blick auf den steif dasitzenden Art. »Ah, und da ist der Grund dafür.« Er packte Arts Hand, an der er den Ring trug. Die Augen leuchteten hellrot. »Sehr großzügig von Rufus, ihn dir zu leihen. Trennt sich sonst nie davon. Kein Wunder. Familienerbstück. Wann kommt der alte …« Die Worte erstarben ihm auf den Lippen, als die Augen des Rings plötzlich zu flackern begannen und dann erloschen. Die Miene des Mannes verhärtete sich.

»Ist er vielleicht beschädigt?« Unwillkürlich stieg in Art die Angst empor, er wäre schuld daran, dass der Ring nicht mehr leuchtete.

Zur Antwort schüttelte der Mann den Kopf. »Wie viele Inquisitoren?« Seine Stimme klang so rau, als striche sie über Fels.

»Sechs«, erwiderte Art. »Was bedeutet das?« Er hielt den Ring hoch und suchte im Gesicht des Mannes nach einem Hinweis auf dessen Gedanken.

»Sechs.« Der Mann schüttelte den Kopf. »Wie bist du entkommen?« Er klang mit einem Mal ernst.

Unwillkürlich versuchte Art, von ihm wegzurutschen, doch sein Körper wollte ihm einfach nicht gehorchen. »Monsieur Rufus hat sie aufgehalten, und ich bin gelaufen«, sagte er leise. »Oder besser, meine Beine haben das übernommen. Sie haben mich hierhergetragen.« Es klang so sehr nach Zauberei, dass sich Art selbst fast für verrückt hielt.

Der Mann hingegen nickte, als würde das alles erklären. »Ein Gentleman bis in den Tod.« Seine ernste Miene wich einem Ausdruck tiefen Kummers. Dann hielt er seine Hände über Arts Beine und strich mit ihnen durch die Luft. Im nächsten Moment fühlte Art, dass er die Kontrolle über seinen Körper wieder ganz und gar zurückgewonnen hatte. »Ein Funiculus-Zauber.« Das Lächeln auf dem Gesicht des Mannes war so traurig, dass Art glaubte, den Schmerz selbst spüren zu können. »Rufus hat sich manchmal einen Spaß daraus gemacht, jemanden in die falsche Richtung laufen zu lassen. Natürlich war er dabei immer äußerst höflich.« Der Mann streckte Art die Hand hin. »Ich bin Amin. Der ...«

»... Ägypter?«, entfuhr es Art.

»Rufus hat von mir gesprochen?«, fragte Amin.

»Er sagte, dass ich Sie finden soll. Und dass ich den Ring zu seiner Schwester bringen soll.« Art musterte den Ägypter misstrauisch. »Es ist ein seltsamer Zufall, dass ich Sie ausgerechnet in einer leeren Metro finde.« Diesmal gehorchte ihm sein Körper, als er von dem Mann fortrutschte.

»Erstens wirst du mich nie wieder siezen! Verstanden? Ich meine, ich bin doch nicht alt. Gut, eigentlich schon. Bin immerhin zweihundertundacht. Aber ich sehe nicht so aus, oder? Gegen das Alter gibt es keinen Zauber. Ich experimentiere allerdings recht erfolgreich mit einem Spruch gegen Krähenfüße.« Er riss die Augen auf und rutschte auf Art zu. »Man sieht sie nicht mehr, hoffe ich. Funktioniert noch nicht so, wie ich das gerne hätte.« Er strich sich über das Gesicht, als könnte er die Zeichen des Alterns einfach fortwischen. »Und zweitens hast nicht du mich, sondern ich dich gefunden. Aber eigentlich wurde dieses Treffen von Rufus arrangiert.«

Art schüttelte den Kopf. »Was reden Sie ... was redest du da? Zweihundert Jahre alt? Arrangiert? Was ist mit ihm?« Die Wut, die so plötzlich in Art aufstieg, überraschte ihn mindestens ebenso sehr wie den Ägypter, der ihn erstaunt ansah.

»Rufus hat dafür gesorgt, dass du vor den Inquisitoren in Sicherheit gebracht wirst. Sein Ring hat das erledigt. Und er hat mir aufgetragen, dich zu finden. Rufus selbst aber hat sich ... geopfert«, sagte Amin so leise, als fürchtete er sich vor den eigenen Worten. »Eine letzte, edle Geste eines großen und einzigartigen Magiers.« Er sah Art in das ungläubige Gesicht. »Die Inquisitoren haben ihn getötet. Sein Ring hat nun keinen Herrn mehr.«

Art sprang auf, als könnte er den Worten davonlaufen, so wie er vor den Grauen geflüchtet war. Ihm wurde schwindlig, und er hatte das Gefühl, dass er keine Luft mehr bekam. In diesem Moment hielt die Metro. Ohne nachzudenken, stolperte Art auf die nächste Tür zu.

»Warte!«, rief Amin und versuchte, nach ihm zu greifen. Art wirbelte herum und schlug zu. Sein Boxtraining zahlte sich aus, und mit Genugtuung sah er, wie der Mann mit blutender Nase zurücktaumelte. Dann riss er die Tür auf. Es war zu viel. Alles war zu viel. Das Foto. Die Magie. Der Ring. Und nun auch noch der Tod von Monsieur Rufus. Der Mann hatte das Leben verloren, weil er Art hatte retten wollen. Hektisch nach Luft schnappend stolperte Art auf den leeren Bahnsteig, während hinter ihm die Metro wieder anfuhr. Art erkannte Amin, der sich die Nase hielt und ihm gestikulierend nachsah. Vermutlich war er wütend über den Schlag. Art empfand keine Reue. Er wollte nur fort von allem. Es schien, als wäre sein Leben gerade aus dem Takt geraten, und er wünschte sich, dass es wieder so wurde wie zuvor.

Einen Moment blieb er stehen und versuchte, seinen Atem zu beruhigen. Dann hörte er die Schritte.

Der Mann, der langsam am Fuß der Treppe erschien, die hinauf zur Straße führte, war ebenso grau gekleidet wie die Angreifer im Fotoladen.

Art konnte nicht sagen, ob er vorhin auch dort gewesen war. Sie alle waren einander so ähnlich wie Zwillinge. Ein schneller Blick zeigte Art, dass er den Bahnsteig nur über die Treppe verlassen konnte. Oder durch den Tunnel. Aber das kam nicht infrage. Er würde einer Metro nicht ausweichen können. Auch wenn er noch immer wacklig auf den Beinen war, straffte er sich. Er würde sicher kämpfen müssen. Und falls nicht mehr als nur dieser eine Graue kam, hatte er vielleicht eine Chance.

»Artur. Student. Unbekannter Magus. Verschwörer und Komplize von Alasdair alias Rufus.« Die Stimme klang so kalt, als hätte der, zu dem sie gehörte, alle Menschlichkeit abgestreift wie ein unpassendes Kleidungsstück. Art verstand kaum ein Wort von dem, was er sagte. Nur eines blieb in seinem Kopf hängen und hallte dort nach. Sein Name. Wieso kannte der Graue seinen Namen? Und wie hatte er ihn so schnell gefunden?

»Ich will keinen Ärger.« Als wollte er seine eigenen Worte Lüge strafen, hob Art die Fäuste.

Die Geste entlockte dem Grauen ein schmales Lächeln. »Du hast bereits Ärger, Artur. Aber vielleicht kannst du dich aus ihm befreien. Zunächst musst du dich uns ergeben. Wir Inquisitoren sind keine Monster. Wir dienen lediglich einem höheren Wohl. Wir können euch helfen. Dir und deinesgleichen.« Das Lächeln auf den Lippen des Mannes, der sich einen Inquisitor nannte, war so falsch wie ... Rufus' Laden und vielleicht alles, was Art von ihm wusste.

Wer log und wer hatte die Wahrheit gesagt? Art konnte es nicht sagen. Nur eines wusste er. Dass der Graue nicht nur der Farbe seines Anzugs nach einem Wolf glich. Unwillkürlich wich er einen Schritt vor ihm zurück.

»Du wirst mir den Ring geben. Es ist aussichtslos, ihn vor uns verbergen zu wollen. Er wurde benutzt. Wir können ihn finden, solange die magischen Wellen bestehen, die er ausgelöst hat.«

»Und wenn ich es nicht tue?« Aufgeregt horchte Art, ob er noch weitere Schritte hörte. Doch er und der Inquisitor waren offenbar alleine. Verdammt, er hätte Amin nicht schlagen sollen. Vielleicht hätte der Ägypter den Grauen mit seiner Magie besiegen können. Art musste trotz der Gefahr lächeln, als er begriff, wie selbstverständlich der Gedanke mit einem Mal war, dass es offenbar Zauberei gab. *Nicht offenbar, Art*, dachte er bei sich. *Es gibt sie.*

Zur Antwort auf Arts Frage zog der Inquisitor einen silbernen Handschuh aus der Innentasche seiner Anzugjacke. »Dumme Frage, Artur.« Er zog ihn sich über die Finger. »Wie du siehst, haben wir uns einige eurer entarteten Fähigkeiten zunutze gemacht.« Der Inquisitor tippte sich mit einem Finger gegen sein Ohr. »Siebzehn hier. Habe den Geflohenen gefunden. Metrostation Avron. Bahnsteig.« Er lächelte Art wieder an. Diesmal aber war das Lächeln nicht falsch, sondern grausam. »Ich muss sagen, dass ich mich über deine Weigerung freue. Nur wenige Inquisitoren können von sich behaupten, einen Magus alleine gefangen zu haben.« Mit diesen Worten ballte er die Finger zur Faust. Im nächsten Moment loderten Flammen auf dem Handschuh. Und dann raste ein Feuerball auf Art zu.

Verzweifelt versuchte er, dem Geschoss auszuweichen. Doch er konnte nicht verhindern, dass ihn der Feuerball streifte. Die Haut an seiner Wange schmerzte fürchterlich. Er wich noch ein paar Schritte zurück. Und trat beinahe über die Kante des Bahnsteigs. »Endstation.« Der Inquisitor ging so langsam auf Art zu, als hätte er alle Zeit dieser Welt. »Verzeih den kleinen Scherz, Artur. Es ist bereits vorbei. Ich hatte dir angeboten, dich weiterleben zu lassen. Doch du hast entschieden, dich gegen uns zu wenden. Und so endet auch dein unnatürliches Leben.« Der Inquisitor sog tief die Luft ein, als würde er seine kleine Rede genießen. Erneut loderten Flammen auf seinem Handschuh auf. »Ich dachte, ihr wärt schwerer zu besiegen.« Und mit diesen Worten stieß er die Faust erneut auf Art zu.

Die Zeit schien in Zeitlupe weiterzugehen. Er sah den Feuerball auf sich zukommen. Und schaffte es dennoch auszuweichen. Die Angst und die Wut und die Verzweiflung in sich verdrängten alle Gedanken. Es war, als würde etwas anderes die Kontrolle übernehmen. Etwas, das tief in ihm geschlafen hatte und sich nun zeigte. Ein Schrei löste sich von seinen Lippen. Wie fremd die eigene Stimme klang. Die Augen des Fuchses leuchteten hell, als Art seine Hand hob. Und zuschlug.

Der Inquisitor war viel zu weit entfernt, um ihn zu treffen. Und doch holte ihn etwas von den Beinen und schleuderte ihn sicher fünf Meter durch die Luft. Hart prallte er gegen die Wand und blieb reglos auf dem Bahnsteig liegen. Keuchend sank Art auf die Knie. Er verstand gar nichts mehr. Was immer da gerade in ihm erwacht war, zog sich wieder zurück. *Lauf weg, Art*, dachte er bei sich. Mühsam drückte er sich auf die Beine. Ihm war so schwindlig, dass er kaum gehen konnte, aber er wollte zur Treppe, ehe die anderen Inquisitoren kamen. Doch eine Stimme hinter ihm ließ ihn innehalten.

»Falsche Richtung. Zur Enklave geht es durch den Tunnel.«

Art wirbelte herum und kam überrascht ins Stolpern. Mit einem dumpfen Keuchen fiel er vor Amin auf die Knie.

Der weiße Mantel des Ägypters war mit Blutflecken übersät, und Amin hielt sich die Nase. »Das war ziemlich gemein«, bemerkte er. Er klang, als wäre seine Nase verstopft. »Und gefährlich. Hatte schon befürchtet, der Inquisitor würde dich umbringen. Oder zumindest mitnehmen. Aber du hast dich wirklich annehmbar geschlagen. So wie es hier nach Magie riecht, hast du deine Fäuste bei ihm unten gelassen, nicht?«

Erneut rappelte Art sich auf. »Was ist hier passiert?« Er starrte Amin an, als wäre dieser an allem schuld.

»Oh, ich entschuldige es gerne, dass du mir das hier angetan hast.« Amin klang ziemlich beleidigt, als er die Hand fortnahm und Art seine Nase präsentierte. Sie stand so schief in dem Gesicht des Ägypters wie ein vom Wind gebeugter Baum. Arts Schlag musste dem Mann das Nasenbein gebrochen haben. Amin warf ihm einen missmutigen Blick zu, während er sich mit der Hand über die Nase fuhr. Ein eigentümlicher Duft lag auf einmal in der Luft, als die Nase des Ägypters kurz aufblitzte, ziemlich hässlich knackte und einen Moment darauf wieder ganz und gar gerade in dem Gesicht stand. »Und?« Er schielte ein wenig, als er versuchte, das Ergebnis zu betrachten.

»Das ist Magie«, wisperte Art. Wie seltsam. All die unerklärlichen Dinge und das, was ihn am meisten verwunderte, war eine verzauberte Nase.

»Ganz einfacher Zauber. Aber sehr wirksam. Es gab mal einen Magier, der sich als Arzt getarnt hatte. War spezialisiert auf Nasen und ...« Amins Blick richtete sich auf seinen Oberkörper und er formte mit den Händen zwei Bälle in der Luft. Er lachte, doch als Art keine Miene verzog, räusperte er sich. »Das da war auch Magie.« Amin deutete auf den bewusstlosen Inquisitor. »Ein wenig roh und ziemlich übertrieben. Doch sie hat gewirkt. Was hast du? Du siehst so blass aus.«

»Magie?«, murmelte Art. »Ich? Aber ich bin nur ein Student.«

»Wunderbar«, meinte Amin und fühlte vorsichtig seine Nase. Offenbar misstraute er dem eigenen Zauber. »Ein Lernender. Dann bist du genau richtig in unserem Club. Magie lernen, heißt ein Leben lang lernen.« Er hatte seine Stimme verstellt und lachte wieder. Als Art erneut keine Miene verzog, seufzte er. »Mit

Humor hast du es nicht so, oder? Du glaubst nicht, dass du ein Magier bist?«

Stumm schüttelte Art den Kopf.

»Hm, schwieriger Fall. Normalerweise weiß man es einfach. Wirst ja praktisch in den Zirkus hineingeboren. Siehst deinen Eltern dabei zu, wie sie irgendwelche verrückten Dinge geschehen lassen. Aber wenn dein Vater oder deine Mutter Besen verhexen, damit sie das Haus kehren, ist es eben gar nicht verrückt. Habe noch nie erlebt, dass jemand von all dem nichts wusste. Hat dir Rufus nie was gesagt?«

Erneut schüttelte Art den Kopf, ohne ein Wort zu sagen.

»Mit Reden hast du es wohl auch nicht so, was? Nun, du bist ein Magier. Klar? Ist recht deutlich. Dein sechster Sinn hat gerade reagiert. Menschen haben fünf Sinne. Riechen und so weiter. Aber wir Magier haben den sechsten Sinn. Steckt in uns. Keine Ahnung, zu welcher Familie du gehörst. Vielleicht zu den Franzosen. Rufus hat das vermutet. Sie waren ziemlich viel unterwegs. Die ganzen Kolonien und so. Ich meine, es leben viele, die so aussehen wie du hier.« Er sah an Art herab. »Selbst ich wirke gegen dich wie ein verfluchtes Weißbrot.«

Verwirrt starrte Art auf seine Hände, dann sah er zu dem Inquisitor. »Sollten wir nicht gehen, ehe ...«

»... er wieder aufwacht? Der schläft noch lange, so sehr wie es hier nach Magie riecht.«

»Nein, ehe die anderen kommen. Er hat Verstärkung gerufen.«

Amin schien so überrascht, dass er für einen Moment sogar seine Nase vergaß. »Und das sagst du erst jetzt?« Er verzog verärgert den Mund. »Dann können wir uns nicht einfach wegzaubern. Das würden sie hier unten registrieren und uns bis in die Enklave folgen.«

»Enklave?«, fragte Art und sah sich um. Sie waren alleine. Noch.

»Du weißt nicht ...« Amin machte eine wegwerfende Handbewegung. »Natürlich nicht. Aber wir haben keine Zeit für Erklärungen. Wir müssen weg. Auf die altmodische Weise.« Er deutete den Tunnel entlang.

»Mit der Metro?«, fragte Art.

Amin hob eine Augenbraue. »Fast.«

»Das ist lebensgefährlich«, wisperte Art, während Amin sie den stockdunklen Tunnel entlangführte.

»Umso besser, dass du einen Zauberer an deiner Seite hast.« Selbst im Dunklen schimmerten der Mantel und der Hut des Ägypters, als würde ein Licht von ihnen ausgehen.

In Arts Kopf wirbelten so viele Fragen durcheinander. Doch nach den Ereignissen dieses Abends war er viel zu aufgeregt, um auch nur eine von ihnen zu stellen. Daher folgte er Amin stumm und in Gedanken verloren, während der Ägypter so sicher durch die Finsternis schritt, als besäße er die Augen einer Katze.

»Wir könnten natürlich direkt ein Portal öffnen«, meinte Amin munter. »Würde uns viel schneller in die Enklave bringen. Aber die Inquisitoren können Magie nun einmal spüren. Unter der Erde ist das natürlich schwierig, fast unmöglich. Doch sie sind uns heute ziemlich nahe gekommen. Da gehe ich besser kein Risiko ein. Vor allem nicht als ungebetener Gast. Tja, die Inquisitoren haben leider einen Sinn für Magie. Sehr ärgerlich. Zwingt uns, vorsichtig zu sein. Außerhalb der Enklaven darf daher nur im Notfall gezaubert werden. Himmel, wo ist denn der verfluchte Eingang? Also in Kairo …«

»Was war das?«, unterbrach Art den Redeschwall des Ägypters. Die Gleise vibrierten auf einmal, als wäre der Tunnel in Wirklichkeit der Rachen eines gewaltigen Tieres, das sich regte.

»Schätze, das ist die nächste Metro.« Amin klang nicht begeistert. »Kommt ein wenig zu früh für meinen Geschmack. Aber wir haben trotzdem Glück.«

»Glück?« Soweit Art das beim Betreten hatte feststellen können, bot der Tunnel nicht genug Platz für sie und den Zug zur gleichen Zeit. »Wir müssen umdrehen.«

»Falsche Richtung. Schätze ich zumindest. Habe gerade einen Hinweis entdeckt. Könnte aber auch eine Schmiererei sein. Ist schwer zu sagen. Außerdem wären wir sowieso nicht schnell genug. Wenn ich mich nicht irre, ist es nicht mehr weit.«

»Was ist nicht mehr weit?« Das Herz in Arts Brust schlug so fest, als wollte es flüchten.

»Der Eingang in die Enklave. La Première. Ist natürlich eine Übertreibung. Sie war gar nicht die erste Enklave. Aber so sind die Franzosen eben. Sie ...«

»Die Metro kommt gleich!« Art gab sich keine Mühe, seine Panik zu verbergen. Wenn sie nicht schnell hier wegkamen, würden sie überrollt werden.

»Komm«, meinte Amin ungerührt. Und ohne ein weiteres Wort der Erklärung packte Amin Arts Hand und zog ihn mit sich. Sie stolperten ein paar Schritte durch die Finsternis, und Art war sicher, dass sie jeden Moment sterben würden. Als die Angst, einen dunklen und schmerzhaften Tod zu finden, zu übermächtig wurde, riss er sich von Amin los.

»Ich bin doch nicht irre!«, rief er.

»Warte.«

»Was?«, fragte Art. Seine Stimme klang vor Aufregung fremd in den eigenen Ohren. Waren sie entdeckt worden? Er starrte auf den schimmernden Mantel und den Hut des Ägypters. Amin schien etwas an der Tunnelwand zu suchen.

»Wir sind da.« Er hörte sich sehr selbstzufrieden an.

»Dann schnell«, drängte Art. Das Vibrieren wurde stärker, und er glaubte, in einiger Entfernung ein tiefes Surren zu hören.

»Ja. Es ist bloß ... es können nur Magier in die Enklave. Und die Wesen, die im Lauf der Jahrhunderte von ihr verändert wurden. Du kannst natürlich auch einbrechen. Aber dazu braucht es das Wissen der Inquisitoren. Und außerdem würde man dich sofort angreifen. Ich meine, ich bin natürlich willkommen. Aber du ...«

»Was?«, unterbrach ihn Art. Da war ein Lichtschein in der Dunkelheit, der ziemlich schnell näher kam. »Aber ich? Ich bin keines von alldem.«

»Das würde ich so nicht sagen.« Amin schien so entspannt, als würden sie in einem netten Café miteinander plaudern. »Rufus war sicher, dass du zu uns gehörst. Du hast es außerdem eindrucksvoll bewiesen, als du den Inquisitor bezwungen hast. Du musst es lediglich sagen.«

»Was sagen?« Die Metro raste auf ihn und Amin zu, als machte sie Jagd auf die beiden. Art konnte nur auf das Licht starren und fühlte sich wie ein Kaninchen vor der Schlange.

»Du musst sagen: *Ich bin ein Magier*.«

»Was?«

»Sag mal, spreche ich zu leise? Weshalb fragst du immer *was*? Du musst sagen: *Ich bin ein Magier*.«

Unwillkürlich drückte sich Art ganz eng an die Tunnelwand. Verdammt, er würde sterben. »Ich bin ein Magier?« Die Worte klangen so absurd, dass er sie kaum über die Lippen brachte.

»Nein«, meinte Amin geduldig. »Du musst es aus voller Überzeugung sagen. Ich bin ein Magier. Ist Teil des Ritus, mit dem ein Junge oder ein Mädchen offiziell Teil unserer Gemeinschaft wird.« Er sah zu Art. »Oder ein Mann. Der Zauber an der Tür wird dich nicht passieren lassen, wenn du es nicht sagst. Aus Überzeugung.«

»Ich bin ein Magier.« Diesmal war Art lauter gewesen. Doch nichts geschah, und der Lärm der heranrasenden Metro erfüllte den Tunnel wie ein wütender Schrei.

»Du glaubst es nicht.« Amin schien noch immer nicht im Mindesten beunruhigt. »Denk an den Bahnsteig. Den Inquisitor. Wie war das für dich?«

»Sind wir jetzt beim Psychologen?«, entfuhr es Art.
»Du solltest dich beeilen. Ich will dich nicht unter Erfolgsdruck setzen. Aber das dürfte die letzte Chance sein. Komm, schäm dich nicht für das, was du bist. Könnte schlimmer sein. Sag es. *Ich bin ein Magier.*«

Aber Art sagte nichts. Er starrte auf die Lichter. Hörte den Lärm. Und ... dachte an den Bahnsteig. Etwas in ihm war erwacht. Er hatte es gespürt. Das alles war kein Traum. Es war alles wirklich geschehen. Und er hatte gezaubert, auch wenn er nicht begriff, wie das möglich war.

Ein Wind erfasste ihn. Die Metro war wie ein brüllendes Tier, dessen Atem er spürte. Es schien ihm, als wäre er an einer Schwelle. Würde er sie überschreiten, da war er sich sicher, ließe er sein altes Leben hinter sich. Überschritt er sie nicht, würde sein altes Leben schmerzvoll enden. Er schloss die Augen und atmete auf einmal ganz ruhig. Und dann spürte er, wie erneut etwas in ihm erwachte. Etwas, das ebenso fremd wie vertraut schien. »Ich bin ein Magier.«

Seine Stimme hatte seltsam geklungen. Mächtig. Laut. Stark. Sie hallte nach, und einen Augenblick lang hörte er nur die Metro. Spürte sie. Sie füllte die ganze Welt. Und Art hatte keine Angst mehr. Er wusste selbst nicht, warum das so war. Als er die Augen wieder aufriss, sah er sie so nahe vor sich, dass er sie hätte anfassen können. Im nächsten Moment fühlte er eine Hand, die ihn packte und fortzog. Er stolperte, fiel, und die Metro raste an ihm vorbei. Er spürte noch den Fahrtwind, ehe sich eine Tür schloss. Der Tunnel war nicht mehr zu sehen. Keuchend lag Art auf dem Rücken und starrte an eine schmucklose, steinerne Decke. Einige kreisrunde Lampen hingen an ihr.

»Das war doch gar nicht so schwer«, bemerkte Amin und sah auf ihn herab.

»Darf ich um Ihre Namen bitten?« Die Stimme war jenseits von Arts Blickfeld erklungen. Sie schien alt und behäbig zu sein.

»Amin Bey al-Sabunji«, sagte der Ägypter und verbeugte sich mit theatralischer Geste. »Altes Mameluckengeschlecht väterlicherseits«, fügte er hinzu. »Die mütterliche Seite ist die magische. Meine Umm war eine Nichte von Meister Sahir persönlich. Seltsam, sie selbst war kaum magisch begabt. Konnte aber verteufelt gut kochen. Ich vermute, unser Familientalent hat sich bei ihr im Umgang mit Gewürzen gezeigt. Mein Vater hingegen war natürlich unmagisch. Wir ...«

»Das genügt«, schnitt ihm die fremde Stimme die Worte von der Zunge. »Der Name reicht. Dass Sie nicht von hier sind, kann ich Ihnen ansehen. Habe Sie hier noch nie bemerkt.« Wer auch immer da sprach, klang so, als würde Stein auf Stein gerieben. »Nun, es muss ja alles seine Ordnung haben.«

»Natürlich«, erwiderte Amin leicht beleidigt. »Komme übrigens direkt aus der Enklave in Kairo.«

»Wie nett. Dort war ich noch nie. Und ich denke auch nicht, dass ich mal dorthin kommen werde.«

Die Stimme klang so alt, dass sie Art das Bild eines gebeugten Mannes mit schlohweißen Haaren in den Kopf malte. Er wollte sehen, zu wem sie gehörte. Doch als er sich wieder auf die Beine drückte und umsah, erkannte er niemanden, der hätte sprechen können. In dem Raum, den sie durch die Tür im U-Bahn-Tunnel betreten hatten, befand sich außer ihnen nur eine Statue, die ein geflügeltes Monster darstellte, in dessen Klauen ein breites Schwert steckte, das indes nicht aus Stein, sondern aus Metall zu bestehen schien. Sonst war da nichts. Immerhin gab es neben der Statue eine weitere Tür. Vielleicht kam die Stimme aus einem Lautsprecher?

»Und Ihr Begleiter?«

Art starrte ungläubig auf die Statue. Die Stimme war aus ihrem Mund gekommen.

»Artur. Ein absoluter Neuling. Ist so frisch, dass noch nicht mal klar ist, aus welcher Familie er stammt.«

»Er ist doch Franzose, oder?«

Art konnte beim besten Willen keinen anderen Menschen ausmachen. Er ging ein paar unsichere Schritte auf das Monster zu.

»Dann gehört er sicher in die Familie von Meister Houdin. Ein ... sehr entfernter Verwandter, wie mir scheint.«

»Vermutlich«, sagte Amin und lächelte Art aufmunternd zu. »Hat gerade erst die Erklärung abgegeben.«

»Er ist ungewöhnlich alt dafür. Wenn sich die Dinge nicht geändert haben, bekennt man sich bereits mit sechs Jahren zur magischen Gemeinschaft.«

Vielleicht steckt der Lautsprecher in der Statue, mutmaßte Art.

»Was ist der Grund Ihres Aufenthalts?«

Verdammt. Die steinernen Lippen haben sich gerade bewegt.

»Flucht vor den Inquisitoren. Und Rettung eines Rings.«

Die wenigen Worte reichten aus, um Art für einen Moment zurück auf die Straße vor den Fotoladen zu bringen. Erst in diesem Moment fiel ihm ein, dass Monsieur Rufus ihm nicht nur den Ring gegeben hatte, sondern ... »Ich habe noch etwas dabei«, meinte Art. Vermutlich waren diese Bilder für Magier völlig normal. »Es ist ein magisches Foto. Ein seltsames Ding. Ich soll es einem Zirkel bringen.« Art schüttelte den Kopf, als hielte er die eigenen Worte für Unsinn. Für einen Moment füllte ein tiefes Schweigen den Raum.

»Du ... du hast ein Foto dabei?« Amin starrte ihn verwirrt an. »Und du hast nichts gesagt?«

»Höchst ungewöhnlich«, kommentierte die fremde Stimme.

»Aber so was von«, erwiderte Amin.

»Mit wem redest du eigentlich?«, entfuhr es Art. Er sah sich noch einmal um, doch einen Lautsprecher konnte er nicht ausmachen.

»Mit dem Wächter natürlich«, erklärte der Ägypter und sah Art an, als habe er den Verstand verloren.

»Und wo …?« Art kam nicht dazu, seinen Satz zu beenden. Die Statue rührte sich so plötzlich, dass er unwillkürlich zurücksprang. Sie beugte sich zur Seite und drückte die Klinke der zweiten Tür hinunter.

»Ich fürchte, Ihr Begleiter muss noch einiges lernen.« Art starte Amin verblüfft an, als dieser ihn auf die Tür zuschob.

»Die Statue ist …«

»Pst«, machte der Ägypter. »Das sind Creatura magicis. Magische Wesen. Sind sehr darauf bedacht, dass man sie korrekt bezeichnet. Dies ist ein Gargoyle.«

»Schönen Abend noch, meine Freunde«, sagte der Gargoyle und nickte ihnen knapp zu. »Es war eine Freude, Sie kennenzulernen. Ein Führer, der Sie zu unserem Gästehaus bringt, ist auf dem Weg.«

Damit machte das Steinwesen auf dem Absatz kehrt, und der Ägypter schob Art durch die Tür.

Die Höhle, die sie betraten, war so gewaltig, dass sie sich unmöglich neben dem U-Bahn-Tunnel befinden konnte. Und doch mussten sie nur wenige Meter von den Gleisen entfernt sein. Aber war das überhaupt eine Höhle? Art trat auf eine gepflasterte Straße, die von einer ganzen Reihe ungewöhnlich schmaler, altmodischer Häuser gesäumt wurde. Soweit er erkennen konnte, war das hier eine kleine Stadt unter Paris. Gaslicht floss wie zerlaufene Milch zwischen die Häuser, rang mit der schläfrigen Dunkelheit und verlor sich irgendwo weit über ihm. In einiger Entfernung standen Häuser auf höhergelegenen Ebenen. Alle Gebäude – selbst die prächtigeren unter ihnen, waren so schmal, dass unmöglich mehr als ein oder zwei Menschen auf einmal auf einer ihrer Etagen Platz finden konnten. Dafür waren sie überaus hoch. Treppen verbanden sie selbst in vielen Metern Höhe. Über ihnen gab es allerdings keine Decke, wie Art nun bemerkte. Vielmehr erkannte er den Himmel, auf dem sich die Sterne zeigten. Der Wind, der ihm um die Nase wehte, roch noch nach dem

Regen, doch der Bordstein war völlig trocken. Waren sie wieder an der Oberfläche? »Wo sind wir?«, wisperte Art. Es war so still, als wären sie die einzigen Lebewesen an diesem Ort. Er konnte nur ihre Schritte hören.

»Habe ich dir doch schon gesagt. Dies ist die Enklave in Paris«, erklärte Amin und sah neugierig nach oben. »Himmels-Zauber. Nicht schlecht. Gibt einem das Gefühl, wirklich draußen zu sein. In unserer Enklave bei Kairo benutzen wir verzauberte Überhänge, die wir über die Gassen spannen. Lassen es so aussehen, als würde man die Sonne sehen. Ist natürlich eleganter als der Himmelszauber. Nun, ich denke, hier wurden die Dimensionen ein wenig angepasst. Geschickt. Aber da sind wir weiter.« Offenbar wollte er Art die Möglichkeit einer höflichen Erwiderung geben. Doch als dieser ihn bloß verständnislos anblickte, räusperte sich der Ägypter. »Enklaven«, sagte er, »sind die Städte aller Magiebegabten. Hierher sind wir geflüchtet.«

»Vor den Inquisitoren?«, fragte Art atemlos angesichts des überwältigenden Anblicks.

»Vor ihnen und im Grunde allen Menschen.« Für einen Moment klang Amin sonderbar ernst. Ein Tonfall, der so gar nicht zu den Lippen passen wollte, die sich ständig zu einem Lächeln verzogen. »Die Inquisitoren sind natürlich die einzigen, die wirklich von uns wissen. Sie suchen uns. Und jagen uns. Aber keine Angst. In die Enklave können sie nicht. Sie ist zu gut bewacht.«

»Von einem Gargoyle?«

»Habe selten einen von ihnen zu Gesicht bekommen. Ist schon etwas her, dass ich mal hier war. Vor einem Jahrhundert etwa. Da gab es den Himmels-Zauber noch nicht. Sah hier aus wie in einer Grotte. Ah, da kommt ja auch unser Führer, wenn ich mich nicht täusche.« Amin deutete auf einen großen Schatten, der sich zwischen zwei der schmalen Häuser auf sie zuschob.

Das Wesen war so klein, dass es Art im ersten Moment kaum auffiel. Sein Schatten aber hätte zu einem Riesen gepasst.

»Magische Verzerrung«, raunte Amin, der Arts Verwirrung bemerkte. »Hier ist nicht alles, wie es scheint.«

Ungläubig sah Art das Geschöpf an und nickte mechanisch. »Sie sind also, hm, Gäste des Palastes?« Dieser Gargoyle erschien Art wie eine steinerne Putte. Auch er trug Flügel. Sein Gesicht aber hätte einem Teufel zugestanden.

»Genau richtig«, erwiderte Amin gut gelaunt. »Bin übrigens Mitglied des Zirkels.« Zwischen seinen Fingern erschien wie aus dem Nichts ein goldenes Ding, das wie eine Kreditkarte aussah. Der Ägypter verbeugte sich, wobei er den Hut vom Kopf nahm. »Gestatten? Amin Bey al-Sabunji«, sagte er. »Altes Mameluckengeschlecht väterlicherseits ...« Er setzte zu demselben Vortrag an, den er auch schon dem anderen Gargoyle gehalten hatte, doch Art fiel ihm ins Wort. Er wollte ihn einfach nicht noch einmal hören.

»Seine mütterliche Seite ist die magische. Und er ist Ägypter. Ich komme von dort.« Er deutete nach oben.

»Von den Sternen?«, fragte der Gargoyle verwundert.

»Aus Paris«, erklärte Art. Es fiel ihm schwer, seine Gedanken zu sortieren. Als hätte er nicht schon genug Verrücktes an diesem Abend erlebt. Nun sprach er auch noch mit einer steinernen Figur. »Wo bin ich hier?«

»In La Première, der Enklave von Paris«, antwortete die teufelsgesichtige Putte in einem Tonfall, als würde sie die Frage im Grunde nicht verstehen.

»Nein, ich meine, wo bin ich hier? Unter der Erde? Aber so tief können wir doch gar nicht sein. Der Himmel ist viel zu weit über uns. Und ... und ...«

»Oh, oh«, bemerkte Amin. »Magische Überbelastung. Kann ich mich noch dran erinnern, ging mir als Kind genauso. Hatte immer tagelang Schluckauf, wenn ich es übertrieben habe. Er hat heute zum ersten Mal gezaubert. Sie haben nicht zufällig ein paar getrocknete Froschpillen dabei, oder?«

Die Antwort des Gargoyles ging im Rauschen unter, das im nächsten Moment Arts Ohren erfüllte. Ihm wurde schwindlig. Und alles, was er dann noch dachte, war, dass dies hier ein Traum sein musste. Ein furchtbarer und völlig verrückter Traum mit einer steinernen, teufelsgesichtigen Putte. Und im nächsten Moment wurde es ganz und gar dunkel um ihn herum.

La Première

Als Art die Augen wieder aufschlug, glaubte er für einen kurzen Moment, dass er in seinem eigenen Bett lag und dass alles, wirklich alles, nur ein Traum gewesen war. Dann aber sah er sich um und fand sich in einem großen Raum wieder, der ihm völlig unbekannt war. Weißgetünchte Wände, eine Pflanze, deren lila Früchte strahlend leuchteten, und ein Fenster, durch das Tageslicht hineinfiel. Die altmodischen Häuser, die er beim Blick hinaus sah, waren viel zu schmal und viel zu hoch, um nach Paris zu gehören. Mit einiger Mühe drückte sich Art aus dem Bett und machte ein paar unsichere Schritte auf das Fenster zu. Seine Sachen hatte er nicht mehr am Leib. Dafür trug er ein blütenbesticktes Nachthemd, das zu seinem Entsetzen am Rücken offen stand.

»Wer hat Ihnen erlaubt aufzustehen?« Die Stimme hinter Art klang so streng, dass er sich zu hastig umwandte.

Schwindel ließ das Bild vor seinen Augen einen Moment weiterdrehen. Doch dann kam es zur Ruhe, und er starrte wortlos auf die Gestalt, die den Raum betreten hatte. »Sie … Sie …«

»Legen Sie sich wieder hin.« Die Frau, die energisch auf Art zuschritt, trug einen weißen Kittel wie eine Ärztin. Ihre Haut aber hatte einen jadegrünen Schimmer, und in ihrem Gesicht, das Art ein wenig an die Fratze eines Drachen erinnerte, saßen rote Augen. Aus ihrem Mund drückten sich zwei lange Reißzähne – was allerdings nicht das Verwunderlichste an ihr war. Noch verrückter waren die Hörner, die ihr aus der Stirn wuchsen, und vor allem, gewissermaßen als Krönung des Auftritts, die langen Schwingen, die sie auf dem Rücken trug. »Himmel, was starren Sie mich so an?« Sie musterte ihn. Im nächsten Moment verengte sie ihre Augen. »Stört es Sie etwa, dass Sie von einer Steinhaut behandelt werden?«

»Sie sind ein Gargoyle«, stammelte Art.

»Eine Gargoyle, wenn ich bitten darf«, zischte die Ärztin. Sofort kehrte der Schwindel zurück, und Art musste sich auf die Fensterbank stützen.

»Hören Sie«, knurrte die Gargoyle in dem Arztkittel und trat drohend einen Schritt auf Art zu, »es ist Ihr Problem, wenn Sie Vorurteile haben. Aber solange Sie mein Patient sind, werden Sie tun, was ich sage.« Sie entblößte ihre Reißzähne, und Art drückte sich mit so viel Kraft gegen das Fenster, dass er fürchtete, es könnte im nächsten Moment nachgeben.

»Ah, du bist wach.« Diese Stimme kannte Art. Als er an der Gargoyle vorbeilugte, sah er Amin in der Tür des Raums stehen.

»Und Sie sind?« Das geflügelte Wesen entließ Art aus dem Blick ihrer roten Augen und fixierte den Ägypter.

»Amin Bey al-Sabunji«, sagte dieser strahlend. »Altes ... ach egal, ich komme aus der Enklave in Kairo. Oder besser, bei Kairo. Wissen Sie, Gizeh gehört eigentlich ... ach, das ist jetzt ebenfalls nicht wichtig. Ich habe ihn hier gestern Abend hergebracht. Hat zum ersten Mal gezaubert. War wohl zu viel für ihn. Bitte nicht wundern, wenn er ein wenig, na ja, anders ist.« Bei diesen Worten bewegte Amin seinen Zeigefinger in kreisenden Bewegungen neben seiner Schläfe.

»Ein Neuling? In dem Alter?« Die Gargoyle sah Art an, als wäre er ein absonderliches Insekt, das sie ganz unverhofft unter einem Stein gefunden hatte. »Nun, das erklärt seine Verwirrtheit. Die sollte aber mit Schwarzem Fingerhut und Silberbeeren schnell kuriert sein. Noch ein paar Tests, und dann kann er in einigen Tagen wieder gehen.«

»Für Tests haben wir bedauerlicherweise keine Zeit. Wir werden heute im Alunnischen Palast erwartet«, bemerkte Amin. »Dringende Angelegenheit. Wir sollen uns bereithalten. Wollte

ihm La Première zeigen. Ein wenig frische ...«, er sah stirnrunzelnd aus dem Fenster, »ein wenig Luft einatmen.«
»Der Palast hat hier keine Befugnis«, knurrte die Ärztin.
»Nun«, Amin senkte die Stimme, »wir haben Informationen über die Inquisitoren.«
Wenn es überhaupt möglich war, wurde der Ausdruck auf dem drachenhaften Gesicht noch finsterer. »Inquisitoren.« Sie schien das Wort zu kosten, und es schmeckte ihr offenbar nicht. »Oh, ich würde gerne einmal einen von ihnen in die Finger bekommen.« Unwillkürlich richtete Art seinen Blick auf die Hände und die rasiermesserscharfen Krallen der geflügelten Frau. Ein Skalpell brauchte sie sicher nicht. »Aber er kann noch nicht gehen. Ich als seine behandelnde Ärztin erlaube seine Entlassung nicht.«
»Dr. ...« Amin hob fragend die Augenbraue.
»Drolerius.«
»Dr. Drolerius, danke. Man sagte mir, dass es kein Problem sei, wenn ich Ihren Patienten abholen würde. Es hieß, Sie seien die fähigste Ärztin der Enklave. Wir hätten großes Glück gehabt, dass er in Ihre ...«, auch er sah auf ihre Krallen, »sanften Hände geraten ist.«
Die Gargoyle blickte ihn einen Moment sprachlos an. Dann entfuhr ihrer Kehle ein dröhnendes Lachen, das Art an das Brüllen einer Löwin erinnerte. »Sie sind ein Schmeichler, Amin Bey al-Sabunji. Ich bin in der Tat die beste Ärztin. In dieser und jeder anderen Enklave. In Ordnung. Ich gebe diesen jungen Mann in Ihre Obhut. Aber er muss erst seine Medizin nehmen. Und um sicher zu gehen, dass die Beschwerden nicht wieder zurückkehren, gibt es die gesamte Tagesdosis auf einmal.«
»Oh, das ist in Ordnung für mich«, bemerkte Amin und lächelte Art aufmunternd zu. »Wird es gegessen oder getrunken?«
Die Lippen des geflügelten Wesens verzogen sich zu einem bösen Lächeln. »Weder noch.«

∞

»Ich will nicht darüber reden«, sagte Art, als Amin zum wiederholten Male eine Frage nach der Medizin stellte, die ihm Dr. Drolerius verabreicht hatte. »Es genügt, wenn du weißt, dass dieses verfluchte Nachthemd nicht ohne Grund hinten offen stand. Wie bin ich eigentlich zu diesem ... Ding gekommen? Und wo gehen wir überhaupt hin?«, meinte er, um das unangenehme Thema zu wechseln. Immerhin trug er wieder seine normalen Sachen. Jeans. Pullover. Turnschuhe. Jacke. Misstrauisch sah er sich um. Viel los war nicht auf den Straßen dieser Enklave. Sie waren an ein paar Menschen vorbeigekommen, die fast alle völlig normal aussahen. Lediglich eine Frau war ihm seltsam erschienen. Sie war vielleicht fünf Jahre älter als Art und trug einen smaragdgrünen Vogel auf der Schulter, aus dessen Schnabel Rauch aufstieg. Amin und er selbst hingegen wurden kaum beachtet.

»Dr. Drolerius ist kein Ding, sondern eine Ärztin. Und sie ist eine Gargoyle. Habe dir doch gestern erklärt, was es mit ihnen auf sich hat. Früher haben Magier angefangen, ein wenig herumzuexperimentieren. Nicht alles hat geklappt. Nicht alles ist für magisches Leben empfänglich. Gargoyles aber sind es. Und Mumien auch.«

Art erwiderte nichts. Ihm wurde erneut ein wenig schwindlig, als er seinen Kopf zwang, an all das hier zu glauben.

»Habe dich nach deinem kleinen Anfall gestern ins Haus der Heilung gebracht. Und nun ziehst du natürlich um. Wir müssen uns für den Zirkel bereithalten«, erklärte Amin schulterzuckend. »Wird heute im Alunnischen Palast tagen. Und unvorbereitet sollte man nicht zu so einer derart wichtigen Zusammenkunft gehen.«

»Aha«, erwiderte Art und nickte, obwohl er nichts verstand. »Nicht unvorbereitet. Und was werden wir nun tun? Bringst du mir bei, wie man zaubert?« Es sollte ein Scherz sein, doch auf einmal schlug Arts Herz schneller. Er hatte bereits gezaubert. Unkontrolliert. Konnte er das womöglich wirklich lernen? Es kontrollieren? Die Vorstellung, zaubern zu können, fühlte sich berauschend an.

Amin sah ihn einen Moment lang verdutzt an, dann begann er zu lachen. »Wir frühstücken. Ah, hier muss es sein. Unser kleiner Führer von gestern Nacht hat mich hier untergebracht. Seltsamer Kauz, findest du nicht?« Der Ägypter wies auf eines der Häuser. Die Fassade war leuchtend gelb gestrichen. Überhaupt alle Häuser in La Première schienen gerade erst getüncht zu sein. Die Tür des Gebäudes strahlte in hellem Grün. Es maß höchstens einen Meter in der Breite, war dafür aber bestimmt dreißig Meter hoch. Aus jedem der geöffneten Fenster, die sich einzeln übereinander die Fassade entlangzogen, wuchs eine große Pflanze, sodass man glauben konnte, im Inneren dieses seltsamen Gebäudes hätte jemand irgendwie einen botanischen Garten angelegt. »Dr. Drolerius hingegen ist eine äußerst charmante Dame, wie ich finde.«

Art verkniff sich die Frage, wie sie beide in das schmale Haus hineinpassen wollten, wenn sich einer nicht gerade auf die Schulter des anderen stellte. »Du findest, dass Dr. Drolerius eine charmante Dame ist?«, fragte er stattdessen, während Amin die Tür aufdrückte. Zu Arts Verwunderung drang heller Sonnenschein aus dem Inneren des Gebäudes. Er hatte eher erwartet, dass der Eingang durch Äste oder Büsche verstopft sein würde.

»Solltest du jemals Awal, die Enklave bei Kairo, besuchen, werde ich dir die Mediziner dort zeigen. Glaub mir, die Mumienärzte sind meist übellaunig und wenig zimperlich. Wollen einem ständig das Gehirn durch die Nase ziehen, um es zu reinigen.« Er schüttelte sich. »Eine Gargoyle ist dagegen direkt sanft.«

Gargoyles. Mumien. *Es kann nicht noch verrückter werden, oder?*, dachte Art bei sich. In diesem Moment schien es, als würde sein Verstand beschließen, dass das alles hier völlig normal war.

Vielleicht bestand darin die einzige Möglichkeit, nicht irre zu werden.

Er folgte Amin über die Türschwelle ... und fand sich am Rand eines wunderschönen Gartens wieder. Verblüfft blieb er stehen. Um einen kleinen See herum erstreckte sich eine Grasfläche, die von so exotischen Büschen und Bäumen gesäumt wurde, dass sich Art in einem anderen Land wähnte. Über leuchtend bunte Blüten zogen Schwärme von Insekten, und Vögel – von denen einige ebenso viel Rauch ausstießen wie das smaragdgrüne Geschöpf, das Art bereits gesehen hatte – flogen über den Garten hinweg. Dieser wiederum wurde an einer Seite von einem schmalen Gebäude gesäumt, dessen Mauern dieselbe Farbe wie das Haus aufwies, das Art und Amin betreten hatten. Allerdings war es von hier aus betrachtet höchstens ein Stockwerk hoch. Das mehrere Etagen umfassende Gebäude, durch dessen Fenster sich die Pflanzen gedrückt hatten, war nicht mehr zu sehen.

»Komm, dahinten sind noch ein paar Plätze frei.« Amin ging zielstrebig auf einen der Tische zu, die auf dem Rasen verteilt waren. Dieser Ort schien ein Café zu sein. Die Menschen, die hier frühstückten, sahen normal aus. Weitestgehend zumindest. Lediglich ein Mann, der mittelalterlich gekleidet war und überdies einen so hohen Hut trug, dass man glauben konnte, er habe sich für ein Kostümfest verkleidet, stach deutlich hervor. Art konnte nicht anders, als ihn selbst dann noch anzustarren, nachdem sie sich gesetzt hatten.

»Schau da nicht so hin«, raunte Amin ihm zu. »Das ist ein Traditionalist. Die meinen, dass alles so bleiben sollte, wie es war.«

Mit Mühe riss Art seinen Blick los und sah sich um. »Wo ist das Haus hin?«, fragte er.

»Wir sind drin«, gab Amin zur Antwort. »Ach ja, du warst noch nie in einer Enklave. In ihnen gibt es wenig Platz. Wir wollen ja nicht auffallen. Und selbst der beste Zauber kann den Raum neben einem U-Bahn-Tunnel nicht ewig strecken. Die Häuser sind von außen schmal und hoch. Innen sind sie breit und niedrig. So gleicht sich alles aus. Alles klar?«

Entschieden schüttelte Art den Kopf.

»Wunderbar«, meinte Amin und gab einer Frau, die einen Handwagen zwischen den Tischen herumschob, ein Zeichen, woraufhin sie zu ihnen kam.

Auch sie wäre Art kaum aufgefallen, wenn er sie in Paris zufällig auf der Straße gesehen hätte. Allenfalls war ihr weites Kleid, das so bunt war, als wollte es all die Blüten in diesem Garten spiegeln, ungewöhnlich. Mit jedem Schritt schienen sich seine Farben zu verändern. Über dem Kleid trug sie eine weiße Schürze.

»Guten Morgen, ihr Lieben«, sagte sie. Sie lächelte ihn und Amin strahlend an. »Kommt nicht oft vor, dass man ein neues Gesicht in der Enklave unter die Augen bekommt. Und dann gleich zwei. Mon dieu!«

»Wir sind uns gestern Nacht nicht vorgestellt worden. Mein Führer hatte mich direkt in eines Eurer Gästezimmer gebracht. Amin Bey al-Sabunji«, sagte der Ägypter und erwiderte das Lächeln der Frau. »Ich komme aus Awal.« Aus dem Augenwinkel warf er Art einen Blick zu und nickte stumm. »Ich überspringe den Teil mit dem alten Mameluckengeschlecht väterlicherseits, auch wenn es recht interessant ist. Meine Mutter war wie Ihr. Eine magische Köchin. Sie stellte in der Küche Dinge an, die man nicht glauben konnte.«

Art starrte ihn an. Alles hier war nicht zu glauben. Da konnten die Kochkünste von Madame al-Sabunji wohl kaum mithalten. »Artur«, stellte er sich knapp vor. »Bin ... bin neu hier.«

»Oh«, entfuhr es der Frau. »In dem Alter? Ungewöhnlich. Nun, willkommen im Jardin de plaisir. Ich bin Madame Poêle. Dies hier ist mein Gästehaus. Was wollt ihr essen?« Sie zog zwei Speisekarten aus ihrer Schürze. Sie hatten die Größe von Visitenkarten, doch sie schienen mehrfach gefaltet. Madame Poêle schnippte, und die Karten klappten auf, bis sie das richtige Maß hatten.

»Wir nehmen beide eine Auswahl vom Buffet«, meinte Amin nach einem kurzen Blick auf die angebotenen Speisen. »Die Kosten übernimmt der Zirkel. Werden heute von ihm erwartet. Gehöre selbst dazu.« Bei diesen Worten erschien die goldene Karte, die er bereits dem kleinen Gargoyle gezeigt hatte, zwischen seinen Fingern.

»Oh«, entfuhr es der Frau erneut, die beeindruckt auf die Karte blickte. »Offizielle Gäste.« Sie lächelte erfreut und öffnete die Tür ihres Handwagens. »Bitte sehr, nehmt, was ihr wollt.«

Fragend blickte Art zu der Frau, die etwas in dem Handwagen zu suchen schien. Sie zog nacheinander zwei Löffel, Teller und … Schalen mit kleinen Reiskörnern unterschiedlicher Farbe aus ihm heraus. Rasch deckte sie den Tisch und sah dann fragend zu Amin.

Der Ägypter wirkte sichtlich angetan. »Hm«, murmelte er nachdenklich, während er die Körner prüfend betrachtete, »wie soll man bei der Auswahl nur das Richtige finden?« Er sah aus, als stünde er vor einer Auslage voller Torten und könnte sich nicht entscheiden, welche er bestellen sollte. Er deutete schließlich auf drei Reiskörner, die Madame Poêle mit einer kleinen Servierzange auf seinen Teller legte. Ein blaues, ein grünes und ein gelbes.

»Eine gute Wahl«, bemerkte die Frau. »Und du, mein lieber Neuling?«

Art sah sie zweifelnd an. Er fand das alles selbst für diesen ohnehin äußerst seltsamen Ort ziemlich schräg. Unentschlossen blickte er auf die Körner und entschied sich für ein braunes und ein rotes, was Madame Poêle einen erstaunten Ausdruck auf das Gesicht zauberte.

»Hier, du Draufgänger«, sagte sie, während sie Art zusätzlich ein weißes Korn auf den Teller legte. »Wenn es zu schlimm wird.«

Als sie fort war, sah Amin Art strahlend an und deutete auf den Teller vor ihm. »Guten Appetit. Habe schon lange nicht mehr Französisch gegessen. Ist fantastisch.« Er warf einen Blick auf Arts Körner. »Bin gespannt, wie du das verträgst.« Er nahm mit seinem Löffel das blaue Korn in den Mund und schien es eine ganze Weile stumm zu kosten. Dann schluckte er es hinunter und seufzte entzückt. »Besser, als Worte es beschreiben könnten«, murmelte er und lächelte Art verklärt zu. »Versuch mal dein Frühstück.«

Art runzelte die Stirn und betrachtete die Körner auf seinem Teller. Dann zuckte er die Schultern und schob sich das rote in den Mund. Er biss einmal darauf und schluckte es hinunter. »Sag mal, dieses Zeug ist nicht wirklich euer normales Essen, oder?« Er sah in Amins versteinertes Gesicht. »Was hast du?«

»Du hast es runtergeschluckt«, entfuhr es dem Ägypter. »Einfach so.«

»Hätte ich es ausspucken sollen?«, erwiderte Art. »Jetzt mal ehrlich, das ist doch ein Spaß. Wo ...« Ein Brennen im Mund schnitt ihm die Worte von den Lippen. Es fühlte sich an, als hätte er ein heißes Stück Kohle auf der Zunge. Im nächsten Moment breitete sich eine unerträgliche Schärfe auf ihr aus. Es war, als hätte er auf mehrere Chili-Schoten gebissen. Und zwar auf solche, die mit einem Warnhinweis versehen werden sollten.

»Dieses Zeug, wie du es nennst, ist in der Tat das übliche Essen von Magiern«, bemerkte Amin munter. »Zumindest, wenn man in einer Enklave speist. Denn hier gibt es wenig Platz. Keine Ackerflächen. Keine Tiere. Keine Lieferverträge mit den normalen Menschen. Diese Körner stammen von Pflanzen, die, sagen wir einmal, magietechnisch verändert wurden. *Magicis plantis*. Jedes Korn ist ein ganzes Gericht. Ich habe gerade ein Croissant mit Marmelade genossen.«

Arts Augen tränten, als könnte er das, was da in seinem Mund brannte, einfach aus seinem Körper spülen. Er glaubte, dass er gleich keine Luft mehr bekommen würde.

»Du hingegen hast etwas zu dir genommen, das laut Karte«, Amin warf einen Blick auf sie, »*Mort forte* heißt. Ich denke, der Name lautet übersetzt *Scharfer Tod*. Das lässt wohl wenig Platz für

Fantasie. Manche starten gerne deftig in den Tag. Du nimmst im Grunde ein ganzes Gericht in nur einem Augenblick zu dir, wenn du es direkt herunterschluckst. Üblicherweise lässt man die Körner daher so lange im Mund, bis ihr Geschmack nachlässt, und schluckt sie erst dann hinunter.«

Hastig wischte sich Art die Tränen aus den Augen und hustete. Er deutete auf seinen Hals, der in Sekundenschnelle zuzuschwellen schien.

»Das weiße Korn, das dir die reizende Madame Poêle auf den Teller gelegt hat, nennt sich *Eau d'extinction* und soll das heiße, intensive Geschmackserlebnis des *Mort forte* auf ein erträgliches Maß reduzieren.«

Mit zitternden Fingern griff Art nach dem Korn, und beinahe wäre es ihm heruntergefallen. Er schob es sich zwischen die Lippen und schaute zu Amin.

»Im Mund behalten«, sagte der Ägypter, als spräche er mit einem etwas zurückgebliebenen Kind.

Art schloss die Augen, sog gierig Luft durch die Nase ein und ... merkte, wie das Brennen nachließ. Sein Hals beruhigte sich, und erleichtert atmete er tief durch. Er fuhr sich über die schweißnasse Stirn und fühlte sich so satt, als hätte er ein halbes Dutzend Brötchen und ebenso viele Croissants zum Frühstück gegessen.

»Und?«, fragte Amin, der Art neugierig ansah.

»Und was?«, krächzte Art.

Der Ägypter lehnte sich zurück. »Wie fühlt es sich an, unter normalen Leuten zu sein?«

Für einen Moment vergaß Art seinen vollen Bauch. Er nahm an, dass sich Amin über ihn lustig machen wollte, doch dieser blickte ihn völlig ernst an. »Ich dachte, da oben in Paris seien die normalen Leute«, sagte er schließlich, während Madame Poêle zwei Frauen am Nebentisch je ein grünes Korn auf den Teller legte.

»Ach, findest du?« Amin lehnte sich lässig zurück. »Also ich weiß nicht. Die vergangenen zweihundert Jahre ist irgendwie alles gleichgeblieben. Es geht bei euch immer um dieselben Themen. Und ständig diese Kriege! Furchtbar. Bin ehrlich gesagt froh, dass die magische Gemeinschaft schon seit langer Zeit nichts mehr damit zu tun hat.«

»Und das hier ist das Zentrum dieser magischen Gemeinschaft?«, wollte Art wissen, während er den Blick über die Mauer richtete, die einige Teile des Gartens säumte. Hinter ihr ragten die schmalen Häuser der Enklave in den falschen, strahlend blauen Himmel empor.

»Wo? Hier bei den Franzosen?« Amin lachte. »Das glauben die höchstens selbst.« Er schüttelte den Kopf. »Nein, nein. Wir halten die ganze Sache ziemlich ausgeglichen. Also, du weißt wirklich nichts?«

Einer der Vögel flog krächzend über sie hinweg, und Art folgte ihm einen Moment mit den Augen. Beinahe glaubte er wirklich, unter freiem Himmel zu sitzen. In einem echten Garten. Und nicht neben einem U-Bahn-Tunnel. »Das alles ist völlig neu für mich. Monsieur Rufus hat mir nie etwas erzählt. Ich war sowieso noch nicht lange bei ihm, als …« Art stockte. Die nächsten Worte schienen ihm wie Fischgräten im Hals zu stecken. Wenn sich das hier wie ein verrückter Traum anfühlte, dann war die Erinnerung an den Angriff ein Albtraum.

Amin nickte. »Nun, wo fange ich an? Magie gab es schon immer. Denke ich zumindest. Habe mich nie besonders für die Vergangenheit interessiert. Ist aber eine verteufelt seltene Gabe. Die Menschen, die sie bewirken können, gehören zu sechs Familien. Ziemlich weit verzweigte Familien. Das Talent der Magie schlummert in allen Mitgliedern. Aber nicht in allen zeigt es sich. Manchmal vergehen Generationen, ehe es bei einem zum Vorschein kommt. Die Verwandtschaft untereinander kann also recht weitläufig sein. Im Lauf der Jahrhunderte treiben Stammbäume die wildesten Zweige. Außerdem sind Ehen innerhalb der Familien nicht mehr gerne gesehen. Es kommt also reichlich frisches Blut von außen. Ist aber auch eine heikle Angelegenheit. Es darf ja keiner von der ganzen Sache mit uns erfahren. Außerdem müssen wir bei der Langlebigkeit nachhelfen. Magier und Magierinnen werden ziemlich alt. Jede Familie geht auf einen Stammgründer oder eine Stammgründerin zurück. Je gerader die Linie der Verwandtschaft zu ihm oder zu ihr, desto größer ist das magische Talent. Muss wohl nicht betonen, dass ich das Glück habe, besonders viel Talent abbekommen zu haben.« Amin lächelte Art gewinnbringend an. »Die Familien leben in unterschiedlichen Ländern. Eine findest du hier in Frankreich. Eine weitere in Ägypten. Die übrigen gibt es in Spanien, Russland, China und in England.«

»Magie gab es schon immer?«, fragte Art wenig überzeugt. »Wieso hat man dann nicht längst von euch gehört?«

Stirnrunzelnd sah Amin ihn an. »Du warst schon in der Schule, oder? Hexenverbrennung? Inquisition. Märchen. Sagen. Hallo? Das mit der Magie war kein Geheimnis. Es gab mehrere Gelegenheiten, zu denen wir beinahe aufgeflogen wären. Damals waren die Magier und ihre Schüler noch ziemlich naiv. Dachten, die anderen Menschen fänden es toll, wenn sie vor ihren Augen zauberten. Hat zur Inquisition geführt. Elfhundert oder zwölfhundert. Muss eine schlimme Zeit gewesen sein. Viele von unseren Leuten hat es erwischt. Aber die meisten Opfer, die von den Inquisitoren umgebracht wurden, waren normale Menschen. Das Leben in dieser Zeit war sicher schrecklich. Und die ganze Sache ging ziemlich lange. Noch bis kurz vor meiner Geburt wurde mit Hochdruck nach Magiern gefahndet. Aus diesem Grund hatten sich die Familien damals längst den wichtigsten Monarchen angeschlossen.« Amins fröhlicher Gesichtsausdruck war mit jedem Wort ernster geworden.

»Aber warum haben sie sich nicht gewehrt?«, fragte Art. »Ich meine, mit Magie kann man doch bestimmt jeden besiegen.« Er versuchte, sich an das zu erinnern, was er über die Inquisition wusste. Aber an mehr als ein paar verblasste Stunden aus dem Geschichtsunterricht konnte er sich beim besten Willen nicht entsinnen.

»Krieg?« Amin lächelte matt. »Typisch menschliche Idee. Was soll das bringen? Jedes Mal, wenn wir einen Inquisitor getötet hätten, wären zehn neue gekommen, um seinen Platz einzunehmen. Menschen haben Angst vor dem, was sie nicht verstehen. Und sie verstehen vieles nicht. Sie würden uns untersuchen und in Lager stecken, wenn sie uns in die Finger bekämen. Oder einfach töten. So wie die Inquisitoren. Am Ende gäbe es nur zwei Möglichkeiten. Sie oder wir. Und wir sind zu wenige, um sie zu besiegen. Und wir sind natürlich auch zu nett. Nein, wir haben uns versteckt, bis man uns nur noch für Legenden gehalten hat. Und zwar gewissermaßen bei ihnen selbst. Es gab Magier im Dienst von Georg III. von England sowie von Napoleon und Karl IV. von Spanien. Nicht zu vergessen Zarin Katharina II., die auch einige beschäftigt hat. Ebenso wie die Kaiserinwitwe Cixi in ihrer Verbotenen Stadt. Und natürlich Sultan Ali Bey aus Ägypten, übrigens ein Vorfahre väterlicherseits von mir, in dessen Dienst sich mein Meister gestellt hatte. Die Inquisitoren sind nicht mehr an uns herangekommen. Immerhin standen wir unter dem Schutz mächtiger Herrscherinnen und Herrscher. Blöderweise habt ihr Menschen irgendwann angefangen, eure Monarchen zu stürzen. Das war zu derselben Zeit, in der …« Er machte eine Handbewegung, als wollte er die gesagten Worte wieder fortwischen. »Ist alles lange her.«

»Und was hat das mit euch zu tun?«, wollte Art wissen.

»Nun«, Amin lehnte sich zurück und sah fast ein wenig wehmütig aus, »an einem echten Hof gibt es Romantik und Geschichte. Die Vergangenheit ist dort so präsent, dass die Zukunft immer weit weg ist. Kein Wunder, dass Königinnen und Könige oder wie immer sie sich auch nennen, kein Problem damit hatten, an Magie zu glauben. Sie haben unsere spezielle Sorte sehr gerne bei sich aufgenommen und verlangten, dass wir, natürlich nur dezent, für sie zauberten. Und wir haben gefordert, dass wir niemals gegeneinander kämpfen würden. Im Gegenzug für unsere Dienste haben sie uns die Inquisitoren vom Leib gehalten. Wir standen unter ihrem persönlichen Schutz. Wer die Hand gegen einen Magier erhob, hatte danach keine Hand mehr. Außerdem gehörten die Inquisitoren zum Vatikan. Und den mochte keiner unserer gekrönten Schutzengel.«

»Aha«, entfuhr es Art. Langsam drehte sich ihm der Kopf. Von den Herrscherinnen und Herrschern dieser Zeit kannte er nur Napoleon. »Also wart ihr so wie dieser eine Zauberer?«

Amin runzelte verwirrt die Stirn.

»Wie hieß er noch?« Art überlegte kurz. »Aus den Filmen. Merlin?«

Der Ägypter seufzte genervt. »Merlin? Das ist alles, was dir dazu einfällt? Typisch. Merlin muss ein furchtbarer Wichtigtuer gewesen sein. Hat so offensichtlich gezaubert, dass alle Welt auf ihn aufmerksam wurde. In gewissen Kreisen nennt man ihn heute nur noch den irren Zausel aus den Bergen. War zu lange alleine in seiner Eremitenhöhle in England. Und hatte einen furchtbaren Humor. Der Stein mit dem verzauberten Schwert steht, soweit ich weiß, heute noch in der Enklave in London als Mahnmal dafür, dass wir unsichtbar sein müssen und nicht Blitze schießend durch die Gegend laufen dürfen.«

»Und warum dürft ihr nicht …« Art machte eine Bewegung, als wäre er der Imperator aus den Star Wars Filmen.

»Die Inquisitoren sind Merlin auf die Spur gekommen«, beantwortete Amin die unausgesprochene Frage. »Sagen wir mal so, für ihn hat es keine Fortsetzung gegeben. Nein, es ist besser, wenn man uns gar nicht erst bemerkt.« Amin runzelte die Stirn und musterte Art, als habe er etwas Seltsames an ihm entdeckt. »Du hast gestern von einem magischen Bild gesprochen. Solche Dinge sind selbst in unserer Welt ungewöhnlich.«

»Ich komme nicht aus einer magischen Familie«, meinte Art. Er hatte noch nie von seltsamen Ereignissen gehört, die seinen Verwandten passiert waren. Zumindest nicht aus der Familie seiner Mutter. Die seines Vaters hingegen war nirgends sesshaft gewesen. Art hatte nur wenige Erinnerungen an ihn. Den Worten seiner Mutter nach hatte sein Vater sie verlassen, ehe Art in die Schule gekommen war. Vermutlich war der Kummer, den er damit über die Familie gebracht hatte, auch der Grund, weshalb seine Mutter so gut wie nie von ihm sprach.

Amin winkte ab. »Wie gesagt, magische Verwandtschaft zeigt sich manchmal generationenübergreifend. Der Zirkel ist schon ganz gespannt zu erfahren, was …« Er brach ab, als Madame Poêle an ihren Tisch trat.

Die Frau griff in ihre Schürze. »Meine Lieben«, sagte sie und schenkte besonders Art ein zuckersüßes Lächeln, »wie es scheint, werdet ihr schon bald im Palast erwartet.« Sie zog eine kleine, schneeweiße Steinfigur mit silbernen Flügeln auf dem Rücken heraus und setzte das Wesen auf ihren Tisch. Es sah aus, als sei einer der großen Wasserspeier, die von den Dächern der alten Pariser Häuser auf die Straßen hinabblickten, eingelaufen. Der kleine Gargoyle sah Art und Amin prüfend an.

»Das ist der Baumeister«, wisperte Amin.

Ehe Art fragen konnte, warum das Wesen diesen Namen trug, öffnete es auch schon den steinernen Mund.

»Sehr geehrter Amin Bey al-Sabunji«, sagte es.

»Altes Mameluckengeschlecht väterlicherseits«, fügte der Ägypter rasch hinzu. »Magische Mutter.«

Das Wesen nickte, und Art stellte verwundert fest, dass ihn der Anblick eines sprechenden Miniatur-Gargyoles nach all dem, was er gesehen hatte, nicht im Mindesten mehr überraschte.

»Und der unbekannte Mann.« Das Geschöpf machte eine Pause und wollte Art damit offenbar die Gelegenheit geben, sich vorzustellen.

»Art«, sagte er und sah dabei fragend zu dem Ägypter. »Sohn ... meiner Eltern.« Er lächelte ein wenig unsicher.

»Offensichtlich«, bemerkte der Gargoyle. »Der Alunnische Palast heißt euch willkommen. Ihr werdet erwartet. Der Zirkel beginnt.« Nach diesen Worten verstummte der Wasserspeier.

»Wie aufregend«, kommentierte die Frau. »Ich packe euch den Nachtisch ein. Im Alunnischen Palast haben sie sicher keine vernünftige Küche.« Sie zog zwei Rosinen aus derselben Tasche, aus der sie den Gargoyle gezogen hatte, und wickelte sie in Papier. »Bitte«, sagte sie und reichte sie ihnen.

»Kann es kaum erwarten.« Amin ließ die Rosine in einer Tasche seines weißen Mantels verschwinden, der nun wieder völlig sauber war. »Die französische Pâtisserie soll ja überragend sein.« Er blickte fragend zu Art, der seine Rosine prüfend ansah. »Probleme?«

»Nein, nein«, sagte Art schnell, während er sich fragte, was der Genuss dieser Rosine in ihm auslösen würde.

»Du hast wohl besonders viel Appetit auf Süßes«, meinte Madame Poêle und fischte zu Arts Entsetzen noch mal drei der Rosinen hervor und gab sie ihm. Mit einem widerwilligen Nicken ließ er sie in der Hosentasche verschwinden.

»Na, du hast ja Hunger«, kommentierte Amin. »Aber so lange wird es im Palast sicher nicht dauern.«

Der Ägypter hatte den Gargoyle mitgenommen. Er hielt ihn in der Hand, während das Wesen ihnen den Weg beschrieb. Die Leute, die ihnen auf der Straße zwischen den schmalen Häusern begegneten, schien der Anblick eines sprechenden Wasserspeiers überhaupt nicht zu überraschen. Ein oder zwei von ihnen warfen Art einen fragenden Blick zu, so als würden sie ihm ansehen, dass er nicht hierhergehörte. Er und Amin blieben am Ende ihres Weges auf einer Anhöhe mitten in der Enklave stehen. Einige Bäume mit silbergrauen Blättern säumten den kleinen Platz.

»Das ist der Palast?«, fragte Art. Vielleicht war das Gebäude verzaubert. Womöglich unsichtbar.

Amin schüttelte den Kopf und sah Art an, als hätte dieser etwas besonders Törichtes gesagt. »Wo siehst du denn bitte einen Palast?«, meinte der Ägypter. Doch er schien keine Antwort zu erwarten. Stattdessen setzte er den Wasserspeier genau in der Mitte des Platzes ab und trat zurück.

Das Geschöpf begann zu zucken und sich zu schütteln, bis es einen winzigen, silbernen Kern aushustete. Kaum war dieser zu Boden gefallen, trat der Gargoyle eilig davon. Amin tat es ihm gleich. Der Kern indes begann zu wachsen. Er schoss in die Höhe, und Art musste zurückspringen, um nicht von ihm getroffen zu werden. Dann streckte sich der Kern abrupt in die Breite, um erneut nach oben zu wachsen. So ging es weiter, bis in kurzer Zeit ein stattlicher Turm vor ihnen stand, der auf einigen Etagen kunstvoll verzierte Erker ausbildete. Die Farbe seiner Mauer funkelte, je nachdem wie Art den Kopf hielt, mal rot, blau oder grün. Es war ein ziemlich schiefer Turm, der sich wie ein Schneckenhaus selbst in sich drehte. Als er aufgehört hatte zu wachsen, bildete sich zuoberst eine silberne, kreisrunde Kuppel.

»*Das* ist ein Palast«, bemerkte Amin lässig und bückte sich, um den Gargoyle vom Boden aufzuheben. »Genauer gesagt, der Alunnische Palast.«

Jetzt verstand Art, warum der Gargoyle den Namen *Baumeister* trug.

Amin nickte dem kleinen Wasserspeier zu, der daraufhin mit seinen winzigen Flügeln schlug und davonflatterte. »Da kommen die anderen«, wisperte der Ägypter und deutete zu der Straße zwischen den Häusern, die an der Anhöhe endete. »Jetzt wird es ernst. Keine Lügen. Das bemerken sie sofort. Himmel, Gilles sieht ja mal wieder besonders griesgrämig aus.«

Art folgte seinem Blick und sah drei Männer und eine Frau auf sie zukommen. Das Haar des Mannes, der vorneweg ging, war so schwarz wie das Gefieder eines Raben. Er mochte kaum älter als dreißig Jahre alt sein. Sein ebenmäßiges, scharf geschnittenes Gesicht schien in Ernsthaftigkeit erstarrt zu sein. Dicht hinter ihm erklomm eine rothaarige Frau die kleine Anhöhe. Sie war seltsam alterslos, fand Art, wie die Grauen in Monsieur Rufus' Laden. Auch die Frau blickte ernst drein. Auf ihrem schmalen Gesicht aber erkannte Art noch etwas. Eine tiefe, unheilbare Traurigkeit. Die anderen beiden Männer hielten sich im Hintergrund. Offenbar gehörten sie nicht zum Zirkel. Dessen zwei Mitglieder schienen Art nicht wahrzunehmen. Ihre Aufmerksamkeit galt alleine dem Ägypter.

»Wie gesagt, das ist Gilles«, raunte Amin. »Er ist der Alunni dieser Enklave. Das bedeutet, dass er La Première im Zirkel vertritt.«

»Und wer ist die Frau?«, wisperte Art. Sie erinnerte ihn an jemanden.

Der Anführer der kleinen Gruppe blieb vor Amin stehen und nickte ihm zu. Der Ägypter ließ Arts Frage unbeantwortet und verbeugte sich vor dem Schwarzhaarigen. Die anderen Männer hielten sich weiter im Hintergrund. Gilles sah nun zu Art und gab sich erkennbar Mühe, diese eine Sekunde zu überspielen, in der er die dunkle Haut sah und versuchte so zu tun, als würde er sie nicht wahrnehmen. Doch Art hatte diesen Moment zu oft erlebt. *Ja, ich bin Schwarz. Schön, dass du das bemerkst.* Die Worte lagen ihm jedes Mal auf der Zunge. Und wie jedes Mal schluckte er sie herunter. Verstohlen musterte er die Rothaarige. Das Gesicht hatte er noch nie gesehen. Und doch kam es ihm so seltsam bekannt vor. »Monsieur Rufus.« Der Name schlüpfte ihm zwischen den Lippen hindurch, ohne dass er ihn hatte zurückhalten können.

Die Rothaarige blieb stehen und richtete ihren Blick auf Art.

Es schien fast, als hätte sie ihn erst jetzt bemerkt. »Du kanntest meinen Bruder?«, fragte sie verwundert. »Obwohl dieser Name nicht sein richtiger war.«

»Er war dabei, als der Angriff stattfand«, sagte Amin leise. »Aber das ist sicher nicht der passende Ort, um über diese Dinge zu sprechen.«

Die Rothaarige nickte, doch sie blieb noch einen Moment stehen, und in ihrem Blick erkannte Art zahllose Fragen. Dann wandte sie sich abrupt um, und sie und ihr Begleiter gingen auf den Turm zu. An seinem Fuß öffnete sich ein Tor aus silbernen Flügeln. Gilles und die Schwester von Monsieur Rufus schritten hindurch. Ihre Begleiter aber blieben links und rechts des Tores stehen.

»Das war Genevieve«, wisperte Amin. »Rufus und sie haben sich … nun ja, nicht gerade blendend verstanden. Aber Blut ist bekanntlich dicker als Wasser. Und magisches Blut ist besonders dick. Sie beide stammen in so direkter Linie von der berühmten Lady Glamis, der Stammmutter ihrer Familie, ab, dass einige davon überzeugt sind, dass die Magie der Zwillinge mindestens ebenso groß ist wie ihre.« Ein Schatten fiel über sein Gesicht. »Oder besser, war. Der Ring, den du von Rufus bekommen hast, ist der Besitz dieser Familie. Genevieve wird wissen wollen, was du weißt.«

Art fühlte seltsamerweise eine bleischwere Schuld in seinem Herzen. Als wäre er verantwortlich für den Tod von Monsieur Rufus. »Was soll ich ihr sagen?«, fragte er Amin.

»Alles«, erwiderte der Ägypter. »Alles. Komm, sonst fangen sie ohne uns an.«

Es überraschte Art nicht, dass das Innere des Palastes weitaus mehr Platz bot, als der Turm von außen vermuten ließ. Kaum hatten sie das Tor passiert, fanden sie sich in einer weiten Halle wieder, die links und rechts von steinernen, überlebensgroßen Statuen gesäumt wurde.

»Das sind die Altvorderen«, erklärte Amin, während sie hinter den Magiern durch die Halle schlenderten und auf eine schmale Treppe zuhielten, die so steil in die Höhe führte, dass Art nicht sicher war, ob ein Mensch in der Lage wäre, die Stufen zu erklimmen. Der Ägypter winkte den steinernen Männern und Frauen zu, als wären sie lebendig. Und tatsächlich bemerkte Art, dass einige dieser Altvorderen ihnen zuzwinkerten. »Sind sie ... echt?«, entfuhr es Art.

»Nein, nur magisch«, erwiderte Amin und machte eine wegwerfende Handbewegung. »Da hinten«, er deutete auf die Figur eines Mannes, der aussah, als sei er direkt einem ägyptischen Papyrus entsprungen, »ist der Stammvater meiner Familie.«

»Altes Mameluckengeschlecht?«, mutmaßte Art.

»Nein«, erwiderte Amin in einem Tonfall, der wohl deutlich machen sollte, dass diese Vermutung völliger Unsinn war. »Die magische Seite bei mir ist doch die mütterliche. Altes Priestergeschlecht.« Er hielt sich dezent die Hand vor den Mund. »Habe vergessen, welche Dynastie. Na, alles in Ordnung?« Er reckte dem steinernen Abbild seines Urahnen den rechten Daumen entgegen. Die Statue erwiderte die Geste. »So«, sagte Amin, als sie am Fuß der Treppe standen.

Die zwei anderen Magier waren nicht mehr zu sehen, wie Art verwundert feststellte. Er fragte sich, ob es ihnen gelungen war, die Treppe hinaufzugehen. Aber das war im Grunde unmöglich.

»Der Zirkel tagt natürlich ganz oben.«

»Natürlich«, murmelte Art. Skeptisch sah er die steile Treppe empor. »Aber ich glaube nicht, dass wir da ohne Kletterausrüstung raufkommen.«

»Meinst du?« Amin stieg auf die erste Stufe und bedeutete Art, ihm zu folgen. Dann hob er ein Bein, als wollte er auf die nächste Stufe treten. Doch diese kam ihm entgegen, ohne dass er nach vorne gehen musste. Schnell setzte Art seinen Fuß ebenfalls auf die Stufe.

»Ist nicht ganz so anstrengend, wie es aussieht«, kommentierte Amin. Auch beim nächsten Schritt bewegte sich die Treppe ihnen entgegen. Und bei der darauf war es genauso. Als Art bei der folgenden Stufe nach oben blickte, bemerkte er, dass sich das Dach auf sie zubewegte. Es war, als würde der Turm mit jedem Schritt, den sie machten, niedriger. Zuletzt konnten Art und Amin bequem eine Tür erreichen, die am Ende der Treppe lag.

»Das war ja einfach«, meinte Art, als er dem Ägypter durch die Tür folgte. Sie führte in einen kleinen, dunklen Raum.

»Meinst du?«, erwiderte Amin erneut.

Im nächsten Moment hatte Art das Gefühl, dass er vorne im Wagen einer Achterbahn saß, die steil emporschoss. Er hörte sich selbst schreien, während er zusammen mit Amin und dem Raum, den sie betreten hatten, halsbrecherisch in die Höhe katapultiert wurde. Die Fahrt endete so abrupt, dass er getragen vom Schwung sicher einen halben Meter weiter hinaufflog und dann hart und schmerzhaft auf dem Boden aufschlug. Stöhnend rollte er sich auf die Seite. Der Raum schien um ihn herum zu wachsen, und Licht flutete hinein wie Wasser. Verwirrt blickte Art in die Gesichter der beiden Magier.

»Komm«, sagte Amin und hielt ihm eine Hand entgegen.

Art ergriff sie und stemmte sich ächzend auf die Füße. »Wieso bist du nicht …?«

»Ist eine Frage des Stils«, meinte der Ägypter. »Und außerdem hilft da ein kleiner Zauber.« Er hob ein paar Mal die Augenbrauen.

»Amin.« Der Schwarzhaarige hatte das Wort erhoben.

»Gilles.« Der Ägypter nickte ihm zu, als hätten sie sich unten noch nicht begrüßt.

»Der Zirkel ist zusammengekommen, weil einer von uns das Leben verloren hat.« Gilles machte eine Handbewegung, als wollte er etwas in die Höhe ziehen. Im nächsten Augenblick wuchsen Sessel aus dem glatten Steinboden.

Der Raum, in dem sie sich befanden, schien seine endgültigen Ausmaße angenommen zu haben. Dies musste die Spitze des Turms sein. Sie war nun genauso rund und groß wie sie von unten her ausgesehen hatte. Die Wände waren von großen Fenstern durchzogen, und das Muster, das den hellen Boden zierte, erinnerte Art an zwei übereinander gelegte Dreiecke, die von einem Kreis umschlossen wurden. Die Sessel, deren Lehnen ungewöhnlich hoch waren, standen genau auf der Linie des Kreises. Nur ein kleiner Teil von ihm blieb frei. Jeder Sessel besaß ein Muster auf der Sitzfläche. Gilles und Genevieve wiesen Amin einen der Sessel zu, dessen Polster mit einem goldenen Kamel bestickt war. Art hingegen wurde kein Sitzplatz angeboten, obwohl drei der insgesamt sechs Plätze frei blieben.

»Gleich beginnt der Zirkel«, meinte Amin, während er Art mit sich zog. »Es ist eine große Ehre für dich, als Nicht-Mitglied anwesend zu sein. Die anderen müssten jeden Moment kommen.«

»Welche anderen?«, fragte Art.

Wie zur Antwort formten sich Gestalten auf den freien Plätzen. Sie waren aus Nebel gemacht, der in der Luft erschien und sich zu Körpern zusammenballte. Drei Männer.

»Sie sind gewissermaßen aus der Ferne zugeschaltet«, raunte Amin. »Ein Imago-Zauber. Ist gehobene Magie nötig, um ihn über so weite Entfernungen hinweg zu bewirken.«

»Ich grüße Cayetano aus der Enklave El Primero in Spanien.« Einer der nebelhaften Männer erhob sich aus dem Sessel und verbeugte sich. »Aus Pervaya in Russland heiße ich Grigori willkommen.« Das geisterhafte Gesicht des zweiten Mannes zeigte Stolz und Hochmut. Er blieb sitzen. »Und zuletzt begrüße ich Wu aus der Enklave Shouxian in China.« Der Mann, der sich kurz von der mit einem goldenen Drachen verzierten Sitzfläche erhob, sah deutlich älter aus als die anderen. »Ihr seid heute in Vertretung hier, da Wu noch nicht da ist«, fügte Gilles hinzu.

»Wu ist in der Tat noch nicht da«, bemerkte Amin.

Verwirrt runzelte Art die Stirn. War nicht der Mann als Wu vorgestellt worden?

»Wu fliegt gerade nach Frankreich«, sagte der Chinese, der denselben Namen trug. »Rufus hat Wu in einer dringenden Angelegenheit zu sich gerufen. Er wollte nicht sagen, worum es ging, doch nun ist mir klar, dass es um den Jungen ging. Kein Alunni weiß mehr über die Familien als Wu.«

»Ich sorge dafür, dass Wu direkt hierherkommt«, sagte Gilles.

»Fliegt Wu auf einem Drachen?«, wisperte Art mit einem Blick auf die Figur zu Amin.

»Natürlich nicht«, erwiderte der Ägypter. »Himmel, was hast du für Vorstellungen?« Amin war keineswegs so leise, dass seine Worte unbemerkt geblieben wären. »Wu nimmt ein Flugzeug. Aber von China hierher dauert es eben ein wenig.«

»Dein Freund kennt unsere Welt nicht«, bemerkte Gilles und legte den Kopf schief, während er Art musterte.

Die Sessel waren so auf dem Kreis platziert, dass sie alle zu ihm wiesen. Amin lächelte ihm aufmunternd zu, doch Art fühlte sich in diesem Moment so unwohl, als wäre er von einem Professor an die Tafel gerufen worden, ohne den Stoff zu kennen.

»Wu wird kommen. Doch der, dessen Platz seit einem Jahrhundert unbesetzt geblieben ist, wird nie mehr erscheinen.« Gilles wies auf den Sessel, auf dem die Rothaarige saß. »Daher heiße ich an seiner statt wie schon seit zehn Jahrzehnten Genevieve aus der Enklave The First willkommen. Von nun an wird Genevieve ein festes Mitglied unseres Zirkels.« Er wurde ernst und sah zu Art. »Erkläre uns, weshalb ihr Bruder nicht mehr hier sein kann, Mensch.«

Jetzt wiesen nicht mehr nur die Sessel in seine Richtung, sondern auch alle Augen richteten sich auf Art. In den meisten der nebelhaften Gesichter erkannte er Misstrauen und in einigen sogar einen Anflug von Feindseligkeit. Nicht, dass er dies nicht schon oft erlebt hatte. Doch diesmal schien ihn etwas anderes als üblich zu einem Außenstehenden zu machen. In den Augen der Magier war er nur ein normaler Mensch. Art atmete tief durch und wusste nicht, was er sagen sollte. Er konnte mittlerweile an Magie glauben. Doch als er nach den richtigen Worten suchte, um das, was im Monsieur Rufus' Geschäft geschehen war, zu beschreiben, erschien ihm alles wie ein Märchen. Und zwar ein ziemlich verrücktes Märchen.

»Ich ... ich heiße Artur«, sagte er und räusperte sich. »Ich bin, nein, ich war die Aushilfe von Monsieur Rufus.« Stockend erzählte er. Von den Stimmen. Von dem Foto. Und von den Inquisitoren. Die Männer und Frauen vor ihm ließen ihn in keiner Sekunde aus den Augen, so als könnten sie ihm eine Lüge vom Gesicht ablesen. Immer wieder suchte Art den Blick von Amin. Doch selbst er hatte eine ernste Miene aufgesetzt, die wie eine Maske auf dem sonst so fröhlichen Gesicht wirkte. Als Art schließlich mit seinem Bericht endete, hatte er das Gefühl, alles noch einmal durchlebt zu haben. Die Ungläubigkeit. Die Angst. Die Trauer.

Grigori schnaubte verächtlich. »Was erzählst du da?« Sicher sprach er russisch, doch der nasse Zauber, den Amin bei Art bewirkt hatte, ließ ihn die Worte verstehen, als würden sie in seiner Muttersprache erklingen. Er gab sich keine Mühe, die offensichtliche Abneigung, die er Art gegenüber empfand, zu verbergen. »Willst du uns etwas glauben machen, Alasdair hätte ein Meisterbild aufgespürt?«

Wer um alles in der Welt, dachte Art bei sich, *ist Alasdair?* Doch dann erinnerte er sich, dass einer der Grauen seinen Chef mit diesem Namen angesprochen hatte. Offenbar hatte er nicht immer Rufus geheißen. Aber was war ein Meisterbild?

»Wusstest du, dass dein Bruder eines der Meisterbilder besessen hat? Denn offenbar war er davon überzeugt, dass die Fotografie, die der Junge bei sich trägt, genau das ist.« Gilles' Frage galt Genevieve, doch seinen Blick richtete er dabei wachsam auf Art, als wäre er nicht sicher, was er von ihm halten sollte.

»Mir war bekannt, dass er auf der Suche nach einem war«, erwiderte die Frau leise. »Obwohl er wusste, dass die Inquisitoren Fallen ausgelegt haben, um uns aus den Enklaven zu locken. Alleine in Spanien hat es wenigstens drei falsche Fotografien gegeben. Und zwei von ihnen wurden denen, die sich auf die falsche Fährte hatten locken lassen, zum Verhängnis. Vielleicht hat mein Bruder das Bild, das er offenbar entdeckt hat, deshalb geheim gehalten.« Sie klang so traurig, dass sich Art unweigerlich schuldig fühlte. »Aber ich wusste nicht, dass er eines gefunden hat. Mein Bruder war eigen. Er hat unserer Familie auf seine Weise vorgestanden.« Sie hatte bei diesen Worten zu Boden geblickt, doch nun hob sie den Kopf und sah Art direkt in die Augen. »Du hast Amin nicht nur von einem Meisterbild berichtet. Darf ich um das Eigentum meiner Familie bitten, Artur?«, fragte sie.

Fragend sah Art zu Amin. Der Ägypter deutete auf seinen Ringfinger, und Art begriff. Langsam streckte er die Hand aus, und zu seiner Überraschung löste sich der Fuchs von ihm, als wäre er ein lebendes Wesen.

Genevieve streckte ihre Hand aus, und der Fuchs schwebte zu ihr. Kaum hatte er die Handfläche erreicht, kroch er darüber und legte sich der Frau um den Ringfinger. »Der Ring hat mich gewählt«, sagte sie. »Ich beanspruche damit die Führung über meine Familie.«

Erneut schnaubte Grigori, diesmal jedoch leiser.

»Und wenn ich nun auch noch um das Eigentum aller Alunni bitten darf?«, fragte Genevieve ungerührt. Sie ließ die Hand ausgestreckt.

Diesmal verstand Art sofort. Er zog das Foto so vorsichtig aus seiner Jackentasche, als könnten die Personen, die es zeigte, Schaden nehmen, wenn er zu unachtsam war. Es schwebte ebenfalls zu der Frau.

Sie aber blickte dabei nur auf Art.»Und du sagst, du konntest Stimmen hören?« Sie runzelte die Stirn, als würde sie angestrengt lauschen.

Art schloss die Augen. Seit der Flucht hatte er selten an das Foto gedacht. Vielleicht hatte er die Stimmen nur dort ... Nein, dachte er im nächsten Moment. Denn als es für einen Augenblick ganz still wurde, hörte er sie wieder. Leise Stimmen.»Vive la Nation! Vive la République!«

Er zuckte zusammen und öffnete die Augen.»Ja«, wisperte er so heiser, als hätte er seine Stimme lange nicht gebraucht, und wiederholte, was er gehört hatte.»Die Menge fordert die Freiheit.«

»Märchen.« Der Mann, der das Wort ausgesprochen hatte, winkte unwirsch ab. Cayetano. Im Gegensatz zu Grigori, dessen Haupt völlig kahl war, fiel ihm sein Haar bis auf die Schultern. Der Bart über seiner Oberlippe war so kunstvoll gedreht, dass vermutlich sogar Salvador Dalí vor Neid erblasst wäre.»Das Foto zeigt die Hinrichtung des französischen Königs. Jedes Kind kann in Geschichtsbüchern nachlesen, was dort gesagt wurde. Wir sind die Alunni der magischen Häuser. Und wir hören nichts. Zumindest kann ich keine körperlosen Stimmen wahrnehmen. Ihr?« Er lachte freudlos.

»Ruhig, Cayetano«, beschwichtigte ihn Genevieve.»Ich kann keine Lüge aus seinen Worten herausschmecken.«

»Vielleicht ist er trainiert, uns zu täuschen.« Wu, der Chinese, verzog keine Miene.»Die Inquisitoren sollen sich mittlerweile gut darauf verstehen, uns sehr nahe zu kommen, ohne dass wir sie bemerken.«

Es dauerte einen Moment, bis Art begriff, was der Chinese meinte.»Ich? Ein Inquisitor?« Er wusste selbst nicht genau, weshalb ihn die Vorstellung, einer der Grauen zu sein, so wütend machte. Er war es gewohnt, dass man ihm mit Argwohn begegnete. Mit Vorurteilen und Vorverurteilungen. Und doch trafen ihn die Worte mehr als alle abfälligen Namen, die man ihm in seinem Leben bislang verpasst hatte. Vielleicht lag es daran, dass er Zeuge der Kälte geworden war, mit der die Inquisitoren Monsieur Rufus und ihn angegriffen hatten. Automatisch ballte er die Hände zu Fäusten. »Ich habe einen von ihnen geschlagen. Und das mache ich auch gerne mit dir.«

»Bei allen Enklaven der Magie«, stöhnte Amin. Unwillkürlich tasteten seine Finger über die eigene Nase. Er sprang auf, um Art festzuhalten. »Natürlich ist er kein Inquisitor«, sagte er an Wu gewandt. »Der Ring hat ihm geholfen. Das hätte der Fuchs wohl kaum für einen von ihnen getan. Und ich konnte die Magie spüren, die Art bewirkt hat. Die Frage ist«, sagte er und zog Art mühevoll zurück, »zu welcher Familie er gehört.«

»Wieso?«, wollte Art wissen, während sein Herz vor Wut noch immer schnell schlug.

»Es gibt keine Magie außerhalb der Familien.« Gilles hatte sich erhoben und kam langsam auf Art zu. »Selbst wenn du dir der Verbindung zu einem der magischen Häuser nicht bewusst bist, so besteht sie dennoch. Es gab seit einer Ewigkeit keinen Menschen von außerhalb mehr, der nicht wusste, zu welcher Familie er gehört. Doch es gibt eines, dass es uns eindeutig zeigen kann. Das zeigt, wer und was du bist.«

»Was ist es?«, fragte Art vorsichtig. Auf irgendeinen schmerzhaften Test hatte er gewiss keine Lust.

»Ein Zauber, den nur die Angehörigen deines Hauses beherrschen. Amin«, Gilles sah den Ägypter an, »was können einzig die Mitglieder deiner Familie, die in Awal leben?«

»Nun, wir sind natürlich in allem irgendwie sehr gut«, sagte Amin ein wenig selbstverliebt. »Haben keine echten Schwachstellen. Manchmal habe ich vor mir selbst …«

»Amin«, unterbrach ihn Gilles mit Nachdruck.

»Portal-Zauber«, erwiderte der Ägypter knapp. »Sehr praktisch, wenn man schnell weit fortmuss.«

Der Schwarzhaarige kam so vorsichtig auf Art zu, als wäre er nicht sicher, ob er gefährlich sei oder nicht. »Jede der Familien besitzt eine solche Gabe. Welche ist die deine? Wohin gehörst du?« Er fuhr mit seinem Blick an Arts Gesicht entlang. »Du bist anders.«

»Das Gefühl kenne ich«, erwiderte Art. Es machte ihn nervös, begutachtet zu werden.

»Wir leben im Geheimen. Was mit dir geschieht, ist eine Sache der Enklave von Paris, denn der Alunnische Palast steht in La Première. Ich bin der Träger des Rings dieser Familie.« Bei diesen Worten streckte er seine Hand vor, und Art erkannte das Einhorn, das sich ihm um den rechten Ringfinger schlang. »Es ist meine Entscheidung, dass …« Er brach ab, als Genevieve plötzlich neben ihn trat und ihm etwas ins Ohr wisperte. Die Miene des Magiers verdüsterte sich. Dann zwang er sich ein falsches Lächeln auf die Lippen und wies auf Art. »Auf Eure Verantwortung, meine Liebe.« Auch die Freundlichkeit in seinen Worten klang gespielt.

Genevieve nickte ihm kurz zu und blickte Art dann so eindringlich an, als wollte sie ihm direkt ins Herz sehen. »Mein Bruder hat dir vertraut, Artur. Auch er war anders. Vielleicht hat er mehr in dir gesehen, als wir es vermögen. Ansonsten hätte er dir nicht das Foto anvertraut. Gilles gestattet mir zu entscheiden, was mit dir geschehen soll. Ich denke, es wird sich irgendwann zeigen, zu welcher der Familien du gehörst. Vielleicht ist es die von Gilles, das wäre am naheliegendsten. Dann wäre deine besondere Magie die der Spiegelung. Bislang hast du allerdings noch keine Anzeichen dafür gezeigt. Stattdessen kannst du Stimmen hören, die wir nicht wahrnehmen. Mein Gefühl sagt mir, dass es bei dir nicht einfach sein wird, die richtige Familie zu finden. Wir werden auf die Weisheit von Wu vertrauen. Bis wir dein Geheimnis gelüftet haben, darfst du die Enklave nicht verlassen. Aber du magst dich in ihr frei bewegen.«

»Das ist gefährlich!«, zischte Grigori. »Der Zirkel sollte darüber abstimmen.«

Zustimmendes Gemurmel erhob sich, doch Gilles ließ es mit einer Handbewegung ersterben.

»Er ist kein Gefangener, so außergewöhnlich er auch sein mag«, sagte Genevieve entschieden. »Denn wir sind nicht wie die Inquisitoren.« Sie ließ ihren Blick über die Männer in den Sesseln gleiten. Einige schienen ihr stumm zuzustimmen. Andere gaben sich keine Mühe, ihre Ablehnung zu verbergen. Offen widersprach ihr indes niemand. »Nur hier bist du sicher«, fuhr sie an Art gewandt fort. »Unsere Todfeinde kennen dich nun. Und da du offenbar zu uns gehörst, sind es auch deine Todfeinde.«

»Ich soll herumsitzen?«, entfuhr es Art aufgebracht. Das Wort *Todfeinde* hatte ihn ziemlich aufgewühlt. »Und was tut ihr? Abwarten?«

»Nachdenken«, erwiderte Gilles kühl. »Vielleicht weiß Wu tatsächlich, wohin du gehörst.«

Art hatte sofort das Bild eines Mister Miyagi mit einem Zaubererumhang vor Augen.

»Ein wenig mehr dürfte es meiner Meinung nach schon sein«, warf Amin ein. »Wir sollten herausfinden, woher Rufus dieses Bild hatte. Wir müssen noch einmal in seinen Laden.«

»Die Inquisitoren werden ihn sicher beobachten und nur darauf warten, dass einer von uns kommt.« Der kahle Grigori verschränkte die Arme vor der Brust.

»Natürlich«, erwiderte Amin und verzog amüsiert die Lippen. »Und deshalb werde ich dorthin gehen.«

»Das ist Schwachsinn«, sagte Grigori.

»Wie man's nimmt«, erwiderte der Ägypter. »Nicht alle von uns müssen die Eingangstür nehmen, mein Bester. Ich kann mich direkt in den Laden begeben. Bei all der magischen Entladung, die bei dem Kampf dort sicher freigesetzt wurde, wird das kaum auffallen. Außerdem bin ich sowieso geeignet wie kein anderer.

Bin nicht umsonst Mitglied des Zirkels. Träger des Rings meiner Familie. Ich werde herausfinden, was es mit dem Bild auf sich hat.«

»Ich kenne mich in dem Laden aus«, warf Art ein. »Ich habe da gearbeitet.«

»Für Alasdair, der nun tot ist.« Grigori sah Art so kalt an, dass er sich schütteln musste. »Du bleibst hier.«

»Wie wir gehört haben, wurdet ihr bei Madame Poêle untergebracht«, sagte Gilles. »Kehre dorthin zurück. Doch was ist mit dem Vorschlag von Amin? Soll er gehen? Der Zirkel entscheidet.«

Mit vor Wut klopfendem Herzen sah Art in die Gesichter der Magier. Er hatte eine Welt gefunden, in die er mehr gehörte als in seine alte, in der er wegen seiner Hautfarbe allenfalls geduldet wurde. Und sofort betrachtete man ihn wieder mit Misstrauen und Abneigung. Die Magier reckten ihre Hände in die Höhe. Alle, bis auf Grigori.

»Dann ist es entschieden«, sagte Gilles. »Der Zirkel endet.«

»Warte.« Die Worte stammten von Genevieve. »Er sollte unterrichtet werden.«

Gilles blickte sie offenbar verärgert darüber an, dass sie seine Autorität als Leiter dieser Runde untergrub, doch er sagte nichts.

»Du kannst ein Magier werden«, meinte sie an Art gewandt. »Egal, zu welcher Familie du gehörst. Mein Bruder hat sein Leben gegeben, um dich zu retten. Er hätte es sicher so gewollt.« Sie nickte den anderen Magiern zu. Dann wandte sie sich von ihnen ab und ging wortlos zur Treppe.

Der Franzose tat es ihr gleich, und dann lösten sich die nebelhaften Körper einer nach dem anderen auf.

»Komm«, murmelte Amin, als nur noch sie beide übrig waren, und zog Art mit sich. »Die Schule beginnt.«

Hoffnungsschimmer

»Was ist das eigentlich für ein Foto?« Kaum dass sie den Turm wieder verlassen hatten, spuckte Art die Frage aus. Sie hatte ihm wie etwas, das er loswerden musste, im Hals gesteckt. Der Weg von der Turmspitze herab war ähnlich unangenehm gewesen wie der hinauf, doch Art ignorierte seinen rebellierenden Magen.

»Eines, das es nicht geben darf«, meinte Amin ungewohnt nachdenklich.

»Und warum hatte Monsieur Rufus dieses Ding in seinem Laden? Und weshalb …?«

Amin blieb stehen und fuhr zu Art herum. »Ich weiß es nicht«, erwiderte er aufgebracht. Doch dann seufzte er und legte ihm die Hand auf die Schulter. »Diese ganze Sache ist ziemlich groß. Offen gesagt kann es die größte werden, die ich je erlebt habe. Und ich bin …«

»… zweihundert Jahre alt«, murmelte Art.

»Zweihundertundacht«, korrigierte Amin ihn. »Vielleicht wird alles klarer, wenn Wu da ist.«

»Wer ist eigentlich dieser Wu?«, wollte Art wissen, während sie auf eine der schmalen Straßen einbogen, die vom Turm wegführten. »Und warum heißt dieser Wu wie der andere Wu?«

»Zunächst mal ist er eine sie«, sagte Amin. »Und sie ist eine der mächtigsten der Alunni, auch wenn die meisten im Zirkel das nie zugeben würden. Du weißt schon.« Er hob bedeutungsvoll die Augenbrauen. »Viele Männer haben Probleme mit kompetenten Frauen. Wu ist älter als ich. Und ehrlich gesagt noch schlauer.«

Art sah ihn erstaunt an. Vielleicht war Amin doch nicht so eingebildet, wie Art gedacht hatte, wenn er so etwas zugab.

Amins ernste Fassade brach ein wenig auf, als er zaghaft lächelte. »Sie weiß am meisten über die Herkunft der Familien. Sie wird hoffentlich wissen, zu welcher du gehörst. Es ist, wie Gilles sagte, schon sehr lange nicht mehr vorgekommen, dass ein Magier einfach so auftaucht.« Er warf Art einen nachdenklichen Blick zu. »Noch dazu einer, der Stimmen in einem Meisterbild hören kann. Schätze, sie wird bald kommen.«

»Ein komischer Name für eine Frau«, bemerkte Art. »Wieso heißt sie wie der Mann?«

»Ist eher ein Nachname. Die Wus nehmen sich so weit zurück, dass sie sich keine Vornamen geben.« Amin bewegte den Zeigefinger kreisförmig vor seiner Schläfe.

»Und du wirst mir solange beibringen, wie man zaubert?«, fragte Art. Himmel! Trotz allem, was er in den letzten vierundzwanzig Stunden erlebt hatte, klang das immer noch seltsam in seinem Kopf.

»Wir beginnen in Kürze mit dem Unterricht«, antwortete Amin. »Du bleibst erst mal bei Madame Poêle. Wenn ich aus Rufus' Laden zurück bin, werde ich dir einiges beibringen.«

Die Straße endete an einer gläsernen Wand. Alles hinter ihr war so dunkel verschwommen, dass Art nicht sagen konnte, was dort war.

Amin tippte gegen das Glas, und eine Tür öffnete sich, die Art zuvor nicht aufgefallen war. Den Raum hinter ihr erkannte er sofort wieder. Nicht nur wegen der Steinfigur, die mitten in ihm stand.

Amin wollte hindurchgehen, doch Art hielt ihn zurück. »Ich muss mit dir kommen«, zischte er. »Für dich ist das vielleicht die größte Sache, in die du je hineingeraten bist. Aber für mich ist das eine noch viel größere und vor allem sehr persönliche Sache.« Er sah, wie Amin den Mund öffnete, um etwas zu erwidern, doch er sprach schnell weiter. »Jemand, den ich kenne, ist getötet worden. Und ich bin daran nicht unschuldig. Ich hätte sogar selbst sterben können. Und ich werde offensichtlich von diesen Inquisitoren gesucht. Und noch dazu bin ich scheinbar ein Magier. Und …«

»Ist ok«, meinte Amin.

»Ja?«, fragte Art verwundert. »Einfach so?«

»Sehe ich aus wie einer, der jede Regel einhält?«, erwiderte der Ägypter und senkte die Stimme. »Ich denke, ich kann deine Hilfe gebrauchen. Kenne mich in Paris nicht gut aus. Und viel Magie kann ich aus Sicherheitsgründen nicht bewirken. Sonst falle ich auf. Nein«, er grinste, »sonst fallen *wir* auf. Also, kommst du? Ein paar Zaubertricks kann ich dir auch unterwegs beibringen. Während wir herausfinden, woher die Inquisitoren kamen. Du hast doch von diesem Nils Fore erzählt.«

»Nicéphore«, verbesserte Art den Ägypter. »Der Typ aus dem Forum. Nur ihm habe ich von dem Foto erzählt. Und von dem Laden.« Er war mit jedem Wort leiser geworden. Die Schuld, die er sich an Monsieur Rufus' Tod gab, erstickte ihm beinahe die Stimme. »Es war kein Zufall, dass kurz darauf die Inquisitoren dort waren. Ich habe sie auf die Spur von Monsieur Rufus gelockt.«

»Du hast nichts falsch gemacht«, sagte Amin und betrat den Raum, der aus der Enklave führte. »Aber jetzt kannst du vieles richtig machen.« Er wandte sich an die Steinfigur. »Mein Bester, wir unternehmen einen kleinen Ausflug. Gibt es eigentlich mittlerweile noch eine andere Tür oder müssen wir unbedingt durch den U-Bahn-Schacht.«

Ein Zittern durchlief den Gargoyle, als würde er sich vor Lachen schütteln. »Ihr könnt auch einfach die Treppe nehmen, die euch auf den Boulevard führt.« Ein mächtiger Arm des Steinwesens deutete auf eine geschwungene Metalltreppe an der Seite des Raums, die sich in die Höhe schraubte. »Ihr habt gestern Nacht den Notausgang genommen.«

Amin brachte ein freudloses Lächeln zustande und winkte Art mit sich. »Ihr müsst wirklich mal über Schilder nachdenken«, meinte der Ägypter säuerlich, ging zu der Treppe und stieg die Stufen hinauf.

Einen Moment lang zögerte Art, ihm zu folgen. Er konnte selbst nicht sagen, weshalb, doch es kam ihm so vor, als würde er einen vertrauten Ort verlassen. Als wäre die Welt dort oben die fremde und nicht diese hier. Dann aber gab er sich einen Ruck und folgte dem Ägypter zurück an die Oberfläche.

Die Treppe endete an einer Eisentür. Sie quietschte laut, als Amin sie öffnete. Hinter ihr befand sich ein alter Laden. Art erkannte Radios, Fernseher und Rasierapparate. Alles schien ziemlich aus der Mode gekommen. Der Mann hinter dem Tresen passte wunderbar zu seiner antiquierten Ware. Er nickte Art und Amin zu, als wäre es das Normalste der Welt, dass Fremde einfach so in seinem Laden auftauchten.

»Aha«, entfuhr es Amin. »Ich vermute, das Geschäft dient zur Tarnung des Eingangs?«

Der Alte, dessen Haut eine ungesund graue Farbe aufwies, nickte stumm.

»Hier kommt sicher niemand herein, oder?«, fragte der Ägypter weiter, während er sich den Kram ansah, der bestimmt schon seit zwanzig Jahren nicht mehr modern war.

Diesmal zuckte der Alte gelangweilt mit den Schultern. Dabei knirschte es, und Art begriff, dass der vermeintliche Verkäufer ebenso aus Stein war wie das Wesen am Fuß der Treppe. Allerdings besaß er keine Flügel.

»Danke für das anregende Gespräch«, meinte Amin und öffnete die Ladentür.

Wie seltsam es sich anfühlte, die breiten Boulevards zu sehen. Die Altbauten, die sie säumten. Und die Menschen, die sich auf ihnen aneinander vorbeidrängten und taten, als ... sei alles normal. Art kam es vor, als wäre er aus dieser Welt herausgefallen. Er hatte beinahe das Gefühl, er würde einen Film sehen wie ein Beobachter, der nicht dazugehört. Die regennasse Luft war kalt und roch nach Autoabgasen und den Gerichten, die in einer nahen indischen Imbissbude verkauft wurden.

»Wo lang?«, fragte Amin, der in seinen schneeweißen Sachen unweigerlich auffiel und zahlreiche Blicke auf sich zog. Er betrachtete sein Spiegelbild im Schaufenster des falschen Ladens und rückte sich seinen roten Hut zurecht.

»Nach links«, murmelte Art und wandte sich in Richtung eines Platzes. »Müssen wir nicht irgendwie unauffälliger sein?«, fragte er leise und strich sich über die dunkle Haut. Er kam sich auch sonst immer etwas fremd unter den Parisern vor. Diesmal aber kam er sich noch fremder vor. Er war ein Magier. Oder würde es sein. Von nun an machte ihn nicht mehr nur die Hautfarbe zu einem Anderen.

»Ja, genau das denken die Inquisitoren auch. Sie erwarten nicht, dass die Leute, die auffallen, Magier sind. Sie glauben, dass es die sind, die besonders unauffällig aussehen.« Er lächelte einer alten Frau zu, die ihnen entgegenkam und bei Amins Anblick ärgerlich die Augen zusammenkniff. Sie machte keinen Platz, und Amin musste in letzter Sekunde ausweichen, um nicht mit ihr zusammenzustoßen.

»Pariser Höflichkeit«, meinte Art, als der Ägypter der Alten mit hochgezogenen Augenbrauen nachsah. Dann führte er ihn auf einen schmäleren Boulevard, auf dem weit weniger Menschen unterwegs waren. Eine ganze Weile folgten sie ihm, ohne ein weiteres Wort zu wechseln. Zu Arts Verwunderung fühlte er sich zunehmend unwohler und sah unwillkürlich auf die Fassaden der Häuser. Hinter vielen Fenstern war Licht entzündet worden, und sie kamen ihm vor wie leuchtende Augen, die nach ihm und dem Magier suchten. Als er Amin sagte, dass er das Gefühl habe, sie beide würden verfolgt werden, schüttelte dieser mitleidig den Kopf.

»Von mir haben die Inquisitoren doch keine Ahnung«, meinte er. Dann blieb er abrupt stehen und ... schnüffelte. »Wir sind fast da, oder?«

Art verkniff sich die Frage, was um alles in der Welt der Ägypter da tat, und nickte. Er führte ihn an die nächste Ecke. Als sie sich nach rechts wandten, blieb Amin stehen und keuchte kurz auf.

»Was ist?«, fragte Art.

»Magie«, flüsterte der Ägypter. »Sie ist wie ein Duft. Riechst du sie nicht auch?«

Das Geschäft seines verstorbenen Chefs war kaum hundert Meter entfernt und lag so friedlich da, als wäre vor ihm oder in ihm nie etwas Ungewöhnliches geschehen. Nur das kaputte Schaufenster erinnerte an den Kampf. Art sog vorsichtig die Luft ein. Im ersten Moment bemerkte er nichts.

»Du riechst sie nicht mit der Nase«, sagte Amin leise. »Sondern mit …« Er machte eine Geste, die Arts ganzen Körper einschloss.

Während er auf dem Bürgersteig stand und wie ein Hund schnüffelte, kam Art sich vor, als hätte er den Verstand verloren. So würden die Inquisitoren sie auf jeden Fall bemerken. Wahrscheinlich beobachteten sie den Laden und warteten nur darauf, dass etwas … Magisches geschah. Er wollte schon weitergehen, doch dann runzelte er die Stirn. Da war etwas. Art konnte nicht sagen, was genau es war. Der Duft ähnelte keinem, den er kannte, und ließ sich auch nicht mit Worten beschreiben. Er … hatte eine Farbe.

»Ist bestimmt verwirrend, nicht?«, sagte Amin neben ihm. »Du riechst eine Farbe. Welche ist es?« Die Frage klang wie die eines Lehrers, der seinem Schüler eine Aufgabe stellt.

Tief sog Art die Luft ein und hoffte, dass er dabei nicht völlig wie ein Idiot wirkte. »Grün«, antwortete er leise.

»Sehr gut«, lobte ihn der Ägypter. »Jede magische Person hinterlässt eine Farbe, wenn er oder sie zaubert. Grün war die Farbe von Rufus. Meine ist Sandgelb mit ein wenig Azurblau. Jeder Magier kann sie riechen. Einige Inquisitoren übrigens auch. Soweit wir wissen, nennen diese sich Seher. Ist wohl alles genetisch.

Viele der Inquisitoren gehören ebenfalls zu einer einzigen Familie. Konnten nie zaubern, aber hatten einen Sinn für Magie. Schätze, da ist eine Menge Inzest im Spiel, so wie die sich benehmen. Und Neid. Sie sind wie Vögel, die nicht fliegen können. Anders als wir.«

»Sie sind hier, oder?«, fragte Art.

Amin lächelte ihn beruhigend an. »Natürlich sind sie hier. Wir wissen das«, fügte er hinzu. »Aber sie wissen nicht, dass wir es wissen. Und auch nicht, dass wir hier sind.«

Amin wollte sich abwenden, doch Art hielt ihn fest. »Wo gehst du hin? Der Laden ist da vorne.«

»Sie werden ihn im Blick behalten«, erklärte der Ägypter betont langsam, als müsste er einem begriffsstutzigen Schüler etwas beibringen. »Also können wir nicht durch die Vordertür hereinmarschieren. Und das müssen wir auch nicht. Hatte ich doch im Palast erklärt. Deshalb …« Er ließ den Satz unbeendet und sah Art auffordernd an.

»Deshalb gehen wir nicht hinein?« Art kam sich vor, als würde er in einem Fach geprüft, von dem er keine Ahnung hatte.

»Deshalb nutzen wir Magie«, sagte Amin und rollte mit den Augen. »Der besondere Zauber meines Hauses.« Er hob die Augenbrauen, als Art nicht reagierte. »Der Portal-Zauber. Du erinnerst dich doch, oder? Bin damit direkt von Kairo nach Paris gekommen. Die Mitglieder eines Hauses haben immer alle eine besondere Fähigkeit. Sieh her.« Amin drückte Art in einen dunklen Hauseingang und sah sich kurz um. Dann streckte er eine Hand aus. Die Augen der Schlange, die sich um seinen Ringfinger wand, begannen zu leuchten. Der Ägypter berührte die Tür neben sich. Für einen Augenblick legte er die Stirn in Falten, als müsste er sich besonders stark konzentrieren. Dann nickte er.

Und Art stieg ein seltsamer Duft in die Nase. Er hatte augenblicklich eine sandgelbe Düne vor Augen, deren Kamm azurblau schimmerte.

»Die Inquisitoren werden es nicht mal bemerken, dass wir zaubern. Hier gibt es zu viele … Rückstände des Kampfes. Komm, wir sehen uns mal in dem Laden um.« Amin öffnete die Tür – und Art erkannte deutlich das Innere des Ladens, der einige Meter entfernt lag. Auch den Tresen sah er. Und die Tür, die in den Hinterraum führte. Als er Amin über die Schwelle folgte, richteten sich für einen Moment seine Nackenhaare auf. Dann setzte er einen Fuß in den leeren Laden von Monsieur Rufus. Er fühlte sich schrecklich. Alles hier schien mit dem Tod den Glanz verloren zu haben.

»Komm«, zischte Amin und winkte Art in den hinteren Teil des Raums, der von außen nicht einsehbar war.

»Was suchen wir?«, wollte Art wissen, während er Amin in den Hinterraum folgte.

»Eine Spur«, murmelte Amin. »Irgendwoher muss Rufus dieses Bild erhalten haben. Wir wissen fast nichts über die Meisterbilder, und das würde ich gerne ändern. Und vor allem möchte ich sichergehen, dass dieses Bild auch wirklich echt ist.« Er sah sich suchend um. »Nun, kein Magier geht, ohne etwas zu hinterlassen.«

In dem kleinen Raum herrschte das reinste Chaos. Alle Akten und auch das Radio lagen auf dem Boden verstreut. Offenbar hatten die Inquisitoren ebenfalls nach etwas gesucht. Art schloss die Tür, damit sie sich in dem Durcheinander bewegen konnten.

»Und er hat dir nie irgendetwas erzählt?«, fragte Amin, während er die Unterlagen durchblätterte.

»Nichts über Magie«, erwiderte Art. »Aber ich denke nicht, dass man hier noch etwas findet. Die Inquisitoren hatten doch genug Zeit, alles zu durchsuchen.«

»Manche Dinge kann nur ein Magier finden. Wo hatte er die Fotografie versteckt?«

Zur Antwort strich Art über den Safe in der Wand. Die Tür hatten die Inquisitoren nicht öffnen können. Kein Wunder, sie war magisch. Das Metall war ganz glatt, doch kaum berührte er es, erklang die Stimme, die er auch in der vergangenen Nacht gehört hatte.

Secretum meum vestra, Alunni.

Amin schien nicht überrascht. Vielmehr sah er aus, als hätte er mit etwas Vergleichbarem gerechnet.

»Das hat der Safe schon mal gesagt«, meinte Art. »Zu mir. Aber er hat mich nicht Alunni genannt. Sondern Magus.«

Der Ägypter nickte und drehte den Griff, der sich aus dem Metall erhob. »Es bedeutet *Mein Geheimnis steht dir offen, Alunni.* Ich bin ein Alunni. Jede Familie hat einen. Sind die mächtigsten Mitglieder. Du bist ein Magus. Das sind alle anderen. Er hat dich so genannt, weil er meine Anwesenheit spürt.« Mit einem Klacken öffnete sich die Tür, und Art und Amin sahen in den leeren Safe.

»Siehst du? Außer dem Foto war da nichts drin. Was hat es überhaupt damit auf sich?«, wollte Art wissen.

Amin presste die Lippen aufeinander, als wäre er nicht sicher, ob er die Worte, die ihm auf der Zunge lagen, zurückbehalten sollte oder nicht. »Das kann ich dir erst sagen, wenn ich weiß, ob die Fotografie das ist, was die anderen Alunni und ich vermuten. Aber das kann uns der Safe leider nicht verraten. Er dient nur dazu, Geheimnisse zu bewahren.«

»Wir können ja das Radio fragen«, murmelte Art, während er das Gerät vom Boden aufhob und auf den Schreibtisch stellte. Es sollte ein Scherz sein, doch Amin nickte eifrig.

»Gute Idee«, rief der Ägypter. »Also bitte, frag es.«

Für einen Moment war Art nicht sicher, ob Amin den Verstand verloren hatte. Dann aber machte er sich klar, in was für eine Sache er da geraten war, und beschloss einfach alles hinzunehmen, ganz egal, wie verrückt es auch klang. »Kannst du uns etwas über das Foto sagen?«, fragte er das Radio. Natürlich geschah nichts. Aus dem Augenwinkel bemerkte er den zweifelnden Blick von

Amin. »Was?«, fragte er. »Ich sollte doch mit dem Radio sprechen, oder?«

»Ja«, erwiderte Amin geduldig. »Aber du musst es vorher einschalten.«

Art seufzte und schüttelte den Kopf. Das war Wahnsinn. »Kannst du uns etwas über das Foto sagen?«, fragte er erneut, nachdem er den entsprechenden Knopf des Radios gedrückt hatte.

Zur Antwort erklang zunächst ein Rauschen, als wäre der Sender verstellt. Doch dann hörte Art eine quakende Stimme. »Ich grüße Euch, edle Magier.«

»Verdammt, das Ding kann ja sprechen«, entfuhr es Art. Ob noch weitere Teile des Mobiliars magisch waren? »Wir grüßen zurück«, sagte er und sah Amin aus dem Augenwinkel zustimmend nicken. »Wir ... äh, wir sind Alunni.«

»Welches Foto meint Ihr, werte Alunni?«

»Streng genommen bin nur ich ein Alunni«, sagte der Ägypter. »Amin Bey al-Sabunji.«

»Jaja«, fiel Art ihm ins Wort. Er hatte bereits festgestellt, dass sein Begleiter ziemlich schnell ins Schwafeln kam. »Enklave in Ägypten. Altes Mameluckengeschlecht väterlicherseits, Mutter magisch.« Er räusperte sich, als er sah, dass Amin empört den Mund öffnete. »Ich bin Art, eigentlich kein Alunni, sondern ein Magus. Ein angehender, zumindest. Wir kennen uns.« *Himmel*, dachte er, *wie kann ich nur so tun, als wären das Radio und ich Bekannte?* »Wir meinen das Foto, das Monsieur Rufus in seinem Safe aufbewahrt hat. Kannst du uns etwas darüber sagen? War es echt? Wo kam es her?«

»Hallo Art. Du bist die Aushilfe«, knisterte das Radio. »Mein Herr spricht immer freundlich über dich. Unzuverlässig, ja. Aber nicht aussichtslos. Er hat das Talent in dir gefühlt. Doch das Foto ist eine Sache, die alleine ihn etwas angeht. Warum fragst du nicht ihn?«

Die Antwort steckte Art einen Moment wie eine Gräte im Hals. »Weil er tot ist«, brachte er schließlich hervor. »Die Inquisitoren haben ihn umgebracht. Sie waren hier drin. Hast du nichts von dem Kampf mitbekommen?«

Aus dem Radio kam eine ganze Weile nur ein leises Rauschen. »Nein«, erklang schließlich erneut die quakende Stimme. »Ich war einige Tage lang nicht in Betrieb.« Wieder war nur das Rauschen zu hören. Dann: »Inquisitoren? Wie kann das sein?«

Diesmal steckte Art die Antwort noch fester im Hals. Er sah Amin den Kopf schütteln und blieb stumm.

»War es eines der Meisterbilder?«, fragte Amin. Seine Stimme klang rau vor Aufregung, und Art fragte sich einmal mehr, was eigentlich genau ein Meisterbild war. Doch Amin sah nicht so aus, als wäre er zu langen Erklärungen bereit. Der Ägypter starrte das Radio so eindringlich an, als könnte er es alleine dadurch zum Sprechen bewegen. Ehe das magische Gerät antworten konnte, endete das Rauschen, und es wurde so still, dass Art sein eigenes Herz schlagen hörte. Sein eigenes Herz und ein Quietschen. Es war so leise, dass er es fast nicht bemerkt hätte. Und auch die vorsichtigen Schritte hätte er beinahe überhört. *Ein Kunde?*, schoss es Art durch den Kopf. Hatten sie die Tür nicht abgeschl… Nein, korrigierte er sich sofort. Sie waren ja gar nicht durch die Tür gekommen. Und die Inquisitoren hatten sie vermutlich nicht abgeschlossen. Trotzdem war das da offenbar kein Kunde. Jeder normale Mensch hätte spätestens nach einigen Augenblicken gerufen.

Inquisitor. Das Wort formulierte Amin stumm mit den Lippen. Er winkte Art zu sich hinter die Tür. Sie passten kaum beide an die schmale Wand, und Art hielt die Luft an, als die Tür langsam nach innen geöffnet wurde.

»Guten Tag«, quakte das Radio.

Art zuckte zusammen. Das war der denkbar schlechteste Moment für das Radio loszuplappern.

Derjenige, der auf der anderen Seite der Tür stand, trat nicht über die Schwelle. Art konnte das Misstrauen des Inquisitors beinahe in der Luft schmecken.

»Ich freue mich, hier zu sein«, hörte Art das Radio sagen, wobei es seine Stimme verstellte. Und dann fing es an, mit den beiden Stimmen ein Gespräch zu beginnen. Es schien fast, als ahmte es eine Radiosendung nach, in der sich zwei Menschen miteinander unterhielten. Allzu deutlich konnte Art heraushören, dass dies alles nur gespielt war. Der Inquisitor hingegen schien das nicht zu bemerken und betrat den Raum. Wie die anderen war auch er in einen grauen Anzug gekleidet. Für einen Moment war Art wieder zurück in der vergangenen Nacht. War wieder mit Monsieur Rufus hier. Und wusste, dass sein Chef vielleicht noch leben würde, wenn er selbst die Inquisitoren entschlossen angegriffen hätte. Als er jetzt nach vorne stürzte und sich auf den Mann warf, überlegte er nicht einmal. Nur aus dem Augenwinkel erkannte er, dass Amin ebenfalls hinter der Tür hervorkam. Vermutlich wollte er einen Zauber wirken, allerdings kam er nicht dazu, da der Inquisitor Art von sich stieß, und dieser mit dem Ägypter zusammenprallte. Sie fielen beide zu Boden.

Der Mann zischte wütend und wich zurück. Während Art versuchte, wieder auf die Beine zu kommen, ließ er seinen Gegner nicht aus den Augen. Er hätte den Inquisitor niemals jemandem beschreiben können. Das Gesicht war so unauffällig, als läge ein Zauber auf ihm, der verhinderte, dass man es im Gedächtnis behielt. Und es zeigte keine Gefühlsregung, als der Mann die rechte Hand hob, an der er einen silbernen Handschuh trug.

»Oh nein«, hörte Art den Ägypter sagen, der noch am Boden lag.

Dann entlud sich etwas aus dem Handschuh. Es war wie eine eiskalte Druckwelle, die so knapp an Art vorbeischoss, dass er Frost auf der Haut zu spüren glaubte. Die Welle traf Amin mit voller Wucht und er wurde gegen die Wand hinter der Tür geschleudert. Art wollte zu ihm, doch der Inquisitor hob erneut die Hand, und Art hielt inne. War Amin tot? So wie Monsieur Rufus? Hatte er einen zweiten Mann auf dem Gewissen? *Du hast sie beide nicht umgebracht*, sagte er sich selbst. Schuldig fühlte er sich trotzdem. Die Wut, die im nächsten Augenblick in Art aufstieg, war so heiß, dass sie ihn beinahe verbrannte. Der Graue war zu weit entfernt. Und dennoch wollte Art ihn angreifen.

»Komm, Magus«, rief das Radio. Art fiel erst jetzt auf, dass es zuvor mit seinem Geplapper aufgehört hatte. »Du hast doch hoffentlich genug Magie in den Knochen für den hier.«

Magie. Das Wort setzte etwas in Art frei. Es war das Gefühl, dass er eine Kraft in sich trug, derer er sich zuvor nie bewusst gewesen war. Ohne nachzudenken, hob auch er eine Hand.

Wie zwei Duellanten in einem Western, dachte Art. Er fühlte, dass er alles geschehen lassen konnte, was er wollte. Gut, vermutlich nicht wirklich alles. Aber in seinem Kopf nahm ein Bild Gestalt an, in dem der Inquisitor gegen die Wand geworfen wurde. Er glaubte, den Krach zu hören. Stellte sich vor, dass der Mann zusammensackte. Dass er ausgeschaltet wurde. Dass er ...

»Es reicht, seinem Stöhnen nach dürfte er besiegt sein.« Das quakende Radio riss Art aus seinen Gedanken.

Verwirrt sah er auf den Grauen, der – so wie es sich Art vorgestellt hatte – reglos am Boden lag.

»Du brauchst definitiv noch viel Unterricht, Junge«, bemerkte das Radio. »Was ist mit dem Mamelucken?«

Amin! Mit dem Namen des Ägypters auf den Lippen stürzte Art zu ihm. Die dunkle Haut war eiskalt wie die eines Toten. Der Brustkorb aber hob und senkte sich. »Er ist bewusstlos. Du musst Hilfe holen«, rief Art dem Radio zu.

»Ich? Wie denn? Soll ich vielleicht loslaufen?«

»Kannst du nicht irgendwas ... zaubern?«

»Ich bin ein magisches Radio«, bemerkte das Gerät. »Ich kann Informationen aus aller Welt wiedergeben und bin ein unfassbar guter Stimmenimitator. Außerdem habe ich noch einige Geheimnisse, die so geheim sind, dass selbst ich sie nicht kenne. Aber hier gibt es leider nur einen, der richtig zaubern kann.«

»Mich«, sagte Art rau und nickte.

»Nein«, rief das Radio amüsiert. »Den Ägypter. Aber du bist der Einzige, der Beine besitzt und nicht ohnmächtig ist. Also tu etwas.«

»Und was?«, fragte Art. »Ich kann nicht rauslaufen. Dort sind vielleicht noch mehr von denen. Selbst Monsieur Rufus hat es nicht geschafft.«

»Dann musst du doch zaubern. Merlin stehe uns bei.« Das Radio seufzte. »Also, in aller Kürze: Der Inquisitor hatte vermutlich einen Handschuh getragen. Soweit ich weiß, sind in ihnen Zauber gespeichert.« Das Radio sprach betont langsam. »Diese Handschuhe können Magie abwehren und in sich aufnehmen, sodass es Inquisitoren möglich ist, damit gegen Magier zu kämpfen. Schreckliche Dinger sind das. Ohne sie wäre die ganze Sache schon lange erledigt. Wer weiß, wann der Inquisitor diesen Zauber abgewehrt hat. Er wurde von einem erfahrenen Magier verübt. Ich kann ein wenig von dem Zauber wahrnehmen, den er freigelassen hat. Eis und Kälte. Daher musst du natürlich an die Sonne denken, wenn du ihn brechen willst.«

An die Sonne denken? Art zwang sich, keine Fragen zu stellen. Er kniete sich neben Amin und ... wusste nicht, was er tun sollte.

»Leg ihm eine Hand auf das Herz«, sagte das Radio plärrend. »Magie wirkt immer über das Herz. Und dann denke an einen wunderschönen Sonnentag. Wie die Sonne auf der Seine glitzert. Oder auf dem Meer.«

»Was weißt du denn schon von Sonne und Meer?«, zischte Art gereizt. Und wünschte sich einen Moment später, er hätte es nicht getan.

»So ist es richtig«, tönte es beleidigt aus dem Radio. »Ich bin ja nur ein Ding. Man kann mich ausschalten, wenn ich still sein soll. Oder mich wegschmeißen, wenn ich nicht mehr modern genug bin. Wer muss da schon Rücksicht auf mich nehmen?«

»Entschuldigung«, sagte Art so ruhig, er konnte. »Ich bin neu hier, okay?« Er presste seine Hand auf Amins Brust. Sie hob und senkte sich furchtbar schwach, wie er nun bemerkte. *Sonne*, dachte er. *Denk an die Sonne.* Er schloss die Augen und versuchte, sich auf einen Sommertag zu konzentrieren. Doch das Einzige, das ihm in den Sinn kam, waren ein verregneter Abend und Inquisitoren, die Monsieur Rufus töteten.

»Lass die Magie von selbst kommen«, raunte das Radio. Es klang noch immer etwas verschnupft. Vielleicht war aber auch nur der Sender nicht richtig eingestellt. »Sie ist überall. Du musst sie bloß zulassen.«

Es war so schwer, nicht mit aller Kraft nach der Magie zu suchen. Art musste sich richtig anstrengen, sich einfach fallen zu lassen. Sich zu entspannen. Und dann spürte er etwas. Es umgab ihn und alles um ihn herum. Zu seiner Verblüffung kam ihm ein altes Lied in den Sinn. *Voilà l'été* von Les Négresses Vertes. Mit der Melodie auf den Lippen kniete er neben dem schwer verletzten Amin und spürte, wie Wärme durch seine Hand floss. Sie vertrieb die Kälte aus dem Leib des Ägypters, seine Haut fühlte sich schnell wieder normal an und atmete der Ägypter wieder kräftig und regelmäßig.

Hustend stand Amin mit einem Mal auf und sah Art verwundert an. Dann fiel sein Blick auf den bewusstlosen Inquisitor. »Das … das war richtig gut«, brachte er schwach hervor.

»Er hatte qualifizierte Hilfe«, warf das Radio ein.

»Nimm den Handschuh«, sagte Amin keuchend zu Art und deutete auf ihren Gegner. »Ich schnapp mir das Radio. Wir müssen weg, ehe andere wie er kommen.«

»Gibt es hier nicht noch irgendetwas Magisches?«, fragte Art, während er dem Bewusstlosen den silbergrauen Handschuh von den Fingern zog. »Einen Zauberstab oder ein geheimnisvolles Buch?«

»Hallo?«, drang es nun wieder hörbar beleidigt aus dem Lautsprecher. »Das hier ist kein Film. Hier gab es nur das Meisterbild. Aber das habt hoffentlich nun ihr. Und ich bin zufällig extrem magisch. Und geheimnisvoll und ...«

Amin drückte einen Knopf und das Radio verstummte. Dann gab er es Art, der es in seine Tasche steckte. Vorsichtig schloss Amin die Tür in den Verkaufsraum. Als er eine Hand auf die Klinke legte, leuchteten die Augen der Schlange um seinen Ringfinger hell auf. Nur einen Moment später öffnete er die Tür wieder, und Art blickte auf einen Boulevard.

»Hier können wir nichts mehr tun«, sagte Amin. »Zwar werden die Inquisitoren unsere Spur bei all den magischen Rückständen so schnell nicht finden können. Wir sollten aber dennoch vorsichtig sein. Ich habe den Durchgang nicht zu nahe an der Enklave geöffnet. Man weiß ja nie.«

»Dann war das alles gerade umsonst?«, fragte Art. »Wir haben nur ein selbstverliebtes Radio gefunden?«

»Es war nicht umsonst«, erwiderte Amin ernst und schob Art über die Schwelle. »Es ist ein magisches, selbstverliebtes Radio. Und es hat uns etwas Wichtiges gesagt. Rufus' Fotografie ist ein Meisterbild. Und das ist bei all der Dunkelheit um uns ein kleiner Hoffnungsschimmer.«

Das Portal hatte sich einige Straßen von dem Laden entfernt geöffnet. Diesmal erschien es Art überhaupt nicht mehr seltsam, aus einem magischen Durchgang auf die Straße zu gelangen.

»Du darfst nie wieder dorthin zurückkehren«, sagte Amin, während sie zurück zu dem Geschäft gingen, das den Eingang in die Enklave La Première beherbergte. »Die Inquisitoren sind ausdauernd. Sie werden dort warten und hoffen, dass Magier kommen. Und wenn es Jahre dauert. Erst recht, wenn sie ihren Freund da drin finden.« Er runzelte die Stirn.

»Was ist?«, wisperte Art, als sie in die nächste Straße einbogen. »Ich bin sicher, dass sie meinen Portal-Zauber nicht zurückverfolgen können.« Er grinste überheblich. »Aber sie können die Farben der Magie sehen. Und sie werden erkennen, dass in dem Zauber, der dort gewirkt wurde, eine neue Farbe zu finden ist. Die sie in ihren Archiven vermutlich noch nicht katalogisiert haben. Denn vor dem gestrigen Abend hast du doch bestimmt nie gezaubert, oder? Deinen dicken Cousin sicher nicht im Terrarium einer Boa constrictor erscheinen lassen, hm?«

»Was?«, fragte Art, der gar nichts mehr verstand.

»Es sei denn, sie haben bereits etwas bei dem kleinen Scharmützel auf dem U-Bahnsteig bemerkt. Wie dem auch sei, spätestens jetzt kennen die Inquisitoren dich. Sie haben gewissermaßen ein Phantombild von dir. Wenn sie irgendwo noch einmal auf einen Zauber von dir treffen, werden sie wissen, dass du es warst. Ohne zu wissen, wer du eigentlich bist.«

»Sie wissen nicht, wer ich bin? Das ist doch gut, oder?«, fragte Art, während sie auf einen breiten Boulevard einbogen und in die Menge eintauchten, die sich auf ihm entlang schob.

»Es könnte besser sein«, erwiderte Amin. Er war zwar noch etwas kurzatmig, aber er schien sich schnell zu erholen. »War übrigens ganz schön gut, was du da gemacht hast. Komisch nur, dass ich seither so ein altes Lied im Kopf habe. Aber egal, du hast echt Talent.«

»Bringst du es mir richtig bei?« Art flüsterte die Worte so leise, dass er selbst sie kaum über sein plötzlich laut klopfendes Herz verstand. »Das Zaubern?«

Amin sah ihn ungewöhnlich ernst an. »Ja«, sagte er. »Alles, was ich weiß. Ich bin ehrlich. Die anderen misstrauen dir. Vielleicht abgesehen von Genevieve. Kann ich ihnen von den Gesichtern ablesen. Sie wissen nicht, in welche Familie du gehörst. Es ist eigentlich die Aufgabe des Alunni deiner Familie, dich zu unterrichten. Aber ich finde, Familie sind oft Leute im Sonderangebot. Die wichtigsten Menschen, die wirklich teuren, die sucht man sich selbst aus.«

Der weitere Weg zurück zu dem Geschäft verlief schweigend. In Gedanken versunken führte Art den Ägypter durch die Straßen, bis sie den Laden betraten, mit einem Nicken an dem Gargoyle vorbeigingen und die Treppe hinab unter die Erde in die Enklave nahmen. Der Wächter dort begrüßte sie wie alte Bekannte, und Art schien es fast schon normal, in diese kleine, geheime Welt einzutauchen.

»Wu ist übrigens angekommen«, raunte der Gargoyle, als Amin die Tür in die Enklave hinein öffnete. »Das sollte ich ausrichten.«

»Oh, oh«, entfuhr es dem Ägypter, und er zog Art durch die Tür in die Enklave. »So schnell? Dann ist Eile geboten. Sicher haben sie schon nach dir geschickt, damit du auch Wu Rede und Antwort stehst. Und wenn sie dich bei Madame Poêle nicht finden, werden sie ...«

Das Geräusch, das ihm die Worte von den Lippen schnitt, klang, als käme es aus einer rostigen Sirene.

»Oh, oh.«

»Kannst du mal damit aufhören«, meinte Art. »Ich bin doch kein Gefangener. Außerdem können wir sagen, dass du mich um Hilfe gebeten hast und ich mitkommen musste.«

Amin sah ihn mitleidig an. »Mach dich nicht lächerlich. Sie wissen, dass du doch noch blutiger Anfänger bist.« Er hob dramatisch die Hände. »Also, mein lieber Schüler. Es ist Zeit für die erste Lektion. Zaubere uns zum Alunnischen Palast.«

Für einen Augenblick wusste Art nicht, was er sagen sollte. »Bist du irre?«, meinte er schließlich über das rostige Sirenengeheul. »Wie soll ich das machen?«

Amin seufzte. »Ist im Grunde furchtbar simpel. Es gibt keine Sprüche. Keine Zauberstäbe. Ringe verstärken die Zauber erheblich. Sie bieten den Zugang zu einer besonderen Form der Magie. Die Familienzauber haben mit ihnen zu tun. Wer den Ring hat, kontrolliert diese Magie. Sie ist wie ein Ozean, in dem man ertrinken kann, wenn man nicht Acht gibt. Die Ringe sind also schwer zu kontrollieren und sollten daher nur von den Obersten der Familie getragen werden. Magie kommt aus dem Herzen und wirkt im Herzen. Merk dir das. Mehr steckt nicht dahinter. Außer, dass du es können musst. Ist wie laufen. Anfangs muss man es üben. Aber dann ... läuft es wie von selbst.« Er lachte kurz, doch als Art nicht darin einfiel, zuckte er mit den Schultern. »Der Turm ist weit weg. Wie kommen wir dahin?«

»Ein Portal-Zauber«, murmelte Art wenig überzeugt davon, dass er sie da hinbringen könnte.

»Falsch.« Amin klang trotz der immer noch laut dröhnenden Sirene völlig entspannt. »Kann nur ich von uns beiden. Andere Idee?«

»Wir ... wir ...«, Art dachte daran, wie er oft genug durch die Straßen gerannt war, um noch eine Metro oder einen Bus zu bekommen, »... können schnell sein?«

»Wunderbar«, lobte Amin ihn. »Also Schnelligkeit. Pass nur auf, dass uns keiner im Weg steht. Ist nicht schön, wenn man schnell wie ein Auto rast und jemanden übersieht. Stell dir besser vor, dass alles um uns herum langsamer wird. So langsam, dass es fast zum Stillstand gelangt. Nur wir können uns normal bewegen. Es hilft, wenn du an den Moment in Rufus' Laden denkst. An das, was du gefühlt hast, ehe du den Inquisitor besiegt hast.«

Art schloss die Augen und suchte nach dem Gefühl. Es war schwer, sich beim Lärm der Sirene zu konzentrieren. Die Wut, die er im Laden verspürt hatte, war sicher nicht richtig. Aber da war noch ein Gefühl. Als wäre da etwas in ihm, das sich von Zeit zu Zeit regte und das er nicht benennen konnte.

»Sehr gut«, raunte Amin, und Art dachte nur daran, dass alles zum Stillstand kam. Dann öffnete er die Augen.

Und keuchte verblüfft auf.

Vor ihnen gingen zwei Frauen über die enge Straße der Enklave. Oder besser, sie standen reglos da. Der Vogel über ihnen schien an den Himmel gemalt zu sein.

»Jetzt«, sagte Amin zufrieden, »können wir schnell sein.« Es fühlte sich an, als würden sie durch ein Wachsfigurenkabinett spazieren. Die Menschen in den engen Straßen der Enklave schienen wie erstarrt. Leblos. Künstlich. Nur wenn Art genau hinsah, erkannte er die leichten Bewegungen. Während er und der Ägypter zum Alunnischen Palast joggten, erklärte Amin ihm, wie Zauber funktionierten.

»Es ist eine Frage der Wahrnehmung«, sagte er und wich einem Mann aus, als sie auf eine der Straßen einbogen, die auf den Turm zuführten. Niemand schien in der Nähe des Turms zu sein. »Die Leute sind gar nicht langsamer. Du nimmst sie bloß so wahr. Wir nennen das Sensus-Zauber. Für dein erstes Mal hast du ihn schön hinbekommen. Wenn du der Ansicht bist, dass alle anderen unglaublich langsam sind, dann ist es die Realität auch. Ist kompliziert. Offen gesagt, hat es etwas mit Quanten und all diesen neumodischen Dingen zu tun. Interessiert mich aber nicht. Die normalen Menschen da oben tun so, als hätten sie supermoderne Erklärungen für uralte Tatsachen. Ich sage immer …«

Amin kam nicht mehr dazu, seinen Satz zu beenden. Als hätte eine rasend schnelle Achterbahn mit einem Mal gebremst, wurden Art und der Ägypter zurückgeworfen. Hart landete Art auf dem Boden und rollte sich stöhnend zur Seite. Alles um sie herum lief nun wieder in normaler Geschwindigkeit. Aus dem Alunnischen Palast trat Gilles. An seiner Seite war eine junge Frau, die dem asiatischen Mann aus dem Zirkel ähnelte wie eine Tochter dem Vater. Oder dem Onkel.

»Wu«, keuchte Amin und drückte sich mühsam auf die Beine.

»Wie schön dich zu sehen. Kommt mir wie gestern vor, dass wir uns getroffen haben.«

Die Asiatin bedachte ihn mit einem tadelnden Blick. »Amin, es ist sicher zwanzig Jahre her, dass wir uns zuletzt persönlich begegnet sind.« Dann sah sie zu Art. »Das ist der Junge?«

»Mann«, entfuhr es Art. Er versuchte, einigermaßen würdevoll aufzustehen. »Ich heiße Art.«

Wu blickte ihn an, als wäre sie nicht sicher, ob er amüsant oder gefährlich sei. Dann wandte sie sich um und ging in den Turm.

»Wir haben nach dir gesucht, Mann, der Art heißt.« Gilles gab sich keine Mühe, den Spott in seiner Stimme zu verbergen. »Du warst nicht dort, wo wir dich vermutet haben. Was für ein glücklicher Zufall, dass Amin ebenfalls zurück ist.«

»Ich habe ihn direkt abgeholt«, behauptete der Ägypter, ohne rot zu werden.

»Ich ... wir waren schon auf dem Weg«, schob Art hinterher.

»Und Amin dachte, es sei eine gute Idee, wenn ich das mit der Magie ein wenig übe. Es war ein ...« Fragend sah er zu dem Ägypter.

»Sensus-Zauber«, murmelte Amin.

»Ah, eine Kinderlektion«, sagte der Schwarzhaarige und hob eine Augenbraue. »Wie passend, dass es ausgerechnet dieser Zauber war.« Das schmale Lächeln, das er für einen Moment auf dem Gesicht trug, verschwand sofort wieder. »Der Zirkel wird über das beraten, was Amin herausgefunden hat. Und du darfst dabei sein.« Ohne ein weiteres Wort zu sagen, wandte auch er sich um und verschwand wie schon Wu vor ihm im Turm.

Diesmal war Art besser auf den Aufstieg vorbereitet, und als sie oben ankamen, schaffte er es stolperfrei in den großen Raum auf der Spitze des Alunnischen Palastes. Die übrigen Magier waren als geisterhafte Abbilder zurück und hatten bereits in dem Halbrund aus Sesseln Platz genommen. Amin setzte sich auf den einzigen, der noch frei war, und erneut blieb für Art keiner mehr übrig. Den Impuls, sich darüber zu beklagen, unterdrückte er und stellte sich neben den Sessel von Amin. Er spürte das Misstrauen einiger der Anwesenden. Nur Genevieve und der Ägypter schienen den Argwohn der anderen nicht zu teilen. Die Miene der Frau, auf die alle gewartet hatten, konnte er jedoch nicht deuten. Wu musterte ihn kurz, doch dann sah sie auf das, was in der Mitte der beiden Dreiecke in der Luft schwebte.

Die Fotografie aus dem Laden von Monsieur Rufus.

Houdin

Es war ganz still auf der Spitze des Alunnischen Palastes, als sich Wu erhob und auf die schwebende Fotografie zuging. Die Chinesin blieb vor dem Bild stehen, die Augen geschlossen. Es schien fast, als würde sie horchen. Dann öffnete sie die Augen und schüttelte den Kopf. »Es ist alt. Die Zeit passt. Das Foto ist echt. Und doch kann ich nichts Ungewöhnliches an diesem Bild erkennen. Keine Magie. Keinen Zauber.« Sie strich mit einer Hand über die Fotografie, an der sie einen Ring trug, der dem ähnelte, den Monsieur Rufus Art gegeben hatte, und dem, der an Amins Finger saß. Das Wesen, das sich um ihren Ringfinger schlang, war ein Drache.

»Dann ist es eindeutig«, entfuhr es dem Alunni Grigori. »Dies ist keines der Meisterbilder.«

»Da bin ich anderer Ansicht«, erwiderte Amin in das aufkommende Gemurmel.

»Ach, bist du das?« Art konnte den Spott deutlich aus Grigoris Worten herausschmecken. »Hast du plötzlich ein neues Talent in dir gefunden?«

Amins überheblicher Gesichtsausdruck wurde einen Moment noch großspuriger. »Ich denke, es ist an der Zeit, dass ich berichte, was ich in dem Laden entdeckt habe.« Der Ägypter stand auf und trat neben das Foto. »Zunächst einmal wird er, genau wie wir erwartet haben, von den Inquisitoren bewacht. Ich bin natürlich trotzdem hineingekommen. Portal-Zauber.« Er grinste breit und ließ seinen Blick langsam über die anderen Alunni fahren. Als er jedoch Art ansah, wandte er den Kopf schnell ab. »Art war bei mir«, fügte er beiläufig hinzu. Gilles öffnete den Mund, doch ehe er etwas sagen konnte, fuhr Amin bereits fort. »Er war sehr hilfreich. Ich habe es ihm überlassen, den Inquisitor außer Gefecht zu setzen, der dort patrouilliert hat.« Amin nahm das Grinsen nicht aus dem Gesicht, als er Art einen bedeutungsvollen Blick zuwarf. Unwillkürlich wollte Art die Lüge auffliegen lassen. Doch als er bemerkte, dass Wu ihn für einen Augenblick offensichtlich überrascht musterte, beschloss er, den Ägypter seine Fassung der Geschichte weitererzählen zu lassen. Schlecht kam Art ja nicht dabei weg.

»Ich habe den Jungen natürlich in Sicherheit gebracht. Nicht auszudenken, wenn ihm etwas zugestoßen wäre. Ich meine, so als unausgebildeter Magier.« Amin lachte gönnerhaft, und Art bereute sofort, dass er gerade nichts gesagt hatte. »Aber wir sind nicht mit leeren Händen gegangen.«

»Und was habt ihr uns mitgebracht?«, fragte Wu, die wieder auf dem Sessel Platz genommen hatte, auf dem beim ersten Mal der nebelhafte Chinese mit demselben Namen gesessen hatte.

Diesmal war Art schneller. Er zog das Radio aus der Tasche und hielt es wie einen Pokal in die Höhe. »Das hier.«

»Ein Radio?«, fragte Gilles stirnrunzelnd.

»Einen Zeugen«, sagte Amin, hörbar verschnupft darüber, dass Art ihm einen dramatischen Moment genommen hatte.

»Ich kenne es.« Genevieve streckte die Hand aus. Das Radio entglitt Arts Fingern und schwebte langsam auf sie zu. »Mein Bruder Alasdair oder Rufus, wie er sich in der Welt der Menschen nannte, hat es als Junge auf einem Trödelmarkt gekauft und verzaubert. Er hat dem Radio beigebracht, seine Stimme nachzuahmen, damit es so klang, als wäre er in seinem Zimmer, wenn er sich heimlich herausgeschlichen hat. Unsere Eltern sind nie dahintergekommen.« Das Lächeln auf ihrem Gesicht war flüchtig wie ein Windhauch, und als das Radio auf ihrem Schoß landete, wurde sie wieder ernst. Sie drückte den Knopf, und das Radio begann zu rauschen. »Hallo«, sagte sie.

»Oh«, erwiderte es knisternd. »Ich bin zutiefst beruhigt, dass ich wieder in fähige Hände gelangt bin, edle Genevieve.«

Aus dem Augenwinkel sah Art den Ägypter die Stirn krausziehen.

»Du hast mitbekommen, was geschehen ist«, sagte Genevieve.

»Nein«, erwiderte das Gerät. »Ich war leider nicht eingeschaltet. Ich ...«

»Mein Bruder hat dich so verzaubert, dass du hörst, was um dich herum erklingt. Immer. Er wollte verhindern, dass ich als Kind heimlich in sein Zimmer gehe. Selbst das Quietschen der Tür hättest du mitbekommen.« Wieder erschien das flüchtige Lächeln auf ihren Lippen, und sie drückte den Knopf des Radios zweimal. »Es ist eines der Geheimnisse, die du dank meines Bruders birgst.« Im nächsten Moment erklangen Stimmen. Eine gehörte Art, die andere Monsieur Rufus. Die Nacht, in der er den Tod gefunden hatte, lief noch einmal als Hörspiel ab. Gelegentlich rauschte das Radio, als Genevieve den Knopf gedrückt hielt und so die Zeit übersprang, in der nichts gesagt wurde. Der Lärm eines Kampfes war zu hören. Schreie. Und dann mit einem Mal Stille.

Die Stille hing bleischwer in der Luft. Es war das Radio, das sie brach. »Ich wusste ja gar nicht, was alles in mir steckt.«

»Ich will etwas über das Bild wissen«, sagte Genevieve »Ist diese Fotografie eines der Meisterbilder?«

»Er war überzeugt davon.« Das Radio räusperte sich und sprach dann mit der Stimme von Monsieur Rufus. »Mein Leben lang habe ich danach gesucht, und ich bin sicher, dass ich es gefunden habe. Das Bild von Meister Houdin. Es hat all mein Wissen und noch mehr gebraucht, um sein Geheimnis zu lüften. Doch ich weiß nicht, ob ich in der Lage sein werde, Meister Houdin daraus zu befreien. Oder irgendein anderer Magier, denn dieser Zauber ist, wie mir scheint, in keiner der sechs Familien bekannt.«

»Das ist unmöglich.« Cayetano, der nebelhafte Spanier, war aufgesprungen und deutete nun auf das Radio, als wäre es eine Waffe. Sein Bart zuckte nervös über der Oberlippe. »Euer Bruder, edle Genevieve, wurde in die Irre geführt. Er war ohnehin sonderbar. Ein Eigenbrötler, der sicher schnell an solchen Unsinn geglaubt hat.«

Noch ehe das letzte Wort ganz verklang, hatte sich eine hitzige Diskussion entzündet. Die Alunni stritten zunächst halbwegs gemäßigt, dann immer lauter miteinander. Art verstand bloß, dass einige von ihnen der Ansicht waren, das Foto sei eine Fälschung. Etwa genauso viele aber waren sicher, dass es sich dabei um ein Meisterbild handelte. Noch immer wusste Art nicht, was damit eigentlich gemeint war. Als er Amin danach fragte, war es Wu, die antwortete. Ihre Stimme war so leise, dass sie in all dem Lärm fast unterging. Doch kaum hatte sie zu sprechen begonnen, verstummten die anderen, als würde der Klang ihrer Worte alle Zwietracht ersticken.

»Die Magier, die du hier versammelt siehst, sind die stärksten ihrer Zeit. Aus jeder Enklave ist der mächtigste Vertreter gekommen. Der Zirkel der Alunni trifft sich nur selten. Selbst in den zweihundert Jahren, die fast alle hier erreicht haben, gab es nur wenige Zusammenkünfte. Aber wir sind bloß die Schüler. Unsere Meister, die Oberhäupter der magischen Familien, sind gefangen.« Sie deutete auf das Bild in der Luft. »Sechs Familien. Sechs Meister. Sechs Fotografien, die es nicht geben dürfte. Sie sind keine Fotos, so wie du sie kennst, obwohl viele von uns glauben, dass die Erfindung der Fotografie in der ein oder anderen Weise auf die Meisterbilder zurückgeht. Die Meisterbilder selbst aber sind eine künstliche, zu zeitenloser Ewigkeit gewordene Wirklichkeit. Pure Magie. Ein Zauber erfüllt sie, der einzigartig ist. Den keiner von uns beherrscht.« Die Chinesin machte eine kurze Pause. »Keiner, außer den Angehörigen der siebten Familie.«

»Sie sind ein Mythos«, warf Gilles ein.

»Und in Mythen steckt allzu oft ein wahrer Kern«, erwiderte Wu gelassen. »Keiner von uns weiß genau, was sich vor über zweihundert Jahren ereignete, als wir alle noch Kinder waren. Wir waren die besten Schüler unserer Väter, Mütter, Onkel und Tanten. Sie hatten zahllose Geheimnisse. Nur so viel ist uns sicher: Es ist möglich, dass es einen weiteren Meister gegeben hat. Einen, der die Fähigkeit besaß, die Wirklichkeit in einem Bild erstarren zu lassen. Es mag aber auch sein, dass die Inquisitoren einen teuflischen Weg gefunden hatten, eine Magie gegen uns einzusetzen, über die wir keine Kenntnis besitzen. Wie auch immer, für euch Menschen sind Fotografien Abbilder eines Moments. Aber was wäre, Artur, wenn die ersten Bilder einst geschaffen wurden, um einen besonderen Moment lebendig zu halten? Stell sie dir wie einen Ort vor, an den diejenigen gehen können, die diese seltene Kunst beherrschen. Es gibt Gerüchte aus vergangener Zeit, dass die Königinnen und Könige von einst sehr an dieser Form der Magie interessiert waren. Wir wissen nicht, wer aus diesem Zauber womöglich die eitle Spielerei gemacht hat, die ihr Menschen heute so gerne verwendet.«

Aus dem Augenwinkel sah Art, wie Grigori zu einer Erwiderung ansetzte, doch er blieb stumm, als er den Blick bemerkte, den Gilles ihm zuwarf.

»Diese magischen Fotografien sind mächtig und gefährlich.« Es waren nun Genevieves Worte, und alle in dem Raum lauschten ihr, als würden sie die Geschichte zum ersten Mal hören. »Sie sind eine eigene Wirklichkeit. Es hat uns viele Jahre gekostet, herauszufinden, dass die Meister und die Meisterin in je einem dieser Bilder gefangen sind. Aber was wir nicht wissen, ist, wo sich diese Bilder befinden. Es gibt Gerüchte. Doch keines von ihnen hat sich bewahrheitet. Mein Bruder war von der Suche besessen. Hat sein Leben den Fotografien verschrieben in der Hoffnung, tief genug in diese Welt eintauchen zu können, um eines Tages die Meisterbilder zu finden. Eines wurde nun gefunden. Meister

Houdin war damals bei der Hinrichtung anwesend. Der Zauber, wer auch immer ihn bewirkt hat, ist vermutlich in jenem Moment ausgesprochen worden und hat ihn gebannt. Eines also haben wir. Doch mein Herz sehnt sich nach dem Tag, da ein anderes in unsere Hände gelangt. Denn auch mein und Alasdairs Vater ist in einem von ihnen gefangenen. Und nun gibt es Hoffnung, dass mein Bruder einen ersten und letzten Erfolg gehabt hat.«

»Selbst wenn das dort ist, wofür du es hältst«, sagte Grigori, den es hörbar Mühe kostete, ruhig zu bleiben, »wissen wir nicht, wie wir hineingelangen können. War Alasdair nicht der Weiseste von uns, wenn es um die Meisterbilder geht? Wie soll uns gelingen, woran er gescheitert ist? Überhaupt wissen wir nicht, ob Meister Houdin noch lebt. Alle Kenntnisse über die Meisterbilder haben wir von Inquisitoren erhalten. Und soweit ich mich erinnere, haben wir ihnen dafür hart zugesetzt. Wer kann schon sagen, ob alles der Wahrheit entsprach, was sie uns darüber berichtet haben.«

»In der Tat«, pflichtete Genevieve ihm bei, »haben einige von uns Methoden angewandt, die finster waren.« Sie hielt ihren Blick einen Moment lang auf Grigori, dann sah sie wieder zu Art. »Und doch ist diesmal etwas anders. Er ist anders.« Sie erhob sich und trat auf Art zu.

Im ersten Moment wollte er zurückweichen, doch sie hob die Hand, und seine Beine rührten sich nicht. »Wieso hörst du, was wir nicht hören?« Genevieve sah ihn so eindringlich an, dass er glaubte, sie könnte bis in sein Herz blicken.

»Ich … ich weiß es nicht«, sagte er. »Ich habe die Stimmen in Monsieur Rufus' Laden gehört, und ich höre sie auch jetzt, wenn ich mich auf das Bild konzentriere. Mehr kann ich nicht sagen.«

Genevieve nickte, dann wandte sie sich von ihm ab und pflückte das Foto aus der Luft. »Es ist mein Wunsch, dass Artur uns hilft, hinter das Geheimnis dieses Bildes zu gelangen. Er kann Worte hören, für die unsere Ohren taub sind.« Sie sah die anderen

Alunni an. »Ich bitte den Zirkel um seine Zustimmung«, sagte sie mit fester Stimme. »Mein Bruder hat ihm vertraut. Blind vielleicht, aber er war nicht leicht für sich einzunehmen. Und wenn er etwas in Artur gesehen hat, dann will ich das auch.« Sie ließ das Bild los, und es schwebte wieder auf der Stelle.

Der Widerwille unter einigen der Alunni war deutlich zu spüren. Ehe aber einer von ihnen etwas erwidern konnte, war auch Amin aufgestanden. »Wir haben nichts zu verlieren«, sagte er an die anderen gewandt. »Aber viel zu gewinnen. Ich glaube nicht an die siebte Familie. Aber ich glaube an Art. Die Magie in ihm ist roh und ungeschliffen und wurzelt vielleicht in einem lang vergessenen Seitentrieb einer unserer Familien. Vielleicht trägt er eine Magie in sich, die wir anderen im Lauf der Zeit verloren haben. Wie auch immer. Wenn er eine Verbindung zu diesem Bild aufzunehmen vermag, dann ist es uns vielleicht endlich möglich, gemeinsam einen der Meister zu befreien.« Der Ägypter wurde ungewöhnlich ernst. »Die Inquisitoren kommen uns näher. Ich bin mehr von ihnen hier in Paris begegnet als in den hundert Jahren zuvor. Und in Kairo haben wir sie auch schon ausgemacht. Sie sind nicht wie früher. Lange haben wir uns vor ihnen verbergen können. Ich weiß nicht, was sich verändert hat, aber sie sind besser geworden. Gefährlicher. Tödlicher. Und ich fürchte, das Gleichgewicht der Kräfte verschiebt sich zu ihren Gunsten. Ein Meister aber könnte uns endlich den Sieg über die Inquisitoren bringen.«

Gilles sah die Versammelten einen nach dem anderen an. Nicht in allen Gesichtern erkannte Art Zustimmung. Doch keiner, nicht einmal der finstere Grigori, äußerte offene Ablehnung. »Keine Gegenrede? Dann ist es entschieden«, sagte Gilles. »Der Junge wird sein Talent dazu einsetzen, mit uns das Geheimnis des Bildes zu lüften und herauszufinden, ob es, wie Alasdair vermutete, ein Meisterbild ist. Und falls dem wirklich so ist, werden wir versuchen, Meister Houdin daraus zu befreien.«

»Es braucht noch jemanden mit Verstand«, warf Genevieve ein. »Jemanden, der den Jungen anleitet.«

Himmel, dachte Art verärgert bei sich. *Können sie mal aufhören, über mich zu sprechen, als wäre ich ... ein Junge?*

»Ich werde ihn begleiten«, sagte Amin und setzte ein schneeweißes Lächeln auf. »Wollte immer schon mal in die Vergangenheit reisen.«

»Ich denke«, sagte Gilles und sah dabei zu Wu, »dass Genevieve noch mehr Verstand im Sinn hatte.«

Amin schnaubte leise und hob verärgert eine Augenbraue.

»Aber was genau soll ich versuchen?«, fragte Art. Dass man irgendetwas von ihm erwartete, gefiel ihm noch weniger, als *Junge* genannt zu werden.

»Du sollst uns helfen, die Fotografie zu öffnen«, sagte Gilles, als sei dies völlig offensichtlich. »Damit wir meinen Vater befreien können.«

Art blickte Gilles verwirrt an und glaubte, ihn falsch verstanden zu haben. Doch sein Gesicht zeigte deutlich die Erwartung an ihn, etwas zu vollbringen, das völlig unmöglich war. Er war doch kein Magier! Selbst wenn er verrückterweise das Talent besaß. Aber er war weit entfernt davon, wie Amin zu zaubern.

»Das wird ein Kinderspiel für ihn«, hörte er den Ägypter neben sich sagen. »Er ist mein Schüler. Er hat schon viel von mir gelernt.«

»Bist du irre?«, zischte Art leise. »Ich kann im Grunde gar nichts.«

»Blamier mich jetzt nur nicht«, erwiderte Amin. »Nach allem, was ich für dich getan habe.« Er deutete auf das Bild.

»Aber beschwer dich nicht, wenn es nicht klappt«, raunte Art und griff nach der Fotografie. Kaum berührten seine Finger das Bild, glaubte er, Stimmen zu hören. Diesmal waren es mehr, eine johlende Menge. Rufe. Beschimpfungen. Lachen. Fremde Gerüche stiegen ihm zudem in die Nase. Er spürte kalte Winterluft auf der Haut. Unwillkürlich zog er die Hand zurück. »Was soll ich tun?«, fragte er mit rauer Stimme.

»Ich ...« Selbst Amin klang jetzt unsicher. Doch dann fing er sich wieder. »Lass es fließen«, fuhr er fort. »Denk an meine Lektion. Magie hat nichts mit dem Lernen von Zaubersprüchen zu tun. Oder mit dem Wedeln eines Zauberstabs. Magie steckt in dir. Du musst hinter das Licht sehen – mit geschlossenen Augen. Dann erkennst du, wie die Welt zusammenhängt. Und kannst ihr gewissermaßen einen Schub geben. Oder sie biegen. Aber versuche niemals, sie zu brechen, sonst beherrschst nicht du die Magie, sondern sie dich. Und sie kann ein hungriges Tier sein, glaub mir.«

Sehr beruhigend, dachte Art bei sich. *Lass es fließen.* Wie um alles in der Welt sollte er es fließen lassen? Er fühlte sich wie bei einer Prüfung, für die er nichts gelernt hatte.

Da erhob sich Wu erneut und kam auf ihn und Amin zu.

Na wunderbar, jetzt kommt auch noch die Lehrerin.

Wu mochte auf den ersten Blick wie eine Frau aussehen, die kaum älter als Art war. Doch in ihren Augen erkannte er eine so tiefe Weisheit, als hätte sie in ihrem Leben schon alles erlebt. Nun, wenn man über zweihundert Jahre alt war, dann war man sicher ziemlich herumgekommen. Jetzt sah sie ihn stumm an, als würde sie versuchen, ihn richtig einzuschätzen. »Stell eine Verbindung her«, sagte sie.

Eine Verbindung. Das machte die Sache auch nicht viel klarer. Art räusperte sich, atmete tief durch und griff erneut nach der Fotografie. Sofort war alles zurück. Die Stimmen. Die Gerüche. Er schien zur selben Zeit dort zu sein und war es doch nicht. Art schloss die Augen und versuchte, hinter das Licht zu sehen. Es war so verwirrend. Er wusste, dass er auf der Spitze eines magischen Turms stand, umgeben von einer Gruppe Zauberer. Aber er hörte und roch einen anderen Ort. Eine andere Zeit. Er nahm alle gedankliche Kraft zusammen und stellte sich vor, dass es eine Tür gab, die ihn von diesem Ort fernhielt. Die er unbedingt aufdrücken musste, um eine Verbindung herzustellen. Nur wie sollte er der Wirklichkeit einen Schubs geben? Bis zur Erschöpfung versuchte er es. Warf sich mit aller Macht seines Geistes gegen die Tür, die er sich vorstellte. Er spürte, wie sie sich etwas öffnete. Einen Spaltbreit. Die Stimmen wurden klarer. Lauter. Kamen näher. Dann aber verließ ihn die Kraft. Keuchend ließ er das Bild los, und die Stimmen verklangen. Art fühlte sich mit einem Mal so kraftlos, dass er auf die Knie sank.

»Was machst du da auf dem Boden?«, hörte er Amin zischen. »Komm wieder auf die Beine.«

»Zuviel Druck für einen ungeübten Geist«, sagte Wu. »Er ist zu schwach, um die Verbindung herzustellen.«

Ihre Stimme klang wunderbar leicht und schön. Die Worte gefielen Art allerdings nicht besonders. »Ich kann es«, sagte er mit schwerer Zunge. »Ich war fast dort. Es fehlt nicht viel.«

»Vielleicht. Vielleicht auch nicht.« Wu sah mit undurchdringlicher Miene auf ihn herab. »Versagen ist natürlich. Du kannst es erneut versuchen, wenn du dich erholt hast.« Mit diesen Worten wandte sie sich ab und verließ den Alunnischen Palast.

Art blieb noch einen Moment auf den Knien und fühlte sich schrecklich. Es war ihm gleich, dass die anderen Alunni ihn vermutlich für einen Versager hielten. Wus Blick aber hatte klar gezeigt, dass er zu schwach gewesen war. Und das traf ihn besonders hart. Wus Unvoreingenommenheit ihm gegenüber und ihre anfängliche Zuversicht, dass er es schaffen könnte, hatten ein unerwartet schönes Gefühl in Art ausgelöst. Er wollte ihr beweisen, dass er es konnte. Und das würde er auch ... so bald wie möglich wollte er es noch einmal versuchen!

»Komm«, unterbrach Amin zerknirscht seine Gedanken. »Ich bringe dich zu Madame Poêle.«

Die Besitzerin des Jardin de plaisir schien Art die Enttäuschung auf den ersten Blick anzusehen, als Amin und er den Garten betraten. »Oh«, sagte sie zur Begrüßung, »man könnte meinen, in deinem Herzen sind einige dunkle Wolken aufgezogen, mein Lieber.« Sie senkte verschwörerisch die Stimme, während sie die beiden über den Rasen führte. »Der Zirkel hatte jemanden ausgeschickt, dich zu holen, Art. Man war nicht besonders erfreut, dich hier nicht anzutreffen. Wart ihr im Alunnischen Palast? In der Enklave wird bereits darüber gesprochen. Die Gerüchte verbreiten sich rasend schnell. Es heißt, du hättest eine magische Waffe in die Enklave gebracht, mit der wir die Inquisitoren endlich zur Strecke bringen können. Stimmt das? Ich meine, mir könnt ihr es sagen. Ich bin so verschlossen wie eine Samenkapsel.«

Doch weder Amin noch Art hatten Lust, Madame Poêle in das Geheimnis des Meisterbilds einzuweihen, und irgendwann gab die Frau mit dem bunten Kleid und der weißen Schürze alle Versuche, etwas zu erfahren, auf und blieb an der Mauer stehen.

»Hier kannst du wohnen, solange du in der Enklave bist. Und du«, sagte sie an Amin gewandt, »wirst natürlich in eine schönere Unterkunft umziehen. So kannst du ein Auge auf unseren Jungmagier haben.«

»Vielen Dank«, sagte Art, dem es nicht sonderlich gefiel, als *Jungmagier* bezeichnet zu werden. Abgesehen davon, dass er sich dadurch erneut wie ein Kind fühlte, hatte er doch gerade kläglich versagt. Vielleicht reichte das bisschen Magie, das offenbar in ihm steckte, nur für ein wenig Hokuspokus. Oder dafür, in Notfällen jemanden von den Beinen zu holen. Oder zurück ins Leben zu bringen. »Wo genau sind denn diese Zimmer?«

Madame Poêle sah Art einen Moment lang fragend an, dann stieß sie ein helles Lachen aus. »Mein Lieber, ich vergesse immer, dass du gewissermaßen noch ein Kind bist.«

Art unterdrückte ein Augenrollen.

»Es ist nämlich so, dass alle Erwachsenen in der Enklave wissen, wie die Dinge funktionieren. Und die Kinder wissen das im Grunde auch schon.« Sie zeigte Art zwei große Nüsse, die sie aus der Schürze gezogen hatte. »Pass auf. Magie kann viele Formen haben. Es gibt diesen ganzen altmodischen Klamauk mit Blitzen und Donner. Besonders die Traditionalisten zaubern immer noch so, obwohl das schon seit hundert Jahren total aus der Mode ist. Andere dagegen sind supermodern. Arbeiten sogar in den Laboren der Menschen und erforschen die Welt … wissenschaftlich.« Sie sprach das letzte Wort aus, als würde sie es prüfend wie ein besonders saures Bonbon lutschen. »Aber ich beherrsche eine andere Form des Zauberns. Die ökologische.« Sie lachte wieder und warf dabei die Nüsse auf das Gras, das sich an die Mauer schmiegte.

Einen Augenblick lagen sie bloß da, und Art sah verstohlen zu Amin, der interessiert die Nüsse betrachtete. Mit einem Mal brach die Schale der linken, die andere bekam nur einen Lidschlag später einen Knacks. Aus dem Inneren der Nüsse wuchs etwas, das Art wie Holzgeflechte erschien. Sie streckten sich tastend über den Boden, bis sie an die Mauer stießen. Dann reckten sie sich empor, und in etwa drei Metern Höhe knickten sie ab und wuchsen über Art und den beiden anderen durch die Luft. Rasend schnell bildeten diese seltsamen Pflanzen den Rahmen von zwei Räumen. Kaum war dieser Rahmen fertig, drückten sich Blätter aus dem Gestänge heraus. Wände und Decken entstanden. Gelegentlich wies Madame Poêle die Gewächse auf etwas hin, das ihr nicht gefiel. »Denkt an die Türen. Nein, nur eine pro Raum. Ja, aber es dürfen zwei Fenster sein. Mon dieu, ich habe euch doch nun wirklich lange genug gezüchtet. Muss ich trotzdem noch alles erklären?«

Es dauerte kaum fünf Minuten, bis aus den beiden Nüssen zwei kleine Häuschen gewachsen waren, die so perfekt aussahen, als wären sie in mühsamer Arbeit gebaut worden.

»Bitte sehr«, sagte Madame Poêle, »das sind meine Gäste-

Bungalows. Fühlt euch wie zu Hause. Heute Abend feiern wir übrigens ein Fest. Ich lade meine Freunde zu meinem Geburtstag ein. Immerhin werde ich einhundertzweiundzwanzig.«

»Ich hätte sie höchstens auf einhundert geschätzt«, rief Amin in gespielter Verblüffung. »Und keinen Tag älter.«

»Alter Charmeur.« Sie winkte ab. Ehe sie ging, sah sie noch einmal zu ihnen beiden. »Wenn ihr über irgendetwas sprechen wollt, dann kommt zu mir. Ich höre immer zu.«

»Das glaube ich gerne«, meinte Amin, als die Frau außer Hörweite war. »Komm, du siehst aus, als würde dir eine Pause guttun. Magie ist am Anfang immer anstrengend.« Er musterte Art einen Moment lang. »Und sei nicht zu enttäuscht, dass es dir nicht sofort beim ersten Versuch gelungen ist, eine Verbindung zu dem Bild herzustellen. Vielleicht dauert es einfach, bis du so weit bist. Wir fangen gleich morgen an zu üben. Nimm du das rechte Nusshaus, ich nehme das linke. Wir sehen uns heute Abend beim Fest, in Ordnung? Ich muss vorher noch etwas erledigen.«

Art nickte müde und betrat seinen Bungalow. Die Pflanze hatte im Inneren neben einem Tisch und einem Stuhl auch ein mit Moos bewachsenes Bett wachsen lassen. Erst als Art sich auf die weiche Matratze setzte, merkte er, wie erschöpft er war. Kaum hatte er sich hingelegt, war er auch schon eingeschlafen.

Art konnte nicht sagen, was ihn später geweckt hatte. Die lauten Stimmen? Oder der Essensduft, den er nicht zuordnen konnte. Diesmal wusste er sofort, wo er war. Und es fühlte sich überhaupt nicht seltsam an, dass er in einem aus einer Nuss gewachsenen Bungalow inmitten eines magischen Gartens in der Enklave unterhalb von Paris erwachte. Fast schien es, als wäre er nach dem traumlosen Schlaf endgültig in dieser verrückten Welt angekommen.

Er erhob sich – und hatte das Gefühl, einen Marathon gelaufen zu sein. Noch nie war er so kraftlos gewesen. Dennoch drückte er sich auf die Beine und trat aus der Tür hinaus. Das kleine Gebäude nebenan schien leer. Die Stimmen drangen von der Wiese herüber, die nicht weit entfernt war und auf der er und Amin heute Morgen gegessen hatten. Bunte Lampen waren dort entzündet worden, und Art ging auf sie zu, bis er feststellte, dass sie weder an Ständern befestigt waren, noch in den Bäumen hingen. Vielmehr schwebten sie wie Ballons in der Luft. Wie Ballons, die den Menschen, von denen die meisten an einer langen Tafel auf zusammengewürfelten Stühlen Platz genommen hatten, folgten, sobald sie aufstanden und umhergingen. Dies musste das Fest sein, von dem Madame Poêle gesprochen hatte. Art war unschlüssig, ob er alleine dorthin gehen sollte. Aber er war hungrig. Eine grüne Lampe schwebte auf Art zu, und als er ein paar Schritte in Richtung der versammelten Menschen ging, leuchtete sie ihm den Weg. So leise er konnte, näherte er sich der Tafel. Art hatte wenig Lust darauf, erneut im Mittelpunkt des Interesses zu stehen. Doch kaum mischte sich der Schein seiner Lampe in den der anderen, erstarben die Gespräche und die Augen der Anwesenden richteten sich allesamt auf Art. *Na wunderbar*, dachte er und suchte nach den einzigen vertrauten Gesichtern, die er hier erwartete. Amin konnte er nicht erkennen, aber Madame Poêle kam freudestrahlend auf ihn zu.

»Wie schön, dass du wach bist«, sagte das Geburtstagskind. »Ich hatte mir schon ein wenig Sorgen gemacht. Die ersten Zauber sind immer furchtbar anstrengend. Die Kinder in der Enklave schlafen manchmal einen halben Tag lang, wenn sie ihre ersten magischen Schritte gemacht haben.«

Mit Mühe zwang sich Art ein Lächeln auf die Lippen. Es war schon schlimm genug, dass er von allen angestarrt wurde, als wäre er eine Zirkusattraktion. Doch dass er schon wieder mit einem Kind verglichen wurde, machte die Sache nur noch unangenehmer. »Herzlichen Glückwunsch«, brachte er hervor. »Ich habe leider kein Geschenk mitbringen können.«

»Oh, das macht nichts«, flötete Madame Poêle. »Ich hatte

noch nie einen normalen Menschen auf einer meiner Partys. Komm, ich bringe dich zu deinem orientalischen Freund. Und ihr anderen«, rief sie ihren Gästen zu, »der arme Junge ist schüchtern. Starrt ihn nicht so an. Sonst läuft er noch weg. Und das würde ich euch nie verzeihen.«

Es kostete Art einiges an Anstrengung, sich das Lächeln weiter auf die Lippen zu zwingen, während seine Gastgeberin ihn im Schein seiner persönlichen Lampe an der Tafel entlangführte. Die Gespräche setzten langsam wieder ein, doch er bemerkte die interessierten Blicke, die Madame Poêles Gäste ihm zuwarfen. In Paris wären ihm die Magier kaum aufgefallen. Die meisten sahen ganz normal aus. Nur wenige waren in Umhänge gekleidet, die aussahen, als hätten sie sich für einen Kostümball zurechtgemacht. Art erkannte Amin nun am entlegenen Ende der Tafel, und offenbar befand sich sein Platz neben dem von Madame Poêle, sodass auch wirklich alle Gäste Art mustern konnten, wenn sie dem Geburtstagskind gratulieren wollten. Erkennbar zufrieden saß der Ägypter da und zog genüsslich an einer Wasserpfeife. Leuchtendgelber Rauch drang aus seinem Mund und glitt als kleine Wolken über seinen Kopf.

»Ah«, rief er und deutete auf einen freien Platz neben ihm, »da ist ja unser ...«

»Ist schon gut«, schnitt ihm Art rasch das Wort von den Lippen. Er wollte jeden weiteren peinlichen Kommentar über sich im Keim ersticken. Er bemerkte auch Wu. Sie saß Amin direkt gegenüber. »Hallo«, sagte er zu ihr und setzte sich schnell, um endlich der allgemeinen Aufmerksamkeit zu entkommen.

»Geht es dir wieder gut?«, fragte sie und sah ihn prüfend an, als hätte sie noch nie einen echten Menschen zu Gesicht bekommen.

»Wunderbar«, behauptete Art etwas außer Atem, denn der kurze Weg hatte ihn ziemlich angestrengt. Vor Wu wollte er aber keine Schwäche zeigen. Er sah sich prüfend um. Soweit er das auf den ersten Blick erkennen konnte, war er den übrigen Gästen noch nicht vorgestellt worden.

»Hier«, sagte Madame Poêle und reichte Art ein fast winziges Glas, das vollkommen leer zu sein schien. Nur mit Mühe erkannte er im Schein der bunten Lampen einen durchsichtigen Tropfen darin.

»Danke«, sagte er und sah zweifelnd in das Glas. Dann setzte er es an die Lippen und ließ den Tropfen in seinen Mund gleiten. Er schien völlig geschmacklos zu sein, doch als er ihn einen Moment auf der Zunge behielt – statt ihn runterzuschlucken wie das Reiskorn –, explodierten zahllose Aromen in seinem Mund und alles brannte so, als hätte Art mit hochprozentigem Schnaps gegurgelt. Keuchend setzte er das Glas ab. »Was …?«

»Das sind Teufelstränen«, sagte Madame Poêle beschwingt, die Wangen gerötet, und Art fiel auf, dass ihr die Worte ein wenig schwer über die Lippen kamen. Offenbar hatte sie einen sitzen. »Sind natürlich keine echten Tränen des Teufels, mon dieu. Es ist das reinste Wundergetränk.« Sie gluckste. »Was wiederum kein Wunder ist, schließlich habe ich es selbst gemacht.«

Angesichts der Körner, die ein ganzes Essen in sich trugen, war es wohl kaum verwunderlich, dass ein Tropfen hier wie ein volles Glas wirkte. »Wenig Platz für viel Flüssigkeit?«, mutmaßte er.

»Für dich muss das alles sehr fremd wirken.« Wu hob abwehrend die Hand, als Madame Poêle ihr aus einer Flasche mit einem langen Ausgießer einschenken wollte.

»Ich gewöhne mich gerade ein«, erwiderte er und versuchte so zu klingen, als sei dies hier ein völlig normaler Ort. Er hatte keine Lust mehr, als absonderlich angesehen zu werden. In der Welt über ihnen hatte er es schon sein Leben lang ertragen müssen, gemustert zu werden. Aber hier war es fast noch schlimmer.

»Du hast einen Inquisitor besiegt«, sagte die Chinesin in neutralem Tonfall. Als schien sie unschlüssig zu sein, was sie von der Sache halten sollte. Was sie von Art halten sollte.

Er sah kurz zu Amin und bemerkte, dass auch der Ägypter, der gerade sein Glas an die Lippen gesetzt hatte, nicht mehr ganz nüchtern war. Dann blickte er Wu direkt in die Augen. Er hatte gelernt, dass man denjenigen, die einen musterten, am besten auf diese Weise begegnete – indem man sie auf Augenhöhe zwang. Und Wus Augen waren noch dazu wunderschön. »Sogar zwei«, sagte er dann und erwartete, dass seine Antwort Wu ein spöttisches Lächeln auf die Lippen malen würde. Doch sie musterte ihn nur weiter. »Es ... es ist einfach geschehen«, setzte er hinzu. Er wollte nicht, dass es so aussah, als würde er lügen oder gar angeben. Er hatte bis gestern nicht einmal geahnt, dass Magie in ihm steckte. »Ist das so besonders?«, fragte er. »Ich meine, ihr macht das doch bestimmt alle ständig, oder?«

Nun lächelte Wu tatsächlich belustigt, und Art begriff nicht, was an seinen Worten so komisch gewesen war. »Alle? Ständig? Du bist in der Tat fremd in dieser Welt, wenn du das denkst. Es hat seit einem Jahrzehnt keinen derart großen Angriff der Inquisitoren mehr auf uns gegeben. Und selbst als sich unsere Wege früher noch häufiger gekreuzt haben, haben wir zu oft verloren. Kein Magier sucht bewusst die Konfrontation mit ihnen.« Sie zog die Stirn kraus, als erinnerte sie sich an etwas, das sie verdrängt hatte. Dann wurde ihr Blick wieder weicher. »Die Inquisitoren sind schlau. Sie haben Wege gefunden, unsere Stärke zu unserer Schwäche zu machen. Wir wissen nicht, woher sie plötzlich ihre Kenntnisse über die Magie haben. Vor etwa dreißig Jahren hat es angefangen. Früher waren ihre Methoden grob und brutal. Du hast sicher von diesen Dingen gehört. Die Hexenprobe. Verbrennungen. Exorzismen. Sie haben uns schon immer als Rudel gejagt. Wie Wölfe. Wenn genug Inquisitoren zusammenkommen, kann selbst der mächtigste Magier nur mit Mühe Sieger bleiben.«

Während sich Amin in ein äußerst schwungvolles Gespräch mit der Gastgeberin vertiefte – wobei Art nur am Rande wahrnahm, dass er dabei war, Rezepte seiner Mutter aufzuzählen –, wurden die Stimmen neben Wu mit jedem ihrer Worte leiser.

»Eine Zeit lang waren sie nur wie Schatten. Doch dann wurde es schlimm«, fuhr sie fort. »Viel schlimmer, als wir es uns in unseren dunkelsten Träumen hätten vorstellen können. Waren die Inquisitoren einst brutale Wölfe, wurden sie plötzlich zu schlauen, brutalen Wölfen. Schon immer haben sie Wissen über uns gesammelt. Doch nun scheinen sie auch all unsere Geheimnisse aufgedeckt zu haben. Sie verstehen uns, als wären sie hier unter uns. Und sie besitzen die Handschuhe.«

»Die Todesfinger«, wisperte eine alte Frau neben Wu, deren Haare im Schein ihrer silbernen Lampe schimmerten, als würde der Mond sie färben. »Ich habe meinen Mann deswegen verloren, als sie ihn aufspürten. Das ist jetzt fünfundzwanzig Jahre her. Ein Inquisitor hat seinen Zauber einfach mit diesem … Ding aufgesogen und ihn gegen meinen Mann gewandt. Ich habe es mit eigenen Augen gesehen.« Sie starrte so ängstlich in die Nacht, als würde sich aus der Dunkelheit um sie herum einer der Grauen lösen.

»Vielleicht haben sie einen Magier gefangen genommen, der ihnen alles erzählt hat?«, meinte Art.

»Dazu kennen sie uns zu gut«, erwiderte Wu kopfschüttelnd. »Ein einzelner, einfacher Magier könnte ihnen nicht das Wissen offenbaren, über das sie verfügen. Das könnte nur ein Alunni. Und unser Zirkel ist seit der Entführung der Meister ungebrochen.«

Und wenn ihr einen Verräter unter euch habt?, dachte Art bei sich. Doch ehe er sie stellen konnte, kam die Gastgeberin zu ihnen.

Madame Poêle teilte eine weitere Runde ihrer hochprozentigen Tropfen aus, und während Wu ihr Glas mit einer Bewegung ihrer Finger verschwinden ließ, stießen Art und Amin darauf an, dass der Mann, der gestern Morgen noch keine Ahnung von Magie und allem Drumherum gehabt hatte, heute schon zwei Inquisitoren besiegt hatte.

Schnell lockerte der magische Alkohol Arts Zunge. Und er machte ihn mutiger. »Hieß der Meister deiner Familie auch Wu?«, fragte er. Sofort merkte er, dass er einen wunden Punkt berührt hatte. »Ich ... ich frage nur, weil ich das alles hier nicht verstehe«, schob er rasch hinterher.

Sie sah ihn reglos an, als versuchte sie zu ergründen, ob er sich über sie lustig machte oder nicht. Offenbar hegte sie, obwohl sie sich freundlich mit ihm unterhielt, ein gewisses Misstrauen gegen ihn.

»Ich komme aus einer Familie, die völlig unmagisch ist«, sagte er. Vielleicht würde sie dieses Misstrauen ihm gegenüber ablegen, wenn er sich ein wenig öffnete. »Zumindest die meiner Mutter. Die Familie meines Vaters kenne ich nicht.« Er verzog den Mund. »Ich kenne nicht mal ihn. Er ist gegangen, als ich noch ein Kind war.« Dann verstummte er abrupt. So viel hatte er nicht von sich preisgeben wollen. Sein Vater war sein wunder Punkt. Art blickte auf das leere Glas. Der magische Alkohol hatte ihn offenbar zu mutig gemacht. Oder zu leichtsinnig. Er presste die Lippen aufeinander, als wollte er kein Wort mehr zwischen ihnen hindurchschlüpfen lassen.

»Du gibst dir die Schuld«, sagte sie schließlich.

Verärgert runzelte Art die Stirn. »Ist das irgendein Trick?«, fragte er. »Schaust du gerade in meinen Kopf?«

Die Chinesin runzelte ihrerseits die Stirn. Und lächelte. »Kein Trick. Ich erkenne das Gefühl in dir, als würde ich in einen Spiegel blicken.« Das Lächeln schwand, und sie schien einen Moment lang unsicher, ob sie fortfahren sollte.

»Als Kind habe ich das immer geglaubt«, gab Art schließlich zu. »Und manchmal tue ich das heute noch. Wenn er glücklich gewesen wäre, hätte er uns nicht verlassen, oder?« Er klang bitterer, als er wollte.

»Unser Meister war eine Meisterin. Ich war an jenem Tag da, als es geschah.« Wu blickte durch ihn hindurch, als würde sie in eine vergangene Zeit und an einen fernen Ort sehen. »Sie war im

Thronsaal der Kaiserinwitwe. Fremde Soldaten waren dort. Die Meisterin war an der Seite der Herrscherin. Ich hatte in einem Raum hinter dem Thronsaal gewartet. Und dann …« Ihre Stimme brach, als würde ihr ein Splitter in der Kehle sitzen. »Und dann spürte ich einen Zauber, der anders war als alles, was ich je gespürt hatte. Plötzlich war er an meinem Finger.« Sie streckte ihm die Hand entgegen, an der sie einen Ring in Form eines Drachen trug. »In diesem Moment wusste ich, dass sie fort war. Dass auch sie gefangen genommen wurde. Und ich wusste, dass ich nicht bei ihr gewesen war, um es zu verhindern. Mehr noch – vielleicht hätte sie fliehen können, wenn ich nicht da gewesen wäre. So aber hat sie sich vermutlich entschieden, zu kämpfen.«

Einen Moment lang herrschte Schweigen zwischen ihnen, und nur Amin war zu hören, der mit dem Licht über ihm sprach, als wäre es ein lebendes Wesen.

Art konnte spüren, dass die Schuld, die auf Wu lastete, für sie kaum zu tragen war. Und in ihm erwachte der unbändige Wunsch, ihr zu helfen, diese Schuld auf irgendeine Weise zu tilgen. »Du warst ein Kind, oder?«, erwiderte er schließlich.

Wu blickte ihn an, als wollte sie ihm bis ins Herz sehen. »Du auch.«

»Oh, ihr Lieben, ihr habt nichts mehr zu trinken.« Madame Poêle stand hinter ihnen und schenkte ihnen nach.

»Auf die Magie«, rief Amin und stieß mit Art an, der sein Glas in einem Zug leerte.

Wu sah ihnen nachdenklich dabei zu, wie sie sich noch bei drei weiteren Runden zuprosteten. Oder waren es vier? Art konnte es nicht sagen. In seinem Kopf breitete sich immer mehr eine ungewohnte Leichtigkeit aus, und er fühlte sich trotz Wus strenger Blicke, als wäre er hier wahrlich zu Hause. Irgendwann stellte er fest, dass fast alle anderen fort waren.

»Wo sind sie …«, er merkte, dass seine Zunge ihm nicht mehr wie gewohnt gehorchte, »… denn alle hin?«

»Nach Hause, mein Lieber«, säuselte Madame Poêle, die im Gegensatz zu ihm und Amin, der gerade einen an seine Lampe gerichteten Monolog über die Kochkunst seiner Mutter hielt, deutlich weniger lallte. »Und da solltet ihr auch hin.«

Der Versuch aufzustehen, nötigte Art alle Konzentration ab. Der Ägypter neben ihm hielt in seiner Rede an die Lampe nicht inne, während er sich hochdrückte.

»Sie hat recht«, sagte Wu. Sie war die einzige, die noch völlig klar sprach. »Wir werden morgen weiter versuchen, hinter das Geheimnis des Bildes zu gelangen. Und du wirst uns womöglich eine …«, sie hob eine Augenbraue, als sie sah, wie Art leicht ins Schwanken kam, »Hilfe sein. Ich gebe dir einen Rat. Magie kommt aus dir selbst heraus. Je mehr du dich anstrengst, desto mehr Kraft verlierst du dabei. Und desto weniger erreichst du.«

Der Kopf des Königs

Art hatte Wus Worte im Ohr, als Amin und er zu ihren Bungalows zurückwankten. »Ich wünschte, ich könnte es noch mal versuchen«, murmelte er vor sich hin.

»Was?« Amin unterbrach seinen Monolog mit der Lampe, die stoisch in ihrer Nähe schwebte, und sah fragend zu Art.

»Das Foto.« Die Worte kamen ihm nur schwer über die Lippen. Er fühlte sich, als hätte er eine ganze, in Alkohol ertränkte Nacht hinter sich. »Weniger Kraft.« Selbst in den eigenen Ohren ergab das kaum Sinn, doch Amin nickte, als hätte er alles verstanden.

»Du brauchst weniger Druck.« Er rang ebenfalls hörbar mit den Worten. »Ist ja auch kein Wunder, dass nichts klappt, wenn einem die Alin... Alan...«

»Alunni?«, versuchte es Art.

»Genau. Wenn die einen anglotzen.« Amin deutete auf Art. »Komm.«

»Wohin?«, wollte Art wissen.

»Na, zum Bild. Du musst es noch mal versuchen. Am besten jetzt, wo dich keiner anstarrt wie eine Laborratte.«

»Das ...«, *klingt richtig dumm*, schrie eine Stimme in Arts Kopf. Seine Antwort aber war eine andere, ersoffen in betrunkenem Übermut. »... klingt richtig gut. Genau. Ich versuche es noch mal.«

»Pst«, machte Amin, da Art bei den letzten Worten ziemlich laut gewesen war. »Sonst hört uns noch jemand.« Er zeigte auf die Lampe über ihnen. Dann machte er auf der Stelle kehrt und führte Art leise aus dem Garten von Madame Poêle.

Die Enklave war wie ausgestorben, und nur die Lampe über ihnen war zu sehen. Art konnte nicht sagen, wie lange ihr Weg zum Alunnischen Palast dauerte. Minuten? Stunden? Er erinnerte sich später daran, dass Amin sie zunächst in eine völlig falsche Richtung geführt hatte, und er selbst einen Lachanfall bekam, als sie beide zwar den Turm fanden, aber nicht die Tür.

»Hier«, sagte Amin, als sie endlich genau vor ihr standen, und deutete überflüssigerweise auf den Durchgang. Die Tür war, wenig überraschend, zu.

»Ist der Palast abgeschlossen?«, fragte Art, als der Ägypter eine Hand auf die Tür legte.

Zur Antwort schüttelte Amin den Kopf. »Lässt nur Alunni und ihre Begleiter ein. Ist ja auch der Alinu… Aluna…«, er stieß die Luft aus seinem Mund aus, »… eben der Palast.«

Aus der glatten Tür wuchs eine Klinke. *Bene venisti, Alunni.*

»Derselbe Hersteller wie beim Safe?«, fragte Art.

»Derselbe Zauber«, erwiderte Amin.

Daran, dass der Aufstieg schon nüchtern eine Herausforderung für den Magen war, erinnerte sich Art erst, als er keuchend und nach Luft ringend oben ankam. Er spürte, dass er sich jeden Moment übergeben musste.

Auch Amin wirkte ziemlich mitgenommen, doch er schien einen Zauber dafür parat zu haben. Mit seiner rechten Hand strich er sich über den Bauch, und aufgestaute Luft entwich lautstark seinem Mund. »Du musst dir vorstellen, dass in dir ein Sturm tobt. Deine Finger aber stoppen ihn und verwandeln ihn in ein leichtes Lüftchen. So mache ich es immer.« Er deutete auf Arts Hand. »Im Uhrzeigersinn. Oder dagegen? Ist eigentlich egal.«

Es würde nur noch Sekunden dauern, bis sich Art auf den Steinboden übergab. *Vielleicht wäre ein Putz-Zauber besser*, schoss es ihm durch den Kopf. Dann legte er seine Hand auf den Bauch und stellte sich vor, dass von seinen Fingern eine Kraft ausging, die den Sturm in seinem Inneren stoppte. Die Idee war im Grunde lächerlich. Doch Art fühlte sich betrunken genug, um ihr ohne Probleme zu folgen. Und im nächsten Moment spürte er, dass der Reiz sich zu übergeben, schwand und er sich wieder überraschend gut fühlte. Und überhaupt nicht angestrengt. Er hatte keinen Druck ausgeübt. »Ich habe nicht mal drüber nachgedacht«, entfuhr es ihm, während er überrascht auf seine Finger blickte.

»Denken ist meistens hinderlich«, bemerkte Amin und kniff die Augen zusammen, als müsste er sich anstrengen, etwas vor ihnen zu fokussieren.

»Das Foto«, raunte Art. Es schwebte in der Luft vor den Sesseln.

»Sehr gut beobachtet«, lobte ihn Amin. »Wir werden dem Ding jetzt seine Geheimnisse entreißen. Richtig?«

»Richtig!«, echote Art. Gemeinsam wankten sie auf die Fotografie zu. »Wird Wu nicht verärgert sein, wenn wir einfach, also wenn ich, also wenn du …?«

Amin sah ihn konzentriert an, doch er schien keinen Sinn in Arts Worten zu entdecken. »Ich glaube, sie ist irgendwie immer verärgert«, meinte er. »Muss vielleicht am chinesischen Essen liegen. Keine Ahnung.« Er gluckste, dann traten er und Art auf die beiden Dreiecke, die den Boden zierten.

»Du musst mir sagen, was ich machen soll«, meinte Art, der unschlüssig auf das Foto starrte. In seinem Kopf hörte er wieder leise die Stimmen.

»Lass es fließen. Keinen Druck.« Amin tat, als wäre es das Einfachste der Welt, die Verbindung zu einem Bild herzustellen.

Es lag womöglich an seiner alkoholleichten Stimmung, dass Art dies genauso sah. Oder es war der Wunsch, der Chinesin zu helfen, ihre Schuld zu tilgen, der ihn antrieb. Wenn er es in dieses Bild hineinschaffte, dann konnte er womöglich auch in die anderen. Auch in das, in dem Wus Meisterin gefangen war. Falls sie es fanden. Ach was, sobald sie es fanden! Er pflückte das Foto aus der Luft und schloss die Augen. Einen Moment stand er nur da. Horchte. Roch. Spürte. Die Stimmen wurden lauter. Wieder fühlte er die Winterkälte. Der Geruch einer Menschenmenge stieg ihm in die Nase. Und auf einmal fand er das alles völlig normal. Wie von selbst öffnete sich diesmal die Tür in diese Welt für ihn. Er musste überhaupt nicht versuchen, sie aufzustoßen. Arts geschlossene Augen sahen über den Platz, als wäre er Teil der Menge. Seine Ohren hörten die Rufe, als würden sie direkt neben ihm erklingen. Laut und deutlich. Jemand in seiner Nähe hatte sich offenbar mehrere Tage nicht gewaschen. Nein, viele Leute schienen sich viele Tage nicht gewaschen zu haben. Er schüttelte sich. Machte einen Schritt. Und spürte einen unebenen Steinboden unter den Füßen. Er wusste, wenn er nun die Augen öffnen würde, wäre er dort. In dem Bild. So, wie er wusste, dass er gleichzeitig im Alunnischen Palast war. Dies war eine Pforte in das Bild. Vorsichtig öffnete er die Augen einen Spaltbreit. Eine alte Frau wandte ihm den Kopf zu. Sie legte den Kopf schief und musterte ihn. In ihrem Mund erkannte Art eine übersichtliche Zahl reichlich verfärbter Zähne. »Was macht ihr hier?«, sagte die Frau streng.

Im nächsten Moment wurde das Gesicht der Alten zu dem einer jungen Asiatin, und die Welt, die Art sah, verblich wie Frühnebel in der Sonne. Einen Augenblick später war er wieder im Alunnischen Palast und erkannte Wu. Diesmal war sie nicht so beherrscht wie zuvor, sondern funkelte abwechselnd ihn und Amin zornig an. Dabei entging Art nicht, dass der Ägypter vorsichtig fortschlich, um Wus Blick zu entkommen. Allerdings torkelte er gegen einen der Sessel mit den überhohen Lehnen, stieß diesen dabei um und fiel dann hin.

Art ließ das Bild los. »Du ... du hattest recht.« Seine Antwort schien die Chinesin für einen Moment aus dem Konzept zu bringen. »Ich habe es einfach fließen lassen.« Er wusste nicht, ob die Wirkung von Madame Poêles verteufelten Tropfen oder die Aufregung über den Moment in dem Bild seine Zunge stolpern ließ.

Wu verengte die Augen, als wäre sie eine Lehrerin, die ihren Schüler tadeln musste. »Was hast du getan?«

»Er hat eine Verbindung hergestellt. Nicht wahr, mein Freund?« Amin lächelte verschämt wie ein Kind, das man beim Kekse-Stehlen erwischt hatte, und war sichtbar bemüht, sich einigermaßen würdevoll zu erheben. Den Versuch, den Sessel wieder aufzustellen, gab er nach einem Moment allerdings auf. Das Ding musste ziemlich schwer sein.

»Nicht nur eine Verbindung«, lallte Art. »Ich war dort.«

Wu sah die beiden abwechselnd an, als wäre sie nicht sicher, ob sie verrückt oder verlogen waren.

»Ich habe es ihm beigebracht«, behauptete Amin. »Kein Druck. Einfach zaubern.«

Art sah ihn kopfschüttelnd an. *Wie kann man nur so schnell so skrupellos lügen?* Vielleicht steckte auch dahinter irgendeine Magie.

»Stimmt das?« Wu sah Art noch immer an, als wäre sie nicht sicher, was sie von seiner Geschichte halten sollte. Allerdings schien die Neugierde nun zu überwiegen. Sie musterte ihn ... interessiert. Der Blick gefiel ihm ausnehmend gut, auch wenn ihr Interesse eher dem einer Forscherin an einem besonders skurrilen Käfer gleichkam.

Art nickte, woraufhin ihm schwindlig wurde. Er hatte keine Worte, um zu beschreiben, was er gerade gefühlt hatte. Alles war echt gewesen. So echt wie der Ort, an dem er sich nun befand. Und es war überhaupt nicht anstrengend, in das Foto zu gelangen. Nur ein Schritt, über den er kaum hatte nachdenken müssen. Er lachte unvermittelt, was ihm irritierte Blicke der beiden Magier einbrachte.

»War alles ein wenig viel«, meinte Amin und klatschte in die

Hände. »Aber ich habe es geschafft. Mein Schüler hat die Fotografie geöffnet. Also kann eine kleine Expedition dorthinein aufbrechen und Meister Houdin suchen.« Er lächelte, als wäre er der Sieger eines Sportwettbewerbs.

»Kannst du es wieder tun?«, fragte Wu, ohne auf Amins Prahlerei einzugehen.

Zum zweiten Mal nickte Art.

»Komm schon«, murmelte Amin nicht gerade leise. »Frauen mögen wortkarge Männer nicht sonderlich.« Heimlich deutete er zu Wu. »Du musst schon reden. Darauf stehen sie.«

In diesem Moment wünschte sich Art nichts mehr, als dass der Ägypter sich in Luft auflöste.

Und dem Blick nach zu urteilen, den Wu dem Magier zuwarf, ging es ihr genauso. »Zeig es mir«, forderte sie Art auf.

Arts Mund klappte wie von selbst auf und schloss sich dann wieder, ohne dass ein Laut über seine Lippen gekommen wäre.

»Es ist ganz einfach«, behauptete Amin, der Art die Frage, wie er das um alles in der Welt machen sollte, offenbar von der Stirn ablas. »Es gibt Zauber, die wirken auf andere, und solche, die richten sich nur auf dich selbst. Körperkontakt sorgt dafür, dass diese Form der Magie auch eine zweite Person einschließt.«

Für einen Moment war Art unschlüssig, ob er sich über die unmögliche Aufgabe wundern sollte oder darüber, dass Amin allem Alkohol zum Trotz den Satz fehlerfrei über die Lippen gebracht hatte. Ehe er etwas erwidern konnte, spürte er Wus Hand, die seine umschloss. Die Berührung sorgte dafür, dass er sich mit einem Mal wieder völlig nüchtern fühlte. Nicht die beste Voraussetzung, um zu wiederholen, was ihm eben dank seiner betrunkenen Leichtigkeit gelungen war. Doch als er in ihre dunklen Augen sah, erkannte er etwas in ihnen, dass ihm weit mehr innere Kraft schenkte als die Tropfen Madame Poêles.

Vertrauen.

Er wollte ihr helfen.

Zum dritten Mal nickte er.

Und während er ihre Hand hielt, berührte er erneut das Foto. Mit geschlossenen Augen stand er da. Spürte die Berührung der Chinesin. Und fühlte die andere Welt, die nur einen Schritt entfernt auf ihn und seine Begleiterin wartete. Er musste nur hinübergehen. Als er die Augen wieder öffnete, blickte er der Alten mit den faulen Zähnen in das hässliche Gesicht.

Sie schien ihn nicht wiederzuerkennen. Hatte sie ihn schon vergessen? Die Alte warf Wu einen noch misstrauischeren Blick als ihm zu, doch die Chinesin beachtete sie nicht. Die Verwunderung auf ihrem Gesicht hätte gut zu einem Kind gepasst, das am ersten Weihnachtstag Papa Noël erwischt hatte.

»Wie hast du das gemacht?«, wisperte sie, während sie sich umsah.

Art war unfähig, ihr zu antworten. Er hätte ohnehin nicht gewusst, was er hätte sagen sollen. Er hatte nicht nachgedacht. Vermutlich war das der Grund, weshalb er das Bild hatte öffnen können. Das hier war kein Film. Keine bewegte Fotografie. Es war die Wirklichkeit. Alles hier war echt. Der Wind, die Gerüche, die Menschen. Und die hölzerne Bühne mit der Guillotine. Die Menge starrte gebannt auf das Fallbeil, das in einigen Metern Höhe in der tödlichen Vorrichtung steckte.

»Und jetzt?« Art sah zu Wu, als wüsste sie, was das hier war. Was hier vor sich ging. Doch die Alunni schien ebenso ratlos wie er.

»Er ist hier«, sagte sie. »Irgendwo. Ich spüre es.« Wu legte den Kopf in den Nacken, und ihr schwarzes Haar floss ihr wie dunkles Wasser über die Schultern. Sie hatte die Augen geschlossen und blieb so, als würde sie eine Spur suchen. Einen Duft, den Art nicht wahrnehmen konnte.

»Dieser Meister von euch?«, fragte er und sah sich dabei um. Doch keines der Gesichter, in die er blickte, kam ihm so vor, als gehörte es zu einem großen Magier. Die Menschen hier waren zumeist arm und ausgemergelt. Hunger und Krankheit hatten sie gezeichnet. Und in ihren Augen las er die Vorfreude auf einen in Rachsucht getränkten Tod. Den Tod ihres verhassten Königs.

»Ja«, raunte Wu heiser. »Ich fühle seine Gegenwart.«

Art fragte sich, weshalb dieser Meister sich nicht einfach selbst befreit hatte, wenn das Foto ein magisches Gefängnis war. Ein Meister sollte dazu doch ausreichend magische Kräfte besitzen. Die Menschen um sie herum schienen zwar nicht die Freundlichsten zu sein. Wirklich gefährlich kamen sie Art indes nicht vor. Sein Blick fand wieder die Bühne, auf der, wenn er die Anspannung der Menge richtig deutete, schon bald der unfreiwillige Hauptdarsteller dieses makabren Stücks erscheinen würde: Louis XVI. Art schien mit der Annahme recht zu haben. Unter dem plötzlich anschwellenden Gejohle der Menge trat der Henker auf die Bühne. Es war ein dünner Kerl mit einem schmalen Gesicht, das ihn wie einen zweibeinigen Vogel wirken ließ. In seiner dunklen, langen Jacke sah seine blasse Haut fast wie die eines Toten aus. Hinter ihm stand sein Assistent.

Mit einem Mal glaubte Art, eine Kälte zu fühlen, als würde er gleich einer ganzen Horde Inquisitoren gegenüberstehen. Vielleicht lag es nur an der Gewissheit, dass in Kürze ein gekröntes Haupt vom königlichen Körper getrennt werden würde. Zu seiner Verwunderung fühlte Wu offenbar etwas Ähnliches.

Die Chinesin keuchte auf.

»Was hast du?«, fragte er.

Sie zitterte leicht. Doch was immer ihr auch die Kraft geraubt hatte, verging nach wenigen Augenblicken wieder. »Der Zauber, der Meister Houdin bindet«, sagte Wu leise. »Er ist dunkel. Da ist ein finsterer Wille, den ich zuletzt gefühlt habe, als die Meisterin verschwand.« Sie sah sich um, als könnte sie den Ursprung dieser dunklen Magie irgendwo ausmachen.

»Wir sollten gehen«, meinte Art. Er konnte selbst kaum glauben, was er da sagte. Sein erster bewusster Zauber, und er hatte keine bessere Idee, als ihn schon wieder zu beenden? Aber die Dunkelheit, die auch er fühlte, machte ihm mehr Angst als alles andere, dem er je begegnet war. Die Inquisitoren eingeschlossen. Er las die Erwiderung in Wus Blick. »Ich kann uns auch ein zweites Mal hierherbringen«, behauptete er, obwohl er sich dessen alles andere als sicher war.

Er konnte Wu ansehen, dass sie unentschlossen war, doch dann nickte sie. »Wir haben viel erreicht. Und beim nächsten Mal erreichen wir noch mehr. Bring uns zurück.«

»Kein Problem«, sagte Art, der keine Ahnung hatte, wie er das anstellen sollte. Beim ersten Mal hatte Wu ihn aus seiner Konzentration gerissen. Diesmal würde er einen anderen Weg zurück finden müssen. Während er überlegte, wie er das anstellen sollte, bemerkte er, dass die Kälte in seinem Herzen stärker wurde. Es war, als würde der finstere Wille, wie Wu ihn genannt hatte, seine Fühler nach ihnen ausstrecken.

»Schneller«, drängte sie. »Er ... kommt.«

»Wer?«, fragte Art und schloss die Augen. *Wo nur ist der Weg zurück?*

»Der Ursprung des Zaubers«, sagte Wu.

»Bin gleich so weit«, behauptete Art angespannt und öffnete wieder die Augen. Einmal mehr blickte er der Frau ins Gesicht, die er bei seiner Ankunft zuerst gesehen hatte. Der Weg. Er fand ihn nicht. Wenn doch nur Amin hier wäre! Der Ägypter hätte sie vielleicht mit seinem Portal-Zauber fortbringen können. Als er an ihn dachte, wandelte sich das Gesicht der Frau plötzlich, in ihrem Mund blitzten schneeweiße Zähne auf, ihre Haut wurde dunkler, und ihr saß mit einem Mal ein roter Hut auf den fettigen Haaren.

»Erzählt«, sagte sie mit Amins Stimme, »wart ihr etwa dort? Was habt ihr gesehen?«

Als sich Art einmal schüttelte und dann umsah, erkannte er erleichtert den Alunnischen Palast. Er sah von Amin zu Wu, die wie er den Weg zurückgefunden hatte.

Die Chinesin starrte auf das Foto, das vor ihnen in der Luft schwebte. Es sah aus wie immer. Und doch hatte es für Art den Anschein, dass sich etwas verändert hatte. Ein ihm bislang unbekannter Sinn war geweckt worden. Ganz deutlich spürte er die Präsenz in dem Foto. Jemand war darin. Wie seltsam Art sich auf einmal fühlte. Als hätte der Ausflug in das Bild unerwartete Kräfte in ihm freigesetzt. »Wir waren da.« Die eigene Stimme klang fremd in Arts Ohren. Er sah zu Wu. »Und wir ... wir müssen wieder dorthin.« Er sagte es, obwohl die Dunkelheit, die er in dem Bild gefühlt hatte, noch immer wie Frost auf seiner Haut lag.

»Wir werden zurückgehen«, erwiderte Wu. »Wenn die Zeit gekommen ist.«

Warten. Es gab wenig, was Art mehr verabscheute. Er war noch nie sonderlich geduldig gewesen. Als Kind hatte er schon in der Nacht auf den fünfundzwanzigsten Dezember im Haus nach den Geschenken gesucht, weil er vor Aufregung grundsätzlich nicht hatte schlafen können. Ebenso wenig wie in den Nächten vor seinem Geburtstag. Diesmal aber konnte er nichts tun, um die Aufregung in seinem Herzen zu vertreiben. Wu hatte noch in der Nacht die Alunni herbeigerufen, und nun hockten die Magier, teils als neblige Projektion aus der Ferne, auf ihren hochlehnigen Sesseln und ... taten was? Vermutlich reden. Verärgert stapfte Art durch die Straßen der Enklave, als würde die Zeit schneller vergehen, wenn er nur eilig genug ohne Sinn und Ziel durch La Première spazierte. Er wusste nicht, wie lange er schon so unterwegs war. Aber die Nacht war vorüber und alle Trunkenheit ausgestanden.

Von Amin wusste er, dass man dem Gargoyle, der den Ausgang der Enklave bewachte, aufgetragen hatte, Art nicht passieren zu lassen. Als ob er hätte flüchten wollen! Er war doch wie berauscht von dem, was ihm gelungen war. Die anderen Zauber, die er gewirkt hatte, hatten ihn schon überwältigt. Aber das Betreten des Fotos hatte etwas in ihm ausgelöst. Seine magische Seite erst vollständig gemacht. Es war, als würde er am Anfang eines Weges stehen, dessen Ende er nicht einmal erahnen konnte. Er war nicht im Geringsten erschöpft. Im Gegenteil. Er ...

»So in Gedanken?« Dr. Drolerius tauchte so plötzlich an Arts Seite auf, dass er zusammenzuckte. Ihr Lächeln, das die spitzen Zähne offenbarte, hätte einem Raubtier gut zu Gesicht gestanden. »Ihr Schneckenhäute seid immer so schreckhaft«, bemerkte sie.

»Ich habe noch nicht viele Gargoyles getroffen«, erwiderte Art. »Ich muss noch lernen, die Schönheit des Steins zu schätzen.« Er war müde und hellwach zugleich. Sehnte sich nach einer Nacht voller Schlaf und hätte sich am liebsten direkt wieder in das Bild gestürzt. Er war aufgewühlt wie noch nie in seinem Leben. Vielleicht war das auch der Grund dafür, dass er in diesem Moment keine Angst vor der Frau mit der Steinhaut hatte.

Dr. Drolerius sah ihn einen Augenblick lang überrascht an, dann stieß sie ein dröhnendes Lachen aus, dass einen Mann, der ihnen entgegenkam, spontan die Straßenseite wechseln ließ.

»Man merkt, dass du viel Zeit mit diesem Ägypter verbringst. Der hat auch ein ziemlich lockeres Mundwerk. Wo ist er überhaupt?«

Zur Antwort deutete Art auf die Spitze des Alunnischen Palastes. »Sie reden.« Er gab sich keine Mühe, sein Missfallen darüber zu verbergen.

»Und worüber?«, fragte die Gargoyle, während Art, ohne zu wissen, wo genau er eigentlich war, der Straße folgte. Es schien, als würden sich immer neue Wege vor ihm entrollen. Ganz egal, wo er hinging, stieß er nie an ein Ende der Enklave.

Für einen Moment war er unsicher, ob er der Gargoyle gegenüber offen sein konnte. Doch dann gab er seine Zurückhaltung auf. Immerhin hatte die Steinfrau ihn behandelt. Außerdem war er noch immer euphorisiert wegen dem, was ihm gelungen war. Und dieses Gefühl ließ ihn erzählen. »Ich bin in das Bild gegangen. In eines der …«, er rief sich den Begriff ins Gedächtnis, den er von den Alunni gehört hatte, »… Meisterbilder.«

Das Zischen, das Dr. Drolerius ausstieß, klang, als imitierte sie eine Dampflokomotive. »Das ist unerwartet«, sagte sie.

»Und nun reden sie da oben miteinander, anstatt noch einmal hineinzugehen und diesen Meister Houdin zu befreien.« Art blieb stehen, und Dr. Drolerius sah ihm so tief in die Augen, als erblickte sie ihn zum ersten Mal.

»Es wäre in der Tat die richtige Zeit dafür, dass einer der Meister zurückkehrt«, grollte sie. »Wie man hört, sind die Inquisitoren der Enklave nahe gekommen.« Sie sah auf ihre krallenbewehrten Finger, und Art fragte sich unwillkürlich, ob diese Ärztin für ihre Arbeit eigentlich ein Skalpell brauchte.

»Wie viele von … Ihrer Sorte gibt es?« Art war nicht sicher, ob er die Gargoyle damit beleidigte. Aber so rau sie auch wirkte, schien sie nicht bösartig zu sein.

»Genug, damit man Geschichten über uns Gargoyles erzählt. Und zu wenige, um mehr als eine Legende zu sein.« Sie verzog die Lippen zu einem grimmigen Lächeln. »Gargoyles werden nicht geboren. Wir sind lebender Stein. Und der Funke, der uns weckt, ist auch der, der in solchen wie dir zu finden ist. Überall wo Magie ist, erschafft sie Neues. Unerwartetes. Du kannst in jeder der Enklaven auf dieser Welt Wesen entdecken, deren Existenz du nicht für möglich hältst. Hier sind es wir Gargoyles, in der Wüste die Mumien. Hängt ganz von den Zauberern und ihrer Magie ab.«

»Mittlerweile halte ich ziemlich viel für möglich«, erwiderte Art.

»Aber nichts ist unmöglicher als ein Mann, der nicht wusste, dass er ein Magier ist. Noch dazu einer, der ein Meisterbild mitbringt«, sagte Dr. Drolerius und klopfte Art so hart auf den Rücken, dass er aufkeuchte. Ein Magier. Aus dem Mund der Gargoyle klang die Bezeichnung wie ein Ehrentitel.

Ein Schrei in einiger Entfernung ließ diesen besonderen Moment zerspringen wie eine Glaskugel. Dr. Drolerius fuhr knurrend herum, dann lief sie los. Art brauchte einen Augenblick, ehe er sich gefasst hatte und ihr folgte. Die Frau war unerwartet schnell, obwohl sie dank ihrer steinernen Haut sicher einige hundert Kilogramm auf die Waage brachte. Dennoch hatte Art sie bald eingeholt. Wieder bemerkte er, dass die Enklave sich in der Richtung, in die sie liefen, auszudehnen schien. *Kein Wunder*, dachte er bei sich. *Wie sonst sollen all die Straßen und die Gebäude neben einen U-Bahn-Tunnel passen?*

Sie erreichten die Tür, die aus der Enklave führte, ohne dass ein weiterer Schrei erklang. Ein Mann kniete auf dem Boden, Blut zeichnete ihm ein Muster auf das Gesicht. Zwei Frauen und der Gargoyle-Wächter waren bei ihm, doch als sie Dr. Drolerius sahen, traten sie zurück.

»Was ist geschehen?«, fragte sie, während sie sich neben den Verletzten kniete und begann, ihn zu untersuchen. Mit erstaunlicher Vorsicht fuhren ihre Krallenhände über seine Wunden, als könnte die Frau so ertasten, wer oder was sie ihm zugefügt hatte.

»Er kam von oben hinter mir her«, sagte eine der beiden Frauen, die sich um ihn gekümmert hatten. »Oder besser, er stolperte hinter mir die Treppe hinunter. Im ersten Moment dachte ich, er sei betrunken. Aber dann habe ich das Blut auf seinem Gesicht gesehen. Die Schnitte. Wer kann ihm das angetan haben?« Grauen verzerrte ihr die Züge.

Die Schnitte auf der Haut des Magiers sahen aus, als hätte man ihm ein Muster hineinritzen wollen.

»Die Verletzungen sind nicht schwer, aber er ist ungewöhnlich schwach«, murmelte die Gargoyle. »Das waren nicht nur Klingen.«

»Es war Magie.« Art war ganz sicher, dass er sich nicht irrte.

Er konnte den Zauber schmecken, als klebte er dem Verletzten wie ein Duft am Leib.

»Er hat recht«, sagte die andere der beiden Frauen. Sie strich sich eine Strähne ihres weißen Haars aus der Stirn. »Aber kein Magier würde einen anderen angreifen.«

Die Gargoyle hob eine ihrer Hände, und als alle verstummt waren, drückte sie ihr Ohr ganz nah an den Mund des Mannes. Ihre ohnehin finstere Miene verdunkelte sich noch mehr.

»Was sagt er?«, fragte die Weißhaarige.

»Inquisitoren«, antwortete Art, der sicher war, dass er erneut richtiglag. Der Mann musste sich mit Magie gegen sie gewehrt haben und dabei wohl selbst einen Zauber abbekommen haben. Unwillkürlich dachte Art an den Grauen mit dem silbernen Handschuh, der Monsieur Rufus angegriffen hatte. An die Todesfinger.

Die beiden Frauen starrten ihn an, als glaubten sie, in ihm einen ihrer Erzfeinde zu erkennen. »Dann stimmt es also, dass sie uns auf die Spur gekommen sind?«, fragte die Weißhaarige, während die andere ein Kreuz schlug.

»Offensichtlich«, knurrte die Gargoyle. »Sie haben ihn übel zugerichtet, ehe er sich befreien konnte. Vermutlich ist er den Weg hierhergelaufen. Hat keine Magie benutzt, damit er die Inquisitoren nicht herführt. Und so ist sein Ende besiegelt worden, denn es ist zu spät.« Mit einer ihrer krallenbewehrten Hände schloss sie seine Augen. Dann sah sie zu dem Turm. »Du musst zum Zirkel«, sagte sie an Art gewandt. »Die Alunni müssen sofort erfahren, was geschehen ist.«

»Und Sie?«, fragte er. Aus dem Augenwinkel sah er, dass sich eine Menschenmenge um sie herum bildete.

Die Gargoyle erhob sich. »Ich schlage Alarm. Die Enklave ist in Gefahr. Dies ist unsere dunkelste Stunde.«

Zweimal musste Art erzählen, was geschehen war. Und selbst danach blickten ihn einige Mitglieder des Zirkels so fassungslos an, als würden sie eine Lüge in seinen Worten vermuten. Immerhin hatte er es an den beiden Wächtern vorbei geschafft, die am Fuß des Turms postiert waren. Und der Aufstieg war ihm diesmal viel leichter gefallen.

Die Fassungslosigkeit wich auch dann nicht aus den Gesichtern der Alunni, als die Gargoyle kam und dem Rat die Todesursache des Mannes nannte. So schmerzhaft die Spuren der Folter sicher waren, hatten sie ihm nicht das Leben genommen. Den Tod hatte ihm in der Tat Magie gebracht. Ein Zauber, der einem die Muskeln lähmte, hatte bei ihm dafür gesorgt, dass sein Herz am Ende stehen geblieben war.

»Wie kann das sein?«, fragte der nebelhafte Cayetano und starrte dabei misstrauisch zu Art. »Die Inquisitoren waren schon immer gefährlich, aber sie haben nie herausgefunden, wo wir sind. Und plötzlich ermorden sie einen aus unserem Zirkel und nur wenige Tage später einen Magus. Sie haben den Weg in die Enklave gefunden. Und alles hängt mit ihm zusammen.« Er deutete anklagend auf Art.

»Rufus stand außerhalb des Zirkels, wenngleich er ein Mitglied war«, belehrte ihn Genevieve. »Und die Inquisitoren haben nicht den Weg hierhergefunden. Sie haben einen der unseren gefangen genommen. Wir selbst hatten Analect den Auftrag gegeben, den Laden im Auge zu behalten. Unser Spion aber muss entdeckt worden sein. Tapferer Analect. Wir können gar nicht hoch genug schätzen, was er getan hat.« Sie seufzte. »Nicht der Junge ist der Auslöser dafür, dass die Inquisitoren auf unsere Spur gelangt sind. Sondern das Meisterbild. Und wir müssen nun entscheiden, was damit geschehen soll. Du vermagst es zu öffnen, Artur. Doch was würden wir in ihm finden? Den Meister, den wir in ihm vermuten? Oder nur einen finsteren Zauber, der diejenigen, die sich ihm aussetzen, auf ewig bindet?«

Ein Hinterhalt? Dieser Gedanke war Art bislang nicht gekommen. Er schüttelte unwillkürlich den Kopf. »Es gibt doch sicher einfachere Wege, eine magische Falle zu stellen«, sagte er. »Ich würde sofort noch einmal hineingehen.« Er sah dabei zu Wu, die seinen Blick reglos erwiderte. »Ganz egal, was wir darin finden. Und ich bin kein Junge«, setzte er hinzu, was ihm immerhin ein Lächeln der Chinesin einbrachte. Art seufzte. Er fühlte sich nicht halb so mutig, wie seine Worte vermuten ließen. Und im Grunde hatte er keine Ahnung, auf was er sich da einließ. Aber das war ihm gleich. Er fühlte eine nie gekannte Abenteuerlust heiß in sich aufsteigen und schien trotz Schlafmangel so voller Leben, dass er am liebsten sofort losgegangen wäre. Außerdem brannte der Wunsch noch immer heiß in ihm, Wu dabei zu helfen, ihre Schuldgefühle zu tilgen, die wegen des Verschwindens ihrer Meisterin auf ihr lasteten.

»Das sind kühne Worte für jemanden, der die ersten Schritte in die Welt der Magie unternimmt«, sagte Genevieve. Obwohl sie leise sprach, klang ihre Stimme fest. »Aber manchmal braucht es die Kühnheit der Jugend, wo die Weisheit der Alten wie Fesseln wirkt. Wenn du es auf dich nimmst, erneut den Weg in das Meisterbild zu öffnen, so stehen wir in deiner Schuld. Es ist mutig, denn vielleicht wirst du für alle Zeit dort gefangen sein, wenn dir der Rückweg nicht gelingt.«

Diese Worte ließen die Abenteuerlust in Art rasch erkalten. Er sah unwillkürlich zu Amin. Der Ägypter nickte matt und sah aus, als würde er seine nächsten Worte aus der Tiefe seines Herzens bedauern. »Ich werde ihn begleiten«, sagte er. »Denn natürlich wird uns Art zurückbringen.« Er klang dabei, als hätte er ihm gerade einen Befehl erteilt. »Außerdem braucht es eben beides. Kühnheit und Weisheit. Und Klasse. Ich denke, ich bin da die logische Wahl, nicht?« Amin ließ sein perlweißes Lächeln aufblitzen.

»Danke für deine Bereitschaft«, sagte Gilles. »Gibt es Gegenstimmen? Ein Novize und ein Alunni wollen es auf sich nehmen, einen der verschollenen Meister zu finden, und sind dazu bereit, dabei womöglich ihr Leben, ja, ihre Seele zu opfern.«

Art wünschte sich inständig, dass die Alunni aufhören würden, von Tod und Opferung zu sprechen. Er war sicher, dass er den Eingang in das Bild noch einmal würde öffnen können. Genauso wie den Ausgang. Aus dem Augenwinkel erkannte er mit ein wenig Genugtuung, dass Amin für einen Moment ziemlich blass wurde.

Die Mitglieder des Zirkels schienen nicht sonderlich überzeugt davon zu sein, dass er wirklich schaffen konnte, was er behauptete. Oder davon, dass Amin der richtige Begleiter war.

»Ich sehe Kühnheit und ich sehe Klasse«, sagte Wu ohne einen Anflug von Ironie in der Stimme. »Aber ich vermisse die Weisheit.« Sie erhob sich. »Ich war bereits in dem Bild. Und ich vertraue ... Art. Daher werde ich mitgehen.«

»Reichen diese drei?«, fragte Gilles, nachdem er einen stummen Blick mit Genevieve gewechselt hatte. »Oder brauchen wir nicht eher eine ganze Armee von Magiern, um Meister Houdin zurückzuholen?«

»Wenn es eine Falle ist«, sagte Grigori und schenkte Art ein schmales Lächeln, »so ist es besser, wir verlieren nur wenige.«

»Ich teile deine Sicht, auch wenn mein Blick ein anderer ist«, fügte Genevieve hinzu. »Nicht die Zahl wird entscheiden, sondern das Talent. Es braucht den Schlüssel, um die Tür zu öffnen. Und es braucht die Fähigkeit zu finden, was sich dahinter verbirgt.« Auf Amins Räuspern hin fügte sie hinzu: »Und es braucht den unerschütterlichen Glauben an die eigenen Fähigkeiten, um mit jeder Herausforderung fertig zu werden.«

Wu verbeugte sich bei diesen Worten, und Amin brachte ein knappes Nicken zustande.

»Gut«, sagte Art in das Schweigen hinein, das sich daraufhin in dem Raum ausbreitete. »Und wann geht es los?«

»Wir machen es, wie du gesagt hast. Sofort«, meinte Wu und reichte ihm ihre Hand. »Wenn die Inquisitoren uns so nahe gekommen sind, dürfen wir nicht zögern. Wir werden uns genauer in dem Bild umsehen, um Hinweise auf den Verbleib von Meister Houdin zu finden.«

Sofort? Mit einem Mal fühlte sich Art reichlich unvorbereitet. Er hätte sich eigentlich ausruhen müssen. Kraft sammeln. Zögernd ergriff er Wus Hand. Doch als er seine Finger um die der Chinesin schloss, erfüllte ihn eine unerwartete Zuversicht. Er war hier unter Magiern, die Dinge vollbrachten, über die er nur staunen konnte. Doch er war der Einzige, der es schaffte, sie in dieses Bild zu bringen. Als er sah, wie Amin nach Wus Hand griff, wusste er, dass es ernst wurde.

»Kein Druck«, wisperte Wu so leise, dass die anderen es hoffentlich nicht hören konnten.

Art nickte. Mit den Fingern der freien Hand berührte er das in der Luft schwebende Foto und sah noch einmal zu den Alunni. Sie starrten ihn so gespannt an, als erwarteten sie, dass er im nächsten Moment in einer Rauchsäule verschwand. Die Stimmen, die er hörte, stammten aber aus dem Bild. Die aufgeregten Rufe der Menge. Art schloss die Augen.

Alle Sorgen waren unnötig gewesen. Es war so einfach. Als würde er mit dem Gesicht voran in einen See gleiten. Es brauchte nur einen Schritt. Einen Schritt, der ihm zusehends leichter fiel. Von einem Augenblick auf den nächsten fühlte er die kalte Luft auf der Haut. Als er die Augen wieder aufschlug, war er zurück. Und mit ihm Wu und Amin. Ihre Füße traten auf den Place de la Révolution. Art erinnerte sich langsam wieder an das, was hier geschehen war. Im Geschichtsunterricht hatte er einmal die Einzelheiten gelernt. Sie schienen an derselben Stelle in die Fotografie getreten zu sein wie beim vergangenen Mal. Die Alte, deren Gesicht sich am Ende des zweiten Besuchs in das von Amin gewandelt hatte, stand wieder neben ihnen. Als sie zu Art und seinen Begleitern sah, schien sie verwirrt. Kein Wunder, wenn man bedachte, dass sie drei für die Frau vermutlich wie aus dem Nichts gekommen waren. Die Alte erkannte sie offenbar nicht wieder. Sie kniff die Augen zusammen und musterte erst Art, dann Wu und Amin mit einer Mischung aus Furcht und Misstrauen. Ein Mann mit dunkler Haut, eine Asiatin und ein Araber. Konnte es eine auffälligere Gruppe im Frankreich des späten achtzehnten Jahrhunderts geben? Vermutlich kaum.

»Kommt«, raunte Art den beiden Magiern zu. Er ließ Wu los und ging voran zwischen den Leuten hindurch, bis diese die Blicke der Alten abschirmten.

»Das ist unglaublich«, wisperte Amin, der sich verwundert umsah, während er Art folgte. »Wirklich erstaunlich, was du durch meine Ausbildung gelernt hast.«

Eine Erwiderung schluckte Art hinunter. Er steuerte auf eine freie Stelle am Rand der Menge zu.

Es mussten Tausende und Abertausende gekommen sein. Viele Soldaten waren unter ihnen, die in ihren nachtblauen Uniformen und mit den Dreispitzen auf dem Kopf mehr noch als die einfachen Leute wie kostümiert wirkten. Fast alle blickten zu der Guillotine, als wollten sie um keinen Preis der Welt den Tod ihres verhassten Königs verpassen.

»Und jetzt?«, raunte Art den beiden Magiern zu. Für seinen Geschmack schenkten ihnen die Umstehenden zu viel Aufmerksamkeit. Erst als er an sich hinabsah, wurde ihm klar, dass nicht nur ihre Gesichter und ihre Haut deutlich machten, dass sie fremd waren. Ihre Kleidung tat dies ebenfalls. Wu und er waren viel zu dünn gekleidet für die Kälte, die an diesem Tag hier herrschte.

»Ich dachte, du bist der Experte«, gab der Ägypter leichthin zurück. Er fröstelte offenbar nicht. Kein Wunder angesichts seines Mantels. Immerhin trug er nicht den Hut. Amin bemerkte Arts Blick, als dieser seine Kleidung musterte, und sah ebenfalls an sich hinunter. »Oh«, entfuhr es ihm. »Die Planung war nicht ganz ideal. Aber das sollte nicht weiter schlimm sein. Nichts hier ist real. Hoffe ich zumindest. All dieser Dreck.« Er sah missmutig auf das schmutzige Kopfsteinpflaster. »Das kriege ich bestimmt nur mit sehr viel Magie von den Schuhen.«

Auf einmal erhob sich ein Gejohle in der Menge, und von ihrem Klatschen begleitet betrat nun der Henker mit seinem Assistenten die Bühne. Er hatte sich mit einer gelben Hose und schneeweißen Kniestrümpfen so fein herausgeputzt, als wäre er ein Gast des Königs und nicht dessen Todesengel. Langsam drehte er eine Runde, strich sich über seinen dunklen Mantel und blieb neben dem Mordinstrument stehen.

Dann wurde das Gejohle lauter. Eine Kutsche kam auf den Platz zugerollt. Eskortiert wurde sie von mehreren bewaffneten Soldaten, manche zu Fuß, andere zu Pferde. Von ihren Helmen fielen Haarsträhnen hinab, als hätten sie Pferdeschweife an ihnen befestigt. Erhaben blickten sie auf die Menge, die nur widerwillig zurückwich. Es schien, als wollte niemand seinen Platz aufgeben und am Ende das Vergnügen einer royalen Hinrichtung verpassen. Den Schluss des makabren Zugs bildeten einige uniformierte Trommler, die einen Rhythmus im Takt ihrer Schritte schlugen. Das Opfer wurde zur Schlachtbank gefahren.

Aus dem Augenwinkel bemerkte Art, dass trotz der Ankunft des Königs immer mehr der Umstehenden zu ihm und den beiden Magiern sahen. Ein ungutes Gefühl stieg in Art auf. Es lag nicht nur daran, dass er gleich Zeuge eines Mordes werden würde, selbst wenn dies hier nicht real war. Nein, das war nicht der alleinige Grund, sondern da war noch etwas anderes. Etwas, das Wu und er schon einmal gefühlt hatten. Etwas Finsteres. »Wir sollten uns beeilen«, meinte er.

Der Henker nickte den Soldaten vom Podium her zu. Als wäre dies das stumme Signal in dem Stück fortzufahren, wurde nun die Kutsche geöffnet. Art und die beiden Magier hatten Glück, dass sie an einer günstigen Stelle standen. Sie hatten freie Sicht auf die kleine Kutsche, aus der nun mit erhobenem Haupt ein unerwartet zierlicher Mann stieg. In Arts Vorstellung waren die Könige der vergangenen Jahrhunderte immer großgewachsene Männer mit albernen Perücken gewesen. Der Monarch aber trug weder falsche Haare auf dem Haupt noch wäre er in einer Menge aufgefallen. Er sah sich um, und es wurde mit einem Mal so still, dass Art kaum zu atmen wagte. »Volk«, rief der dem Tode versprochene König, »ich sterbe unschuldig.«

Aus der Menge war Lachen zu hören.

Louis XVI. hob daraufhin trotzig den Kopf in die Höhe. »Ich vergebe denen, die meinen Tod herbeigeführt haben.« Er wollte offenbar noch mehr sagen, doch zwei der Uniformierten packten ihn wenig zimperlich zu beiden Seiten und schoben ihn die Stufen zur Guillotine hinauf.

Art wollte dem Mann helfen. Sie waren Magier. Zumindest würden doch Amin und Wu irgendeinen Zauber beherrschen, der verhinderte, dass der Mann, der mit kalkweißem Gesicht dem Fallbeil entgegenging, seinen Kopf verlor. Dann aber wurde ihm klar, dass er hier im Grunde nur einen Film sah. Einen Film, dessen Handlung er nicht würde ändern können. »Wie sieht er eigentlich aus?«, fragte Art leise. Es entging ihm nicht, dass die Leute um sie herum anfingen zu tuscheln. Ihre Blicke gingen zwischen dem König und ihnen hin und her. Zuletzt aber siegte offenbar die morbide Schaulust, und die Leute wandten den dreien die Rücken zu.

»Meister Houdin würde dir wie ein hellhäutiger Mann von etwa siebzig Jahren erscheinen«, sagte Wu. Auch sie blickte zu dem Todgeweihten. »Er ist groß, hager und hat so weiße Haare, dass sie hell zu leuchten scheinen. Aber du wirst ihn auch so erkennen. Magier nehmen andere Magier nicht bloß den Augen, sondern auch mit dem Herzen wahr. Ich habe ihn zuletzt vor über zweihundert Jahren getroffen, doch hier fühle ich ihn wieder«, raunte sie aufgeregt. »Schwach nur, aber er ist hier irgendwo. Etwas verdunkelt seine Präsenz. Etwas Finsteres.« Sie schloss die Augen, als könnte sie so besser die Richtung bestimmen, in der sie ihn spürte. Auch Art glaubte, die Gegenwart von Magie zu fühlen. Allerdings wurde diese Spur von der Anwesenheit seiner beiden Begleiter überlagert. Und von der Finsternis.

Auf der Guillotine musste sich der König bäuchlings auf eine Bank legen. Sein Henker trat an ihn heran und legte die Hand an die Vorrichtung. Dann betätigte er einen Hebel. Im nächsten Moment sauste die Klinge herab, und der Kopf fiel in einen bereitgestellten Eimer.

Der Jubel, der daraufhin aufbrandete, war so ohrenbetäubend, dass sich Art unwillkürlich schämte. Auch wenn die Franzosen, die er hier sah, nur Erinnerungen an längst Verstorbene waren, und er sich ihnen fremd fühlte, waren es doch seine Landsleute, die sich so barbarisch verhielten. Und es wurde sogar noch schlimmer. Während der Henker unter Jubelrufen den Kopf aus dem Eimer zog und ihn an den Haaren gepackt herumzeigte, wurde der enthauptete Körper von den beiden Uniformierten grob hinabgeschleift. Sofort drängten die Menschen auf ihn zu und begannen nach ihm zu greifen. Erst dachte Art, dass sie ihn noch einmal berühren wollten, doch dann erkannte er, dass die Leute versuchten, ihre Finger mit dem Blut zu benetzen, das dem Toten aus dem offenen Hals strömte. Die Männer rieben es sich über ihre Oberlippe, als wollten sie sich dort einen roten Schnurrbart malen. Die Frauen begnügten sich damit, es auf ihren Fingern zu fühlen. Die Soldaten hatten einige Mühe, den Leichnam fortzuschaffen. Es dauerte eine ganze Weile, dann endlich wuchteten sie ihn in die Kutsche, die sich daraufhin in Bewegung setzte.

Während ein Teil der Menge nun auf die Empore drängte und feierte, verließ der Henker seine Bühne. Einige der Menschen um sie herum schrien lautstark ihre Freude über den grausamen Tod in die kalte Luft, andere machten sich bereits auf den Weg, um diesen Ort zu verlassen.

Die Kutsche hatte es noch nicht ganz vom Platz geschafft, als Wu das Zeichen gab, sich ebenfalls in Bewegung zu setzen. »Die Präsenz wird schwächer«, sagte sie.

Die Blicke der Umstehenden streiften sie nun wieder häufiger, und Art fühlte sie wie tastende Finger auf der Haut. »Dann geht er auch gerade?«, mutmaßte er.

Amin schüttelte den Kopf. »Er ist ein Gefangener, kein Zuschauer.«

»Aber er ist nicht der Tote, oder?«, fragte Art. Der Gedanke war ganz plötzlich gekommen und erschien ihm nun als der naheliegendste.

Wu schloss die Augen und schüttelte dann den Kopf. »Er lebt«, erwiderte sie entschieden.

Aus dem Augenwinkel erkannte Art einen Mann mit einem hässlichen Ausschlag im Gesicht, der einige Worte an ein paar Soldaten am Rand des Platzes richtete. Dabei deutete der Mann auf Art und seine Begleiter.

»Hier sind zu viele Menschen«, meinte Amin. »Und der Platz ist zu groß.« Er sah sich missmutig um.

Einer der Soldaten setzte sich in Bewegung und kam mit strenger Miene auf sie zu.

»Du hast recht, wir sollten uns aufteilen«, sagte Wu. »Vielleicht finden wir so schneller seine Spur. Wenn ihr ihn habt …«

»Halt!« Der Soldat blieb vor ihnen stehen und zog den Säbel aus der Scheide an seiner Seite.

In Erwartung einer unverhofften Zugabe entschieden die Leute um sie herum offenbar, noch ein wenig zu bleiben.

»Stimmt es, dass ihr Spione seid?«

Die Frage hätte sich der Soldat sparen können. So feindselig, wie er sie anblickte, hatte er sein Urteil über sie im Grunde längst gefällt.

»Mein guter Mann«, sagte Amin an Arts Seite und trat lächelnd vor. »Wir sind keine Spione, wir sind Magier.«

Ein Raunen durchfuhr die Menge wie Wind ein dichtes Kornfeld.

»Stamme übrigens aus dem fernen Ägypten. Ihr wisst schon. Euer Napoleon war dort. Hat sich mit seinen Kanonen ausgetobt. Oder wird er es noch? Ich komme immer mit Geschichte durcheinander. Bin selbst irgendwie adlig. Sollte man hier wohl nicht sagen, was?« Er lachte. Als einziger. Die Menschen um sie herum waren mit einem Mal bedrohlich still und sahen von Amin, den sie ihren Blicken nach für irre und gefährlich hielten, zu dem Soldaten, der seinen Säbel nun direkt auf Amins Brust richtete.

»Ihr *seid* Spione«, rief er und winkte weitere Uniformierte heran. »Ergebt euch, oder ihr werdet sterben.«

Amin seufzte, als würde er einem äußerst zurückgebliebenen Kind gegenüberstehen.

»Dafür haben wir keine Zeit«, sagte Wu und hob eine Hand.

Die Menge wich zurück, und der Soldat … rührte sich nicht mehr. Ein Zauber? Einen Augenblick später wurde er wie alle anderen durchscheinend. Es sah aus, als würde ein altes Foto in wenigen Sekunden ausbleichen. Alles verschwand. Die Menschen, die Guillotine, der Platz.

»Was hast du gemacht?«, fragte Amin verwundert.

»Das war ich nicht«, erwiderte die Chinesin. »Ich bin nicht dazu gekommen, zu zaubern.«

Im nächsten Moment legte sich ein grauer Nebel um Art und die beiden Alunni. Ehe einer von ihnen etwas sagen konnte, verging der Nebel, und die Menschen und mit ihnen die tödliche Vorrichtung kehrten zurück. Kaum waren die Leute wieder da, fühlte Art die misstrauischen Blicke erneut auf der Haut. Spürte die kalte Winterluft. Hörte ihre Rufe. Art sah sich verwirrt um. Nach dem Ende der Hinrichtung waren doch viele gegangen, nun aber schienen sie alle wieder da zu sein.

Dann begriff er, was geschehen war. Sie waren in dem Moment zurück, in dem Wu, Amin und er das Bild betreten hatten.

Der Henker

»Wir haben schon immer vermutet, dass das Bild nur eine begrenzte Zeit umfasst«, bestätigte Wu Arts Gedanken. »Festgehalten in der Fotografie. Ein langer Moment. Er beginnt, kurz bevor die Kutsche mit dem König auf den Platz fährt, und endet, wenn sie ihn mit dem Leichnam verlässt. Und er beginnt offenbar gerade erneut. Wir müssen uns also beeilen, Meister Houdin zu finden«, sagte sie.

»Wieso?« Amin machte nicht den Eindruck, als würde ihm die neuerliche Aufmerksamkeit der Umstehenden sonderlich missfallen. Ganz im Gegensatz zu Art. »Wenn ich das richtig verstehe, stirbt der König immer und immer wieder. Wie der Kerl mit der Leber und dem Adler, oder? Ist doch egal, wie oft wir den Moment erleben, solange man uns nicht köpft. Irgendwann finden wir Meister Houdin schon.«

»Es ist nicht egal«, gab Wu mit einer Mischung aus Geduld und Nachdruck zurück. »Wir wissen nicht genug über den Zauber dieses Bildes. Wer kann sagen, ob wir es wieder verlassen können, wenn wir zu lange darin verweilt haben.«

»Dann suchen wir besser, anstatt zu reden«, sagte Art. Die Finsternis, die er fühlte, war wie ein falscher Ton in einem Konzert. Seit er diesen Ton bewusst wahrgenommen hatte, hörte er ihn, egal, wie schwach er auch war.

»Also gut«, sagte Amin und hob die Augenbrauen, als eine Frau ihm zwei Finger entgegenstreckte. Anscheinend wollte sie sich mit dieser Geste vor ihm schützen. »Suchen wir. Die Leute hier sind ohnehin reichlich unangenehm.«

Es war nicht einfach, sich einen Weg durch die Menge zu

bahnen. Was nicht nur daran lag, dass sich viel zu viele Leute auf den Platz gedrängt hatten und alle versuchten, die beste Aussicht auf das anstehende Schauspiel zu erhalten. Die stumme Feindseligkeit der Menschen, die sich überall gegen Art und seine Begleiter richtete, ließ die Leiber zu einer lebenden Mauer werden. Oft genug mussten die drei Umwege in Kauf nehmen, um der Präsenz ihres Meisters näher zu kommen. Mit ihr wurde auch der falsche Ton langsam lauter. Sie hatten die Guillotine fast zur Hälfte umrundet, als sie die Menge jubeln hörten. Die Kutsche mit dem Todgeweihten kam, eskortiert von den Soldaten. Der falsche Ton war nun sehr deutlich zu hören. Und die Präsenz des gefangenen Meisters ebenso deutlich zu spüren. Art konnte den beiden Magiern ansehen, dass auch sie es fühlten.

Der Henker betrat die Bühne, Applaus brandete auf. Der König wurde aus der Kutsche geführt und wandte sich erneut an das Volk. Die Menge strebte näher an die Guillotine und drängte Art, Amin und Wu damit weg von der Kutsche und dem Podest. Es war so laut um sie herum, dass die Worte des Königs kaum zu verstehen waren. Wenigstens blieb Art diesmal der Anblick der Hinrichtung erspart. Sie waren sicher zwanzig Meter oder mehr von der Guillotine entfernt, als das Fallbeil das Haupt vom Körper des ehemaligen Regenten trennte.

Und abermals geriet die Menge in Bewegung. Nun aber wurden die drei Magier in Richtung des Podests geschoben. Es war, als würden sie in einem Meer schwimmen, dessen Wellengang sie nach Belieben hin und her trieb. Art wusste, was nun geschehen würde. Das Volk wollte Blut sehen. Im wahrsten Sinne des Wortes. Wieder wurde er Zeuge, wie der Henker den Kopf einer Trophäe gleich in den Himmel reckte. Ohne dass er etwas dagegen tun konnte, wurde Art mit seinen Begleitern in diesem Moment so nah an das Podest gedrückt, dass der abgetrennte Kopf direkt über ihm war. Blut aus dem sauber durchtrennten Hals tropfte ihm ins Gesicht. Hektisch wischte er es weg.

»Uh, das ist eklig«, kommentierte Amin, der mehr Glück als Art hatte und ein paar Schritte neben ihm stand. Dann sah er zur Seite und runzelte die Stirn. »Er ist hier irgendwo«, murmelte der Ägypter, während die Soldaten vermutlich gerade den kopflosen Leib zurück in die Kutsche brachten.

Ein weiteres Mal geriet die Menge in Bewegung, und Art und seine beiden Begleiter wurden erneut mitgeschwemmt, als wären sie Treibholz im Meer. Nach wenigen Augenblicken kamen sie wieder zum Stehen. Vor ihnen drängten die Leute der Kutsche entgegen. Ein Gutes hatte die Enge: Niemand achtete mehr auf die drei.

»Dort«, rief Wu. Sie hatte die Augen geschlossen und deutete genau auf die Kutsche.

Auch Art konnte es fühlen. Die Präsenz war auf einmal so stark, dass er sie wie ein feines Prickeln auf der Haut zu spüren glaubte. »Ist er ... ist er etwa doch der Tote?«, fragte er. Einer der Soldaten würde Meister Houdin sicher nicht sein.

»Nein.« Wu klang angestrengt, während sie versuchte, sich nicht fortdrücken zu lassen. »Er lebt. Schnell. Der Moment der Fotografie endet gleich. Wir müssen näher an die Kutsche.«

Einer der Soldaten, die als Eskorte bei der Kutsche standen, wurde auf sie aufmerksam und ging in ihre Richtung, doch Amin kümmerte sich nicht darum. Er hob die Finger. »Wird Zeit, dass wir uns mehr Platz verschaffen.«

Er schnippte lässig.

Und nichts geschah.

Für einen Moment sah der Ägypter auf seine Finger wie auf ein Feuerzeug, das keine Flamme ausspucken wollte. Er schnippte erneut, dann schüttelte er die Hand. Vergeblich.

Der Soldat kam auf sie zu und hielt sich nicht mit Worten auf. Er trug eine Art Gewehr und rammte Amin den Kolben fest in den Unterleib. Dieser krümmte sich daraufhin stöhnend zusammen, während die Kutsche losfuhr.

Wu kniete sofort neben Amin.

Art sah, dass der Soldat nach ihr greifen wollte. Die Chinesin hob ihre Hand und bewegte ihre Finger, ohne, dass etwas geschah. Auch sie konnte hier offenbar nicht zaubern.

Art vermochte ihr nicht vom Gesicht abzulesen, was sie dachte, als sie drei von Schaulustigen umringt wurden. Wie schon die Leute beim ersten Durchlauf der Ereignisse trugen auch diese die Freude über eine unverhoffte Zugabe auf den schmutzigen Gesichtern. Art dachte nicht nach. Wieder mal zahlte sich sein Boxtraining aus. Er drosch dem Soldaten die Faust auf die Nase und hörte sie brechen.

Der Soldat stolperte nach hinten, rief mit blutigen Worten Verstärkung herbei, und legte dann seine Waffe an.

»Nein!«, schrie Art und stellte sich mit ausgebreiteten Armen vor Wu, die sich wieder erhoben hatte, und den auf dem Boden knienden Amin. Doch es fiel kein Schuss, auch wenn Art das Versprechen auf den eigenen Tod im zerschundenen Gesicht des Soldaten las. In diesem Moment blich der Leib des Mannes vor Arts Augen aus. So wie auch die Menschen um sie herum. Sie alle verloren ihre Gestalten, bis sie und alles andere fort waren, und Art, Amin und Wu nur noch Nebel umgab.

»Das war knapp«, meinte Art, während er Amin auf die Beine zog.

»Was ist hier los?«, brachte der Ägypter stöhnend hervor. Er sah dabei so missbilligend zu Art, als glaubte er, in ihm den Verantwortlichen dafür gefunden zu haben, dass er nicht hatte zaubern können.

»Keine Ahnung«, erwiderte Art. »Ich habe uns nur hergebracht. Und vielleicht bringe ich uns besser wieder zurück.«

»Nein.« Wu schüttelte den Kopf und sah Art ernst an. »Wir sind Meister Houdin so nahe. Ich fühle es. Vielleicht kann auch er keine Magie nutzen. Vielleicht können wir alle es nicht. Das würde erklären, weshalb er sich nicht befreien kann. Es liegt an diesem Ort.«

»Ich kann sonst überall zaubern«, erwiderte Amin. Er klang nun nicht mehr leidend, sondern trotzig. »Und zwar seit ich in der Küche meiner Mutter als Zweijähriger den Teig für die Fladenbrote ...«

»Sehr interessant.« Art schnitt ihm die Worte von den Lippen. »Aber wenn wir nicht zaubern können, können wir uns nicht verteidigen.«

»Wieso?«, fragte Wu mit gespielter Unschuld. »Gerade hat es doch auch funktioniert.« Sie sah dabei auf Arts Faust. »Noch ein Versuch«, sagte sie, ehe Art etwas erwidern konnte. »Wir sind ihm so nahe. Egal, ob wir zaubern können oder nicht. Wir müssen ihn finden. Wenn wir genau wissen, wo er ist, gehen wir. Und kommen später zurück, um ihn zu holen.«

Das letzte Wort war kaum verklungen, als der Platz wieder sichtbar wurde. Es war, als würden die Umrisse der Häuser, der Menschen und der Guillotine mit raschen Strichen auf den Nebel gemalt werden, der die drei umgab.

»Unter Protest«, sagte Amin und richtete sich auf.

Dann begann der Moment von Neuem. Wieder wurde Art von kalter Luft umfangen. Er hörte die Rufe der Menschen. Fühlte ihre Blicke auf der Haut, kaum dass sie ihn und seine für sie so fremdartigen Begleiter bemerkt hatten. Und er erkannte den Soldaten, der sie eben beinahe getötet hätte. Unwillkürlich trat er einen Schritt zurück und gab Wu und Amin ein Zeichen, es ihm gleichzutun. Er hatte oft genug erlebt, dass schon die falsche Haut ausreichte, um die Aufmerksamkeit von Polizisten auf sich zu ziehen. Eine Aufmerksamkeit, die nie guttat. Und die Uniformierten vor ihnen, die sich um die Bühne des Todes postiert hatten, waren nichts anderes als Polizisten.

»Fühlst du ihn?«, wisperte er Wu zu.

Die Chinesin schüttelte den Kopf. »Kaum. Zu schwach.« Sie runzelte verwirrt die Stirn. »Warte.« Ihr Gesicht zeigte einen Anflug von Hoffnung. »Jetzt wird seine Präsenz stärker.«

Art blickte sich um, doch er sah niemanden, der in ihre Richtung kam. Außerdem war es wohl kaum zu erwarten, dass der gefangene Meister einfach so durch die Gegend spazierte. Oder doch? Eben hatten sie ihn bei der Kutsche gefühlt. Wer konnte sagen, wo er nun sein würde. Vielleicht spürte er die Gegenwart der Alunni und suchte sie. Auch Art konnte die Präsenz des Magiers fühlen. Und mit ihr vernahm er auch wieder den falschen Ton. »Nur ein Versuch«, raunte er der Chinesin zu. Dann warteten sie, bis es laut um sie herum wurde. Die Menge johlte. Und Art wusste, was sie so in Entzücken versetzte. Die Hauptdarsteller des schaurigen Stücks betraten das Theater.

Die Menge wich widerwillig zurück, als die Soldaten begannen, eine Gasse für die Kutsche zu bilden. Trommeln waren zu hören. Das Wiehern von Pferden. Und das Klappern von Kutschrädern auf dem steinernen Boden.

»Verdammt«, entfuhr es Art, und dabei sah er zu Amin, der neben ihm stand.

»Was?«, rief der Ägypter über den Lärm der Menge hinweg.

»Die Kutsche.« Art schrie beinahe, als das Gefährt mit dem Todgeweihten auf sie zurollte und kaum einen Meter von ihnen entfernt zum Stehen kam. Die Präsenz war nun so stark, dass sich die Haare auf seinen Armen aufrichteten. Und in diesem Moment verstand er. Der Magier ging nicht umher. »Meister Houdin ist in der Kutsche.« Er war sich ganz sicher. Aber wie konnte das sein? Er ... er konnte nicht der König sein. Sie hatten die Präsenz doch auch nach dem Tod des abgesetzten Monarchen gespürt. Art musste sich täuschen. Aber er war sich sicher, dass der Meister in der Nähe der Kutsche zu finden war.

Diesmal legte Art keinen Wert darauf, unauffällig zu bleiben. Er setzte seine Ellenbogen ein, um sich und Wu so nahe wie möglich an die Kutsche zu bringen. Hinter ihnen beklagte sich Amin über den Zustand seines Mantels, während er versuchte, ihnen zu folgen. Art erkämpfte sich eine freie Stelle zwischen dem Holzpodest und der Kutsche. Hier, nahe am Mittelpunkt der Hinrichtung, waren Chaos und Hektik so groß, dass die Soldaten Art und den Magiern kaum eines Blickes würdigten, als sie die Menge zurückdrängten. Art spürte Leiber, die gegen seinen gedrückt wurden. Der Geruch von Menschen, die es mit der Hygiene nicht allzu genau nahmen, mischte sich in die kalte Luft. Und dann wurde die Tür zur Kutsche geöffnet. Art suchte unter den Männern um sich herum nach einem, der Meister Houdins Beschreibung ähnelte, doch er konnte den Ursprung der Präsenz beim besten Willen nicht ausmachen. Aus dem Augenwinkel sah er den Henker auf dem Podest, der wie ein Kater auf die Maus zu warten schien.

Mit einer Mischung aus Angst und verzweifelter Selbstbeherrschung auf dem Gesicht entstieg Louis XVI. der Kutsche und trat auf den Platz. Es wurde ganz still um ihn herum. Er sah in den Himmel, als suchte er dort einen fernen Trost, öffnete den Mund und ...

»Da ist er!« Amin hatte die Worte geschrien.

Verwirrt sah Art erst zu ihm und dann in die Kutsche. *Verdammt*, dachte er bei sich. *Sie haben nicht nur den König gebracht. Da ist noch ein zweiter Mann.* Obwohl er reglos in sich zusammengesunken saß, stand außer Frage, dass er hochgewachsen war. Hager. Alt. Und er verbreitete eine so starke magische Aura, dass Art nun, da er ihn vor Augen hatte, nichts anderes mehr wahrnehmen konnte.

Die Worte von der Unschuld blieben dem König im Halse stecken. Er blickte Amin ebenso verwundert wie missbilligend an, als wäre er ein Schauspieler, der mitten im Stück von einem Zuschauer unterbrochen wurde.

Hinter ihm griffen die Uniformierten zu ihren Waffen. Säbel wurden gezogen. Einige legten ihre altmodischen Gewehre an. Vielleicht fürchteten sie einen Versuch, den Todgeweihten zu befreien.

»Das dort ist er, oder? Also haben wir ihn gefunden«, wandte sich Art leise an Wu. »Können wir jetzt ...« Er kam nicht dazu, seinen Satz zu beenden. Zwei Soldaten packten den König. Ehe Art reagieren konnte, hatte ein weiterer Uniformierter, der sich ihnen von hinten genähert haben musste, Wu von seiner Seite gerissen. Art wirbelte herum. Amin hatten sich gleich zwei der Uniformierten angenommen. Mit wütendem Ausdruck auf dem Gesicht versuchte sich der Ägypter loszureißen. Es gelang ihm sogar, eine Hand zu befreien, doch als er sie bewegte, offenbar um einen Zauber zu bewirken, geschah erneut ... nichts. Dann spürte Art fremde Hände, die seine Arme packten. Ein Gewehrkolben wurde ihm gegen den Bauch gestoßen. Für einen Moment blieb ihm die Luft weg. Nur dumpf drangen die wütenden Rufe der Menschen an sein Ohr. Sie schienen seinen und den Tod der Magier zu fordern. Kein Wunder, sicher hielt man sie für treue Anhänger des Königs. Und Monarchisten waren in diesen Tagen wohl ebenso verhasst wie der Regent selbst.

Der Anführer der Soldaten schien sich von den Rufen inspiriert zu fühlen. »Hört ihr das, ihr dreckigen Verräter?« Er packte Arts Gesicht und hob es hoch, damit sie sich einander in die Augen sehen konnten. »Das übliche Verfahren würde einen Gerichtsprozess vorsehen. Haft hinter Gittern. Und eine weitere Hinrichtung, denn ohne Zweifel seid ihr schuldig. Alleine schon euer Aussehen macht euch zu Verrätern. Das gilt besonders für dich, Sklave.« Sein Ton klang selbst für Art, der kaum hätte schätzen können, wie viele Beleidigungen für seine dunkle Haut er in seinem Leben bereits gehört hatte, ungewöhnlich hasserfüllt. »Wir kürzen die Dinge einfach ab, was meint ihr?«

Das Lächeln des Soldaten war so kalt, dass Art einen Moment zweifelte, ob das dort wirklich ein Mensch war. Nein, sagte er sich. Sie alle hier waren keine echten Menschen. Nur magische Abbilder. Alle, außer Wu, Amin, ihm selbst und dem Meister, der bewusstlos in der Kutsche saß.

»Legt an, Männer«, rief der Soldat, »und tötet sie. Wir haben offenbar noch eine Hinrichtung vor uns.«

Alle Gedanken in Arts Kopf verblassten. Lediglich einer blieb zurück. *Sie dürfen Wu nicht töten.* Das musste er verhindern. Art wunderte sich nur kurz, dass er sich um eine Frau sorgte, die so viel mächtiger war als er. Aber hier war sie machtlos, und er ... war es doch im Grunde auch. Alles, was er hatte, war die Kraft seiner Arme. Er bäumte sich verzweifelt im Griff der Männer auf. Hörte das Johlen der Menge, die Platz machte, damit die Soldaten ungehindert schießen konnten. Sah die Uniformierten, die auf sie anlegten.

Und etwas, das sich schon zuvor gezeigt hatte, erwachte in ihm aufs Neue. Mit einem Mal wurde ihm bewusst, dass er sich ausgerechnet hier besonders stark fühlte. Und dies lag nicht an seinem Boxtraining. Er fühlte die Magie in sich. Und er spürte, dass er sie im Gegensatz zu Wu und Amin nutzen konnte. Art fand keine Erklärung dafür. Er brauchte keine freien Hände. Keinen Zauberspruch. Er schrie so laut er konnte. Und alle außer Wu und Amin in seiner Nähe wurden umgestoßen, als wäre ein Sturm durch sie gefahren. Wie betäubte Fliegen lagen Soldaten und Schaulustige auf dem Place de la Révolution. Die Kutsche wurde durchgeschüttelt, und aufgeregtes Wiehern war zu hören.

Sprachlos sah sich Art um. Er war ebenso frei wie seine Begleiter. Als hätte der Sturm gewusst, wen er packen durfte und wen nicht.

In einiger Entfernung standen ein paar Leute noch auf ihren Beinen, und sie starrten Art an, als wäre er ein Zauberer.

Verflucht, schoss es ihm durch den Kopf. Genau das war er doch. Auch wenn er nicht begriff, weshalb er dies hatte vollbringen können, während zwei Alunni hier keine Magie zustande brachten.

»Wieso ...« Amin brach ab, als er Wus Blick bemerkte.

»Später«, sagte sie knapp. »Wir müssen weg.« Sie deutete auf die Kutsche. »Mit ihm.«

Ehe Art reagieren konnte, war die Chinesin auf den Kutschbock gestiegen. Der Fahrer war durch Arts Zauber heruntergeschleudert worden und lag reglos am Boden. Die Pferde aber hatte der Sturm verschont. Noch immer wieherten sie aufgeregt, doch es gelang Wu schnell, sie zu beruhigen. Art folgte ihr und drückte sich neben sie auf den engen Führerstand.

»Und ich?«, rief Amin.

»Zu Meister Houdin«, erwiderte Wu knapp. Kaum hatte Amin die Kutsche betreten, trieb sie die Pferde mit den Zügeln an. »Eine Planänderung. Wir retten ihn sofort«, meinte Wu, während sich ihr Gefährt langsam in Bewegung setzte. »Und du bringst uns alle nach Hause.« Sie sagte dies so überzeugt, dass Art automatisch nickte.

»Klar, kein Problem«, behauptete er. *Es sollte wirklich kein Problem sein*, dachte er. Die meisten Leute lagen noch immer auf dem Boden und regten sich stöhnend. Auch wenn die Pferde zu langsam für seinen Geschmack waren, würden sie ihnen genug Vorsprung verschaffen, und die Soldaten keine Chance haben, sie noch aufzuhalten. Im nächsten Moment aber stoppte ihr Gefährt so abrupt, dass er fast nach vorne zwischen die Pferde gefallen wäre.

»Hey«, rief Amin aus der Kutsche. »Seid ihr verrückt? Was macht ihr denn da?«

Weder Art noch Wu antworteten ihm. Wie aus dem Nichts war der Henker auf ihrem Weg erschienen. Stumm und reglos stand er kaum eine Handbreit vor den Pferden, die unruhig auf der Stelle trabten.

»Wir haben ein Problem«, murmelte Art. Er spürte die Finsternis auf einmal so kalt wie eine Winternacht auf der Haut. Sie zog in sein Herz und brachte eine Angst mit, die er nie zuvor gefühlt hatte. Ihr Ursprung lag in dem Henker. Er schien unbewaffnet, doch Art hatte das Gefühl, dass er kein Schwert und kein Gewehr brauchte, um sie aufzuhalten.

»Ihr seid nicht Teil dieser Welt.« Die Stimme klang rau und leise, als hätte der Träger sie lange nicht benutzt. Die Worte kamen zwar über seine Lippen, und doch schienen sie nicht zu dem Mund zu gehören. Es machte den Anschein, als wäre der Henker nicht mehr als eine Puppe, der sich ein anderer bediente.

»Lass uns gehen, Henker.« Falls Wu von dem Auftritt beeindruckt war, so zeigte sie es nicht. Sie hielt die Zügel weiter in der Hand, auch wenn Art nicht sicher war, ob die Pferde ihr gehorchen und weiterlaufen würden.

»Ich fühle Magie in dir. Wie unerwartet. Doch du wirst sie hier nicht herbeirufen können, Chinesin. Denn dies ist meine Welt.«

Diesmal war Art sicher, dass die Worte zu hören waren, ehe sich der Mund bewegte. Verstohlen sah er sich um, doch er konnte niemand anderen erkennen, der auf den eigenen Beinen stand und den Henker womöglich befehligte.

»Du fühlst nichts«, erwiderte die Chinesin. »Du bist Teil eines dunklen Zaubers. Kein Diener, nicht mal ein Ding. Nur ein Gedanke, der durch die Macht der Magie existiert.«

Der Henker hatte sich noch immer nicht gerührt, und Art bemerkte zu seinem Schrecken, dass sich die Leute langsam erhoben. Bald schon würden die Soldaten wieder auf sie anlegen. Und Art war nicht sicher, ob die Magie ein weiteres Mal kommen würde, wenn er sie brauchte.

»Der Gefangene bleibt hier.« Als wollte er seine Worte unterstreichen, packte er eines der Pferde am Halfter.

»Dafür haben wir keine Zeit«, sagte Wu an Art gewandt. »Er hat recht. Ich kann meine Magie nicht rufen. Aber du vermagst die deine zu nutzen, wie immer das auch möglich ist.«

Art wusste genau, was sie von ihm wollte. Er runzelte die Stirn und konzentrierte sich auf den Henker. Was hatte er gedacht, als er die Leute fortgestoßen hatte? *Nichts*, sagte er sich im nächsten Moment. Er hatte lediglich reagiert. Mit aller Kraft mühte sich Art, ein Bild in seinem Kopf entstehen zu lassen. Der Henker, der durch die Luft flog und nicht länger den Weg in die Freiheit versperrte. Doch nichts geschah.

»Kein Druck.« Wu klang, als wäre dies hier eine kleine Unterrichtsstunde im Garten von Madame Poêle.

»Wieso steht der Henker denn da rum?«, beschwerte sich Amin aus der Kutsche. »Vielleicht fällt es euch nicht auf, aber wir haben gleich mehr als nur ein Problem.«

»Die Quelle ist in dir. Und sie ist unerschöpflich«, wisperte Wu, ohne den Blick von dem Henker zu lassen.

Art nickte nervös. Er atmete tief durch und … fand etwas in sich, das sich wie warmes Wasser anfühlte. Unwillkürlich musste er lächeln. Dann hob er die Hand. Unerschöpflich. Die Quelle in seinem Inneren versprach ihm alles.

»Du bist anders«, sagte der Henker. »Du …« Er kam nicht dazu, seinen Satz zu beenden.

Die Magie, die Art freisetzte, fühlte er wie eine elektrische Entladung auf den Fingerspitzen. Kleine Blitze stoben in die Winterluft. Und der Henker wurde von unsichtbaren Händen gepackt und fort von den Pferden gerissen. Er stemmte sich in den Boden, und seine Füße trieben lange Furchen in den Stein. Auf dem Gesicht las Art Wut und Erstaunen.

»Wann fahren wir denn endlich weiter?«, rief Amin aus der Kutsche.

»Jetzt«, erwiderte Wu ruhig und gab den Pferden mit den Zügeln das Kommando loszulaufen.

Vielleicht war es die Angst der Tiere vor dem Henker, die sie beinahe aus dem Stand in den Galopp fallen ließ. Sie sprengten wild über den Platz, und als Art sich umwandte, sah er, dass der Henker keine Anstalten machte, ihnen zu folgen. Die Soldaten lagen noch immer auf dem Boden, und niemand würde sie aufhalten können. Art wollte sich schon umwenden, als der Henker eine Geste vollführte, die ihn wie einen Marionettenspieler aussehen ließ. Als würden sie von unsichtbaren Händen gepackt, stellten sich die Soldaten auf die Füße. Für einen Moment konnte Art nicht glauben, was er sah. Das ... das war Magie.

Der Henker deutete auf die Kutsche. Und seine Stimme war klar und deutlich zu hören. »Bringt mir ihren Meister.« Eine weitere Geste. Diesmal war sie an die Menschen auf dem Platz gerichtet, die sich vor der Kutsche befanden. Auch sie wurden auf die Füße gezogen. »Haltet sie auf.«

Es waren noch zu viele Leute um sie herum. Die ersten stürmten auf die Kutsche zu. Wu reagierte sofort und zwang die Pferde in eine enge Kurve. Die Kutsche kippte beinahe zur Seite, und Art musste einen Mann, der sich mit Todesverachtung an ihr festklammerte, mit einem Tritt zurück auf den Platz befördern, ehe dieser noch zu ihnen auf den Kutschbock geklettert wäre.

»Bring uns zurück«, zischte Wu. Dann eine weitere Kurve.

Art hörte das Lamentieren von Amin undeutlich über den Lärm hinweg, der von der Menge ausging. Schreie erfüllten die Winterluft. Soldaten legten auf sie an. Schüsse erklangen scharf wie zersplitterndes Holz. Einige Kugeln schlugen in die Kutsche ein.

»Verdammt«, hörte Art den Ägypter schreien. »Sie haben Meister Houdin getroffen.«

Bring uns zurück. Art schloss die Augen, um sich zu beruhigen. Er musste wieder an die Quelle in sich gelangen. Doch sein Herz schlug zu hart und schnell, und er fand keinen Zugang zu seiner Magie. Verdammt, er war bestenfalls ein Schüler. Und zwar einer mit äußerst wenig Unterricht. Als er die Augen öffnete, sah er, dass die Menge sie wieder zu der Stelle zwang, an der sie losgefahren waren. Die Menschen verhielten sich, als würden sie einem Willen gehorchen, der sie lenkte. Und es stand für Art außer Frage, dass es der Wille des Henkers war. Selbst der König, der in diesem Albtraum sicher nicht auf der Seite der Soldaten und seines Scharfrichters stand, nahm an der Treibjagd teil. Zusammen mit zwei Uniformierten, die ihre Säbel in den Händen hielten, versuchte er sich der Kutsche in den Weg zu stellen. Doch die Pferde, die in all dem Chaos wie von Sinnen schienen, rannten die drei einfach um. Die Kutsche ruckelte, als sie über die Körper fuhr und kam dann erneut zum Stehen. Der Henker hatte sich ihnen wieder in den Weg gestellt. Von allen Seiten drängte die Menge an das Gefährt heran.

Art trat einen Soldaten von sich, der versuchte, zu ihm hinaufzugelangen, während Wu in das Innere der Kutsche kletterte. Er folgte ihr nur einen Moment später. Wie Ameisen, die ein ungleich größeres Tier als Schwarm erlegen wollten, zogen sich Männer und Frauen an der Kutsche empor und versuchten, die Türen aufzureißen. Mit aller Kraft hielten Art und Amin sie zu. Lange würden sie sich hier nicht einschließen können.

Meister Houdin war in die Schulter getroffen worden. Kein tödlicher Schuss, aber er hatte erkennbar Blut verloren. Er war durch die Flucht erwacht, zog die Chinesin zu sich und wisperte ihr etwas ins Ohr. Die Worte malten ihr einen ungläubigen Ausdruck auf das Gesicht. Scheinbar nur mit Mühe riss sie den Blick von Houdin los und sah Art direkt in die Augen. »Du bist ein Magier.« Jedes Wort klang wie eine unumstößliche Wahrheit. Und auch wenn sie in dieser Welt keinen Zauber bewirken konnte, vermochte sie Art die Aufregung und die Angst zu nehmen. Er schloss erneut die Augen. Alles hier hinderte ihn daran, zur Ruhe zu kommen. Die Tür, an der mit aller Kraft gezogen wurde. Die Schreie. Die Angst. Und doch war plötzlich alles ganz einfach. Er fühlte die Fähigkeit in sich, Wu und Amin und den verletzen Meister nach Hause zu bringen. Es brauchte nur einen Gedanken. Nicht mehr. Keinen Druck. Als er die Augen wieder aufschlug, sah er durch das Fenster der Kutschtür den Henker hinter der Menge. Er hielt einen Säbel in den Händen. Vermutlich hatte er die Waffe einem der Soldaten abgenommen. Mit der Spitze deutete er auf ihn.

Art wandte den Blick wieder ab und konzentrierte sich. Wände wuchsen auf dem Platz in die Höhe. Die Kutsche löste sich auf. Der Boden des Platzes wurde zu dem der Kuppel des Alunnischen Palastes. Und die Leute begannen zu verschwinden.

Art schrie vor Freude darüber, dass es ihm gelang, sie nach Hause zu bringen. Doch in diesem Moment wurde das Dach der Kutsche fortgerissen. Und der Henker sprang hinein. Er schien wie von Sinnen. Amin riss sich schützend die Arme vor das Gesicht. Der Henker holte aus. Doch ehe die Klinge traf, wurde die Kutsche von einem Stoß erschüttert. Vermutlich hatte sich jemand von außen gegen sie geworfen. Der Ägypter fiel zur Seite, und die Waffe drang statt in seinen in den Leib von Meister Houdin. In diesem Moment wurde aus dem Gesicht des Henkers das von Gilles. Die Kutsche verschwand endgültig, ebenso wie der Angreifer und alle restlichen Menschen. Zurück blieben Art, Amin und Wu. Und der tödlich verwundete Meister.

»Ihr seid schon wieder zurück? Wie ...« Gilles Frage endete so abrupt, als hätte man ihm die Zunge aus dem Mund geschnitten. Fassungslos starrte er auf seinen sterbenden Vater.

Art brauchte einen Augenblick, um sich zu orientieren. Sie waren tatsächlich zurück. Vor sich erkannte er die Alunni. Er glaubte noch, die Winterluft auf der Haut zu spüren und die Schreie der Menge zu hören.

Genevieve eilte zu Gilles und Meister Houdin, der reglos dalag. Aus der Wunde in seiner Brust drang Blut und färbte ihm das weiße Hemd.

Alle Worte schienen Gilles auf den Lippen zu ersterben. Sein Gesicht war von Schmerz entstellt. Er presste seine Hand auf die Wunde, und Art spürte den Zauber, der sie verschloss. »Er muss sofort zu Drolerius«, rief Gilles.

»Keine Zeit, sie zu rufen«, hörte Art den Ägypter sagen. Er

kniete sich zu dem Verletzten, schlang einen Arm um ihn und schnippte. Diesmal gelang ihm der Zauber, und mitten in der Luft öffnete sich ein Durchgang. Dahinter sah Art einen Raum, der dem Krankenzimmer ähnelte, in dem er erwacht war.

Amin wollte Houdin vom Boden ziehen, doch Wu legte ihm eine Hand auf den Arm und schüttelte den Kopf. »Kein Zauber und keine Heilkunst können die Toten zurückholen«, sagte sie leise.

Es wurde still in der Kuppel des Alunnischen Palastes. Art stand schwer atmend da, und neben ihm fiel die Fotografie zu Boden.

Als sie den Stein berührte, zerfiel sie zu Staub.

Ein neuer Plan

»Großinquisitor!« Der Mann, der Nicéphore aufhalf, war fast noch ein Kind.

Nicéphore schlug seine Hand fort, obwohl er Mühe hatte, sich auf den Beinen zu halten. Was war geschehen? Er fühlte sich sonst immer wie ein Lahmer, der mit jedem Tag mehr vergaß, wie es sich anfühlte, auf eigenen Beinen durch die Welt zu gehen. Doch für einen kleinen Moment hatte er wieder gehen können. Ein Moment, der voller Schmerzen gewesen war. Bitter. Finster. Er holte tief Luft. »Die Ersten sollen sich einfinden. Sofort.«

Der junge Novize lief eilfertig davon, auch wenn Nicéphore ihm vom Gesicht ablesen konnte, dass er ihn nicht gerne allein ließ. Der Schmerz verging jedoch ebenso schnell, wie er gekommen war. Und zurück blieb nur das schrecklich vertraute Gefühl, verkrüppelt zu sein. Wie sehr er es verabscheute. Weshalb hatte er für einen kurzen Moment wieder etwas von dem gespürt, was man ihm genommen hatte? Da war eine starke magische Erschütterung gewesen. Behutsam strich er sich den grauen Anzug glatt, den er wie die anderen Inquisitoren trug. Sie gaben vor, alle gleich zu sein. Doch im Grunde wussten sie, dass er der Oberste unter den Ersten war. Und die Ersten führten die Gleichen. Nein, dachte er, er war nicht wie sie. Er war der Wolf unter den Schafen.

Nicéphore straffte sich und ging den langen Flur entlang, auf dem er gerade eben die Kraft verloren hatte. Auf dem er sich an seine Fähigkeiten erinnert hatte. Schon lange hatte er sich nicht mehr so gefühlt. Statt aber zunächst in seine persönliche Zelle zu gehen, folgte er dem Flur bis zu dessen Ende und betrat den Kapitelsaal. Er musste unwillkürlich lächeln, als er hineintrat, sich an das Kopfende des alten Holztisches setzte und auf den riesigen Monitor an der Wand sah, auf dem gleich die Gesichter der Ersten erscheinen würden. Früher, vor vielen Jahrhunderten, hatte der Großinquisitor in diesem Raum mit den anderen Ersten gesessen und die Todesurteile über die gesprochen, die von der magischen Inquisition verfolgt wurden. Diese Urteile – fern von jeder Gerichtsbarkeit geschrieben – hatten zahllosen Unschuldigen das Leben zur Hölle und den Tod zur Erlösung gemacht. Und heute war dieses Zimmer so viel mehr. Nicéphore hatte den Orden, der beinahe selbst tot gewesen war, wieder ins Leben zurückgeholt und modernisiert. Nur die stärksten Wurzeln hatte er behalten, damit die anderen Inquisitoren nicht vergaßen, wer oder was sie waren. Doch dank ihm waren sie den Magiern ebenbürtig geworden. Mehr noch, das Kräfteverhältnis hatte sich gedreht. Spätestens seitdem sie in diesem Raum den Autodafés über Alasdair oder Rufus, wie er sich hier in Paris genannt hatte, gesprochen und das Urteil auf der Straße vor seinem Laden vollstreckt hatten, war endgültig bewiesen worden, dass die Inquisitoren die Stärkeren waren. Zumindest, solange Nicéphore dies wünschte.

Und jetzt das. Die Erinnerung. Das Aufflackern der Kräfte.

Ein Verdacht keimte in Nicéphore. Breitete sich in seinem Herz aus und wuchs schnell. Was, wenn einer der Meister befreit worden war? Nicéphore würde seine Gefühle erforschen müssen, doch sein Instinkt sagte ihm, dass es so war. Alasdair hatte offenbar tatsächlich eines der Bilder besessen. Sicher war es in dem verfluchten Safe gewesen. Ein ärgerliches Ding, das sich nur für Magier öffnete. Nicéphore hatte gehofft, dass seine Feinde zurückkehren würden, um es aus dem Safe zu holen. Doch die Falle, in der dieser Safe der Köder gewesen war, hatte keinen Magier gefangen. Stattdessen hatten sie vermutlich das Bild an sich genommen. Oder dieser Artur, der Junge, hatte es bereits in jener Nacht bei sich gehabt und war damit geflohen. Wie auch immer. Nicéphore musste davon ausgehen, dass es bei den Magiern war. Aber wie hatten sie es nur geschafft, den darin Gefangenen zu befreien? Diese Kraft war doch verloren gegangen. Nicéphore hatte sich darauf eingestellt, sie ebenso ausfindig machen zu müssen wie die Bilder. Irgendeinen verlorenen Trieb der magischen Familien ausgraben zu müssen, der ihm den Zugang in die Bilder ermöglichte. Doch offenbar war sie bereits zurückgekehrt. Meinte es das Schicksal endlich gut mit ihm? Damit änderte sich alles.

Diese Kraft war offenbar zum Greifen nahe.

Der Gedanke brachte Nicéphores Herz so heftig zum Schlagen, als wäre er ein Junge, der hoffte, seinen innigsten Wunsch erfüllt zu bekommen. Womöglich war das Ende seiner Verkrüppelung nahe.

Die Gesichter, die auf dem Monitor erschienen, unterbrachen seine Gedanken. Das Grau ihrer Anzüge einte sie, wenngleich sie aus verschiedenen Teilen der Welt stammten. Und noch etwas hatten sie gemeinsam. Ihre ganz bestimmte Fähigkeit. Sie konnten nicht verhehlen, was sie waren. Eine Familie. Wie ähnlich sich die Inquisitoren und die Magier in einigen Dingen waren. Und wie sehr sie sich doch voneinander unterschieden. Die einen konnten Magie nutzen, die anderen fühlten sie so tief, dass selbst das kleinste Aufflackern für sie noch in weiter Entfernung spürbar war. Und beide vertrauten nur jemandem, mit dem sie sich ihre Wurzeln teilten. Gut, Nicéphore war die Ausnahme. Der einzige Inquisitor, dessen Blut anders war. Hätten ihn die Ersten, die ihn nun schweigend ansahen, akzeptiert, wenn er in weniger hoffnungslosen Zeiten zu ihnen gekommen wäre? Wohl kaum. Sie wussten, dass sie ihn brauchten. Dass sie ohne ihn endgültig untergehen würden im Meer der Zeit. Für sie war er eine Laune der Natur. Ein weit entfernter Zweig ihrer Familie. Wenn sie nur wüssten.

»Meine Brüder«, sagte er. Seine Stimme wurde in diesem Moment in alle Kontinente der Welt übertragen.

Das Nicken der Ersten zeigte, dass sie ihn hörten.

»Wir haben einen großen Sieg errungen. Und eine Niederlage erlitten.« Er las den Ersten die Fragen vom Gesicht ab. Doch keiner würde wagen, sie zu stellen. Die Schafe würden den Wolf nicht reizen. Anders als zwischen den Mauern des Klosters nahe Paris, in dem er lebte, sprach er mit den Grauen auf dem Monitor nicht Französisch. Der Babel-Zauber, der es den Magiern ermöglichte, über alle sprachlichen Grenzen hinweg miteinander zu reden, ließ sich nicht in den Handschuhen speichern. Doch sie alle beherrschten ein und dieselbe Sprache, wenngleich sie nur noch selten ertönte. »Es gibt Hinweise darauf, dass eines der Meisterbilder geöffnet wurde«, fuhr er in Latein fort. Hinweise. Sie hatten es vermutlich gespürt. Und doch hatten sie sicher nicht Nicéphores Schmerz geteilt. Es gab so vieles, das ihn beschäftigte. Das Meisterbild. Der Junge in Rufus' Laden. »Ein Alunni ist tot. Doch unsere Feinde werden nicht innehalten und in diesem Moment sicher alles daransetzen, auch die anderen Bilder ans Licht zu bringen und zu betreten. Das darf nicht geschehen.« Nicéphore brauchte nur einen der verschollenen Meister, um wieder sehen zu können. Die übrigen Bilder würde er dann vernichten.

»Wie können wir es verhindern?« Die Frage hatte Bernard gestellt. Natürlich. Hätte Nicéphore nicht den sterbenden Zirkel übernommen, wäre er ihr Anführer in ihren letzten Tagen gewesen.

»Ihre Spur aufnehmen«, sagte Nicéphore. »Der tote Alunni Alasdair muss einen Weg gefunden haben, die Bilder aufzuspüren. Es ist möglich, dass er einen Hinweis hinterlassen hat. Einen Namen. Eine Nummer. Einen Ort. Nicht umsonst waren Magier sogar jetzt noch dort. Einer ihrer Spione ist vor uns geflohen. Er dürfte die Flucht nicht überlebt haben. Wir werden nicht ruhen, den Laden wieder und wieder durchsuchen, bis wir finden, was uns auf die rechte Spur bringt. Und ihr, meine Brüder, seid wachsam. Die Bilder könnten überall sein. Ich fühle, dass unser Krieg gegen die Magier dem Ende entgegengeht. Und nicht sie werden die sein, die ihn gewinnen.«

Monet

Drei Tage. Es waren nun schon drei unerträglich lange Tage vergangen, die Art überwiegend im Garten von Madame Poêle zubrachte. Nachdem Wu, Amin und er mit dem verstorbenen Meister zurückgekehrt waren, hatte man ihn hierhergebracht und scheinbar vergessen. Die Alunni waren so in Trauer gewesen, dass sie es vermutlich nicht einmal bemerkt hätten, wenn vor ihrer Nase eine Armee von Inquisitoren erschienen wäre.

Nur Amin war direkt am Anfang vorbeigekommen und hatte ungewohnt schmallippig ein paar Worte mit Art über ihr Erlebnis im Bild gewechselt. »Du hast es gut gemacht«, hatte er gesagt und ihm ein trauriges Lächeln geschenkt.

Gut? Der Meister war tot. Gestorben, obwohl sie ihn befreit hatten.

»Wir werden dich bald brauchen«, hatte Amin noch gemeint, ehe er wieder verschwunden war. Art hatte damit gerechnet, dass er spätestens binnen einer oder zwei Stunden zu einem Bericht über die Ereignisse auf dem Place de la Révolution gerufen würde. Doch Amin war nicht wieder gekommen, und nach drei Tagen wartete Art immer noch. Und das war kaum zu ertragen.

Das Gerücht, dass Meister Houdin gefunden und auf der Flucht gestorben war, hatte sich so schnell in der Enklave verbreitet wie ein hungriges Feuer in einem trockenen Wald. Trauer. Wut. Angst. Art glaubte, alles auf einmal spüren zu können, wenn er alleine zwischen den anderen Magiern im Garten saß, was allerdings äußerst selten vorkam. Madame Poêle, die nun auf ihn zu achten schien, als sei er ein zerbrechliches Fabergé-Ei, fragte ihn wenigstens einmal in der Stunde, ob sie ihm etwas Gutes tun könne. Abgesehen davon verscheuchte sie allzu neugierige Magier, die in den Garten kamen, um mal mehr, mal weniger unauffällig einen Blick auf den seltsamen Mann zu werfen, der an der Befreiung des Meisters beteiligt gewesen war.

Am Mittag des dritten Tags endlich kehrte Amin zurück und setzte sich mit ernster Miene zu Art an den Tisch. Er sah sich um und bemerkte die Blicke der übrigen Gäste. »Das hast du mir zu verdanken«, behauptete der Ägypter, während er und Art von Madame Poêle umsorgt wurden, als wären sie ihre lang vermissten Kinder. »Habe dem ein oder anderen erzählt, dass du dich nicht schlecht geschlagen hast. Allerdings«, er runzelte die Stirn, »deine Farbe ist seltsam.«

Unwillkürlich blickte Art auf seine Hände.

»Nicht die«, meinte Amin kopfschüttelnd. »Die Farbe deiner Magie. Du weißt doch. Meine ist Sandgelb mit ein wenig Azurblau. Aber deine ist irgendwie anders. Ich habe sie erst dort in dem Bild richtig wahrnehmen können. Sie war so stark. Sie ist ziemlich ...« Er sah auf Arts Hände.

»Schwarz?«

»Wie die Nacht.«

»Sehr passend. Ist das gut?«

»Keine Ahnung«, erwiderte Amin. »Hat sonst keiner. Ist vielleicht auch egal.«

Art verkniff sich eine Erwiderung und schob sich stattdessen eines der Körner ihrer Gastgeberin in den Mund. Sie waren besonders klein, und jede von ihnen schmeckte wie ein frisch gebackenes Macaron. »Warum hast du dich die ganze Zeit nicht blicken lassen?«, fragte Art. Er gab sich keine Mühe, seinen Ärger darüber zu verbergen.

Über dem stets so fröhlichen Gesicht von Amin lag ein Schatten. »Der Zirkel sitzt zusammen und bespricht das, was Meister Houdin zu Wu gesagt hat, ehe er starb.«

»Gesagt?«, entfuhr es Art. »Was hat der Meister gesagt?«

Einige der Magier an den Nebentischen, die seit ihrer Rückkehr aus dem Bild stets bis auf den letzten Platz besetzt waren, drehten sich sofort zu ihnen um. Vermutlich hofften sie, irgendetwas zu erfahren.

Amin legte einen Finger an die Lippen. »Nicht so laut«, zischte er und blickte sich verärgert um. Nur langsam wandten die übrigen Gäste ihre Blicke von Art und ihm wieder ab. Dann sprach Amin mit gesenkter Stimme weiter. »Meister Houdin hat ihr in der Kutsche etwas zugeflüstert. Es ... es ist unglaublich.« Der Ägypter war kaum zu verstehen, und Art musste so nahe an ihn heranrücken, dass sein Ohr fast die Lippen des anderen berührte.

»Und?«, raunte Art ganz heiser vor Aufregung, sodass ihm die eigene Stimme fremd vorkam.

Amin zögerte einen Moment, ehe er weitersprach. »Er glaubt, dass er nicht alleine in dem Bild war.« Der Ägypter machte eine Pause, als müsste er abwägen, ob er weitersprechen solle. »Und dann hat er noch etwas gesagt.« Die nächsten Worte schienen ihm nur schwer über die Lippen kommen zu wollen. »Er ...« Amin lehnte sich zurück und schüttelte den Kopf. »Es ist nicht zu glauben.«

»Was?«, fragte Art. »Was ist nicht zu glauben?«

»Er hat gesagt ...« Amin stockte erneut und drückte seine Lippen an Arts Ohr. Seine Stimme stolperte, als müsste er sich beeilen, den Satz zu beenden. »Er hat gesagt, dass es unter uns einen Verräter gibt. Hörst du? Einen Verräter unter den Magiern.«

Es dauerte drei weitere Tage, bis Amin endlich die erlösende Nachricht brachte. Art und er sollten sofort in den Alunnischen Palast kommen. Art wusste selbst nicht, was genau er herbeisehnte. Einen Bericht würde er nun sicher nicht mehr abgeben müssen. Überhaupt hatte er doch bereits alles getan, was in seiner Macht stand. Zwei Magiern den Weg in das Bild gezeigt. Und vor allem, sie und den gefangenen Meister wieder zurückgebracht. Noch immer begriff er nicht ganz, wie er das angestellt hatte.

Amin hatte ihm die Wartezeit mit ein paar einfacheren Aufgaben gefüllt. Lektionen. Art kam sich wie ein Schüler vor, wenn er versuchte, die Stühle an seinem Tisch dazu zu bringen, selbstständig nach hinten zu rücken, sobald er sich setzen wollte. Oder seiner Kleidung den Befehl zu geben, sich zusammenzulegen. Es waren, wie Amin sagte, die einfachsten Übungszauber. Aber sie sollten Art helfen, seine Magie wirklich zu kontrollieren. »Selbst der simpelste Zauber gerät außer Kontrolle, wenn du zu schwach bist«, hatte Amin gesagt. »Nicht auszudenken, was wäre, wenn wir noch mal in so einem Bild stecken, und dir der Zauber nach Hause nicht gelingt.«

Noch ein Bild? Sie konnten im Grunde froh sein, dass sie dieses eine in die Finger bekommen hatten. Indes hoffte er, dass sie auch das Bild fanden, in dem Wus Meisterin eingesperrt war. Allzu gerne würde er sie befreien. Lebend. Und damit der Chinesin helfen, ihre Schuld zu tilgen. Der Gedanke spornte ihn an zu üben, und tatsächlich gelang es ihm schon nach kurzer Zeit recht gut, die Magie zu nutzen, wann immer er es wollte. Mit jedem Mal wurde es selbstverständlicher, sich ihrer zu bedienen und so wurde sie mehr und mehr zu einem Teil von ihm. Die neueste Übung, das Schwebenlassen eines Gegenstands, hatte er beinahe ohne nachzudenken gemeistert. Er hatte seine Hand lediglich in Gedanken ausgestreckt und ein Glas von dem Tisch, an dem er mit Amin saß, einige Meter in die Höhe gehoben. Dass es ihm anschließend aus den magischen Fingern glitt und auf der Platte zerbrach, hatte Amin offenbar nicht gestört. Er schien stolz auf seinen Schüler zu sein.

»Jetzt hast du in wenigen Tagen gelernt, wofür kleine Kinder ein ganzes Jahr brauchen.«

Gut, es war nicht das größte Lob. Aber Art fühlte sich immer mehr wie ein Magier.

Als sie beide nun endlich die Spitze des Turms betraten, wurden sie nur von zwei Frauen empfangen. Neben Genevieve saß Wu auf einem der Sessel mit den hohen Lehnen. Die übrigen Plätze waren leer. Wortlos bedeutete die Schwester von Monsieur Rufus ihnen, sich zu setzen, und eine Weile musterte sie Art, als wäre sie nicht sicher, was sie von ihm halten sollte. »Wie ich höre, machst du Fortschritte, Artur.« Ein schwaches Lächeln umspielte ihre Lippen, die sonst in einem Ausdruck von Traurigkeit erstarrt zu sein schienen. »Mein Bruder hätte das vermutlich gefreut. Er hat das Talent in dir sicher sofort gefühlt, anderenfalls hätte er dich nicht eingestellt. Wer weiß, was er mit dir im Sinn hatte. Ich denke, er hätte dir eines Tages alles offenbart und es selbst übernommen, dich zu unterrichten. Und du hast auch sein Talent gespürt, wenngleich es dir sicher nicht bewusst war. Magie zieht Magie an. Immer. Anderenfalls hättest du dich sonst nie in dem kleinen Laden beworben.« Sie seufzte. »Es sind seltsame Zeiten, in denen du den Weg zu uns findest. Und du bist ein seltsamer Mann.« Das Lächeln verschwand wieder aus ihrem Gesicht. »Die vergangenen Tage haben wir Alunni uns viel unterhalten. Mehr, als in hundert Jahren zuvor. Wir sind uns noch immer uneins, was wir von dir halten sollen. Bist du ein Spion der Inquisitoren und hast sie auf unsere Spur gebracht?« Sie sprach ungerührt weiter, obwohl Art den Mund zu einer empörten Erwiderung öffnete. »Oder hat dich die Magie selbst hierhergeführt? Ein Mann, der fremd ist in der Welt der Magie. Ein Mann, der eine Magie beherrscht, die uns fremd ist. Unter uns gibt es viele, die einen Mann oder eine Frau nach der Familie beurteilen, aus der er oder sie kommt. Aber es gibt auch einige, die einen Menschen nach dem beurteilen, was er tut. Ich für meinen Teil will es so halten. Und …«, das Lächeln kehrte auf ihre Lippen zurück, »dir vertrauen. Voll und ganz.«

Art atmete tief durch. Er fühlte sich, als säße er in einer Prüfung, ohne zu wissen, in welchem Fach er sich beweisen musste. Und er schien zumindest den ersten Teil bestanden zu haben.

»Du hast Meister Houdin beinahe gerettet«, fuhr Genevieve fort. »Wir müssen vorsichtig sein. Der Verrat, den er angedeutet hat, kann alles und jeden von uns betreffen. Wir wissen nur eines mit Sicherheit: Unsere Welt ist in Gefahr. Die Schlinge der Inquisition zieht sich zu. Das zeigt uns der jüngste Vorfall allzu deutlich. Eine lange Zeit hat es unserer Sache genützt, sich zu verbergen. Doch ich fürchte, wir werden uns bald im Kampf verteidigen müssen. Und wir brauchen die Meister an unserer Seite, um die Verfolgung durch die Inquisitoren zu überleben.«

Ihre Stimme hatte, auch wenn sie leise war, die ganze Turmspitze erfüllt. Die Stille, die nun zwischen ihnen allen hing, war umso dröhnender. Von draußen schien das Licht einer Sonne in den Raum, die es nur dank eines Zaubers gab.

»Wo sind die anderen?«, fragte Art in die Stille hinein.

»Vertrauen ist einer der stärksten Zauber«, sagte Genevieve und sah zu Wu. »Gilles ist das Oberhaupt des Zirkels, solange der Alunnische Palast in dieser Enklave steht. Doch ebenso wie sein Bruder Papus ist er in Trauer und hat die Befugnisse, die mit diesem Amt verbunden sind, an mich übertragen. Unwillig.« Genevieve mochte auf den ersten Blick schwach erscheinen. Doch in ihren Augen erkannte Art neben aller Traurigkeit absolute Entschlossenheit. »Magie stützt sich auf Traditionen. Und leider gehörte es zu diesen Traditionen, dass der Vorsitz des Zirkels üblicherweise Männern vorbehalten ist. Da es meiner Familie gebührt, die Vertretung zu übernehmen, mein Bruder jedoch nicht mehr lebt, sprechen nun wir beide miteinander. Du siehst, selbst unter uns existieren Vorurteile.«

»Das habe ich schon beim ersten Mal bemerkt«, sagte Art.

Genevieve lächelte. Sie sah Art einen Moment an, als wisse sie genau, gegen welche Vorurteile er schon sein Leben lang ankämpfen musste. »Manche sehen die Haut und damit den Fremden in dir. Andere sehen den Außenstehenden und damit den Fremden in dir. Es ist beides gleichermaßen dumm. In einem sind sich Magier und die da oben gleich. Für viele reimt sich fremd auf gefährlich. Und damit auf etwas, das sie ablehnen. Geschlecht. Farbe. Liebe. Du findest immer leichter die Andersartigkeit als die Gemeinsamkeit.« Sie zuckte mit den Schultern. »Als derzeitiges Oberhaupt des Zirkels habe ich freie Hand. Es gefällt den anderen nicht, dass sie dieses Gespräch versäumen. Doch je kleiner der Kreis, desto geringer ist die Wahrscheinlichkeit, dass Verrat ihn vergiftet. Wu ist die mächtigste aller Alunni, auch wenn dies eine Wahrheit ist, die unter den männlichen Mitgliedern des Zirkels nicht gerne gehört wird. Sie wird sich auf die Suche nach den anderen Meisterbildern begeben. Dieser Auftrag kommt von mir. Ich werde den Zirkel zu gegebener Zeit darüber in Kenntnis setzen.«

Deutlich sah Art ihr an, wie unwohl sie sich bei diesen Worten fühlte, aller Entschlossenheit zum Trotz.

»Und ich weiß«, fuhr Genevieve fort, »dass sie die Hilfe des Jungmagiers brauchen wird, der als einziger in der Lage zu sein scheint, die Bilder zu finden, die unseren Meistern zum Gefängnis geworden sind.« Sie sah zu Amin, der sich räusperte und sie auffordernd anblickte. »Und natürlich«, schloss sie, »wird sein Lehrer an seiner Seite sein. Art, du musst so viel wie möglich lernen. Denn dies sind nicht nur seltsame, sondern auch finstere Zeiten. Und es mag sein, dass zuletzt dein einzigartiges Talent darüber entscheiden wird, ob die magischen Familien überleben oder nicht. Wie ich sagte, Vertrauen ist einer der stärksten Zauber. Vertrauen gegen den Verrat.« Wus Kopfschütteln war kaum zu erkennen, doch Genevieve hatte es bemerkt. »Du denkst, dass ich falschliege?«

»Ich bin deiner Meinung, wenn es darum geht, den richtigen Weg in unserer Lage zu finden. Wir müssen die Meisterbilder in unseren Besitz bringen. Dein Vertrauen in mich und diese beiden hier ist eine Ehre. Doch wie bei allen Zaubern dieser Welt sollen wir das fertigbringen?« Die Chinesin sah von einem zum anderen. »Seit über zweihundert Jahren suchen wir nach ihnen, und wie es scheint, hatte nur dein Bruder Erfolg. Und keiner weiß, wie es ihm gelungen ist, das Bild zu finden. Wie lange müssen wir nach ihnen fahnden, ehe auch wir Erfolg haben? Vielleicht nur ein Jahrhundert?«

Eine berechtigte Frage. So schwer hatte sich Art die Suche nicht vorgestellt. Ein Jahrhundert hatte er sicher nicht Zeit. Oder war sein Leben von nun an auch so lang wie das der anderen Magier? *Diese Frage werde ich stellen, wenn die Zeit für sie gekommen ist*, entschied er. Erst mussten sie alle überleben. Und die anderen Bilder finden. Unwillkürlich dachte Art an das Internetforum der Verrückten. Darin würde er womöglich Hinweise auf weitere Bilder finden. Aber noch einmal durfte er keinen direkten Kontakt zu einem der Leute aufnehmen, die sich dort miteinander austauschten. Dieser Nicéphore war sicher ein Inquisitor gewesen. Wie sonst hätten sie zufällig nur kurz, nachdem Art ihm von dem Bild erzählt hatte, in Monsieur Rufus' Laden erscheinen können? Nein, sie mussten einen anderen Weg wählen. Einen, der nicht das Risiko barg, die Aufmerksamkeit der Inquisitoren zu erregen. Er ... stockte, als ihm plötzlich eine Idee kam. »Das Radio«, entfuhr es ihm.

Die Alunni sahen ihn verwundert an. »Was willst du mit diesem plappernden Ding?«, wollte Amin wissen. »Wir haben es bereits einmal eingeschaltet. Es redet andauernd und tötet einem den letzten Nerv.«

»Und es war in Monsieur Rufus' Hinterzimmer und hat alles mitbekommen, was er dort getan hat«, sagte Art aufgeregt. Er spürte, dass er die richtige Idee hatte. »Wenn uns ... jemand sagen kann, woher er die Fotografie hatte, dann dieses plappernde und nervtötende Ding. Und das heißt ...«

»… es kann uns womöglich auf die Spur weiterer Bilder bringen«, beendete Genevieve seinen Satz. Sie nickte ihm zu. »Versuchen wir es.«

Die Alunni streckte eine Hand flach aus und strich mit den Fingern der anderen durch die Luft über ihr. Wie aus dem Nichts erschien das Radio. Ein Knistern erfüllte den Raum, kaum dass sie den Knopf gedrückt hatte.

»Das ist völlig inakzeptabel«, plärrte es aus dem Lautsprecher. »Ich bin nicht einfach nur ein paar Kabel in einem Kasten. Ich bin ein magisches Gerät und …«

»Wir brauchen dich«, unterbrach Genevieve das Radio schnell.

»Oh«, erklang es aus dem Lautsprecher. »Die Schwester meines Herrn. Ihr tut gut daran, meiner Weisheit zu lauschen.«

»Wir suchen die Meisterbilder«, sagte Genevieve. »Den Magier aus der Fotografie deines Besitzers haben wir befreit. Doch wir müssen sie alle finden. Woher hatte mein Bruder dieses eine Bild?«

Das Radio gab einen Moment lang keinen Ton von sich. »Befreit?«, meinte es schließlich. »Unglaublich. Mein Besitzer war der Ansicht, dass es dazu eine Magie braucht, die ihm selbst nicht bekannt war. Doch die Suche ist aussichtslos, meine Gnädigste. Euer Bruder hat viele Jahre gebraucht, es zu finden. Niemals würde ich zulassen, dass eine solch zarte Dame wie Ihr in den dunklen Ecken stöbert, in denen Euer Bruder gesucht hat. Er musste sich dabei mit einigen der verruchtesten Subjekte einlassen, die ich je gesehen habe.«

Art versuchte sich vorzustellen, wie das Radio sehen wollte. Doch er verkniff sich den Kommentar, der ihm auf der Zunge lag. »Hast du einen Namen, den du uns nennen kannst?«, fragte er.

»Der Junge«, plärrte das Radio. »Du lebst noch. Nicht schlecht, wenn man bedenkt, wer hinter euch Magiern her ist. Nun, ich werde die Schwester meines Meisters nicht in die Gosse schicken.

Aber bei dir ist das etwas anderes«, meinte das Radio munter. »Ich habe in der Tat einen Namen. Und ich gebe ihn dir. Doch dafür will ich künftig respektvoller behandelt werden.«

»Abgemacht«, sagte Art.

Monet. Art hatte den Namen in der Zeit, in der er für Monsieur Rufus gearbeitet hatte, nur einmal gehört. Die beiden hatten irgendein Geschäft miteinander abgeschlossen, und Art hatte sofort begriffen, dass sein Chef ausgesprochen ungern darüber sprach. Aus den dürren Worten, die das Radio von Monsieur Rufus über den Mann aufgeschnappt hatte, war klar geworden, dass die Herkunft der Fotografien, die Monet verkaufte, ebenso wenig tadellos war wie seine angebliche direkte Verwandtschaft zu dem berühmten Maler. Kein Wunder, dass Monsieur Rufus nur widerwillig etwas von ihm gekauft hatte. Doch vielleicht war er genau der Richtige, wenn es darum ging, etwas zutiefst Kriminelles zu finden. Wie zum Beispiel eines der unerklärlichen Bilder, die offensichtlich nicht auf Auktionen gehandelt und in Galerien gezeigt wurden. Wenn Monsieur Rufus tatsächlich das Meisterbild bei diesem Mann gekauft hatte, dann konnte er ihnen hoffentlich auch den Zugang zu weiteren solcher Fotos öffnen.

Den Worten des Radios nach hatte Monsieur Rufus seinen zwielichtigen Geschäftspartner als ein Mafioso der Kunst bezeichnet. Aber er hatte sich notgedrungen mit ihm als Zwischenhändler eingelassen, um das Meisterbild zu bekommen. An die Adresse und eine Telefonnummer zu gelangen, war für die Magier leicht. Das Radio hatte sich beides gemerkt. Offenbar hatte es unbewusst als ein sprechendes Notizbuch für Arts Chef fungiert. Weitaus schwieriger war es, einen Termin bei Monet zu erhalten. Die Lüge, die Amin seiner Sekretärin am Telefon auftischte, klang in Arts Ohren, als stammte sie aus einem eher zweitklassigen Krimi. Ein reicher arabischer Interessent, dessen Name nicht genannt werden durfte und den Amin nur bedeutungsvoll *den Prinzen* nannte. Das Versprechen, Monet mit einigen der reichsten und einflussreichsten Männer der ölfördernden Welt zusammenzubringen. Und die Aussicht auf eine unverschämt hohe Provision, falls Monet Informationen über Bilder habe, von denen es hieß, es könne sie eigentlich unmöglich geben. Art konnte kaum glauben, dass sie in der Tat nur zwei Tage nach Amins Anruf – den er mit einem Prepaid-Handy führte, das Art ihm besorgt hatte – in das noble 16. Arrondissement von Paris fuhren. Woher die Alunni das Geld für den Luxuswagen hatten, den Amin für ihren Auftritt mietete, wollte der Ägypter nicht verraten. Nur so viel ließ er sich entlocken: Eine Organisation, die schon jahrhundertelang existierte, hatte genug Zeit zu sparen. Und für den Notfall, hatte er gesagt, gäbe es ein magisches Portemonnaie, das allerdings mit Vorsicht eingesetzt werden musste, da sich die Münzen und Scheine, die es ausspuckte, nach einiger Zeit wieder auflösten.

»Früher brauchten wir uns nicht um Geld zu kümmern«, meinte er, während Art den Maybach auf das schmiedeeiserne Tor zufuhr, hinter dem das protzige Anwesen von Monet lag. Die Abscheulichkeit, die er bewohnte, war eine Villa, deren Architekt offenbar eine besondere Liebe zu Rundbögen, Säulen und griechischen Statuen hatte. Eine Klingel gab es nicht, dafür aber musste irgendwo eine Kamera installiert sein. Kaum hielt der Wagen vor dem Tor, hinter dem das Anwesen lag, ertönte schon eine Frauenstimme aus einem Lautsprecher.

Amin nannte den Namen, den er sich gegeben hatte. Ahmed bin Salman. Für einen Kunsthändler, der offenbar vor allem gut bezahlende Kunden hatte, war es wohl nicht schwer, die gewünschte Verbindung zum Kronprinzen Saudi-Arabiens zu ziehen, den Monet sicher als solventen Auftraggeber hinter Amin vermutete. Zumal sich dieser als *der kleine Cousin des Prinzen* ausgab. Das Tor öffnete sich geräuschlos, und Art atmete tief durch, während er den Wagen zum Haupteingang lenkte. Ihm war beinahe so unbehaglich zumute, als wäre dies das Hauptquartier der Inquisitoren. Hätten sie sich einfach in das Gebäude hineinzaubern und den Kunsthändler mit Magie zum Sprechen bringen können, wäre ihm weitaus wohler gewesen. Doch das hatte Wu kategorisch abgelehnt.

»Jeder unnötige Zauber kann die Inquisitoren auf unsere Spur bringen. Und würden sie Magie auf dem Grundstück eines Kunsthändlers bemerken, wäre es ein Wunder, wenn sie nicht die richtigen Schlüsse ziehen würden.« Die Chinesin strich sich das dunkle Kostüm glatt, das sie trug. Ihr Plan sah vor, dass sie die Assistentin von Amin spielte, der sich seinen üblichen weißen Mantel übergezogen hatte und sich den Hut mit einer Hand richtete.

Wachen konnte Art nicht ausmachen, als sie vor dem Eingang in die Villa hielten. Doch bestimmt würde es hier nur so vor ihnen wimmeln, falls ihre Tarnung aufflog. Lange mussten sie nicht warten. Ein Mann im dunklen Anzug trat aus dem Haupteingang, der breit wie das Tor in einem orientalischen Palast war. Die ohnehin zierliche Blondine, die an seiner Seite aus dem Anwesen kam, wirkte noch einmal kleiner angesichts der Breite des Mannes. Er entsprach so sehr dem Bild eines Wachmanns, dass sich Art nicht gewundert hätte, wenn er seine Waffe gleich offen in der Hand halten würde. Glatze. Sonnenbrille. Und ein Knopf im Ohr, über den er vermutlich mit weiteren Wachen verbunden war.

Amin ließ Art aussteigen und wartete, bis dieser ihm die Tür öffnete. In seinem dunklen Anzug fühlte sich Art wie verkleidet. Er bemühte sich, eine ausdruckslose Miene aufzusetzen, als Amin mit einem gewinnbringenden Lächeln aus dem Luxuswagen ausstieg. »Ich bin entzückt«, sagte er ein wenig zu ölig zu der Frau. Er deutete eine Verbeugung an und hauchte ihr einen Kuss auf den Handrücken.

Es fiel Art schwer, das Gesicht vor Fremdscham nicht zu verziehen, während er Wu die Tür öffnete.

»Ahmed bin Salman«, sagte Amin in einem Ton, als wäre es im Grunde unnötig, sich vorzustellen. »Der kleine Prinz«, schob er hinterher und lachte künstlich. Dann deutete er auf Wu, die aus dem Wagen stieg. »Meine Assistentin.«

»Sehr erfreut.« Monets Sekretärin hatte ebenso wenig an Mimik zu bieten wie die Statuen, die den Kiesweg säumten. Ihr Blick fiel von Wu, die sie musterte, als sähe sie in ihr eine Konkurrentin, auf Art. »Und er?«

»Einer muss das Geld tragen.« Amin lachte überheblich.

Um die Worte zu unterstreichen, holte Art einen Aktenkoffer, der in der Tat voller Geld war, aus dem Wagen.

Das trotz ihrer jungen Jahre vermutlich bereits üppig mit Botox behandelte Gesicht von Monets Sekretärin blieb ausdruckslos. Ein kurzes Nicken war die einzige Antwort. »Sie haben zehn Minuten. Monsieur Monet ist sehr beschäftigt.«

Zehn Minuten. Immerhin. Sie konnten wohl froh sein, überhaupt hier zu sein. Hätten sie dank des Radios nicht die richtige Nummer gehabt und diesen irren Auftritt nicht hinlegen können, wären sie wohl schon vor dem Tor abgefangen worden.

Die Sekretärin deutete auf den Eingang in den Palast, in dem Monet herrschte, und ging voran. Das Innere war ... zu viel. Von allem. Zu viel glänzender Marmor auf dem Boden und an den Wänden. Zu viel Kunst. Zu viel Prunk. Der Lüster, der an der Decke hing, würde vermutlich ausreichen, um eine riesige Galerie zu beleuchten. Und wenn die durchaus geschmackvollen Bilder an den Wänden alle echt waren, hätte man mit ihnen gleich eine ganze Ausstellung füllen können. Gut, bei den Möbeln war der Innenarchitekt, der hier seinen fiebrigen Einrichtungstraum ausgelebt hatte, weniger stilsicher gewesen. Die Chaiselongue, die einladend dem Tor gegenüberstand, hätte auch gut in ein Luxusbordell gepasst. Flankiert wurde sie von zwei übergroßen, weißglänzenden Dobermannfiguren, die mit ihren blinden Augen auf den opulenten Springbrunnen blickten, der dieser funkelnden Installation ein ganz besonderes Ausrufezeichen gab.

»Sehr geschmackvoll«, bemerkte Amin, und Art war nicht sicher, ob der Ägypter log oder es ernst meinte. Monets Sekretärin führte sie auf einer Treppe in den ersten Stock hinauf und über einen langen Flur bis zu zwei Flügeltüren an dessen Ende. Goldene Flügeltüren. Natürlich. »Zehn Minuten«, erinnerte sie an die vorgegebene Zeit, als wäre Monet ein Staatschef, der gleich in eine entscheidende Verhandlung von globalem Ausmaß aufbrechen müsste.

»Mir würden auch fünf reichen.« Erneut lachte Amin, der sich so perfekt in den Palast einfügte, als wäre er hier zu Hause.

Auf einen Wink der Sekretärin hin trat der Wachmann, der ihnen schweigend gefolgt war, an ihr vorbei und öffnete schwungvoll die beiden Türen.

Der Mann, der am gegenüberliegenden Ende des riesigen Zimmers an einem wuchtigen Schreibtisch stand, entsprach in Arts Augen ebenso wenig dem Bild eines Kunsthändlers wie dieser Palast dem Wohnort eines Menschen, der einen Sinn für Schönheit und Geschmack haben sollte. Monet war, wie auch sein Haus, zu viel. Er maß sicher zwei Meter und wog bestimmt weit über einhundert Kilogramm. Mit seinen kleinen Augen musterte er sie abschätzend, während die Sekretärin sie über einen glänzenden Marmorboden auf den Schreibtisch zuführte. Auch hier hingen die Wände voll mit Bildern, die nicht recht zusammenpassten.

»Mein lieber Gast!« Monets Stimme passte noch weniger zu dem Mann als der Mann zu den Kunstwerken. Sie war so hoch, als hätte er es in seinen sicher fünfzig Lebensjahren bislang versäumt, in den Stimmbruch zu kommen. Weder Wu noch Art schenkte er besondere Beachtung. »Ich muss mich entschuldigen, aber ich habe gleich einen wichtigen Termin mit einem Sammler, der seine Geschäfte bevorzugt diskret abwickelt. Sie verstehen das sicher.« Er deutete auf eine Sitzgruppe aus schwarzem Leder vor seinem Schreibtisch.

»Dann möchte ich sofort zum Geschäftlichen kommen«, sagte Amin, der tief in einem der Sessel einsank. »Aber zunächst will ich betonen, wie schön Sie es hier haben. Fast wie zu Hause. Der Prinz wäre angetan.« Er zwinkerte Monet verschwörerisch zu.

»Der Prinz«, griff der Kunsthändler das Stichwort auf und setzte sich überraschend geschmeidig auf den Stuhl hinter dem wuchtigen Schreibtisch. »Wie bedauerlich, dass es keinen direkten Kontakt gab. Wir haben die Möglichkeit, völlig sicher miteinander zu kommunizieren.«

»Seine Hoheit, der Scheich, muss seine Zeit Angelegenheiten von weltweitem Interesse schenken«, bemerkte Wu kühl.

Monet schien einen Moment verwirrt, als wunderte er sich, dass die Assistentin seines Geschäftspartners sprechen konnte.

»Mein ehrwürdiger Cousin lässt seine Grüße ausrichten«, sagte Amin in die kurze Stille hinein. »Er würde gerne mit Ihnen sprechen, da Ihr Ruf bis über die Dünen der Wüste schallt.« Er lachte kurz über sein Wortspiel. »Unser Anliegen soll ein erster Schritt auf einem gemeinsamen Weg der Schönheit sein.«

Es fiel Art schwer, angesichts Amins blumiger Rhetorik nicht gequält dreinzuschauen. Verstohlen musterte er Monets breites Gesicht. Von der schweißfeuchten Stirn las er ihm ein wenig Misstrauen ab. In den kleinen Augen allerdings erkannte Art Interesse. Kein Wunder, immerhin musste der Prinz, in dessen Namen Amin vorgab zu handeln, genau das Beuteschema des Kunsthändlers sein: sehr reich.

Monets kurzes Nicken nutzte Wu, um ein weiteres Stichwort fallen zu lassen. »Man sagt bei uns, dass Sie der Einzige sind, der Dinge beschaffen kann, die mehr Legende als Sammelobjekt sind. Der Wunsch seiner Hoheit ist ein Foto. Eines, das es nicht geben sollte. Und ich darf sagen, dass in diesem Fall der Preis für seine Hoheit keine Rolle spielt.«

Monet leckte sich über die Lippen wie ein Kater, der eine wehrlose Maus entdeckt hatte. »Ich habe vor nicht allzu langer Zeit einen Kontakt an einen Kunden vermittelt, der mit einem ähnlichen Wunsch an mich herangetreten war.« Er klang hörbar verärgert. Aber auch das war nicht verwunderlich, schließlich dürfte der Prinz, den Monet hier im Hintergrund vermutete, weitaus solventer sein als Monsieur Rufus. »Und soweit ich weiß, wurde das Geschäft abgeschlossen. Das Foto, das den Besitzer gewechselt hat, stammte aus Frankreich. So viel kann ich sagen, ohne die Privatsphäre meiner Kunden zu verletzen.« Das Lächeln, das er aufsetzte, sah in seinem grobschlächtigen Gesicht aus, als hätte er akute Zahnschmerzen. »Wenn Sie wünschen, werde ich den Kunden anrufen und fragen, ob er bereit ist, das Foto weiterzuverkaufen.«

Amin schüttelte den Kopf. »Der Prinz wünscht keinerlei unnötige Aufmerksamkeit.«

Er hält sich genau an den Plan, dachte Art. Sie hatten erwartet, dass Monet versuchen würde, Monsieur Rufus das Bild wieder abzuluchsen, wenn er einen reicheren Käufer an der Angel wähnte.

Amin setzte eine nachdenkliche Miene auf. »Seine Hoheit hat gehört, dass es nicht nur eins dieser seltenen Bilder gibt. Es heißt, gleich mehrere Fotos würden existieren, die Ereignisse zeigen, die vor der offiziellen Erfindung der Fotografie stattfanden. Ein Kenner wie Sie weiß bestimmt etwas über eins der anderen?«

Unwillkürlich hielt Art die Luft an. Wenn Monet sie jetzt enttäuschte, würden sie mit leeren Händen dastehen. Er war ihre einzige Spur. Er musste etwas wissen. Er musste.

»Ich bin in der Tat ein Kenner«, erwiderte der Händler gedehnt. Wieder leckte er sich über die schwulstigen Lippen und verzog das Gesicht, als würde ihm etwas nicht schmecken. »Aber es ist schwer. Sehr schwer. Diese Fotos sind Phantome. Ich könnte eher das Bernsteinzimmer finden als noch eines von ihnen.«

Enttäuscht stieß Art die Luft aus, die er unwillkürlich angehalten hatte. Für einen Moment konnte er auch Amins Resignation erkennen. Nur mit Mühe gelang es dem Ägypter, seine Gesichtszüge wieder unter Kontrolle zu bringen.

»Das wird den Prinzen enttäuschen. Gibt es denn keinerlei Gerüchte über Sammler, die im Besitz der Bilder sind?« Wu hatte deutlich weniger Schwierigkeiten, gelassen zu bleiben.

Der Händler starrte sie einen Moment wortlos an, als würde es ihn noch immer überraschen, dass die Frau neben Amin zu mehr fähig war, als attraktiv dazusitzen. Langsam nickte er. »Gerüchte? Diese Fotografien sind eingehüllt in Gerüchte und Legenden. Ich kannte nur einen Sammler, der im Besitz eines dieser Bilder war. Und es war ungeheuer schwer, ihn dazu zu überreden, es mir zu verkaufen, damit ich es an meinen Kunden weiterveräußern konnte. Von den anderen weiß ich wenig.«

»Wenig ist besser als nichts«, warf Amin so hastig ein, als fürchtete er, dass Monet sie gleich aus seinem Büro bitten würde.

»Es ist nicht mehr als etwas, das einer meiner ehemaligen Partner einmal über eines von ihnen gesagt hat.« Monet gab sich betont vage, und selbst Art, der keinerlei Erfahrung mit Verhandlungen hatte, war klar, dass der Händler gerade versuchte, seine Position zu verbessern. Und damit seine Provision.

»Der Prinz ist auch für kleine Informationen sehr dankbar.« Amin schnippte, und Art öffnete wie vereinbart den Koffer.

Die Geldscheine hatten auf Monet dieselbe Wirkung wie eine Flasche Schnaps auf einen durstigen Alkoholiker. Ein drittes Mal leckte er sich über die Lippen. Diesmal in gieriger Erwartung.

»Es ist im Grunde zu wenig, um damit etwas anzufangen. Ich habe bereits aus eigenem Interesse versucht herauszufinden, wo genau dieses Bild sein könnte. Vergeblich.« Monet schien ehrlich unglücklich über seine Worte. Was durchaus verständlich war. Sicher fürchtete er, nur einen geringen Teil des möglichen Jackpots einsacken zu können, wenn er jetzt mit der Sprache herausrückte.

»Was zeigt es?«, fragte Wu.

Monet schien einen Augenblick unschlüssig, ob er die Information preisgeben sollte. »Napoleons Schlacht bei den Pyramiden.«

Napoleon. Er war einer der Monarchen gewesen, die Magier unter ihren Schutz genommen hatten. Art wechselte kurz einen Blick mit Wu und las ihr vom Gesicht ab, dass sie wie er die Existenz eines solchen Fotos für möglich hielt.

»Ich werde meine Recherchen intensivieren und dem Prinzen hoffentlich mehr als nur ein Gerücht präsentieren können. Geben Sie mir sechs Monate. Wenn ich Glück habe, kann ich Ihnen dann vielleicht schon einen Namen nennen.« Er sah gierig auf den Koffer, den Art ihm noch immer geöffnet hinstreckte. »Was meine Spesen anbelangt, so denke ich, dass dies reichen wird. Fürs Erste. Auch ich werde Informanten bezahlen müssen.«

»Ein halbes Jahr?« Amin gab sich keine Mühe, ruhig zu klingen. »So viel Zeit haben wir ... hat der Prinz nicht.«

»Mein Bester«, sagte Monet, ohne den Blick vom Koffer zu nehmen, »Kunst braucht Zeit. Ein so weiser Sammler wie der Prinz wird das wissen. Ich bin sicher, dass ich ...«

Der Krach, der sich plötzlich vor der Tür erhob, ließ ihn verärgert verstummen. Laute Stimmen waren dumpf zu hören. Jemand rief etwas. Mit einem seiner dicken Finger tippte Monet so kräftig auf ein Display auf seinem Schreibtisch, als wäre es schuld an der Störung. »Was ist da los? Hallo?« Er blickte entschuldigend zu Amin. »Das Personal. Ich finde einfach keine guten Leute. Warten Sie bitte.« Schnaufend erhob er sich und ging auf die Tür zu. Er blieb abrupt stehen, als sich im nächsten Moment ein Schuss in die Stimmen mischte. Dann noch einer. »Verflucht, was ...« Wieder wurden ihm die Worte von der Zunge geschnitten. Diesmal ließen ihn die Männer verstummen, die die beiden Flügel der Tür aufrissen. Es waren fünf, alle in grauen Anzügen, die einander wie Zwillinge ähnelten. Für einen Moment blieben sie auf der Schwelle stehen und starrten Art und die anderen erstaunt an.

»Was machen die Inquisitoren hier?«, entfuhr es Amin. »Betrüger!« Er wies anschuldigend auf Monet, der verwirrt von seinen Gästen zu den Eindringlingen blickte.

»Inquisitoren?« Der Händler sah zu Art, als hoffte er, dass dieser ihm erklären könnte, was hier geschah.

Die Grauen fassten sich schnell. Zwei hielten Pistolen in den Händen und richteten die Waffen auf Art und seine Begleiter. »Magus.« Einer der Unbewaffneten stieß das Wort aus, als wäre es eine Beleidigung. Der Mann neben ihm schoss. Die Kugel galt Amin, doch sie verfehlte ihn. Der Ägypter sprang von seinem Sessel auf und duckte sich hinter ihn.

»Wir müssen hier raus!«, rief Wu. Auch sie hatte Deckung hinter ihrem Sessel gesucht, und Art tat es ihr gleich.

»Nicht ohne die Information«, zischte er, als der Krach eines weiteren Schusses den Raum füllte. Art konnte den Einschlag in die Sessellehne spüren. *Verdammt*, dachte er, *es ist Selbstmord hierzubleiben.*

Die Chinesin sah ihn einen Augenblick lang stumm an, als wäre sie nicht sicher, ob er verrückt geworden war oder nicht. Dann nickte sie, während Monet zurück hinter seinen Schreibtisch rannte und dabei lauthals nach seinen Wachleuten schrie. »Ich erledige das«, wisperte sie. Noch ehe Art etwas erwidern konnte, ballte sie ihre Hand zur Faust und sprang auf. Dann öffnete sie die Faust wieder. Der Rauch, der ihr zwischen den Fingern hervorquoll, war so grau wie Nebel. Nebel, der eine Form annahm. Ein großer Leib. Ein langer Hals. Zwei mächtige Schwingen. Unwillkürlich rutschte Art ein Stück nach hinten aus der Deckung seines Sessels.

Ein Drache aus Rauch. Er ähnelte einer flügellosen, übergroßen Schlange mit vier Beinen und entlockte Monet einen ängstlichen Schrei. Die Inquisitoren legten zunächst auf Wu an, dann aber zielten sie auf den Drachen. Die Kugeln verwirbelten den Nebel ein wenig, als sie den substanzlosen Körper durchfuhren, und schlugen in die Wand des Zimmers ein. Ehe sie den Fehler, nicht die Magierin, sondern ihr Geschöpf angegriffen zu haben, korrigieren konnten, hatte sich Amin erhoben.

»Angeberin«, raunte er und hob beide Arme. Die Hände waren zu Fäusten geballt, die er ruckartig nach vorne stieß. Einer der Inquisitoren wurde von den Beinen gerissen, als hätte ein Unsichtbarer ihm ins Gesicht geschlagen. Wie betäubt blieb er auf dem Boden liegen. Der Mann neben ihm aber hatte selbst einen Arm gehoben. Die Finger steckten in einem silbernen Handschuh, der aufleuchtete, kaum dass er mit der Magie in Kontakt kam. »Oh«, entfuhr es Amin. Er versuchte noch, sich zu ducken, doch der Inquisitor war schneller. Er imitierte die Geste des Ägypters und riss ihn damit selbst um.

Von draußen waren erneut aufgeregte Stimmen zu hören. Art konnte nicht sagen, ob es Monets Wachen oder weitere Inquisitoren waren. »Dafür haben wir keine Zeit«, zischte er Amin und Wu zu.

Die Chinesin hatte die Augen geschlossen und bewegte ihre Hände, als würde sie eine Marionette führen. Der Drache schoss auf die Inquisitoren zu und mitten durch sie hindurch. Die Männer sahen an sich herab und erstarrten.

»Dagegen helfen die Todesfinger nicht.« Wu klang erschöpft. Der Drache zerfaserte und verging. Sie deutete auf Monet. »Schnell.«

Der Händler sah aus, als wäre er kurz davor, den Verstand zu verlieren. Er starrte auf die letzten Rauchfetzen, dann richtete er seinen Blick auf Wu. »Hexe«, stammelte er.

»Magierin«, verbesserte Amin. »Sagen Sie uns, was Sie wissen, und wir gehen.« Er lächelte den Mann an, als hätte er ihm gerade ein Angebot gemacht, das er nicht ablehnen konnte. »Wo ist die Fotografie?«

»Eine Hexe.« Monet schien unfähig zu begreifen, was er gerade gesehen hatte. Er stand da, als hätten seine Füße Wurzeln in den Marmorboden getrieben.

Die Stimmen von draußen wurden lauter. Art konnte nur wenig verstehen, doch er war sicher, *Magus* aus den Worten herauszuhören. Durch die Tür sah er Männer auf dem Flur. Männer in grauen Anzügen. »Wo ist sie?«, schrie er Monet an. »Wohin müssen wir?«

Der Händler sah durch die Tür, dann öffnete er den Mund und schloss ihn wieder, ohne dass ihm die erhoffte Antwort über die Lippen kam.

Art deutete auf den Flur. »Wir können Sie schützen«, behauptete er und sah zu Amin.

»Genau.« Der Ägypter klang, als würde er selbst nicht an seine Worte glauben, doch die Aussicht auf Rettung schien Monet aus seiner Starre zu reißen.

»Kairo«, wisperte er. »Mein Kontakt sitzt in Kairo. Dort muss auch das Bild sein.«

Überrascht riss Amin die Augen auf. »Zu Hause?«, fragte er.

»Willst du dich darüber beschweren?« Art drückte sich auf die Beine und lief zu Wu. Sie war so schwach, dass sie strauchelte. Der Drache musste ihr viel Kraft genommen haben. Er griff ihr unter den Arm und zog sie auf Monet zu. »Los!«, rief er Amin zu. »Wir müssen weg.«

Noch während der Ägypter auf sie zulief, hob Art die Hand. Es war nicht leicht, seine innere Kraft bei all der Aufregung zu finden. Doch es gelang ihm, genug Magie aufzubringen, um die Flügel der Türen aus der Entfernung zu schließen.

»Nicht übel«, bemerkte Amin. »Du siehst, mein Unterricht zahlt sich aus.« Er machte eine Pause, um Art die Möglichkeit der Zustimmung zu geben, doch als dieser stumm blieb, wandte sich Amin dem Händler zu. »Wohin mit ihm?«, fragte der Ägypter und hob die Hand wie eine Waffe, die er jeden Moment abfeuern wollte.

Art hatte unwillkürlich das Bild von Dünen vor Augen. Sie mussten in ein Land, das in einer Wüste lag. Welcher Ort war am weitesten davon entfernt?

Die beiden Türen erbebten unter Schlägen.

»Nordpol«, sagte er.

»Gute Idee«, kommentierte Amin und schnippte. In der Luft öffnete sich ein Riss, durch den Schneeflocken auf den Marmorboden fielen. Das Portal schien Monet den Rest zu geben. Willenlos ließ er sich hindurchschieben, und Art wartete, bis alle fort waren. Aus dem Augenwinkel sah er noch, wie die Flügeltür aufgestoßen wurde. Dann sprang auch er hindurch. Der Riss in der Luft schloss sich.

Und im nächsten Moment wurde es kalt.

»Verdammt«, entfuhr es Art, und sein Atem bekam ein weißes Kleid. »Wo um alles in der Welt sind wir hier?«

Der Ägypter sah ihn verärgert an. »Na da, wo du hinwolltest. Nordpol. Schon vergessen? Ich habe uns gerade gerettet. Nur damit da keine Missverständnisse auftreten.« Er schnaufte und sah sich feindselig um. »Wo sind wir hier eigentlich?« Er hob eine Hand, ehe Art etwas sagen konnte. »Ich meine, wo genau am Nordpol? Ist das eine Stadt?«

Viel konnte man nicht erkennen. Wo immer sich der Spalt auch für sie geöffnet hatte, war es dämmrig, und das fahle Licht der Sonne reichte kaum hundert Meter weit. Der Begriff *Stadt* allerdings war in jedem Fall unangebracht. Sie standen auf Schnee. Und sie waren von Eis umgeben. Noch nie hatte Art von beidem dermaßen viel gesehen. Es war so kalt, dass er seine Finger nicht mehr fühlte. Die einzigen Hinweise auf Menschen waren ein paar Wohncontainer und Kettenfahrzeuge, die zwischen ihnen parkten.

»Sieht doch gemütlich aus«, meinte Amin, während er sich zitternd die Arme um den Leib schlang. Er wandte sich an Monet, der sich umsah, als hoffte er, gleich aus einem besonders schrecklichen Albtraum zu erwachen. »Gern geschehen.«

»Was?«, stammelte der Kunsthändler. »Wieso? Und ...«

»Die Inquisitoren. Sie haben die Kerle offenbar nicht alarmiert. Keine Ahnung, woher die von Ihnen gewusst haben. Sind schrecklich nachtragend. Und uns leider auf der Spur. Nun, sie werden ein wenig brauchen, um hierherzukommen. Seien Sie so nett und richten ihnen etwas aus, ja? Wir sind nach ...«, er zog die Stirn kraus, »Australien gegangen.«

»Was?« Monet machte nicht den Eindruck, auch nur ein Wort verstanden zu haben.

»Wir müssen weiter«, drängte Wu. »Vielleicht können sie die Spuren nicht auseinanderhalten, wenn wir schnell sind.« Sie schnippte vor Monets Gesicht, und dem Händler entfuhr ein hoher, ängstlicher Schrei. »Dort sind Menschen«, sagte sie und deutete auf die Wohncontainer. »Dort finden Sie Rettung.« Dann trat sie näher an ihn heran. Wie hypnotisiert sah er sie an. »Wo in Kairo?«

Die Lippen des Mannes zitterten, als fürchtete er sich, mit Wu zu sprechen. Er starrte sie angsterfüllt an und schien nur langsam wieder zu Sinnen zu können. Vielleicht half es ihm, dass sich sein Kopf, der mit zu viel Unglaublichem gefüllt war, für einen Augenblick mit etwas Vertrautem beschäftigen konnte.

»Wo?« Wu klang so streng, dass Art unwillkürlich an seine Mathelehrerin denken musste, die er als Kind für die härteste Person der Welt gehalten hatte.

»Mein Kontakt hat von einem Lager gesprochen. Und von Fundstücken.« Monets gehauchte Worte klangen kraftlos, und er zitterte nun am ganzen Leib. Kälte und Schock. Er machte nicht den Eindruck, mehr als das über die Lippen bringen zu können.

Die Chinesin seufzte und deutete auf die Wohncontainer. »Rettung«, sagte sie, als würde sie einem Hund einen Befehl geben. Dann nickte sie Amin zu. »Bring uns in dein Zuhause.«

Die Aussicht, vertrautes Terrain zu besuchen, malte dem Ägypter ein Lächeln ins Gesicht. Er hob theatralisch die Arme.

Und stockte. »Du meinst in mein Zuhause in Australien?« Er zwinkerte ihr zu.

»Ja, genau«, seufzte sie. »Auf nach Australien.«

Dann schnippte er. Und mitten in der Luft entstand ein feuriger Riss, der sich schnell zu einem Durchgang vergrößerte. »Kommt«, sagte er zu Wu und Art. »Ich habe euch so viel zu zeigen. Die Pyramiden ...«, er sah erschrocken zu Monet, »... von Australien«, schob er rasch hinterher, »sind wunderschön.«

»Übertreib es nicht«, kommentierte Art. Er ließ Amin hindurchgehen und stützte Wu, die noch immer etwas wacklig auf den Beinen wirkte, während auch sie durch den Spalt trat. Doch als er ihr folgen wollte, hielt er inne. Monet hatte von einem Kontakt gesprochen. »Wie heißt der Mann?«, fragte er. »Wie lautet der Name?«

Monet schien sofort zu wissen, von wem Art sprach. Er leckte sich über die schwulstigen Lippen, als könnte er den Namen dort schmecken. »Ich sage ihn euch, wenn ihr mich mitnehmt. Egal wohin.«

Er lügt, dachte Art bei sich. *Und wenn nicht?*, fragte er sich im nächsten Moment. Die Hinweise *Fundstücke* und *Lager* wären selbst in einer kleineren Stadt als Kairo zu vage gewesen, um sicher sein zu können, das Foto dank ihnen zu finden. »Erst den Namen«, forderte er.

Der Händler sah ihn an und schien zu überlegen, ob er Art nicht einfach niederschlagen sollte. Und offenbar entschied er sich, genau das zu versuchen. Früher mochte Monet einmal seine Fäuste häufiger eingesetzt haben, um zu ... geschäftlichem Erfolg zu kommen. Doch viele Jahre in seiner Luxus-Villa hatten ihn wohl schlaff werden lassen. Dem Hieb konnte Art mühelos ausweichen, und bei dem anschließenden Gerangel schaffte er es, Sieger zu bleiben. Mit aller Kraft drückte er Monets dicken Kopf in den Schnee. Als er dabei dessen Stirn berührte, erschien vor seinem Gesicht das Antlitz eines Mannes. Er war schmächtig und hager. Art begriff nicht, was er das sah. Und wieso er den Namen hörte. Nein, nicht hörte. Zumindest nicht mit den Ohren. Er erschien einfach in seinem Kopf wie auch das Bild des Mannes. Erinnerungen. Monets Erinnerungen. »Er nennt sich Horus?«, entfuhr es Art.

Dann ließ er Monet los, und der Händler sah ihn an, als wären ihm gerade zwei Hörner und Eselshufe gewachsen. »Woher ...?«, stammelte er.

»Gebt ihr Hehler euch alle Pseudonyme?« Art trat von dem nun sprachlosen Monet zurück, und als dieser nach ihm greifen wollte, machte Art: »Buh!«

Das gab dem Händler den Rest. Wie ein Käfer auf dem Rücken lag er da, während Art auf den Durchgang in der Luft zutrat. Mit einem schnellen Schritt folgte er seinen Freunden.

Und im nächsten Moment umfing ihn brütende Hitze.

Awal

Arts Ansicht nach hätte es wohl kaum einen unpassenderen Ort für ihr Erscheinen in Kairo geben können. Er stolperte mitten auf einen staubigen Weg. Der Durchgang hinter ihm schloss sich, kaum dass er ganz hindurch war. Um ihn herum erkannte er kleine, orientalische Häuser, die allesamt nur ein Stockwerk umfassten. Aus der Ferne hörte er den Lärm von Motoren, in den sich dutzendfaches Hupen mischte. Einige Meter vor ihnen säumte eine Mauer die kleinen Bauten, und dahinter sah Art weitere Häuser, viel höher als die vor ihnen. In dem Dunst, der sie nebelgleich umhüllte, waren sie nur schemenhaft zu erkennen. Staub und Abgase ließen Art husten.

Neben ihm atmete Amin tief durch. »Ah, Kairo«, sagte er hörbar entzückt. »Nirgends duftet es wie hier.«

Das glaubte Art gerne. »Das ist Kairo?« Er war verblüfft. »Ich dachte immer, hier leben Millionen von Menschen. Eine Riesenstadt. Das hier ...«

»... ist ein Friedhof«, meinte Amin mit einem Lächeln und tippte sich gegen seinen Hut, der so unbeschadet auf seinem Kopf saß, als würde er sich weigern, Spuren ihres Kampfes zu zeigen. »Die Totenstadt. Wenn ich mit Portalen reise, komme ich immer hier heraus. Ist nicht so einsam wie in der Wüste. Und trotzdem sicher.« Er grinste. »Hier gibt es keine Zeugen, falls die Inquisitoren mir mal auf die Spur kommen sollten.«

Neben Art machte Wu einige Schritte vorwärts. Amin führte sie beide auf die Mauer zu und dann aus der Totenstadt heraus. Die Straße, die sich unmittelbar an ihr entlang wand, war so stark befahren, dass Art, obwohl er gelernt hatte mit dem Pariser Verkehr zurechtzukommen, niemals versucht hätte, sie zu überqueren.

Um sie herum wurde die Luft erfüllt vom Hupen der zahllosen Fahrzeuge, die an ihnen vorbeifuhren. Zwischen den teils sehr betagten Gefährten erkannte Art auch eine Handvoll Karren, die von Eseln gezogen wurden.

»Wieso hast du so lange gewartet?«, fragte Wu.

»Monet wollte mitkommen«, sagte er. »Er ... er hat versucht, sich mit einem Namen in Kairo ein Ticket hierher zu verdienen.«

»Er wollte mit nach Australien?« Amin schien nun, da er zu Hause war, bester Laune.

Weder Art noch Wu kommentierten den Scherz.

»Welchen?«, fragte die Chinesin.

»Horus.« Art runzelte die Stirn. Er war sicher kein Experte für das alte Ägypten. Doch er meinte sich zu erinnern, dass Horus ein Gott gewesen war.

»Der Falke?« Amin runzelte die Stirn. »Das kann alles Mögliche bedeuten.«

»Horus ist ein Mann«, erwiderte Art. Er unterdrückte den Impuls, ihnen von dem Bild in seinem Kopf zu berichten. Schon die Sache mit den Fotografien, in die nur er einsteigen konnte, war für die anderen seltsam. Vielleicht war es auch keine klassische magische Fähigkeit, jemandem die Gedanken aus dem Kopf zu lesen. Art hatte sein Leben lang außen gestanden und gelernt, sich doppelt anstrengen zu müssen, um wenigstens geduldet zu werden. Und selbst dann hatte er die abweisenden Blicke der meisten Menschen um sich herum gefühlt. Er wollte nicht, dass Amin ihn so ansah, wenn er womöglich weitere abnormale Talente aufwies. Und erst recht nicht Wu. »Horus muss ein schmächtiger Mann sein«, schob er rasch hinterher.

»Wunderbar«, sagte Amin wenig überzeugt. »Das grenzt die Auswahl erheblich ein.«

Art erwiderte nichts und sah sich stattdessen um. Die Stadt

der Lebenden erhob sich in der Ferne. »Etwas näher an deinem geliebten Kairo hättest du uns schon erscheinen lassen können«, brummte er vorwurfsvoll. Er wusste nicht, was er weniger leiden konnte. Die Kälte des Nordpols oder die Hitze der Wüste.

»Sicher ist sicher«, erwiderte Amin. »Falls sie uns auf die Spur kommen, sollen sie nicht wissen, wo die Enklave liegt. Denn zu ihr werden wir gehen. Und dann beginnen wir mit der Suche.« Es klang wie ein Kinderspiel.

»Und wie kommen wir zu der Enklave?«, fragte Art. »Wir haben kein Geld.« Wehmütig dachte er an den Koffer zurück, den sie während des Kampfes in Monets Villa zurückgelassen hatten. Sicher hätten sie einen Taxifahrer gefunden, der sich mit Euro bezahlen ließ.

Wu legte eine Hand über die Augen und sah zu den Häusern, die sich wie ein fernes Gebirge aus dem Boden erhoben. »Keine Magie«, sagte sie, als müsste sie ein Kind ermahnen.

Mit einem triumphierenden Lächeln zog Amin das Prepaidhandy aus einer Tasche seines Mantels. »Wer braucht schon Magie, wenn er ein Auto hat?«

Das Auto, das nach einer halben Stunde am Seitenrand anhielt, stach selbst unter den mitgenommensten, die Art auf der Straße sah, heraus. Schon als der klapprige Peugeot, der sicher älter als Art war, noch auf dem Weg zu ihnen gewesen war, hatte Art beobachten können, wie langsam er fuhr. Das Hupen hinter ihm hatte sich mit jedem Meter bedrohlich gesteigert. Selbst einer der Eselskarren hatte ihn mühelos überholt. Der Mann am Steuer trug ungeachtet der Hitze eine dicke Jacke und ein Beduinentuch, das den größten Teil seines Gesichts verhüllte.

»Das ist Babaef«, stellte Amin ihnen den seltsamen Fahrer des Autos vor.

Der Mann nickte zur Begrüßung, während sie sich in das altersschwache Gefährt setzten. Den Versuch, sich anzuschnallen, gab Art sofort auf. Die Gurte waren entfernt worden.

»Zur Enklave«, sagte Amin knapp. Er hatte auf dem Beifahrersitz Platz genommen und kurbelte die Scheibe des Autos hinunter. In dem Peugeot war es heiß wie in einem Backofen.

Mit einer todesverachtenden Ruhe fädelte sich Babaef in den selbstmörderischen Verkehr Kairos ein. Dabei ignorierte er das wütende Hupen eines Reisebusses, der nur eine Handbreit vor ihnen zum Stehen kam, als der Fahrer des Peugeots an einer Stelle, die nicht dafür vorgesehen war, auf die Gegenspur zog und abbog. Dann fuhr das Auto im zügigen Schritttempo in Richtung des Häusermeeres im Dunst.

Nachdem Art sich mehrmals umgesehen hatte, um zu prüfen, ob ihnen jemand folgte, atmete er erleichtert aus. »Sollten wir nicht etwas schneller fahren?«, fragte er Amin, der in eine leise Unterhaltung mit Babaef vertieft war. »Wir haben nicht viel Zeit. Die Inquisitoren kommen bestimmt bald und wir müssen das Bild finden und ...«

»Alle fürchten sich vor der Zeit, aber die Zeit fürchtet sich vor den Pyramiden.« Bei diesen Worten deutete ihr Fahrer irgendwo in den Dunst. Mit äußerster Mühe konnte Art schemenhaft eines der Weltwunder erkennen.

»Wieso Pyramiden?«, fragte Art.

»Babaef ist da gewissermaßen vom Fach«, erklärte Amin.

»Er ist eine Mumie«, sagte Wu leise auf Arts fragenden Blick hin.

»Eine Mumie?« Art hob eine Augenbraue.

»Creatura magicis«, meinte Babaef, während er den Wagen zwischen zwei Bussen hindurch lenkte, die noch langsamer als sie selbst waren. Dass er dabei den rechten Außenspiegel fast verlor, schien ihn nicht sonderlich zu beeindrucken. »Die Familien bewirken Magie, wir leben durch Magie.«

»Babaef war ein Verwandter von Cheops. Du weißt schon, einer der Pyramidenpharaonen«, sagte Amin so beiläufig, als stellte er Art einen entfernten Cousin vom Land vor. »Cheops selbst war einer der ersten Magier in Ägypten. Ist aber längst gestorben. Nun, die ganze Sache ist ja auch viertausendfünfhundert Jahre her. Der gute Babaef hier ist einfach dabeigeblieben, nachdem er einbalsamiert wurde.«

»Habe eine Menge Spaß«, behauptete Babaef und schrie im nächsten Moment einen Sportwagenfahrer an, der hupend an ihnen vorbeizog. »Konnte den Bau der ein oder anderen Pyramide persönlich verfolgen. Wunderbare Zeit.«

»Sicher«, kommentierte Art. Er beschloss, sich nicht über einen mumifizierten Chauffeur zu wundern. Nicht nach allem, was er in den letzten Tagen erlebt hatte. »Und wohin fahren wir jetzt genau? Zu einer der Pyramiden?«

»Wozu?«, fragten Babaef und Amin wie aus einem Mund.

»Die Enklave?«, meinte Art und folgte mit dem Blick einem Polizisten, der auf einem Kamel an ihnen zwischen den Autos vorbeiritt.

»Die ist doch nicht in einer Pyramide«, entfuhr es Amin amüsiert. »Da ist es dunkel und furchtbar stickig. Die Enklave von Kairo ist an einem Ort mit Stil.«

»Hattet ihr nicht gesagt, dass wir nicht zu den Pyramiden fahren?«, fragte Art, als Babaef das Auto an einem Parkplatz nahe dem einzig verbliebenen Weltwunder der Antike abstellte.

»Wir hatten gesagt, dass die Enklave nicht *in* einer Pyramide ist«, entgegnete Amin und deutete auf einen unscheinbaren Weg, der von den berühmten Bauwerken fort hinein in die Wüste führte. Zahllose Touristen wurden aus Reisebussen ausgespuckt und beeilten sich so sehr, die Pyramiden zu fotografieren, als fürchteten sie, dass diese gleich in sich zusammenstürzen könnten.

Babaef schlurfte voran, und Art fragte sich unwillkürlich, ob wirklich niemandem auffiel, dass der Mann eine lebende Mumie war. Doch keiner der Menschen in ihrer Nähe schenkte Babaef Beachtung. Bald schon führte die Mumie sie in einen Teil des Geländes, in dem sich niemand mehr befand. Es war ein Feld mit steinernen Überresten, und erst als die Pyramiden ein ganzes Stück entfernt waren, blieben sie stehen. Babaef öffnete das Vorhängeschloss an einer Tür in einer hohen Felswand, hinter der es steil in die Tiefe ging. Sonnenlicht floss über raue Stufen aus Stein und verlor sich schon nach wenigen Metern in tintenschwarzer Dunkelheit.

»Oh nein«, entfuhr es Art. Der Abstieg in den U-Bahn-Schacht in Paris hatte ihm seltsamerweise nicht so viel Angst gemacht wie die Aussicht, in dieses Loch klettern zu müssen.

»Oh doch«, erwiderte Amin beschwingt. »Nun guck nicht so. Die Enklaven sind geheim. Und völlig magisch. Die Inquisitoren würden uns sofort auf die Schliche kommen, wenn eine Enklave in einem netten Viertel am Nil oder an der Seine liegen würde. Aber ein paar Tonnen Stein und Erde schirmen selbst den stärksten Zauber so zuverlässig ab, dass nicht mal der sensibelste Hexenjäger etwas bemerkt. Trotzdem darf man kein Portal in die Enklave öffnen. Sicherheitsbestimmungen.« Er zuckte mit den Schultern und deutete auf die Treppe wie der Gastgeber einer exklusiven Dinnerparty auf den Eingang in seine Villa.

Mit äußerstem Widerwillen folgte Art der Mumie, die mit schnellen Schritten vorausging. Hinter Art betrat Wu die Stufen, und er riss sich zusammen, schließlich wollte er sich besonders vor ihr nicht blamieren. Der Gang, in den die Treppe sie führte, war so eng, dass Art die Wände berühren konnte, ohne die Arme durchzustrecken. Die Finsternis machte ihn schon nach wenigen Schritten blind, und er zog unwillkürlich den Kopf ein, als würde die Decke ihnen mit jeder Stufe näherkommen.

»Hier«, sagte Babaef unvermittelt.

Atemlos blieb Art stehen und horchte. Ein Kratzen war zu hören. Fuhr da jemand mit seinen Fingernägeln über Stein? Dann zerschnitt helles Licht die Dunkelheit, und Art erkannte eine Tür, die aufschwang. Seine Augen brauchten einen Moment, ehe sie sich daran gewöhnten, nicht mehr in die Finsternis zu stieren. Blinzelnd sah er in eine schmale, lichtdurchflutete Gasse, die zu beiden Seiten von niedrigen Gebäuden gesäumt wurde. Fast jedes von ihnen beherbergte einen Laden. Über den Häusern lugte ein strahlend blauer Himmel in die Gasse.

Wie selbstverständlich trat Babaef über die Schwelle des Eingangs, doch als Art ihm folgen wollte, konnte er sie nicht überschreiten. Eine unsichtbare Barriere schien ihn aufzuhalten.

»Wer bist du, Fremder?« Die Stimme kam aus der Tür, die sich geöffnet hatte. Sie bestand aus rauem Stein, und das Gesicht eines Mannes war auf sie gemalt. Mit ernstem Ausdruck blickte es Art an und kniff die Augen zusammen.

»Himmel«, entfuhr es Amin, der neben ihn und Wu trat. »Das sind Gäste, Arensnuphis.« Er lächelte ihnen beiden entschuldigend zu. »Wächter.« Er machte eine wegwerfende Handbewegung und senkte die Stimme. »Und auch noch Nubier. Nimmt sich immer schrecklich wichtig. Und ist sehr förmlich.« Dann fügte er laut und vernehmlich hinzu: »Ich bin es. Amin Bey al-Sabunji.« Er machte die übliche theatralische Geste, mit der er seinen Namen begleitete. »Alunni, wie du natürlich weißt, und Mitglied des Zirkels. Dies sind Gäste der Enklave. Wir sind im geheimen Auftrag hier.«

»In wessen geheimem Auftrag?«, fragte Arensnuphis. Er schien von Amins Auftreten nicht im Mindesten beeindruckt.

»Des Zirkels.« Wu sah dem Gesicht genau in die aufgemalten Augen, ohne den Blick abzuwenden.

»Verzeiht.« Die eben noch strengen Züge des gemalten Mannes wurden ehrerbietig. »Natürlich dürft Ihr eintreten, ehrenwerte Alunni. Und der Fremde an Eurer Seite darf dies ebenfalls.«

Die Barriere, die sie zurückgehalten hatte, verschwand augenblicklich, und so folgten sie der Mumie in die Enklave.

»Das blöde Gesicht weiß natürlich, wer ich bin und wie wichtig ich bin«, bemerkte Amin angesäuert, als er das leise Lächeln auf Wus Lippen bemerkte. »Aber lasst uns nicht deswegen verärgert sein. Ich begrüße euch herzlich in der schönsten aller Enklaven der Magie. Willkommen in der Ersten. Willkommen in Awal.«

Art spürte die Blicke der Bewohner wie Finger auf der Haut. Las ihnen die Fragen von den kakaofarbenen Gesichtern ab. Und fühlte sich dennoch nicht fremd, obwohl er noch nie hier gewesen war. Auch diese Menschen waren Magier. Vielleicht verband sie mehr miteinander als ihn mit den Franzosen, denen er sein Leben lang begegnet war. Und die mit beinahe jedem Blick sagten, dass er nicht dazugehörte. So wie hier war er nirgends gemustert worden. Die Blicke waren anders als üblich. Neugierig.

Die Gasse, durch die Babaef und Amin sie führten, war nur wenig breiter als der finstere Gang, und sie wurde von zahlreichen Läden gesäumt. Offensichtlich aß man in Awal nicht nur Körner. An einem Obststand quollen die Körbe über vor bunten Früchten. Äpfel, Trauben und Orangen konnte Art mühelos erkennen. Doch da waren auch andere, die er noch nie gesehen hatte. Und er war sicher, dass es diese speziellen Sorten, darunter tiefblaue Melonen, außerhalb der Enklave nicht zu kaufen gab.

Im nächsten Laden wurden Süßigkeiten angeboten. Einige waren ihm bekannt. Er sah Baklava und mit Nüssen gefüllte Blätterteigröllchen. Doch es gab auch haarfeine Kunstwerke aus Zucker, die er noch nie erblickt hatte. Sie standen auf einer Auslage unmittelbar an der Gasse und wirkten so zerbrechlich, dass Art sich nicht traute, ihnen zu nahe zu kommen. Eines von ihnen zeigte einen Kamelführer, der sein Tier an einem Zügel hinter sich herzog. Als Art einen Moment stehen blieb und das kleine Wunder aus Zucker betrachtete, hob der Miniatur-Mann unvermittelt den Kopf und rief etwas auf Arabisch. Das verblüffte Keuchen, das Art entfuhr, brachte einige Kinder, die ihnen in gebührendem Abstand tuschelnd folgten, zum Lachen.

»Lass dich nicht ärgern«, meinte Wu und sah ihn an, als müsste sie sich um ihn sorgen. »Alles Arabische steckt voller Worte. Man könnte glauben, sie wollen die ganze Wüste mit ihren Sätzen füllen. Da reden eben auch die Süßigkeiten.«

»Wohin gehen wir eigentlich?«, fragte Art, nachdem die Mumie und Amin sie durch drei weitere Gassen gelotst hatten.

»Natürlich in das Bayt al Sahar«, erwiderte Amin in einem Tonfall, als sei das völlig selbstverständlich. »Das Haus der Magie«, ergänzte er, als er Arts fragenden Gesichtsausdruck bemerkte. »Gibt es in jeder Enklave. Es ist der Ort, an dem die Oberen der Enklave leben. Und natürlich auch die Mitglieder des Zirkels.« Er führte sie an das Ende der Gasse, die sie gerade entlanggingen, auf einen Bogen zu. Verfolgt von den Kindern schritten sie unter ihm hindurch. Jenseits des Bogens öffnete sich ein weiter Platz, und mitten auf ihm erhob sich ein Prachtbau, der es mit den opulentesten Palästen des Orients mühelos aufnehmen konnte. Das Bayt al Sahar, wie Amin es genannt hatte, war so breit wie ein Häuserblock. Das schneeweiße Hauptgebäude wuchs fünf Stockwerke in die Höhe und wurde an seinen vier Ecken von Türmen flankiert, die allesamt unterschiedlich hoch waren. Einer überragte das Gebäude sicher um hundert Meter. Die anderen dagegen begnügten sich mit wohl kaum mehr als einem Viertel dieser Länge. Nur die Dächer der Türme und des Hauses selbst waren rot, als hätte die Abendsonne sie gefärbt.

»Das ... das ...« Art fand nicht die richtigen Worte.

»... ist akzeptabel für den Alltag«, meinte Amin.

Art hätte erwartet, im Inneren dieses magischen Hauses wenigstens ebenso viel Marmor zu sehen wie in dem Prachtbau, den Monet bewohnte. Doch als sie in die Eingangshalle kamen, traten ihre Füße stattdessen auf einen Teppich, der so dick war, dass kein Schritt erklang. Sowohl die Wände als auch die Decke waren mit dunklem Holz getäfelt, über das sich Muster aus Perlmutt zogen. Obwohl das Haus von außen so groß wie ein Palast wirkte, erschien es Art von innen klein und regelrecht beengt. Lampen gab es nirgends. Das einzige Licht stammte von den Perlmuttstreifen. Es war so kalt und fern wie das der Sterne, und Art hatte unwillkürlich das Gefühl, an einem Ort zu sein, der jenseits der Zeit existierte.

»Amin.« Die Stimme gehörte einem jungen Mann – oder zumindest schien er jung an Jahren zu sein. Er trat einfach aus der Luft, als hätte er in ihr eine Tür geöffnet. Seine Haut wies denselben Ton wie die des Ägypters auf, und sein Haar war so dunkel wie die Nacht. Sein Gesicht hatte feine Züge und wirkte wie gemalt. »Es hieß, du wärst noch immer in Paris.« Obwohl der Mann nicht unfreundlich schien, spürte Art sofort eine Spannung in der Halle, als würde sich ein Gewitter anbahnen.

»Naim.« Der Ägypter trug noch immer sein typisches Lächeln auf dem Gesicht, doch es entging Art nicht, dass seine Augen etwas anderes als seine Lippen sagten. Da war nicht nur Freude, sondern noch etwas, das Art nicht genau benennen konnte.

»Wu«, begrüßte Naim die Chinesin und verbeugte sich. »Und du musst Artur sein. Dein Ruf eilt dir voraus. Ich heiße euch im Namen meines Vaters willkommen«, sagte Naim. »Es ist uns eine Ehre, einen so hohen Besuch hier in unserer bescheidenen Halle begrüßen zu dürfen. Ich bedauere, dass wir euch keinen gebührenden Empfang bereiten können, doch wir wurden im Vorfeld nicht über eure Ankunft informiert.« Bei diesen Worten mischte sich deutliche Missbilligung in den ohnehin abweisenden Blick Naims.

»Es war nicht die Schuld unseres Gefährten«, sagte Wu, ehe sich Amin rechtfertigen konnte. »Wir mussten vor einem gemeinsamen Feind fliehen. Er hat uns angegriffen, und unsere Flucht wäre beinahe missglückt. Es gibt aber auch noch einen anderen Grund, der uns in die Halle Awals geführt hat. Doch darüber will ich in diesem Moment und an diesem Ort nicht sprechen. Unser unangekündigtes Erscheinen hier in Awal hat hoffentlich verhindert, dass unsere Spur bereits gefunden wurde. Ich fürchte allerdings, dass es nur eine Frage der Zeit ist, bis die Fährte von den Jägern aufgenommen wird. Und dann sollten wir bereits einen Schritt näher an unserem Ziel sein.«

Der Blick Naims wechselte kurz von Wu zu Amin. Diesmal lag eindeutig Sorge darin. Dann verbeugte sich Naim abermals vor der Chinesin. »Ich wollte nicht respektlos erscheinen«, sagte er, und hörte sich nun weit freundlicher an als zuvor. »Was du sagst, klingt wie etwas, das mein Vater, der Herr über das Bayt al Sahar, hören sollte. Bitte, tretet ein.« Er wies auf eine unscheinbare Tür in der Wand, die sich so fugenlos in die Holztäfelung einfügte, dass sie Art nicht aufgefallen war. »Und du, Babaef, sieh zu, dass unseren Gästen die besten Zimmer des Hauses bereitgemacht werden.« Naim wartete, bis Wu und Art an ihm vorbeigegangen waren. Aus dem Augenwinkel sah Art, wie der Mann Amin kurz am Arm festhielt und ihn einen Moment lang ansah. Es schien, als würden sie einige stumme Worte miteinander wechseln, dann folgten sie ihnen.

Der Raum, den sie betraten, war ebenso vollständig mit Holz verkleidet wie die Eingangshalle. Jedoch unterbrachen bunte Fenster das leuchtende Muster an den Wänden. Der Teppich verschluckte auch hier alle Schritte, und an der Wand, die der Tür gegenüberlag, befand sich ein rundes, goldfarbenes Sitzkissen. Vier kleinere lagen davor: zwei ebenfalls goldene, ein rotes und ein graues.

Naim wies Wu das rote Kissen zu, während er und Amin sich auf die goldenen setzten. Es entging Art nicht, dass die beiden einen kurzen Blick wechselten, als sich zufällig ihre Arme berührten, und Naim rutschte ein wenig beiseite.

Art setzte sich auf das verbliebene graue Kissen und wartete gespannt, was als Nächstes passieren würde.

Ganz und gar unvermittelt trat nur einen Augenblick später

ein Mann aus der Luft und nahm auf dem großen Sitzkissen Platz. Er sah aus, als wäre er etwa sechzig Jahre alt, hatte eine Glatze und einen so runden Bauch, dass er seine Füße sicher nur sehen konnte, wenn er sich vorbeugte. Die Augen waren noch dunkler als die von Naim und Amin. Sie schienen regelrecht zu leuchten, und mehrere Lachfalten hatten sich um sie herum in das Gesicht des Mannes gegraben. »Willkommen«, sagte er und breitete die Arme aus. Seine tiefe Stimme füllte den ganzen Raum. »Ich bin Qansuh, der Zweite. Der Tjati dieses Hauses. Mein Sohn hat mir die Nachricht überbracht, dass wir unverhofft Gäste haben. Wie schön. Ich sage immer, unerwartete Gäste sind das Beste.« Er lachte so dröhnend, und fast konnte er damit alle Erinnerungen an die Inquisitoren und den Kampf in Monets Arbeitszimmer aus ihren Köpfen vertreiben. Zumindest für einen Moment.

Die Frage, wie um alles in der Welt Naim seinem Vater von ihrem Erscheinen hatte berichten können, vermochte Art nicht zu beantworten. Diesen Zauber hatte er noch nicht kennengelernt. Er sah zu seinem Freund. In welcher Beziehung standen er und der Oberste dieses Hauses? War er auch dessen Sohn? Das würde die Vertrautheit zwischen ihm und Naim erklären. Und auch deren Groll füreinander. Brüder waren oft im Streit vereint.

»Wir bedanken uns für die Gastfreundschaft, ehrenwerter Tjati«, erwiderte Wu. Sie wurde von einem jungen Mann unterbrochen, der in diesem Moment den Raum betrat. Auch er erschien nicht durch die Tür, sondern kam aus einem Spalt in der Luft. In seinen Händen hielt er ein Tablett mit bunten Gläsern, die er nacheinander Art und seinen Freunden reichte. Ebenso wortlos und geheimnisvoll, wie der Mann erschienen war, verschwand er auch wieder.

Sie nippten an ihren Getränken. Art war besonders vorsichtig. Noch lebhaft erinnerte er sich an die Wirkung der Tropfen von Madame Poêle. Doch dies hier schien kein magischer Alkohol zu sein. Was immer auch da in dem Glas war, belebte ihn und schenkte ihm so viel Kraft wie eine Woche voller Schlaf und Ruhe. Auch Wu schien es nach ihrem kräftezehrenden Drachen-Zauber wieder viel besser zu gehen. »Wir benötigen Eure Hilfe.« Sie blickte zu Amin, der nickte.

»Onkel«, sagte er und erhob sich. »Ich werde dir erzählen, was uns widerfahren ist.«

Also doch nicht der Vater, dachte Art. Während Amin zunächst Art und Wu vorstellte und dann von dem erzählte, was geschehen war, beobachtete Art den anderen Mann. Der Ausdruck auf Naims Gesicht veränderte sich im Lauf des Berichts. War er anfangs noch abweisend, mischte sich Sorge in seine Züge und zuletzt erkannte Art darin eine fast rührende Zuneigung zu Amin.

»Und deshalb müssen wir dieses Bild finden«, schloss der Ägypter. Er setzte sich wieder und eine tiefe Stille floss zwischen sie.

Qansuh hatte eine seiner Augenbrauen gehoben. »Einiges von deiner Erzählung wusste ich bereits. Meister Houdin wurde also in der Tat gerettet? Ich habe es kaum glauben können. Ach was, ich kann es auch jetzt nicht glauben!«

»Und doch ist es so«, sagte Wu. »Aber er hat den Tod gefunden. Wir wissen kaum etwas über das Gefängnis, in dem er steckte. Aber wir sind sicher, dass auch unsere Feinde hinter dem Bild her waren. Sie sind, ehrenwerter Tjati, stärker denn je. Wenn es uns gelingt, die Meister wieder an unsere Seite zu bringen, kann das alles ändern. Dann endet die Jagd auf uns.«

Qansuh nickte und fuhr sich über den Mund. »Und ihr glaubt, eines der Meisterbilder sei in Kairo? Wieso haben wir es nie gefunden? Es ist ein Zauberding. Wir können Magie fühlen.«

»Nicht die Meisterbilder«, entgegnete Wu. »Der einzige Magier, der ihren Zauber fühlen kann, ist Art.«

Alle Blicke richteten sich auf ihn. »Ich …«, Art räusperte sich. »Ich bin noch neu in all diesen Dingen.«

»Neu und einzigartig.« Qansuh bedachte ihn mit einem prüfenden Blick. »Der Zirkel sollte sich beraten«, meinte er. »Euch den offiziellen Auftrag erteilen.«

»Das derzeitige Oberhaupt des Zirkels hat dies bereits getan«, bemerkte Amin. »Weitere Abstimmungsrunden sind nicht nötig. Außerdem sitzt uns die Zeit im Nacken. Und wir haben Art. Die Voraussetzungen könnten nicht besser sein.«

»Du kannst die Magie der Bilder fühlen«, murmelte Qansuh nachdenklich. »Und du vermagst dort zu zaubern, wo es die beiden Alunni an deiner Seite nicht konnten.« Er kniff die Augen zusammen. »Das ist gut«, sagte er plötzlich und klatschte in die Hände. »Sehr gut. Anders zu sein heißt nicht, schlecht zu sein. Du, Art, bist etwas Besonderes. Selbst unter uns Besonderen.« Er legte nachdenklich einen Finger an die Lippen. »Aber ich habe noch so viele Fragen zu dem Bild, das der Alunni Alasdair besessen hat. Wo es herkam. Wie er es gefunden hat.«

»Oh«, sagte Amin und griff in eine Tasche seines Mantels. »Es gibt einen ... nun, sagen wir Zeugen.« Er zog das Radio hervor und stellte es vor sich auf den Boden. Dann drückte er den Knopf.

»Na endlich«, ertönte die blecherne Stimme aus dem Lautsprecher. »Wie unhöflich, mich so lange abgeschaltet zu lassen. Und wie heiß es hier ist. Wie lange war ich nicht in Betrieb? Es muss ja bereits Sommer sein. Wo ...«

»Dies, lieber Onkel, ist unser ... weiser Begleiter. Das Radio wurde von Rufus, der früher als Alasdair bekannt war, verzaubert. Es weiß viel und kann sicher alle Fragen beantworten. Radio, dies ist der Tjati des magischen Hauses von Kairo.«

»Tjati? Ah, natürlich. Der Herr des Hauses. Ich verneige mich vor Euch.«

Ein Lächeln erschien kurz auf Wus Gesicht. »Wir überlassen Euch, ehrenwerter Tjati, diesen Weisen, damit er Euch alles erzählen kann, was er weiß.«

»Wunderbar«, erwiderte Qansuh. »Naim, bringe sie in die

Gästezimmer. Unsere Freunde sind sicher erschöpft. Und dann sorge dafür, dass sie alles erhalten, was sie für ihre Suche brauchen. Auch frische Kleidung sollen sie bekommen. Ich wage kaum daran zu denken, wie es wäre, wenn ihr das Bild finden würdet, das offenbar in unserer Stadt verborgen ist. Sicher ist es das Gefängnis von Meister Sahir. Er war ... nein, er ist ein großer Mann.« Seine dunklen Augen funkelten gefährlich. »Wir müssen ihn befreien und die Inquisitoren besiegen. Oder untergehen.«

Die Spur

So nahe. Sie waren ihm so nahe gewesen. Wenn er nur ein wenig früher das Haus dieses verfluchten Händlers betreten hätte – dann wären die Alunni und dieser Junge nicht entkommen.
 Der Junge. Nicéphores Gedanken beschäftigten sich eine Weile mit ihm, ohne dass er zu einer besseren Einschätzung kam. Er hatte zu Alasdair gehört. Ein Novize? Oder nur ein einfacher Mensch, der in eine Sache geraten war, die zu groß für seinen primitiven Kopf war? Nein, er hatte einen Zauber gewirkt. Also hatte sich Alasdair einen Schüler genommen. Aber egal, wichtig waren nur die Alunni. Amin und Wu. Und die Gewissheit, dass die Inquisitoren auf der richtigen Spur waren. Auf der Spur der Bilder.
 Dass sie bei dem zwielichtigen Händler gewesen waren, dessen Visitenkarte die Inquisitoren schließlich in Alasdairs Laden entdeckt hatten, konnte nur bedeuten, dass sie tatsächlich auf der Suche nach einem weiteren Bild waren.
 Was für ein Ärger.
 Und was für ein Segen.
 Nicéphore musste es schlau anstellen. Dafür sorgen, dass die Alunni das Bild fanden, es aber nicht behielten. Er würde seine Männer aufteilen. Einige konnten hier in Paris mit Hochdruck nach der Enklave suchen. Bedauerlich, dass der befreite Meister ihm nicht mehr nutzen konnte. Nicéphore war mittlerweile sicher, dass er zurück in die Welt der Menschen gelangt war. Und dass er unmittelbar danach den Tod gefunden hatte. Nicéphore hatte einen Moment lang gefürchtet, dass sein Herz schmerzen würde. Doch es war kalt und ruhig geblieben. Gut so. Gefühle

machten alles komplizierter. Immer. Die übrigen Inquisitoren würden nach den Alunni fahnden. Nach dem zweiten Bild.

Wie seltsam, dass das Schicksal manchmal beschloss, Dinge, die sich seit Jahrhunderten im Stillstand befunden hatten, so plötzlich wieder in Bewegung zu bringen. Als bräuchte es nur einen kleinen Kieselstein, der eine ganze Lawine ins Rollen brachte. In diesem Fall war es ein Junge, der die Dinge anschob.

»Großinquisitor.« Die Aufregung war dem Mann vom Gesicht abzulesen, obwohl er sich erkennbar bemühte, seine Gefühle hinter einer Fassade aus Gleichgültigkeit zu verbergen. Die Inquisitoren verhielten sich nicht ohne Grund fast wie Mönche. Ihre Bruderschaft wurzelte tief in den Traditionen der Kirche. »Wir haben den Ort entdeckt, an den sie der Portal-Zauber geführt hat.«

Das war schnell gegangen. Nicéphore hatte befürchtet, dass es Wochen dauern würde, bis sie die Spur ihrer Feinde fanden. »Gut«, lobte er. Mehr als das eine Wort brauchte es nicht, um die Fassade des jungen Inquisitors endgültig brechen zu lassen. Der Stolz war ihm allzu deutlich anzusehen.

»Der Händler ist am Nordpol aufgetaucht. Eine deutsche Forschungsstation hat den Vorfall gemeldet. Im Internet gibt es eine Handvoll Meldungen darüber. Wir haben einen Seher entsandt, der die Magie dort bestätigt hat.«

Der Nordpol? Nicéphore runzelte so verärgert die Stirn, dass der Mann vor ihm einen Schritt zurückwich.

»Großinquisitor?«

»Sie sind sicher weiter gesprungen.« Verdammt, er hätte selbst dorthin reisen sollen. Mit seiner Erfahrung hätte er herausgefunden, wohin die Alunni wirklich gegangen waren. »Der Seher soll nach einem zweiten Portal suchen. Eines, das sich so nahe am ersten geöffnet hat, dass es fast unbemerkt bleibt.« Nicéphore kannte die Tricks der Magier. Er kannte sie alle. »Dieser Händler muss zu uns gebracht werden. Wir werden ihn verhören.«

»Und dann?«, fragte der junge Inquisitor.

»Wenn wir alles wissen, soll er sterben. Keine Zeugen außer Gott.«

Eilfertig verbeugte sich der Mann und lief los.

Nicéphore schloss die Augen und rief sich das Bild der Alunni in den Kopf zurück. Doch seine Gedanken schweiften von ihnen ab und wanderten erneut zu dem Jungen.

War sein Auftauchen ein Zufall? Oder eine Laune des Schicksals? In jedem Fall wurde die Sache immer interessanter.

Ein Schuss im Dunkeln

Wie lange suchten sie nun schon nach einer Spur, die sie zu dem Bild führen würde, das sie in Kairo wähnten? Oder nach einem Hinweis auf diesen Horus? Es kam Art wie Wochen vor, obwohl vermutlich kaum ein paar Tage vergangen waren, seit sie die Totenstadt nahe Ägyptens Metropole betreten hatten.

Zusammen mit Naim hatten Wu und Amin aus der Ferne Genevieve über die Ereignisse in Monets Villa informiert und mitgeteilt, dass sie die Suche nun in Kairo fortsetzten. Genevieve hatte versprochen, die anderen Alunni zu gegebener Zeit über die Ereignisse zu informieren. Die Suche nach dem Meisterbild durfte besonders angesichts des Auftauchens der Grauen auf keinen Fall gefährdet werden.

»Wie viele von diesen Inquisitoren gibt es eigentlich?«, fragte Art, als sie sich erneut auf die Suche machten. Er öffnete den obersten Knopf des weißen Hemdes, das ihm einer der Bediensteten im Haus der Magie wie jeden Morgen frisch gebügelt hingelegt hatte. Art hatte bereits zwei Stunden lang die magischen Übungen absolviert, mit denen Amin ihn quälte, und war froh, wieder aus dem Haus zu kommen.

»Ihre Gemeinschaft ist nicht besonders groß«, erwiderte Wu, als sie in den klapprigen Peugeot am Parkplatz bei den Pyramiden stiegen, »doch ihr Einfluss ist es. Es gibt sie überall: in Regierungen, Konzernen, Institutionen. Ihr Bund besteht schon so viele Jahrhunderte, dass sie nicht nur in allem verwurzelt sind, sondern mitunter längst selbst die Wurzeln sind. Einst gehörten sie alleine zur Kirche, doch soweit wir wissen, versuchte der Vatikan, das Monster, das er vor vielen Jahrhunderten geschaffen hatte, wieder loszuwerden. In Rom schien man zu glauben, es würde reichen, ihnen einfach die Mittel zu streichen, damit sie sich verstreuten. Doch die Inquisitoren mussten etwas in dieser Richtung erwartet haben, denn sie hatten vorgesorgt. Neue Geldgeber gefunden, die ihre wahnsinnige Ideologie teilten, dass Magie eine Gabe des Teufels sei. Einige ihrer Unterstützer empfanden es vielleicht auch nur als ein interessantes Spiel, an der Jagd auf Magier auf diese Weise teilzuhaben. So konnten sie weitermachen, als die Kirche längst von uns abgelassen hatte.«

Das klapprige Gefährt fädelte sich in den Kairoer Verkehr ein. Wu unterschied sich in der hellen Stoffhose und der dunklen Bluse nicht von den Touristinnen, die sie bei den Pyramiden sahen. Nicht einmal Amin war auffällig gekleidet. Niemand würde auf die Idee kommen, dass die Magier etwas anderes im Sinn hatten, als ein wenig Sightseeing zu betreiben. Einzig ihrem Fahrer durfte man nicht allzu genau ins mumifizierte Gesicht blicken.

Fundstücke und Lager. Sie hatten beschlossen, mit der Suche dort zu beginnen, wo sich Fundstücke finden ließen. In Museen. Heute fuhr Babaef sie in das alte Ägyptische Museum, in dem sie vermutlich fast alleine sein würden. Seit das Große Ägyptische Museum, ein neuer Prachtbau nahe den Pyramiden, seine gläsernen Tore geöffnet hatte, strömten die Besucher dorthin, wenn sie die Wunder der Alten Welt mit eigenen Augen sehen wollten. Nicht nur die legendäre Maske samt dem übrigen Grabschatz von Tutanchamun waren mittlerweile dorthin umgezogen. Auch die meisten der anderen spektakulären Funde hatten in Sichtweite der Pyramiden ein neues Zuhause gefunden. Die Suche in dem gigantischen Neubau hatte Art alles abverlangt. Er war an jeder Vitrine vorbeigestrichen, hatte sich vor jede Statue und jede Mumie gestellt, ohne etwas zu fühlen. Am Ende hatte er geglaubt, er wäre die Strecke von Paris hierher gelaufen. So unermesslich der Schatz auch war, den das moderne Ungetüm aus Stahl und Glas beherbergte, das Bild hatten sie nicht in ihm gefunden. Nun also würden sie ihr Glück im alten Museum versuchen.

»Warum sind die Inquisitoren euch überlegen?«, fragte Art nach einer Weile. »Ihr seid doch so viel mächtiger als sie.«

Ein trauriges Lächeln umspielte Wus Lippen und sie blickte einen Moment hinaus in die von Menschen und Autos überfüllten Straßen.

»Wir waren zwar immer mächtiger als sie«, antwortete Naim an ihrer Stelle. Er saß auf dem Beifahrersitz, Amin, Art und Wu hatten auf der Rückbank Platz genommen. »Doch sie waren tödlicher. Wenige können viele tyrannisieren, wenn sie alle Menschlichkeit aufgeben. Unsere Familien haben nie zu Brutalität und Extremismus geneigt. Selbst im Auftrag der Könige und Königinnen, denen wir dienten, haben wir nur selten Leben genommen. Doch die Inquisitoren zogen im Namen Gottes umher und töteten, als würde der Teufel ihre Klingen führen. Für vieles von dem, was sie taten, gibt es keine Worte. Und während wir immer schon versucht haben, unsichtbar zu sein, haben sie aller Welt von uns berichtet. Ich meine dabei nicht die Geheimnisse der Familien. Doch das Bild von Magie, Zauberern und Hexen haben sie über Jahrhunderte geprägt. In ihrer Hochzeit war ein ganzer Mob aus Millionen Menschen hinter uns her.«

»Die Leute sind heute klüger«, behauptete Art.

Die Bemerkung entlockte Amin ein freudloses Lachen. »Klüger? Das sagst ausgerechnet du? Sieh dich selbst an. Vor Jahrhunderten glaubten die Menschen – von denen die meisten dümmer waren als ihre Hunde –, dass solche wie du kaum mehr als Tiere sind. Und sie haben diejenigen, deren Haut ihnen zu dunkel war, auch so behandelt. Und heute? Was hat sich geändert? Die Leute können schreiben und rechnen und auf ihren Smartphones herumtippen, doch sind sie klüger geworden? Nein. Zu viele behandeln euch noch immer, als wärt ihr weniger wert. Die Ketten, die sie euch heute umlegen, sind nicht aus Eisen. Du kannst sie nicht sehen, aber sie sind immer da. Die Menschen geben euch nicht dieselben Rechte. Wenn sie schon daran scheitern eine andere Haut zu akzeptieren, wie sollen sie es da schaffen, mit Magiern umzugehen? Sie würden uns jagen, als hätte es die vergangenen Jahrhunderte nicht gegeben. Würden jede noch so absonderliche Lüge der Inquisitoren glauben. Es würde schon reichen, einige falsche Nachrichten auf den richtigen Seiten im Internet zu verbreiten, und eine neue Hexenjagd würde über uns hereinbrechen. Wir überleben nur, weil wir unsichtbar sind. Und deshalb sind uns die Inquisitoren überlegen.«

»Was würde sich ändern, wenn die Inquisitoren besiegt wären?«, fragte Art. »Außer, dass ihr nicht mehr gejagt würdet?«

Amin schwieg einen Moment. »Nichts. Und doch alles. Es wäre die Chance auf einen echten Neuanfang. Keiner könnte die Welt mehr an uns erinnern, wenn die Inquisitoren besiegt wären. Wir müssten uns zwar noch immer verstellen. Aber immerhin würde man uns nicht mehr so enthusiastisch verbrennen wollen.«

Eine Zeit lang herrschte Schweigen, dann sah Art das Ägyptische Museum. Der blassrote Stein des gewaltigen Gebäudes hob sich ab von den anderen Häusern Kairos, die oft so grau wirkten, als hätte der Sand ihnen die Farbe von der steinernen Haut geschmirgelt. Die kleine Gartenanlage vor ihm, in der sich Babaefs Worten nach sonst die Touristen in langen Schlangen gedrängt und darauf gewartet hatten, endlich Einlass zu erhalten, lag verlassen da. Kein Wunder, dass die zwei Polizisten, die vor dem Zugang in die Anlage standen, äußerst gelangweilt wirkten.

»Wie erwartet kommt niemand mehr her«, meinte die Mumie und hielt den Wagen am Straßenrand. Dann fingerte Babaef in der Innentasche seiner Jacke herum. »Gut für uns.« Er zog ein Dokument hervor, das Art an einen Ausweis erinnerte. Auf Arts Frage, was dies sei, lächelte die Mumie. »Wir sind Experten des nationalen Komitees für Altertümer. Eine Institution, die kaum einer kennt. Wir unterstehen dem Innenministerium, in dem wiederum mein alter Bekannter Phta sitzt.«

»Eine Mumie?«, mutmaßte Art.

Babaefs Lächeln war Antwort genug. »Unser Komitee existiert lediglich in seinem Büro. Und er wiederum sitzt dort schon seit …«, die Mumie zählte an ihren knochigen Fingern, ehe sie die Fahrertür öffnete, »fast achtzig Jahren.«

»Achtzig Jahre?«, entfuhr es Art, während sie ausstiegen. »Das fällt doch auf!«

»In Ägypten?« Naim lachte. Es war das erste Zeichen von Gelöstheit, das Art bei ihm wahrnahm. »In den Ministerien könnte man am Schreibtisch sterben, und es würde keiner mitbekommen.«

Sie schritten auf die Polizisten zu, die ihnen misstrauisch entgegenblickten. Babaefs Ausweis und sein herrisches Auftreten schienen sie allerdings so sehr zu beeindrucken, dass sie nicht nur beiseitetraten, sondern sogar vor ihnen salutierten.

»In diesem Land kommt es immer und überall darauf an, wen du kennst«, meinte Amin leise, als sie außer Hörweite waren. »Wir haben das Komitee ins Leben gerufen, um besser nach dem Bild suchen zu können. Aber wir haben in all der Zeit keine Spur von ihm gefunden.« Er sah auf den Eingang des Gebäudes. »Auch hier waren wir schon oft.«

Das Portal war groß genug für einen Riesen und über ihm spannte sich eine weite Kuppel auf dem Dach des Museums. Art kam sich wie ein Zwerg vor, als er hineintrat. Der Wächter an der Schwelle war so alt, dass er selbst gut in das Museum gepasst hätte. Er nickte Babaef zu, als wären sie Bekannte, und Art war nicht sicher, ob seine ledrige Haut einem Menschen oder einer weiteren Mumie gehörte. Die Halle, die sie durchschritten, war gigantisch. Vermutlich wirkte sie auch deshalb so gewaltig, weil sie nahezu leer war. Einige Statuen, die sicher Jahrtausende alt waren und von zahlreichen europäischen Museen gerne ausgestellt worden wären, standen wie vergessen herum.

Sie gingen an ihnen vorbei auf eine kleine Tür zu, hinter der ein Treppenhaus lag. »Das Lager«, meinte Babaef, »befindet sich im Keller. Vielleicht ist es noch nicht ganz ausgeräumt und wir haben das Foto bei unserer vorherigen Suche nur übersehen. Womöglich findest du es.«

Vielleicht. Womöglich. Die Suche nach dem Bild kam Art mit jeder Stunde verzweifelter und aussichtsloser vor. Er hatte gehofft, dass sie der Name Horus auf die richtige Spur führen würde. Doch alle Versuche, etwas über einen Kunsthändler mit diesem Namen in Erfahrung zu bringen, hatten sich als vergeblich erwiesen. Und zu Monet würden sie nicht gehen. Selbst wenn er es zurück nach Paris geschafft hatte, war zu befürchten, dass die Inquisitoren ihn mittlerweile gefunden und befragt hatten. Also blieben nur seine überaus vagen Hinweise. *Fundstücke. Lager.* Was eigentlich alles bedeuten konnte.

Sie stiegen hintereinander die schmale Treppe hinab, und als Babaef die Tür an deren Ende aufstieß, blieb Art für einen Moment der Mund offen stehen. Er blickte in einen riesigen Raum voller Kisten. Hoch stapelten sie sich und bildeten einen regelrechten Irrgarten, dessen Gänge von einigen wenigen Lampen schwach beleuchtet wurden. Die Luft roch staubig und alt und müde.

»Auf über zehntausend Quadratmetern werden hier alle Dinge gelagert, für die es oben keinen Platz gegeben hat«, meinte Babaef, als er den Kellerraum betrat. »Und für die es auch im neuen Museum keinen Flecken gibt. Früher war es viel schlimmer«, sagte er, während er sie an den ersten Kistenbergen vorbeiführte. Eine dicke Staubschicht lag auf den Kisten, und zahllose Statuen von Pharaonen und Göttern, die achtlos abgestellt waren, blickten auf sie mit blinden Augen herab. »Es ist ein Museum unter dem Museum«, meinte die Mumie. »Hier liegt genug, um eine eigene Ausstellung auf die Beine zu stellen. Und das, obwohl hier schon mal ordentlich ausgemistet wurde.«

»Du kennst dich hier aus?«, fragte Wu ehrfürchtig im Angesicht all der historischen Schätze, die in den Kisten stecken mussten.

»Ich bin ein Experte, der von der Museumsleitung gerne herangezogen wird, wenn es darum geht, die Dinge den verschiedenen Dynastien zuzuordnen. Fällt mir nicht schwer.« Er zwinkerte der Chinesin verschwörerisch zu. »Ich war ja bei den meisten selbst dabei. Hier unten gibt es einen weiteren Experten, der uns helfen kann. Ah, da ist er.« Er hob eine Hand und spähte in einen der verwinkelten Gänge, die sich zwischen den Kisten entlangzogen. »Ahmed«, sagte er in den Schatten vor ihnen. »Ich bin hier mit meinen Gästen aus dem Ausland.«

»Dr. Babaef«, ertönte eine Stimme, die so staubig klang, dass sie gut zu dem verlassenen Lager passte.

»Dr.?«, fragte Art.

»Fern-Uni«, raunte Babaef.

»Wirklich, Sie haben hervorragende Augen. Manchmal frage ich mich, ob Sie überhaupt ein Mensch sind.« Der Mann, zu dem die Stimme gehörte, schlurfte gebeugt auf sie zu. Er war in eine Galabija gekleidet, eines der nachthemdartigen Gewänder, die hierzulande sowohl Männer als auch Frauen trugen, und hatte ein buntes Tuch um den Kopf gewickelt. So ärmlich sah das Männchen aus, dass Art kaum glauben konnte, einen Experten für Altertümer vor sich zu haben. Eher schien dieser Ahmed ebenso vergessen worden zu sein wie der Inhalt der Kisten.

»Noch ein Wächter?«, fragte Art Babaef.

»Der Hausmeister«, entgegnete die Mumie. »Er weiß mehr über das Lager als alle Gelehrten zusammen.« Dann räusperte er sich. »Meister Ahmed«, sagte er so laut, als würden sie sich über eine der vielbefahrenen Straßen Kairos hinweg unterhalten müssen. »Ich habe Fachleute mitgebracht.«

Der Alte legte die Hand zum Gruß an die Stirn, als würde er salutieren.

Wie beiläufig griff Babaef in eine Tasche seiner Jacke und zog ein Bündel Geldscheine hervor, das er Ahmed diskret in die Hand drückte.

»Was kann ich für Sie tun?«, fragte der Hausmeister und ließ die Scheine so gekonnt verschwinden, als wäre er selbst ein Magier.

»Wir suchen noch immer Fotografien«, erwiderte die Mumie.

»Jaja.« Ahmed hustete trocken. »Ich glaube, wenn Sie weiter so fleißig unser Lager durchstöbern, werden Sie am Ende Ihres Lebens sicher ...«, er machte eine Pause, »die Hälfte von allem durchgesehen haben.« Das Husten wandelte sich ohne Übergang in ein meckerndes Lachen.

Das ist vermutlich nicht mal übertrieben, dachte Art. Hier mussten genug Fundstücke liegen, um damit eine Hundertschaft von Archäologen für Jahrzehnte zu beschäftigen.

»Der hintere Teil des Kellers ist ziemlich baufällig. Betreten ist dort nicht erlaubt und erst recht nicht ratsam, es sei denn, man ist lebensmüde. Und Sie sollten sich ein wenig beeilen, Dr. Babaef«, meinte Ahmed, während er sich von ihnen abwandte.

»Weshalb?«, wollte die Mumie wissen.

»Wegen des ... anderen Kunstexperten«, erwiderte der Hausmeister ungerührt. »Hat sich in letzter Zeit öfter hier blicken lassen. Er schickt seine Leute her, um die ... Kunstgegenstände zu begutachten. Heute werden sie auch kommen.« Ahmed fuhr sich über die Lippen, als hätten die Worte dort einen schlechten Geschmack hinterlassen. »Diese Leute schätzen es nicht, wenn man sie bei der Arbeit stört. Sie schätzen es ganz und gar nicht.« Er klang auf einmal, als würde er sich vor der eigenen Stimme ängstigen.

»Was ...?«, setzte Art zu einer Frage an, doch Naim legte ihm eine Hand auf den Arm.

»Vielen Dank für den Hinweis«, sagte der Ägypter und warf Art einen langen Blick zu. »Wir machen uns direkt auf die Suche.«

Der Hausmeister hatte sich bereits abgewandt, als Babaef ihn noch einmal zurückrief. »Meister Ahmed, kennen Sie eigentlich einen Mann, der sich Horus nennt?«

Wenn es überhaupt möglich war, lagen auf dem braungebrannten Gesicht des Alten plötzlich noch mehr Falten als ohnehin schon. »Nein«, sagte er, während sich für einen Moment eine Maske der Furcht über sein Antlitz legte.

Für Arts Geschmack kam die Antwort ein wenig zu rasch.

»Ist er ein Superheld?« Ahmed ruderte ein wenig mit den Armen, als sei er ein Vogel und lachte. Dann winkte er ab und schlurfte davon.

Erst, als der Hausmeister zwischen den Gängen verschwunden war, wagte es Art, mit seinen Freunden zu sprechen. »Wo hast du schon nach dem Foto gesucht?«, fragte er Babaef.

»Überall. Aber niemals mit einem Magier, der es fühlen kann. Vielleicht bringst du uns Glück, Kleiner. Was mir allerdings Sorgen macht, sind diese anderen Experten.«

»Experten? Er meinte doch Kunsträuber, oder?« In der kurzen Zeit im Laden von Monsieur Rufus hatte Art dessen Abneigung für diejenigen übernommen, die mit geraubter Kunst Geld machten. Dass die meisten weltweiten Ausstellungen über das Altertum letztlich Ausstellungen von Diebesgut waren, hatte Art erst begriffen, als ihm sein Chef die Hintergründe des Kunstmarkts erklärt hatte.

»Ja, natürlich meint er die«, bestätigte ihm Babaef. »Das hier unten ist ein Schatz, der Millionen wert ist. Egal, in welcher Währung. Wenn mal hier oder dort eine Kiste fehlt, wen interessiert es? So denken die Wachen und auch der Hausmeister. Bei den Unruhen während der Revolution wurde hier im Museum eingebrochen. Viele wertvolle Fundstücke verschwanden. Und die Täter waren die Wachen selbst. Verurteile sie aber nicht. Sie schlagen sich mit einem Hungerlohn durch ein hartes Leben. Sogar von dem, was sie als Schmiergeld für das Wegsehen im richtigen Moment erhalten oder mit dem Verkauf gestohlener Artefakte, können sie sich niemals ein Leben leisten, wie du und ich es führen.«

Den Hinweis, dass Babaef streng genommen nicht mehr lebte, verkniff sich Art. Er hatte dessen Punkt verstanden. Trotzdem war es unrecht. Und es erschwerte ihre ohnehin nicht einfache Lage. »Und wenn das Bild zufälligerweise schon weggeschafft wurde? Oder wenn es nie hier war? Oder …«

»Wir suchen«, sagte Naim und legte ihm erneut die Hand auf den Arm. »Du hast berichtet, dass du das Bild in Paris fühlen konntest.«

Zögerlich nickte Art. »Ich konnte die Stimmen hören.«

»Dann sollten wir still sein und herumgehen«, meinte Amin. »Sobald du etwas hörst, haben wir die Spur, die wir brauchen. Das wird ein Kinderspiel.«

Es kam Art vor, als wären sie schon seit Stunden im Lager unterwegs, während er sich irgendwann missmutig gegen eine der Kisten sinken ließ. Das Einzige, was er hörte, waren ihre Schritte und das leise Hupen, das von draußen zusammen mit der Hitze und dem grauen Licht durch die wenigen Fenster in den Keller drang.

»Habt ihr nur hier gesucht?«, schnaufte Art. Er hustete. Staub tanzte in dem schmutzigen Licht, und Art wischte sich missmutig den Schweiß von der Stirn. Nicht mal besonders kühl war es hier unten.

»Nein«, erwiderte Amin. »Überall, wo es sein könnte. In Kairo. In Luxor. In der Wüste. Aber wir wussten nicht einmal, ob es überhaupt noch in Ägypten ist. Es war von Anfang an eine verzweifelte Hoffnung. Und wir hatten natürlich genug damit zu tun, uns vor den Inquisitoren zu verbergen. Viele von uns haben nie ernsthaft geglaubt, dass eines der Bilder in diesem Land ist.

Nur Babaef und ein paar der Mumien-Jungs haben nie aufgegeben.«

»Wer tot ist, hat die Ewigkeit Zeit«, meinte Babaef, der im Gegensatz zu Art natürlich kein Zeichen der Erschöpfung aufwies. »Wenn wir auch hier keinen Erfolg haben, sollten wir vielleicht besser wieder nach dem Mann suchen, der zu dem Namen gehört, den Monet kennt«, meinte Wu. »Horus.«

Art nickte matt. Er wusste nicht, welche Spur die weniger erfolgversprechende war. Sie schienen beide nicht zum Ziel zu führen. »Wie viele Gänge voller Kisten gibt es denn noch?«, fragte er laut.

»Mehr als genug«, sagte Naim. Er hatte die ganze Zeit über kein Wort mit Amin gewechselt, und auch jetzt hielt er Abstand zu ihm. »Vielleicht macht es Sinn, noch mal mit dem Hausmeister zu sprechen«, sagte er an Babaef gewandt. »Jeder Hinweis kann uns helfen.«

Die Mumie zuckte mit den Schultern. »Wir suchen Ahmed, ihr das Foto. Wenn ihr jemandem in Uniform begegnet, müsst ihr bei der Geschichte bleiben. Ihr seid Gäste des Komitees. Wenn ihr allerdings auf Leute trefft, die ... hier nicht unbedingt hingehören, dann verbergt euch lieber.«

»Wir sind Magier«, meinte Art.

»Ja, fantastisch. Ihr seid Magier, die nicht ohne Risiko zaubern können. Und diese ... anderen Kunstexperten sind womöglich bewaffnet.« Die Mumie warf ihnen einen ernsten Blick zu, dann verschwanden Naim und er in einem der zahllosen Gänge.

Zunächst verlief die Suche weiterhin erfolglos. Art kam sich schnell wie ein Trüffelschwein vor, das durch den Wald getrieben wurde. An keiner der Kisten fühlte er mehr als schläfrige Hitze und die eigene Ungeduld. Doch dann kamen sie in einen etwas abgelegenen Bereich des Kellers. Ein dickes Band war unter einem Bogen gespannt und verhinderte den Zutritt in den dahinterliegenden Teil des Lagers.

»Ahmed hatte gesagt, dass es hier nicht sicher ist«, meinte Amin und wollte sich schon abwenden.

Doch Art hielt ihn am Arm fest. »Warum eigentlich?«, fragte er. »Der Keller wird nicht einstürzen, nur weil wir uns dort umsehen.«

»Nein, das wird er sicher nicht«, pflichtete Wu ihm nachdenklich bei. Kurzerhand duckte sie sich unter dem Band hindurch und betrat den abgesperrten Bereich. Dort gab es keine Fenster, und Amin zog eine Taschenlampe aus seinem Mantel, während er Wu zusammen mit Art folgte.

»Für so etwas gibt es eigentlich Zauber«, meinte er ein wenig abfällig, als er mit der Taschenlampe in die Dunkelheit leuchtete, die sich vor ihnen zusammenballte. Nur widerwillig wichen die Schatten und gaben den Blick auf weitere Kisten frei. Anders als im vorderen Teil des Kellers waren diese jedoch nicht zu Bergen aufgestapelt, sondern standen einzeln und geöffnet herum. Von Baufälligkeit war nichts zu erkennen. Art trat an die erste Kiste heran und spähte hinein. »Leuchte mal«, sagte er an Amin gewandt.

Der Schein der Lampe fing sich in einer goldenen Katzenstatue, die Art erhaben entgegenblickte. »Was ist das hier?«, fragte er und trat an die nächste Kiste. Amin folgte ihm und leuchtete hinein. Eingehüllt in Holzwolle sahen sie einige alte Schüsseln und Becher. Das Gold, mit dem sie überzogen waren, schimmerte matt.

»Verdammt«, zischte der Ägypter. »Das hier ist ein Lager.« Er bemerkte Arts Blick. »Und zwar kein offizielles Lager.«

»Wem gehört es?«, raunte Art.

»Kunsträubern.« Wu stand etwas abseits und griff in eine weitere Kiste. Der Dolch, den sie herausholte, schien so neu, als wäre er eben erst gefertigt worden. »Ahmed drückt offenbar beide Augen fest zu. Vermutlich für den Experten und seine Leute.«

»Das ist irre«, entfuhr es Art. »Viel zu gefährlich. Sie könnten entdeckt werden.« Die letzten Worte kamen ihm nur noch gedehnt über die Lippen, als er begriff, dass Wu recht hatte. »Nein«, korrigierte er sich sofort. »Sie werden nie entdeckt. Ahmed schaut weg, und sonst kommt kaum einer hier herunter. Erst recht nicht in den angeblich baufälligen Teil des Kellers. Dies hier ist für sie ein kostenloses Lager.«

»Sie ... sie suchen sich die besten Stücke zusammen und stellen sie hier für ihre Kunden aus.« Amin schien so empört, dass ihm die Worte fast im Hals stecken blieben.

»Horus?« Der Name sprang Art wie von selbst auf die Zunge.

»Vielleicht«, erwiderte Amin. »Vielleicht auch nicht. Könnte jeder skrupellose Dieb sein. Sollen wir uns lieber die verschlossenen Kisten genauer ansehen?«

»Denkt nach«, sagte Wu. »Monet wusste, dass es in Kairo in einem Lager ein seltsames Foto gibt. Eines, für das der richtige Interessent viel Geld bezahlen würde. Falls es hier ist, kann es doch gar nicht in einer der Kisten dort hinten stecken. Die sind nie geöffnet worden.«

»Aber diese hier schon«, raunte Art.

»Das ... das wollte ich die ganze Zeit sagen«, behauptete Amin. »Ein Lager. Klar.« Selbst im fahlen Licht der Taschenlampe leuchteten seine Zähne schneeweiß.

Sie hatten nicht mal die Hälfte der geöffneten Kisten durchstöbert, als Art einen Schuss hörte. Erschrocken keuchte er auf. »Was war das?«, zischte er so leise, dass er sich selbst kaum verstand.

»Was war was?« Amin klang hörbar gelangweilt.

»Der Schuss.« Atemlos sah sich Art um. Hatten Wachen Babaef und Naim entdeckt und auf sie geschossen? *Nein*, antwortete er sich im nächsten Moment selbst. *Die beiden sind doch als Mitglieder des fiktiven Komitees hier. Vielleicht die Kunstdiebe? Oder ...*

Ein weiterer Schuss riss ihn aus seinen Gedanken. »Verdammt«, zischte er. »Hört ihr das nicht? Es klang wie eine Kanone.«

Der verwirrte Ausdruck auf den Gesichtern seiner Freunde war Antwort genug. Arts Herz begann so schnell zu schlagen, als wollte es aus seiner Brust entkommen. Hatten sie endlich gefunden, was sie so sehnsüchtig suchten?

»Ein ...«, begann Amin mit rauer Stimme.

»... Bild«, beendete Wu den Satz. »Woher kam das Geräusch?«

Art konnte es nicht sagen. Er machte einige Schritte auf die Kisten zu, an denen er noch nicht entlanggekommen war. Er versuchte, so leise zu sein, als wäre er ein Kater auf Beutezug. Doch die Schüsse erklangen kein zweites Mal in seinen Ohren, und er fragte sich schon, ob er sich die Geräusche nur eingebildet hatte, als er etwas anderes hörte. Schritte. Sie stammten weder von ihm noch von seinen Freunden und erst recht nicht aus einem Bild. Sie drangen unter dem Bogen zu ihnen hinüber.

Jemand kam.

Auch die beiden Alunni hatten ihn gehört. Amin zuckte stumm mit den Schultern und sah mit hochgezogenen Augenbrauen zu Art und Wu, als wollte er fragen, was sie nun tun sollten.

Die Chinesin deutete auf die Lampe.

Amin verstand und schaltete sie aus. Sofort legte sich die Dunkelheit schützend um die drei. Vorsichtig tastete Art nach dem Ägypter und Wu, und als er seine Finger um ihre Arme schloss, zog er sie mit sich. Zahllose Gedanken schossen ihm durch den Kopf. Was, wenn dies dort wirklich die Kunsträuber waren? Welche Lüge würden sie Art und den beiden glauben? Oder würden sie ihnen gar nicht die Zeit geben, sich eine Geschichte auszudenken? Die Warnung des Hausmeisters hatte sehr ernst geklungen.

Dort, wo der Bogen liegen musste, zerschnitt der Schein einer Lampe die Dunkelheit. Stimmen erklangen. Sie gehörten weder der Mumie noch Naim.

Immer tiefer wichen Art und die Alunni in die Finsternis. Wo sollten sie sich verbergen? Vielleicht mussten sie es doch wagen, zu zaubern. Sie ...

Ein Schuss. Er klang so laut in Arts Ohren, als würde die Kanone, aus der er gekommen sein musste, direkt neben ihm stehen. Blind wie ein Maulwurf tastete Art durch die Finsternis. Dabei stieß er gegen eine der geöffneten Kisten, die krachend zu Boden fiel.

Sofort erstarben die Schritte. Jemand rief etwas.

»Wir haben ein Problem«, wisperte Amin neben ihm.

Ohne auch nur ein Wort zu erwidern, griff Art in die Kiste und tastete umher. Seine Finger fanden etwas Flaches. Es fühlte sich an wie biegsames Glas. Er wagte kaum, zu atmen.

»Was wollen sie?«, fragte Art leise. Durch den Schuss hatte er nicht verstanden, was die Kunsträuber gesagt hatten.

»Wir sollen rauskommen«, antwortete Amin.

»Und wenn wir das nicht tun?«

Ein metallenes Geräusch beantwortete die Frage.

»Jemand hat eine Pistole geladen«, bemerkte der Ägypter überflüssigerweise. »Ich ... ich öffne ein Portal für euch. Dann helfe ich Naim und Babaef.«

»Nein«, sagte Wu. »Wir alle helfen ihnen. Außerdem ist der Zauber zu stark. Die Inquisitoren könnten ihn noch in Wochen aufspüren.«

»Hast du eine bessere Idee?« Amins Stimme zitterte vor Anspannung.

Die anschließende Stille füllten die Schritte der Kunstdiebe.

Wie ein suchendes Auge glitt der Schein der Lampe über die Kisten. Und Art versuchte, in der Dunkelheit zu erkennen, was er da in Händen hielt.

Eine weitere Stimme erklang. »Esel und Gelehrte in die Mitte.« Und dann, nach einem kurzen Moment. »Feuer.« Im nächsten Augenblick ertönte wieder ein Schuss.

»Mit denen kann man sicher nicht reden«, sagte Amin. »Ich ...«

»Ich glaube, ich habe das Foto«, fiel Art ihm ins Wort und hoffte, dass er sich nicht irrte. Er duckte sich, als der Schein der Lampe über ihn hinwegglitt. Für einen winzigen Moment offenbarte das Licht, was die Dunkelheit vor Art verborgen gehalten hatte. Er erkannte Männer in altmodischen Uniformen mit Gewehren auf dem Foto in seiner Hand. Eine Wüste. Und im Hintergrund die fernen Spitzen der Pyramiden.

»Wirklich?«, fragte Wu. »Dann nichts wie weg von hier.«

Doch ehe Art fragen konnte, wie sie um alles in der Welt ohne Magie von hier entkommen sollten, fand der Lichtstrahl sie.

Der Schuss, der daraufhin zu hören war, stammte nicht aus dem Foto. Er musste gegen die Kiste vor Art gefahren sein. Unwillkürlich griff er mit dem Foto in der Hand nach Amin und Wu. Es gab nur einen Weg hier heraus. Mitten hinein in das Bild. Und sie hatten vermutlich nur einen Versuch, um es mit Meister Sahir wieder zu verlassen. Das erste Bild war nach ihrer Rückkehr zu Staub zerfallen.

Nur einen Versuch. Art atmete tief durch. Dann überließ er sich ganz der Magie, die er in sich spürte. Es war, als würde er einen Schritt machen. Fort aus dem Keller in Kairo.

Und hinein in ein Bild, das er nur flüchtig gesehen hatte.

DIE SCHLACHT BEI DEN PYRAMIDEN

Verdammt, dachte Art, *wo sind wir denn hier hineingeraten?* Rauch füllte Art die Lunge. Es roch nach Schießpulver. Und nach Angst. Schreie mischten sich in den Lärm von Kanonen. Ein gewaltiger Schuss ließ den Boden unmittelbar neben Art und seinen Freunden erbeben. Und Dutzende Männer liefen mit Gewehren im Anschlag an ihnen vorbei über Wüstensand.

»Wo sind wir?«, schrie Amin. Er sah sich verwirrt um und hielt die Arme über den Kopf, als könnte ihn das vor den Kugeln schützen, die wie wütende Insekten durch die Luft schossen.

»In dem Bild«, rief Art und duckte sich unwillkürlich, als eine Kanonenkugel über sie hinwegflog.

»Ich dachte, dass wir auf Magie verzichten wollten.« Amin blickte Art einen Moment lang missbilligend an, dann sah er über das Schlachtfeld. »Und was hat dieses Bild verdammt noch mal gezeigt?«

Arts Mund klappte auf und dann wieder zu, ohne dass auch nur ein Wort über seine Lippen kam. Er atmete tief durch. »Wir wären sonst erschossen worden«, brachte er schließlich hervor. »Und was das Bild gezeigt hat?« Er sah zu den Männern, die trotz des Chaos in militärischer Disziplin an ihnen vorbeirannten. Sie trugen die Uniform der französischen Armee. Zumindest die, die Art aus dem Geschichtsbuch und aus Filmen kannte. In der Ferne erkannte er vage die Weltwunder von Gizeh. Monets Beschreibung des gesuchten Fotos kam ihm wieder in den Sinn. »Napoleons Schlacht bei den Pyramiden.« *Himmel,* dachte er. *Irgendwo hier trägt der berühmteste kleine Mann der Geschichte sein riesiges Ego durch die Gegend.*

»Was?«, entfuhr es Amin. »Dann hat Monet keinen Unsinn erzählt. Wie wunderschön. Meister Sahir ist vermutlich irgendwo hier an diesem Ort.«

»Wir haben nur diesen Versuch, um ihn zu finden«, ermahnte Art seine Freunde. »Ein zweites Mal können wir das Bild vielleicht nicht betreten. Schießwütige Kunstdiebe warten auf uns. Und womöglich haben wir die Inquisitoren auf den Plan gerufen.«

»Der Feind!« Jemand hinter ihnen schrie, und als Art herumfuhr, sah er, dass ein Soldat, der keinen Meter von ihnen entfernt stehen geblieben war, auf sie deutete. Im nächsten Moment legte er sein Gewehr an.

Art hörte den eigenen Schrei laut in den Ohren.

Neben ihm wandte sich Amin ab.

Und Wu warf dem Angreifer eine Handvoll Sand ins Gesicht.

Der Soldat verriss die Waffe, und der Schuss ging so nahe an Art vorbei, dass er das Metall roch. Bitter schluckte er die Furcht vor dem Tod, dem er gerade so eben entgangen war, herunter.

Der Soldat, der geschossen hatte, starrte erst Art an, dann die Chinesin. Die meisten der anderen Uniformierten bekamen nicht mit, was neben ihnen geschah. Kein Wunder, sie waren in einer Schlacht, und die Luft schmeckte nach Tod. Der Soldat, der die vermeintlichen Feinde entdeckt hatte, lud seine Waffe hastig nach. Ehe er aber erneut anlegen konnte, hatte Art eine Hand ausgestreckt, zur Faust geballt und nach vorne gestoßen. Ein Instinkt, der tief in ihm geschlafen hatte, war erwacht. Und wie schon in Paris vor der Guillotine fühlte er sich auch hier so mächtig wie an keinem Ort der echten Welt. Der Soldat wurde von den Füßen gerissen und blieb reglos am Boden liegen. »Wir müssen hier weg«, rief Art.

»Angeber«, kommentierte Amin, während er sich umsah. Das

kleine Scharmützel schien in dem allgemeinen Chaos untergegangen zu sein. Zumindest für den Moment nahm niemand Notiz von ihnen. »Wohin?«

»Zu den anderen«, sagte Wu ruhig. Auf den fragenden Blick von Amin hin, legte sie den Kopf schief. »Franzosen gegen Ägypter. Die Franzosen müssen uns für Feinde halten, Spione, Attentäter. Doch die Ägypter sind uns womöglich freundlicher gesinnt.« Sie deutete auf Amin. »Immerhin haben wir einen von ihnen bei uns.«

»Das ist Irrsinn«, entgegnete Art. Im nächsten Moment stieß er Amin zur Seite, weil ein Soldat mit einer Klinge unvermittelt nach dem Ägypter hieb. So viel dazu, dass niemand von ihnen Notiz nahm. Der Zauber entfaltete sich wie von selbst. Art musste nicht einmal nachdenken, als er seine Hand hob. Der Soldat wurde in die Höhe gerissen und schwebte für einen Augenblick ein paar Meter über ihnen. Seine Kameraden, die auf die Frontlinie zustürmten, blieben verwundert stehen und sahen nach oben. Dann fanden ihre Blicke Art und seine Freunde.

»Der Teufel«, schrie einer von ihnen.

»Wir müssen weg von hier«, rief Wu und deutete auf das Ende des Schlachtfelds. Art erkannte zahllose einfache Zelte inmitten eines breiten Palmenhains. Dort lag das gegnerische Heer. Tausende Männer, viele auf Pferden. Selbst aus der Entfernung sah Art, dass sie mit ihren altmodischen Waffen den Franzosen hoffnungslos unterlegen waren. Die meisten Männer trugen Säbel. Ganz in ihrer Nähe zog sich der Nil wie ein azurblaues Band durch die Wüste. Ein trügerischer Frieden lag dort über dieser unechten Welt.

»Ziemlich viele Soldaten«, meinte Amin. »Da kommen wir nicht durch.«

»Einen Moment.« Art rief sich eine von Amins Lektionen in den Sinn. Den Zauber hatte er nicht gelernt, um sich gegen eine Armee zu verteidigen, aber er dürfte auch hier seinen Zweck erfüllen. Er trat einen Schritt vor und stieß die Hände zusammen, als würde er klatschen. Dann riss er die Finger wieder auseinander, und die Männer wurden von den Beinen gerissen. Es schien, als hätte sich eine kreisrunde Druckwelle ausgebreitet.

»Du hast geübt«, kommentierte Amin. Er schnippte und fuhr mit dem ausgestreckten Zeigefinger von oben nach unten durch die Luft. Doch nichts geschah. »Okay, tatsächlich wieder keine Magie. Also auf die altmodische Weise. Wir rennen!«

Sie liefen so schnell sie konnten. Was würde Amins Portal-Zauber jetzt helfen! Doch wie schon in dem anderen Bild war Art auch hier wieder der Einzige, der zaubern konnte, und diese spezielle Magie beherrschte er nicht.

Aus der Menge wurden Schüsse abgefeuert. Art konnte nicht sagen, ob sie ihnen galten. Irgendwann wurde der Lärm der Kämpfe leiser, und die Zelte kamen in Sicht. Jemand schrie. Ein Schuss fuhr in den Sand vor ihnen. Amin bat um Hilfe, und Art sah, wie einer der ägyptischen Soldaten, der auf sie gezielt hatte, die Waffe sinken ließ.

Sie stolperten zwischen die Zelte. »Das war das reinste Kinderspiel«, meinte Amin schweratmend. Die Überheblichkeit wich allerdings schon im nächsten Augenblick aus seinem Gesicht, als sich eine Klinge gegen seinen Hals drückte. Mehrere Soldaten hatten sie eingekreist.

»Spione«, rief einer von ihnen.

»Magier«, erwiderte Amin. Der Mann, der ihm seine Waffe auf die Haut drückte, starrte ihn einen Moment lang an, als wäre er nicht sicher, ob er verrückt oder vielleicht doch tatsächlich das war, was er behauptete zu sein.

»Siehst du den französischen Soldaten da hinten?«, wandte Amin sich leise an Art und deutete an die weit entfernte Frontlinie. Etwas abseits der Heere ritt ein einzelner Mann.

Art nickte.

»Stell dir vor, du würdest ihn von seinem Pferd reißen.« Amin klang so ruhig, als würde er Art eine Lektion im Garten von Madame Poêle erklären. »Bereit? Dann tu es. Und du«, fügte er an den Bewaffneten hinzu, »sieh hin.«

Art atmete tief durch und hob seine Hand. Er stieß sie gegen die Luft, als wollte er einen unsichtbaren Feind schlagen. In einiger Entfernung wurde daraufhin der französische Soldat, der die Schlacht von seinem Pferd aus verfolgte, vom Rücken des Tieres gerissen. Der bewaffnete Ägypter vor ihnen starrte einen Moment lang ungläubig auf den Franzosen und wich einen Schritt zurück.

Weitere Soldaten kamen, die Schwerter erhoben, doch ihr Kamerad bedeutete ihnen, stehen zu bleiben. Er machte eine Geste, die Art nicht verstand.

»Sie halten uns offenbar für Magier«, erklärte Amin, dem es offensichtlich gefiel, dass die Soldaten sie fürchteten.

»Die sind wir ja auch«, zischte Art ihm zu.

»Sie sind wie du, oder?«, fragte Wu. Auf Arts fragenden Blick hin ergänzte sie: »Mamelucken.«

Ein Strahlen fuhr über das Gesicht des Ägypters. »Ja, woher weißt du das?«

»Ich kenne die Geschichte dieser Schlacht ein wenig«, erwiderte die Chinesin.

Die Soldaten starrten sie an, als hätten sie noch nie eine Asiatin gesehen. *Nun*, dachte Art, *vermutlich ist das auch so.* »Wieso kennst du die Geschichte dieser Schlacht?«, fragte er Wu, ohne die Soldaten um sie herum aus den Augen zu lassen.

»Dies sind die Jahre, in denen sich alles geändert hat«, erklärte die Chinesin ruhig. »Das Ende der Monarchien und Herrschaftshäuser, denen die sechs Familien dienten. Dies sind die Jahre, in denen Amin und ich und die anderen, die heute im Zirkel sitzen, geboren wurden.«

Amin deutete in Richtung der Pyramiden. »Ich werde in etwa zwanzig Jahren da hinten zur Welt kommen. Du weißt doch. Altes ...«

»… Mameluckengeschlecht«, beendete Art den Satz. »Hilft uns das hier weiter?«

»Uns hat bisher keiner getötet, oder?«, gab Amin leichthin zurück. Er wandte sich den Soldaten zu und verbeugte sich. »Amin Bey al-Sabunji«, sagte er, und die Bewaffneten blickten ihn mit einem Mal so ehrfürchtig an, als hätten sie ihren Herrscher vor sich stehen. Amin deutete auf seine Freunde, nannte auch ihre Namen und verlangte, sofort zum Anführer gebracht zu werden. Während um sie herum die Schlacht weiter tobte, lösten sich die Soldaten aus der Starre, die sie ergriffen hatte. Einer lief eilfertig los, während der, der sie als Erster entdeckt hatte, vorsichtig näher kam. Auch er verbeugte sich und deutete auf ein prächtiges Zelt, vor dem mehrere Wachen postiert waren. Dann ging er langsam los, nicht ohne die drei immer wieder anzusehen, als könnten sie sich unverhofft vor seinen Augen auflösen.

»Der Anführer ist eine Art Großonkel über mehrere Ecken von mir. Murad Bey. Altes … ach, er gehört eben zur Familie. Mein Onkel, den ihr in der Enklave kennengelernt habt, und er sind Cousins«, Amin zählte an den Fingern, »vierten Grades. Also fast Brüder.«

Die Wachen am Eingang in das Zelt musterten Art und die beiden Magier mit so viel Misstrauen, dass er fürchtete, sie würden gleich ihre Waffen ziehen. Doch die Männer ließen sie passieren, nachdem der Soldat, der sie führte, einige leise Worte mit ihnen gewechselt hatte. Ihr Führer bedeutete ihnen, am Eingang stehen zu bleiben, während er auf eine Gruppe von Männern zutrat, die im Zelt zusammensaß und sich über eine Karte beugte. Vermutlich sein Herrscher und dessen militärische Berater. Einer der mutmaßlichen Offiziere erhob sich und bedeutete den dreien, näher zu kommen.

Amin verbeugte sich tief. Diesmal galt seine Ehrerbietung einem der am Boden sitzenden Männer. Er war der älteste von ihnen und trug wie die übrigen einen weißen Turban auf dem Kopf.

Das runde Gesicht war zur Hälfte von einem mächtigen Vollbart bedeckt. Die Augen des Mannes waren so dunkel, als steckten ihm zwei Kohlestücke in den Höhlen. Dies musste Murad Bey sein.

»Ich bin Euer magischer Verwandter, oh Beherrscher der Gläubigen«, sagte Amin.

Seine Worte ließen Murad Bey die Stirn runzeln. Dann begann er lauthals zu lachen. Die Mienen seiner Berater verfinsterten sich.

»Läuft nicht gut, oder?«, fragte Art.

»Ich arbeite daran«, erwiderte Amin. »Er glaubt mir nicht, wer ich bin. Er scheint der Ansicht, dass wir Verrückte sind.«

»Wie kommt er nur darauf?«, entgegnete Art trocken.

»Wir haben keine Zeit für lange Gespräche«, wisperte Wu. »Zeig ihm etwas, damit er an Magie glauben kann.«

Amin nickte und deutete auf die Karte, die vor den Männern auf dem Boden lag. Sie zeigte offenbar das Areal der Schlacht.

Art erkannte den Nil und am Rand die Pyramiden. Einige einfache Figuren, ähnlich denen eines Schachspiels, waren über sie verteilt.

»Ich sage dir, was du zu tun hast«, raunte Amin ihm zu. Dann schloss der Ägypter die Augen und runzelte die Stirn, als müsste er sich besonders stark konzentrieren. Leise gab er Art Anweisungen.

Es war verblüffend einfach. Art folgte bloß den Worten seines Freundes. Ließ geschehen, was dieser ihm sagte.

Das Lachen erstarb den Männern auf den Lippen, als sich die Figuren mit einem Mal bewegten. Zwei kleine Reiter, die wie Springer auf ihren Pferden saßen, galoppierten plötzlich auf einige winzige Figuren los, die von den Reitern fortliefen. Mit aufgerissenen Augen verfolgten die Männer, die um die Karte saßen, das Schauspiel. Einer löste mit erkennbarer Mühe den Blick und schrie vor Schreck auf. Nur einen Moment später stürmten die

Wachen in das Zelt und blieben kurz stehen, als sie die Figuren sahen, die sich auf der Karte bewegten. Dann aber schrie der Mann erneut und deutete auf Art und Amin. Die Wachen eilten sofort auf sie zu. Ehe sie die beiden aber angreifen konnten, hatte Murad Bey in die Hände geklatscht. Die Wachen blieben stehen, und auf ein Schnippen von Art hin verloren die Figuren auf der Karte ihr magisches Leben. Reglos standen sie wieder da, als hätten sie sich nie bewegt. »Das ... das war einfach«, murmelte Art verblüfft. Erst jetzt wurde ihm klar, was er da gerade vollbracht hatte.

»Ja, ganz nett«, kommentierte Amin. »Ist ein Zauber für Kinder. Wird gerne bei Festen gezeigt. Ich glaube, bei euch muss man gelegentlich Gedichte vortragen.«

Einen Augenblick lang sagte niemand etwas. Es war Murad Bey, der sich als Erster fing. Er deutete auf die drei Magier und fixierte sie mit seinen Augen, als fürchtete er, dass sie sich sonst in Luft auflösen würden. Seine Männer richteten ihren Klingen auf die drei, und Art sah zu dem Ausgang des Zeltes. Er versuchte abzuschätzen, ob sie es herausschafften, ehe die Wachen sie angreifen würden. Dann aber lachte der Anführer der Mamelucken erneut und fiel Amin um den Hals.

Für einen Moment sahen sich seine Männer überrascht an, dann steckten sie ihre Waffen mit offensichtlichem Widerwillen weg. Amin und sein entfernter Verwandter tauschten einige leise Worte, die Art nicht verstand.

Dann wandte sich der Ägypter ihnen zu. »Gute Nachrichten«, sagte Amin freudestrahlend. »Wir werden vom Emir der Mamelucken willkommen geheißen. Obwohl Ali Bey, der Herrscher, dem meine Familie damals diente, und er sich nicht sonderlich gut verstanden.«

»Das ... das ist wunderbar«, rief Art und klopfte unwillkürlich einem der Wächter neben sich freundschaftlich auf die Schulter, der ihn daraufhin warnend anfunkelte.

»Ja, wunderbar.« Wu klang alles andere als euphorisch.

»Was hast du?«, fragte Art, während der Emir Amin zur Seite nahm und tat, als würden sie sich bereits eine Ewigkeit kennen. Seine Experten hingegen starrten sie mit unverhohlener Abscheu an.

»Wir sind Magier. Und das bedeutet, dass wir kämpfen müssen. Sieh dir die Berater des Emirs an. Sie halten uns für Teufel. Du kannst es in ihren Augen sehen. Der Emir aber ist nicht überrascht, dass es uns gibt.«

Sie hatte recht. Murad Bey verhielt sich tatsächlich nicht wie jemand, der unverhofft feststellte, dass es Dinge gab, die eigentlich nur in Märchen gehörten. Er schien vielmehr ... erfreut und erleichtert.

»Amins Familie stand in den Diensten der Mamelucken. Dies endete erst einige Jahre vor dieser Schlacht. Er und die anderen Magier in Ägypten haben sich in dieser Zeit längst zurückgezogen. Sind untergetaucht. Vermutlich haben sie bereits damit begonnen, die Enklave Awal aufzubauen.«

»Deshalb kennt Murad Bey das Geheimnis der Magier«, entfuhr es Art. »Er kennt es, weil sie bis vor Kurzem den Mamelucken gedient haben. Und er glaubt, dass wir zu ihnen gehören und ihm nun helfen wollen?«

Wu nickte, ohne den Anführer der Mamelucken aus den Augen zu lassen. »In der echten Vergangenheit kamen die Magier ihm nicht zu Hilfe. Aber das weiß er nicht. Er will uns als Waffe gegen die Franzosen einsetzen. Mit uns die Schlacht gewinnen.«

»Aber das dürfen wir nicht«, zischte Art. Einige der Offiziere sahen zu ihm und Wu. Leiser fuhr er fort: »Das würde alles verändern.« Er sah, wie der Emir ihrem Freund auf die Schulter klopfte, während dieser zufrieden nickte.

»Gute Nachrichten«, sagte Amin.

»Noch mehr davon?«, fragte Art.

»Noch bessere«, meinte der Ägypter. »Wir sind nun Teil des

Heeres der Mamelucken. Mit uns werden sie diese Schlacht gewinnen.«

»Wir können keinen Einfluss nehmen«, warf Art ein. Aus dem Augenwinkel sah er, dass Murad Bey sie ansah, als könnte er ihnen die leisen Worte von den Lippen ablesen. »Das weiß jedes Kind, das eine Zeitreise-Geschichte gelesen hat.«

»Nur, dass dies keine Zeitreise ist«, entgegnete Amin unbeeindruckt. »Nichts von dem hier ist echt. Wen interessiert es, wer gewinnt?«

Art musste zugeben, dass er recht hatte. Dies war nicht die echte Welt. Was in dem Foto geschah, hatte keinen Einfluss auf die Zukunft. Und dennoch fühlte es sich falsch an, in einem Krieg mit Magie zu kämpfen. »Aber nur ich kann hier zaubern«, versuchte er ein letztes Mal, sich gegen ihre Einmischung auszusprechen.

»Ach, wen interessiert das?«, meinte Amin. »Ehe sie das begreifen, sind wir mit Meister Sahir, der vermutlich der Gefangene dieses Bildes ist, bereits auf und davon.«

»Wenn nicht auch hier ein Wächter auftaucht.«

Dazu sagte Amin nichts. Er hatte sich bereits wieder ins Gespräch mit dem Mamelucken-Anführer vertieft.

»Jetzt weißt du, warum wir uns verborgen haben«, wisperte Wu. »Als die Königshäuser, denen wir dienten, dem Untergang begriffen waren, forderten sie alle von uns das, was wir immer abgelehnt hatten. Mit Magie zu töten. Wir sollten ihre Herrschaft mit Gewalt retten. Dabei waren wir stets nur Diener des Friedens. Es war egal, welcher König, Kaiser oder Emir herrschte. In diesem Punkt waren sie alle gleich.« Die Chinesin sah aus, als erinnerte sie sich an eine Zeit, die sie lieber vergessen wollte. »Aber ich fürchte, heute müssen wir tun, was wir damals ablehnten.«

»Vielleicht haben wir Glück«, meinte Art. »Wir finden den Meister bestimmt schnell und sind weg, ehe die Schlacht endet. Und ehe wir wieder an den Anfang des Bildes zurückkatapultiert werden.«

Wu schüttelte den Kopf, während der Emir ihrem Freund zu erklären schien, wo genau sie angreifen sollten. »Meister Sahir dürfte in all dem Chaos schwer zu finden sein. Ohne Hilfe werden wir es vielleicht nicht schaffen. Und die einzige Hilfe werden wir hier finden. Wir müssen dafür sorgen, dass diesmal nicht Napoleon gewinnt, sondern die Ägypter.« Sie sah zu Art. »Und wie du schon gesagt hast: Wir haben nur deine Magie.«

Es fühlte sich falsch an. In jedem Moment. Mit jedem Schritt. Die Vorstellung, Magie als Kriegswaffe einzusetzen, empfand Art als abstoßend. Selbst die Gewissheit, dass diese Schlacht im Grunde nicht stattfand und kein Soldat wirklich sterben würde, konnte ihm den Widerwillen nicht nehmen. »Überhaupt«, sagte er, als sie eskortiert von einem Dutzend Kriegern durch das Dorf, in dem das Heer der Mamelucken lagerte, zu der Stelle gingen, von der aus sie in die Schlacht eingreifen sollten, »hat uns der Emir für meinen Geschmack viel zu schnell als Verbündete akzeptiert.«

»Für Murad Bey ist Magie eben nichts Fremdes«, erwiderte Amin. »Ich habe ihm gesagt, dass wir mit den anderen meiner Familie gebrochen haben, um uns in seinen Dienst zu stellen. Dazu habe ich ihm ein paar Komplimente über seine unerreichte Autorität und Führungsstärke gemacht. Das zieht bei Herrschern fast immer. Und was vielleicht noch wichtiger ist: Er weiß, dass er ohne uns verlieren wird. Sieh sie dir an.« Amin deutete auf die Soldaten, die mit ihnen zum Schlachtfeld strömten.

Fast alle, die Art sah, waren mit Pfeil und Bogen bewaffnet. Es gab nicht viele Kanonen unter dem Befehl des Emirs. Die Franzosen hingegen besaßen durchweg Schusswaffen. Es war ein mehr als ungleicher Kampf.

»Das hier ist nicht das erste Aufeinandertreffen mit Napoleons Soldaten«, fuhr Amin fort, als würde er die Handlung eines Films erzählen. »Die letzte Konfrontation hat Murad Bey bereits verloren. Er ahnt, dass er auch diese nicht gewinnen wird. Obwohl er fast doppelt so viele Männer hat. Die Franzosen sind zu gut ausgerüstet. Sie werden kaum einen Mann verlieren. Und Bey mehr als die Hälfte.«

»Aber vielleicht nicht heute.« Wu deutete auf das Ende des Weges, der aus dem Dorf herausführte. Jenseits der einfachen, kleinen Häuser lag die weite Ebene, die vom Nil gesäumt wurde. Sie war voller Soldaten. Auf der Karte des Emirs hatten die einfachen Figuren eine Ordnung vorgegaukelt, die den Krieg vermutlich beherrschbarer machen sollte. Als wären Soldaten Springer, Läufer und Türme eines Schachspiels, die hübsch der Reihe nach in das Geschehen eingriffen. Doch vor Art offenbarte sich das blanke Chaos. Es war für ihn unmöglich, irgendeine Struktur zu erkennen. Dort, wo die Soldaten zusammenkamen, mischten sie sich so vollständig ineinander, dass keine Linie mehr zwischen ihnen zu erkennen war. Einzig die Farbe der Uniformen und der Haut machte klar, wer gegen wen ins Feld zog. Nur weit jenseits der Kämpfe waren die Heere gut voneinander zu unterscheiden. Dort, wo die Männer teils ungeduldig, teils erkennbar ängstlich darauf warteten, selbst einzugreifen.

Ihre Eskorte führte Art und die beiden anderen Magier durch die Reihen der Wartenden.

»Jetzt liegt es an dir«, raunte Amin Art zu.

»Was liegt an mir?«

»Na, Magie. Du weißt schon.« Er vollführte eine Geste mit seinen Fingern, mit der er vermutlich einen Zauberer imitieren wollte.

»Und …?«

»Exkalibur-Zauber«, fiel Amin ihm ins Wort.

»Oh nein«, stöhnte Wu.

»Oh doch«, erwiderte Amin und zuckte bedeutungsvoll mit seinen Augenbrauen. »Ist etwas schwerer als die Nummer mit der

Karte, aber auch sehr wirkungsvoll. Also, pass auf, ich sag dir, was du zu tun hast. Die nächsten Minuten werden ganz schön anstrengend werden.«

Art war schwindlig, als er endlich fertig war. Fast eine halbe Stunde war er wie ein General, der eine Parade abnahm, an den Soldaten vorbeigeführt worden. Wie misstrauisch sie ihn angesehen hatten. Vor allem, da er mit dem Finger über ihre Klingen gestrichen hatte. Nur mit wenigen Worten hatte Amin ihm erklärt, was gleich geschehen würde, wenn diese Soldaten in die Schlacht eingriffen. Exkalibur. Art war gespannt.

»Das sollte reichen«, meinte Amin, nachdem Art auch die letzte Waffe verzaubert hatte. Ihre Führer geleiteten sie daraufhin zu einer Stelle, die frei von Soldaten war und etwas höher lag als der Rest des Geländes.

»Dort«, sagte Amin und deutete auf einen Teil des französischen Heeres. »Das ist die Division von General Desaix. Er hält sich außerhalb der Reichweite der Kanonen von Bey. Er wird die Fußsoldaten der Mamelucken angreifen, die du ausgerüstet hast, während die dort«, er wies auf eine zweite Gruppe der Soldaten, »unter dem Befehl von General Bon die andere Flanke derselben Einheit, oder wie das hier heißt, angreifen werden. Das Heer der Mamelucken wird voneinander getrennt. Die verzweifelten Versuche, diese Trennlinie zu durchbrechen, werden die Franzosen allesamt abwehren. Am Ende wird das Dorf fallen, in dem mein Vorfahre sein Hauptquartier eingerichtet hat, und die meisten der Kämpfer unseres Emirs werden das Leben verlieren. Heute aber ...«

»... verhindern wir, dass dies geschieht«, beendete Art den Satz. »Exkalibur?«

Amin nickte. »Die Sache wird von selbst laufen. Wir müssen lediglich unseren Meister finden. Das wird ein Kinderspiel. Ich fürchte nur, die hier«, er wies unauffällig auf die Soldaten an ihrer Seite, »nerven ein wenig.«

Ob die Soldaten den Befehl hatten, sie zu schützen oder an einer möglichen Flucht zu hindern, konnte Art nicht sagen. Doch sie würden sicher nicht erfreut sein, wenn ihre Magier das Schlachtfeld verließen und in das Lager des Feindes marschierten. Vermutlich würden sie Verrat wittern.

»Erinnerst du dich an meinen Drachen-Zauber?«, fragte Wu.

Art war verwirrt. »Ja«, antwortete er gedehnt. »Aber so etwas beherrsche ich nicht.«

»Nein, das kann niemand außerhalb meiner Familie. Doch wenn du den Ring trägst, wirst du Zugang zu dieser Magie haben. Solange er auf deinem Finger sitzt, bist du der Herr über den Drachen.«

»Verflixt«, rief Amin und schlug sich gegen die Stirn. »Hatte ganz vergessen, dass die Ringe ihre Macht übertragen können. Hätte uns vorhin einen anstrengenden Fußweg erspart, wenn ich dir die Schlange überlassen hätte, Art. Nächstes Mal denke ich daran.«

Wu sah auf ihre Hand, und auf ihren stummen Befehl hin löste sich der Drache von ihrem Finger.

»Bist du sicher?«, fragte Art, als sie ihm das magische Schmuckstück gab. Der Ring mit der Form des Drachen schien zu leben. Er schlang sich so fest um Arts Finger, als wollte er ihn nie wieder loslassen. Wie berauschend das Gefühl war. Anders als in dem Moment, da er den Fuchs getragen hatte. Der Fuchs war schlau gewesen. Der Drache aber schien weise und mächtig. Er fühlte sich geschmeichelt, dass Wu ihm vertraute. Ausgerechnet sie …

Konzentrier dich, ermahnte er sich. Es schien ihm, als wüsste er, was zu tun sei, ohne es je gelernt zu haben. Art hob die Arme. Die Soldaten verzogen keine Miene, doch einer der Männer machte vorsichtig einen Schritt fort von ihm. Die Luft begann zu prickeln. Es war, als würde plötzlich ein Gewitter heranziehen. Wolken zogen rasend schnell über den Himmel und verdunkelten ihn.

In den Lärm der Schlacht mischten sich überraschte Rufe, und einige der Soldaten auf dem Schlachtfeld sahen nach oben.

Die Wolken zogen sich zu einem Körper zusammen.

Zu einem gewaltigen Körper.

Ein Leib, der Flügel gebar. Ein langer Hals. Ein Kopf mit einer riesigen Schnauze.

Die Rufe wurden zu Schreien.

Und dann fegte ein Drache über die Soldaten und spie sein Feuer.

Das Wesen war gigantisch. Nicht zu vergleichen mit dem Geschöpf, das Wu im Arbeitszimmer Monets heraufbeschworen hatte. Art starrte den Drachen voller Verblüffung an. Dieser Zauber war fordernd. Nahm ihm Kraft – aber das war es wert. Der Anblick ließ jeden Mann innehalten. Einige, die auf den eigenen Beinen kämpften, warfen sich zu Boden, während die Pferde der Reiter in wilde Raserei verfielen und todbringend durch die Reihen der Menschen galoppierten. Die Soldaten an der Seite von Art, Amin und Wu flüchteten vor dem unheimlichen Wesen. Schnell zeigte sich jedoch, dass der Drache es nur auf eine der kriegerischen Parteien abgesehen hatte. Er zog einen Kreis nach dem anderen über die Franzosen hinweg, und sein Feuer ließ sie angsterfüllt flüchten. Versuchten Napoleons Männer anfangs noch, ihren geflügelten Gegner mit Kanonenschüssen vom Himmel zu pflücken, gaben sie alle Gegenwehr rasch auf. Keine irdische Kugel konnte dieses Geschöpf verletzen.

»Das reicht«, murmelte Wu. »Der Drache soll nur für eine Ablenkung sorgen. Er ist hungrig. Zu hungrig für jemanden, der ihn noch nie gerufen hat.«

Sie hat recht, dachte Art. Er erinnerte sich nur allzu gut daran, wie erschöpft Wu nach dem Kampf in Paris gewesen war. Der Drache war ein mächtiges Geschöpf. Doch seine Beschwörung forderte einen hohen Preis. Atemlos hielt Art der Chinesin die Hand mit dem Ring entgegen, und der Drache löste sich von selbst vom Finger und flog zu Wu. Für den Moment hatten sie genug Chaos verbreitet.

Das Wesen aus Rauch verschwand in den Wolken, die den Himmel nun vollständig bedeckten.

»Wo ist dieser Meister?«, fragte Art. Der Zauber hatte ihn in der Tat ausgelaugt, aber offenbar hatte er ihn schnell genug beendet. Jetzt versuchte er, sich darauf zu konzentrieren, den Meister zu spüren. Seine Präsenz wahrzunehmen. Doch er spürte nichts. Vielleicht waren sie zu weit von ihm entfernt. *Verdammt*, dachte Art. *Er kann im Grunde überall sein.* Und Art wusste nicht, wie viel Zeit sie noch hatten, ehe die Ereignisse des Bildes erneut begannen. Womöglich würden sie gleich wieder damit beginnen müssen, sich das Vertrauen von Murad Bey mit einer kleinen Zaubershow zu verdienen.

»Das werden wir nur herausfinden, wenn wir zu den Franzosen gehen«, meinte Amin. »Es gibt kein besseres Gefängnis für ihn. Er steht hier sicher nicht irgendwo als Zuschauer am Rand.« Amin sah hinüber zu der kleinen Zeltstadt, auf die Napoleons Männer zueilten. Das Lager der Franzosen. Unwillkürlich folgten Art und Wu seinem Blick.

Ja, dachte Art. *Wenn er hier irgendwo zu finden ist, dann sicher in einem der Zelte des Heeres, das diese Schlacht unter normalen Umständen immer gewinnen würde. Dort kann er nicht befreit werden.*
»Wir müssen uns beeilen«, sagte Art. »Das alles hier kann gleich enden.«

Ihre Eskorte war nirgends mehr zu sehen, und die Aufmerksamkeit der Kämpfenden richtete sich abwechselnd gen Himmel und auf ihre Gegner, sodass drei Magier sicher nicht auffallen würden, wenn sie in Napoleons Lager auf die Suche gingen.

»Kein Problem«, erwiderte der Ägypter lächelnd und streckte die Hand mit dem Ring aus. »Diesmal nehmen wir die Abkürzung.« Die Schlange wand sich von Amins Finger und wickelte sich um Arts. Und wieder erschien es ihm, als wüsste er, wie er die

Magie des Rings rufen konnte. Auch wenn er spürte, dass ihn der Drache einiges an Kraft gekostet hatte. Er schnippte mit den Fingern, und eines der magischen Portale öffnete sich für sie.

Auf der anderen Seite betraten sie das Lager der Franzosen. Auch hier herrschte Chaos, obwohl der Drache sein Feuer nur über das Schlachtfeld gespuckt hatte. Doch die ersten Männer waren bereits zurück, verfolgt von einigen der Mamelucken, mit denen sie sich kleinere Scharmützel zwischen den Zelten lieferten.

Keiner achtete in all dem Durcheinander auf Art und seine Begleiter. Die magische Präsenz war spürbar, kaum dass sie einige Schritte gemacht hatten. Der Meister musste tatsächlich hier sein. Die Zelte waren allesamt so kunstvoll gearbeitet, dass sie am Rand einer Schlacht völlig fehl am Platz wirkten. Sie sollten offenbar die Macht und den Reichtum der Franzosen demonstrieren. Der weiße Stoff, aus dem sie bestanden, war mit goldenen Mustern verziert, und als Art in eines von ihnen hineinblickte, fand er es so gemütlich eingerichtet vor, als wäre dies hier ein luxuriöses Feriendomizil. Dagegen wirkte das Dorf, in dem die Mamelucken ihr Lager aufgeschlagen hatten, regelrecht ärmlich.

Es war nicht einfach, sich auf die Gegenwart des Meisters zu konzentrieren, während Menschen in Arts Nähe schrien und kämpften. Doch er zwang sich zur Ruhe, auch wenn er das Gefühl hatte, dass ihm die Zeit zwischen den Fingern verrann.

»Wir teilen uns auf«, meinte Amin. »Wer den Meister findet, ruft so laut er kann. In Ordnung?«

Sie trennten sich, auch wenn Art nicht glücklich darüber war. Wu und Amin waren im Grunde schutzlos. Wer konnte sagen, was ihnen hier widerfahren würde? Er entschied sich, einem der Wege zwischen den Zelten zu folgen. Niemand war hier, und schon nach wenigen Minuten blickte er auf eines, das sich deutlich von den übrigen abhob. Es war besonders groß und besaß schmiedeeiserne Lampen an seinem Eingang. Die Wachen, die ungerührt angesichts der Schlacht davorstanden, zeigten, dass dies wohl nur einem gehören konnte.

Napoleon.

Das Zelt lag so, dass es einen guten Blick auf das Schlachtfeld bot. Die Männer betrachteten die Panik und das Chaos, als würden sie einen Film ansehen.

Art fühlte die Präsenz des Meisters. Doch nun war da noch etwas, das hier nicht hingehörte. Es war wie ein falscher Ton in all dem Lärm. So wie bei der Guillotine. Art erinnerte sich an den Moment, in dem der Henker und all die anderen Menschen in dem Bild Jagd auf sie gemacht hatten. An den Wachen würde Art nicht ohne Weiteres vorbeikommen. Er konzentrierte sich und suchte nach der Magie in sich. Als er sie fand, atmete er tief durch und ließ sie fließen. Wie von Geisterhand wurden die Wachen vor dem Zelt in die Luft gerissen und schwebten fort, als wären sie Ballons. Gerade als Art in das Zelt hineinlaufen wollte, erschien Amin neben ihm.

»Wolltest du nicht rufen? Du hast es auch gespürt, oder?« Der Ägypter klopfte Art auf die Schulter. »Sehr gut!« Er trat auf den Eingang zu. »Ich habe Meister Sahir noch nie gesehen«, sagte er. »Aber die Geschichten über ihn sind legendär. Wir sollten Wu holen und …«

Der Eingang des Zelts wurde aufgeschlagen, und ein Mann trat heraus, den Art nur von Bildern in seinem Geschichtsbuch kannte. Der Mann, der eine dunkelblaue Uniformjacke über einem weißen Hemd trug, war sicher zwei Köpfe kleiner als Art und Amin. Die Beine steckten in einer Hose, so frei von Dreck wie das Hemd, als wäre beides gerade erst gereinigt worden. Auf dem Haupt trug er einen gewaltigen Zweispitz, mit dem er wenigstens halbwegs an die Größe eines normalen Mannes heranreichte.

»Himmel, Napoleon«, entfuhr es dem Ägypter.

Der berühmte Feldherr hatte sein Haupt gesenkt, als wäre er

tief in Gedanken versunken. Art blickte sich um. Niemand nahm Notiz von ihnen. Napoleon war ohne Waffen. Ohne Wachen. Wehrlos.

Dann endlich hob der Feldherr den Kopf. Sein Antlitz sah genauso aus, wie Art es von zahlreichen Bildern kannte. Die schmale, lange Nase steckte in einem runden Gesicht. Doch die Augen passten nicht. Sie leuchteten, als wäre ein Licht in ihnen entzündet worden.

Unwillkürlich wich Art einen Schritt zurück. Der falsche Ton war mit einem Mal so deutlich zu hören, als würde nur dieses Geräusch ihm die Ohren füllen.

»Ihr.« Das Wort war Anklage und Urteil in einem. Und Art bemerkte, dass die Stimme und die Bewegung des Mundes nicht zueinander passten.

Amin und er blickten einander verwundert an, dann zuckte der Ägypter mit den Schultern. »Ihr entschuldigt, Eure kaiserliche Hoheit?«

Napoleon lächelte nachsichtig. »Kaiser? Nein, erst in einigen Jahren.«

»Bitte?« Amin wirkte erstaunt.

»Das ist nicht Napoleon«, zischte Art.

»Natürlich nicht«, erwiderte der Ägypter. »Er ist nur sein Abbild.«

»Nein.« Arts Stimme war so tonlos, dass er sie selbst kaum verstand. »Er ist er.«

Amin schien verwirrt. »Ziemlich offensichtlich, oder?«, meinte der Ägypter. »Wer sollte er …« Er kam nicht dazu, den Satz zu beenden. Napoleon hatte ruckartig in die Luft geschlagen, als wollte er einen unsichtbaren Gegner treffen. Amin wurde von den Beinen gerissen und stieß so hart gegen Art, dass beide zu Boden fielen.

»Er ist er«, brachte Art noch einmal hervor, während er den Ägypter von sich schob. »Der Henker. Los, komm auf die Beine!

Wir müssen hier weg.« Art dachte nicht nach. Er hatte den Ring einer Familie am Finger und vertraute auf die Magie in sich. Er stieß eine Faust gegen den Boden. Die Erde bebte für einen Moment, und diesmal war es Napoleon, der das Gleichgewicht verlor.

Sie rappelten sich auf und stolperten fort von dem Zelt, vor dem sich Napoleon wieder erhob.

»Es gibt hier keinen Ausweg für euch, Alunni.« Das Grinsen, das seine schmalen Lippen formten, war so bösartig, dass es Art schauderte. Der Feldherr klatschte in die Hände, und das Chaos um sie herum erstarb so plötzlich, dass die anschließende Stille laut in Arts Ohren dröhnte.

»Verdammt«, murmelte Amin. »Das ist tatsächlich nicht Napoleon! Das ist ...« Er sah zu Art, als wäre dieser Schuld an allem. »Was ist er?«

Es gab nur eine Antwort auf diese Frage, auch wenn sie sich völlig verrückt anhörte. »Er ist ein Magier.«

Als hätte Art ihrem Gegner damit das nötige Sprichwort gegeben, legte Napoleon die Hände an den Mund. »Feinde!«, rief er so unnatürlich laut, dass seine Stimme in jeden Winkel des Lagers zu fließen schien.

Im nächsten Moment hatte Art das Gefühl, dass er und der Ägypter von jedem angestarrt wurden.

»Hast du eine Idee?«, murmelte Amin ihm zu, während sie vor Napoleon zurückwichen.

»Ich?«, fragte Art entsetzt. Aus dem Augenwinkel sah er, wie die Umstehenden, gleich welcher Armee sie dienten, ihre Waffen hoben und gegen die beiden richteten.

»Du bist hier der Bilderexperte, Schätzchen. Vielleicht ein Portal? Jetzt?«

Es war knapp. Zu knapp. Obwohl Art so schnell reagierte, wie er konnte, und sich nur einen Lidschlag später ein Durchgang direkt vor ihnen öffnete, streifte ihn eine der Kugeln. Er keuchte auf vor Schmerzen, während er Amin durch das Portal folgte. Sie fanden sich mitten zwischen den Zelten wieder, nicht weit entfernt von Wu, wie Art erleichtert feststellte. Während des hastigen Zaubers hatte er an sie gedacht. Vermutlich hatte sich das Portal deshalb in ihrer Nähe geöffnet.

»Schnell«, rief Art ihr zu und öffnete ein neues Portal. Die Chinesin stellte keine Fragen, sondern trat mit Art und Amin hindurch. Sie setzten ihre Füße auf den weichen Uferboden am Nil, und das Portal schloss sich. Trügerisch ruhig floss der Strom vor ihnen, während sie verborgen im hohen Schilfgras einen Moment durchatmeten. Die Soldaten der eben noch verfeindeten Heere hatten sich offenbar zusammengeschlossen. Sie kämpften nun nicht mehr miteinander. Wie ein Bienenschwarm kamen sie Art vor. Sie suchten etwas. Jemanden. Es war nicht schwer zu erraten, hinter wem sie alle her waren.

»Ein Magier?«, entfuhr es Amin aufgebracht. Dann sah er zu Art. »Du bist verletzt.«

»Ist es schlimm?«, fragte Wu.

Den Reflex zu nicken unterdrückte Art. »Gar nicht«, behauptete er, obwohl er die Angst vor dem Tod, die der Schuss in seinem Herzen ausgelöst hatte, noch allzu deutlich spüren konnte. Außerdem brannte die Wunde, als hätte jemand Salz hineingeschüttet. Dennoch grinste er Wu an. Für einen Moment lächelte sie zurück, und er vergaß den Schmerz und die Angst.

»Es wäre klug zu warten, bis das Bild von Neuem beginnt«, sagte sie.

»Nein.« Art schüttelte den Kopf. »Ich denke, er wird immer noch wissen, dass wir hier sind. Und dann wird er uns sofort alle Soldaten auf einmal entgegenschicken.«

»Er?«, fragte Wu.

»Der Wächter. Napoleon. Ein Magier«, klärte Art sie auf. Bislang hatte er geglaubt, der Wächter sei ein Teil der Bildermagie gewesen.

»Er soll ein Magier sein?« Wu lugte zwischen den Stängeln des Schilfs hindurch. »Wie kann das sein? Aber in diesem Moment ist es nicht wichtig, wer oder was er ist, solange wir Meister Sahir retten. Habt ihr ihn gefunden?«

Art nickte. »Napoleons Zelt.«

»Gut«, sagte Wu. »Wir wissen also, wo er ist. Unser Gegner aber weiß nicht, wo wir sind. Das ist ein Vorteil.«

»Eine Armee aus Magiern wäre ein Vorteil«, warf Amin ein. »Du willst, dass wir drei in sein Zelt spazieren, den Meister befreien und dann verschwinden.«

Wus Lächeln gefiel Art in diesem Moment überhaupt nicht. »Nur Art geht in das Zelt. Wir beide locken sie fort und ziehen die Aufmerksamkeit auf uns.«

Amins Lippen bewegten sich stumm, als müsste er ihre Worte wiederholen, um sie ganz und gar zu verstehen. »Art?«, sagte er dann laut und sah ihn an, als würde er ihn zum ersten Mal sehen. »Ganz alleine? Und wir sind auch ganz alleine. Ohne Magie!«

»Der Wächter wird uns jagen«, sagte Wu. »Wir brauchen zwei der Exkalibur-Klingen.«

»Die verzauberten Dinger sind gruselig«, meinte Amin. »Ich hasse es, wenn sie durch die Luft schwingen, als würden sie leben. Habe mir mit so einem Teil mal den Arm ausgekugelt. Und die sollen uns helfen? Klar, Napoleon und seine gigantische Armee sind dadurch total im Nachteil«, murmelte der Ägypter. »Vor allem, weil die Mamelucken auch ein paar von den Dingern haben. Schon vergessen?«

»Wir können das schaffen. Und Art kann das schaffen«, sagte Wu. Sie klang so überzeugt, dass ihm keine Zweifel an ihren Worten kamen. »Er muss den Meister nur berühren und nach Hause bringen.«

»Gutes Stichwort«, sagte Amin schließlich. »Wie verlassen wir anschließend diesen Ort? Nicht, dass ich die Wüste nicht schätze. Aber die Leute hier lassen zu wünschen übrig.«

»Es liegt an Art. Wenn noch genügend Zeit bleibt, gehen wir gemeinsam. Wenn nicht ...« Sie ließ den Satz unbeendet.

»Wir werden genug Zeit haben«, sagte Art. Diesmal war er es, der so sicher klang, dass er sich fast selbst überzeugte. »Wir treffen uns hier wieder.«

»Klar«, meinte der Ägypter, der sich überhaupt keine Mühe zu geben schien, seine Skepsis zu verbergen. »Schau mal«, sagte er zu Wu. »Da hinten, wo das Lager der Franzosen beginnt, sieht es ganz gut aus. Siehst du die Klingen, die bei den Toten liegen? Sie zittern. Wollen in die Schlacht ziehen. Die nehmen wir uns. Denkt daran. Wir müssen schnell sein. So schnell, dass der Tod uns nicht erwischt.«

Während Wu und Amin fortrannten, öffnete Art für sich ein Portal und trat auf sandigen Boden. Er fand sich auf der Rückseite von Napoleons Zelt wieder. Verflucht, wieso hatte sich das Portal nicht *in ihm* geöffnet, wie Art gehofft hatte? Er fühlte, dass ihn die fremden Zauber, die er dank der Ringe vollbringen konnte, mehr und mehr erschöpften und wagte es nicht, ein weiteres Portal zu öffnen. Er brauchte seine Kraft nicht zuletzt, um den Meister und seine Freunde aus diesem Bild zu bringen. Wenigstens war niemand hier, wenngleich die Stimmen der Soldaten nahe klangen. Zu nahe für seinen Geschmack. Sie suchten nach den drei Feinden. Sosehr sich Art auch konzentrierte, er konnte die Stimme Napoleons nicht unter ihnen ausmachen. Nun, das musste nichts heißen. Er konnte überall sein. Art atmete tief durch. Für einen Moment fühlte er sich so allein, als wäre er der einzige echte Mensch in diesem Foto. Doch dann machte er sich klar, dass seine Freunde gerade alles riskierten, damit er den Meister retten konnte. *Verdammt*, dachte er, *wenn ich doch nur mehr Unterricht gehabt hätte!* Aber vielleicht musste er sich nicht auf die Magie verlassen, die er kaum kontrollieren konnte. Er musste es nur raus aus dem Zelt schaffen und dann seine Freunde wiederfinden. In all dem Chaos. Mit mehreren tausend Verfolgern im Nacken. Wie sagte Amin immer? *Das wird ein Kinderspiel.*

Irgendwo in der Ferne ertönte Geschrei. Jemand rief das Wort Alunni. Offenbar wussten die Figuren in diesem Bild, wen oder was sie da jagten. Der Eingang des Zelts würde sicher wieder bewacht werden. Und der Stoff an der Seite, auf der sich Art wiedergefunden hatte, war zu dick, um ihn zu zerreißen. Das nächste Zelt aber, in das er den Kopf steckte, war unbewacht und leer. Fieberhaft suchte er darin nach einer Waffe, doch er fand keine. Hastig und mit wild klopfendem Herzen schlich er in das nächste. Auch leer, stellte er erleichtert fest. Er beeilte sich, so gut er konnte. Durchwühlte das Gepäck der Soldaten, die hier schliefen. Und fühlte sein Herz höherschlagen, als er einen Säbel aus einer Ledertasche zog. Die Waffe wog so schwer in seiner Hand, dass der Gedanke, sie sei nur eine Illusion, völlig verrückt erschien. Er berührte die Klinge und ließ seine Magie fließen. Er fühlte, wie der Säbel erwachte, als wäre er geweckt worden. Exkalibur. Jetzt würde sich zeigen, wozu dieser Zauber nutze war. Fest schloss Art die Hand um den Griff und lief hinaus.

Die Luft schien vor Anspannung zu prickeln. Der Säbel stieß von selbst in den Zeltstoff und schnitt gekonnt eine Öffnung hinein, durch die sich Art zwängen konnte. Unwillkürlich ging er etwas in die Knie, als er mit beiden Füßen in dem Zelt stand. Er war offenbar in einem Ankleidetrakt gelandet. Auf Holzgestellen hing fein säuberlich die Ausstattung des Feldherrn. Ein Hocker in der Mitte des kleinen Raums, der von weiteren Zeltbahnen vom Rest abgetrennt war, diente vermutlich der Bequemlichkeit, wenn sich Napoleon die Uniform anlegte. So leise er konnte, schlich Art auf den einzigen Durchgang zu. Stoff fungierte als Türersatz. Vorsichtig schob Art ihn beiseite und lugte in den

Hauptraum des Zelts. Himmel, das Ding war größer als sein Appartement. Er erkannte ein Bett, über das ein giftgrüner Vorhang gespannt war, der es teilweise verdeckte. Ein kleiner Tisch samt Stühlen stand in einer Ecke. Daneben fand Art einen weiteren Durchgang, der vermutlich in ein Vorzelt führte, vor dem die Wachen postiert waren. Art konzentrierte sich. Er fühlte den Meister ganz in der Nähe. Aber er konnte nicht sagen, wo er war. Wenn er doch nicht in diesem, sondern in einem Nachbarzelt gefangen gehalten wurde, dann …

Das Geräusch, das Arts Herz fast stehen blieben ließ, kam aus dem Bett. Die Waffe hob sich von selbst, bereit zum Stoß. Wie eine Marionette kam sich Art in diesem Moment vor. Er schlich leise los, zog den Stoff so ruckartig zur Seite, dass er ihn abriss. Und sah, wie jemand sich unter der Decke auf dem Bett regte.

Verdammt, dachte Art. *Und jetzt?* Er konnte doch nicht sicherheitshalber zustoßen. Weder war er ein Mörder, noch wollte er riskieren, dass er den Meister traf, falls dieser dort lag. »Pst«, machte er und legte dabei einen Finger an die Lippen, als könnte der Mensch die Geste sehen. Dann zog er mit einer Hand die Decke fort, während der Säbel in der anderen zitterte, als wollte er endlich in einen Körper fahren.

Der Mensch, der unter dem Stoff zum Vorschein kam, hatte eine Haut, deren Farbe ihn an Amins erinnerte. Und er trug weder die Uniform der Mamelucken noch die der Franzosen. Der Mann war sicher wenigstens sechzig Jahre alt. Das Haar war so weiß wie die Laken, auf denen er lag. Nur sein Schnurrbart war durchsetzt mit einigen dunklen Haare, als wären sie die Erinnerung an seine Jugend. Er hatte die Augen geöffnet, doch er schien durch Art hindurchzublicken.

»Meister Sahir?« Den Namen wisperte Art so leise, dass er ihn selbst kaum verstand.

Keine Reaktion.

Arts Herz schlug so hart und fest in der Brust, dass er fürchtete, die Wachen könnten es hören. Mit Mühe zwang er sich zur Ruhe. Vorsichtig legte er dem älteren Herrn eine Hand auf die Schulter und ruckelte leicht an ihr. Als er das goldene Gewand, das der Mann trug, berührte, zuckte der Mann zusammen. Er versuchte noch, die Hand wieder zurückzuziehen, doch es war zu spät.

Der Meister fuhr mit einem Schrei in die Höhe, als wäre er aus einem tiefen Schlaf geweckt worden.

Vom Durchgang her erklangen Schritte. Art wirbelte herum. Und sah die beiden Wachen. Drohend hob er den Säbel, doch die Männer schien das wenig zu beeindrucken. »Ich warne euch«, schob Art hinterher.

Die einzige Antwort bestand darin, dass die beiden wortlos auf ihn zustürmten. Einer von ihnen hieb seine Waffe mit so viel Kraft auf Art, dass er den Schlag unter normalen Umständen nie hätte parieren können. Doch der Säbel in seiner Hand reagierte von selbst. Eisen traf auf Eisen. Hastig stolperte Art zur Seite und wich dem Hieb des anderen Soldaten mit viel Glück aus. Art kam nicht dazu durchzuatmen. Erneut schlugen die Wachen auf ihn ein. Und zwar gleichzeitig. Wieder reagierte seine Waffe von selbst, und keine der Klingen traf ihn. Mehr noch, diesmal stach sein Säbel gegen einen der Angreifer. Und fuhr dem Soldaten tief in die Schulter.

Ohne jedoch innezuhalten, stürzten die Männer erneut auf ihn zu.

In diesem Moment schien die Zeit auf einmal langsamer zu laufen. Art fühlte die Magie in sich. Wie ein warmer Fluss, der die Angst aus seinem Herzen trieb, und es mit Zuversicht füllte. Er war ein Magier. Warum vertraute er einer verzauberten Waffe, wenn er alles, was er brauchte, in sich trug?

Er ließ den Säbel fallen und suchte nach seiner Magie. Sie würde ihn, im Gegensatz zu der Macht der Ringe, nicht erschöpfen. Hoffentlich. Sie war längst ein Teil von Art. Sie zu nutzen, war wie laufen, atmen, blinzeln. Alles geschah, ohne dass er es steuern musste. Der verletzte Angreifer zu seiner Linken erstarrte einfach, als wäre er zu Stein geworden. Der andere zögerte nur für den Bruchteil eines Lidschlags. Für Art war dies mehr als genug Zeit. Seine Hand ballte sich zur Faust und schoss vor. Mit einem Stöhnen wurde der Soldat von den Beinen gerissen und blieb reglos am Boden liegen.

Die Zeit lief anschließend wieder in der üblichen Geschwindigkeit. Nur mühsam riss sich Art vom Anblick der beiden Besiegten los und stolperte auf den Meister zu. Der Mann sah weiterhin durch ihn hindurch, doch ein Lächeln hatte sich auf sein Gesicht gelegt. Er ließ sich anstandslos aus dem Bett ziehen und bewegte sich sogar, sodass es Art erspart blieb, ihn sich auf den Rücken zu wuchten. Stattdessen musste er sich nur dessen Arm über die Schultern legen und ihn stützen. Als würde er einen Schlafwandler führen, steuerte Art auf den Schlitz im Zelt zu, durch den er es betreten hatte. Als er die frische Luft einatmete, fühlte er sich wieder etwas besser. *Und jetzt?* Meister Sahir und er würden warten müssen. Er musste hoffen, dass Amin und Wu noch lebten und es zu ihm schafften. *Ich werde nicht ohne sie gehen. Niemals. Ich ...*

»Wie unerwartet.« Die Stimme riss Art aus seinen Gedanken. Er wirbelte so schnell herum, dass ihm der Meister fast aus den Händen glitt.

Napoleon stand vor ihm und musterte ihn wie ein Raubtier, das eine wehrlose Beute entdeckt hatte.

Für einen Moment vergaß Art zu atmen. Ihr Feind musste nur seine Männer rufen. Jetzt. In diesem Augenblick. Doch Napoleon stand einfach da und lächelte Art mit unmenschlicher Boshaftigkeit an.

»Zwei Alunni. Und derjenige, den sie zur Befreiung des Meisters schicken, ist der Schüler.« Napoleon legte den Kopf schief.

»Glaubt ihr, ich hätte euren törichten Plan nicht sofort durchschaut? Ein wenig Ablenkung, damit alle Aufmerksamkeit fort von dem Gefängnis gelenkt wird. Was du dort drin vollbracht hast, ist bemerkenswert für jemanden, der noch so unwissend in der Magie ist. Ich kann fühlen, wie schwach du bist. Wie unkontrolliert.«

Rasch sah Art sich nach einem Zeichen seiner Freunde um.

»Du kannst alle Hoffnung aufgeben, du Narr«, sagte Napoleon. »Dieses Gefängnis ist euer Grab. Nur der Meister darf nicht sterben. Das ist die Regel. Aber ihr? Ihr seid verzichtbar.« Das Lächeln wurde noch ein bisschen bösartiger. »Oder besser, deine Freunde sind es. Du aber bist anders als sie. Du vermagst in dieser Welt zu zaubern. Deine Magie hat eine andere Farbe. Eine, die mir unerwartet bekannt ist. Der einzige Grund, weshalb du noch nicht tot bist, liegt in meiner Neugierde. Sag mir, wer du bist. Woher du kommst. Dann lasse ich dich leben. Und wer weiß, vielleicht werde ich dich ausbilden. Dir die Geheimnisse der Magie offenbaren. Alle Geheimnisse. Es würde mich wundern, wenn deine magischen Freunde dir die wichtigsten Lektionen nicht vorenthalten hätten.« Er sog die Luft ein, als könnte er dort etwas riechen. »Lass mich raten, sie misstrauen dir, nicht wahr? Lassen dich spüren, dass du anders bist. Liegt es nur an der Farbe deiner Magie oder an der Farbe deiner Haut? Oder macht es vielleicht keinen Unterschied, was sie an dir so abstoßend finden? Ich weiß, wie du dich fühlst.«

Das bezweifelte Art, auch wenn einiges von dem, was Napoleon sagte, etwas in ihm berührte. Tiefer, als Art es zulassen wollte. Es stimmte. Im Zirkel der Alunni war ihm ein Misstrauen entgegengeschlagen, das er sein Leben lang schon zu oft gespürt hatte. Aber Amin und Wu waren anders. Er zwang sich, an sie zu denken. Und daran, einen Weg zu finden, hier herauszukommen. *Verlass das Bild*, sagte er sich. Es wäre das Richtige. Wer oder was auch immer da vor ihm stand, hatte keine Macht über ihn, wenn er entkam. Und der Meister musste befreit werden. Aber was war mit seinen Freunden? *Zeit*, dachte er im nächsten Moment. *Wu und Amin brauchen mehr Zeit, um es hierher zu schaffen. Lass ihn reden.* »Was sind Sie?«

»Ich bin wie du. Ein Magier. Ein Betrogener. Ein Ausgestoßener.«

Art erwiderte nichts. Er wollte mehr erfahren. Und Napoleon schien gerne zu reden.

»Einer, der immer anders ist.« Bei diesen Worten schien er Art bis ins Herz zu blicken.

Und wieder fühlte Art, dass etwas von dem, was Napoleon sagte, einen Widerhall in ihm fand. *Keine Zeit, darüber nachzudenken*, sagte er sich. *Lass das Gespräch weiterlaufen.* »In dem anderen Bild war der Henker der Wächter. Und der Henker sind Sie, richtig?«

Napoleon vollführte eine Geste wie ein Schauspieler, der seinem Publikum für dessen Applaus dankt. »Der Henker. Meine liebste Rolle. Ja, du hast recht. Ich war auch dort. Glaub mir, ihr seid mir nur entkommen, weil ich überrascht war. Wie hätte ich damit rechnen können, dass es den Alunni gelingt, in eines der Bilder zu gelangen? Meine Aufgabe besteht doch nur darin, über die Gefangenen zu wachen. Ich muss gestehen, dass ich sehr verärgert war. Immerhin habt ihr eines der Gefängnisse geöffnet. Aber ich werde verhindern, dass ihr auch dieses verlasst. Mein Angebot steht, Junge. Schließe dich mir an. Und dann können wir gemeinsam ...«

Was immer er Art auch anbieten wollte, blieb ungesagt. Denn auf einmal runzelte Napoleon die Stirn, als würde er sich über etwas ärgern.

Verwirrt lauschte Art. Doch er hörte weiter nur die Rufe der Männer, die gegen Amin und Wu kämpften. Dann aber fühlte er etwas. Es war, als würde die Luft auf einmal wärmer über seine Haut streichen. Zwei vertraute Präsenzen. »Sie kommen«, entfuhr es ihm unwillkürlich.

Napoleon legte den Kopf schief. »Letzte Chance, Junge. Die beiden werden sterben. Du auch?«

Zur Antwort stieß Art seine freie Hand nach vorne. Der Angriff war lächerlich, doch Napoleon wurde zurückgestoßen und wankte gegen das Zelt in seinem Rücken.

In den wenigen Sekunden, die Art nun blieben, zog er den Meister mit sich, um Napoleons Zelt herum und zu dessen Vorderseite. Art konnte nur hoffen, dass er seine Deckung nicht zu früh verlassen hatte. Dass seine Freunde schon nahe genug waren. Doch als er den breiten Weg betrat, an dem der Eingang zu Napoleons Zelt lag, stockte ihm der Atem. Er hatte erwartet, dass die Soldaten allesamt versuchten, Amin und Wu zu besiegen. Dass sie sich von ihnen fortlocken ließen, weg von den Zelten. Doch stattdessen blickte er in Dutzende grimmiger Gesichter. Totenstill standen die Soldaten vor ihm, aufgereiht, als warteten sie auf den Befehl anzugreifen. Arts Hoffnung, dass sein Gegner sich beschäftigen und ihm damit einen Fluchtweg offen ließ, verpuffte in nur einem Moment. Der Magier, der den Gefangenen bewachte, hatte ihm längst eine Falle gestellt.

Ein Kribbeln lenkte Art von seinen Gedanken ab. Er fühlte Magie in seiner Nähe. Die Zelte wurden hoch in die Luft gerissen, und er erkannte noch weitere Männer. Das ganze Lager war voll von ihnen. Ihre Zahl konnte er nicht einmal schätzen.

»Gib auf.«

Art musste sich nicht umdrehen, um zu wissen, wer da hinter ihm gesprochen hatte. Er schloss die Augen und konzentrierte sich ganz und gar auf die Magie, die er in sich fühlte. Er würde sich nur das Bild des Kellers vorstellen müssen, um die Fotografie zu verlassen und sich und den Meister zu retten. Doch damit würde er Wu und Amin opfern. Verzweifelt suchte er nach einer Lösung. *Denk nach*, ermahnte er sich. *Es muss doch eine Lösung geben!* Aber er war zu schwach. Er konnte es nicht mit all diesen Gegnern aufnehmen. Er besaß nicht die Macht von Wu oder

Amin. Oder etwa doch? Verfügte er nicht über eine Magie, mit der er seine Freunde retten konnte? Und sich und Meister Sahir. Es war ein Risiko. Wenn er zu viel Kraft verlor, würden sie alle in dem Bild bleiben müssen. Aber er musste dieses Wagnis eingehen. Er sah auf die Schlange an seinem Finger und schnippte. Kaum hatte sich ein Portal geöffnet, wiederholte er die Geste. Zwei Durchgänge erschienen vor ihm. Art erkannte die Verwunderung auf den Gesichtern der Soldaten. Hörte die Stimme ihres Gegners, der ihnen befahl vorzurücken. Und sah aus den Augenwinkeln zwei Menschen, die scheinbar von der Luft ausgespuckt wurden.

»Wurde auch Zeit«, brachte Art hervor. Er wankte. Die Portale hatten ihm in der Tat viel Kraft geraubt.

»Du weißt doch, wie Verwandte sind«, keuchte Amin. »Lassen einen einfach nicht gehen.« Dann sah er zu dem Mann in Arts Griff, und in sein von Anstrengung gezeichnetes Gesicht mischten sich Erleichterung und Ehrfurcht.

Neben ihm umfasste Wu ebenso wie Amin Arts Hand. »Jetzt«, rief sie.

»Denkt an die Kunsträuber«, sagte er und rief sich das Bild der Kisten erneut in Erinnerung. Zu seiner Erleichterung erschienen Teile des Kellers in Kairo vor seinen Augen. Arts Magie wirkte. Während die Kisten wieder vor seinem Auge entstanden, hörte er einen wütenden Schrei, ebenso verzweifelt wie boshaft. Napoleon erschien direkt vor ihm. Der Schrei musste aus seinem Mund gekommen sein. An seiner Seite war ein Mann. Ein Soldat? Er kam Art bekannt vor. Dieses Gesicht mit dem harten Ausdruck und den feinen Zügen hatte er schon einmal gesehen, da war er sich sicher. Doch ihm fiel nicht ein, wo das gewesen sein mochte.

Napoleon und der seltsame Mann griffen nach Art. Der Wächter versuchte, ihn mit Magie zurückzuhalten. Fast hätte es Art nicht geschafft, sich rechtzeitig wieder das Bild des Kellers in den Kopf zu zwingen. Doch die Mauern des geheimen Lagers erhoben sich aus dem Wüstenboden und verdeckten die Sicht auf den Nil. Art spürte die Magie des Wächters wie Frost auf der Haut. Aber sie verflog, und dann roch er staubige Luft. Beinahe hätte er sich über den Schuss gefreut, der nur wenige Zentimeter neben ihm in eine der Kisten einschlug.

Nur mit Mühe hielt er sich noch auf den Beinen. Der Ring löste sich von selbst, und Art gab ihn Amin zurück. Dann hörte er den Ägypter schnippen. Und im nächsten Moment war es still.

Die Farbe der Magie

Die Magie, die den Raum erfüllte, lag schwer wie Weihrauch in der Luft. Nicéphore sog den Duft tief ein. Er war wie eine beinahe verblasste Erinnerung. Auch wenn er ein Lahmer in der Magie war, so konnte er sie dennoch spüren. Welche Farbe hatte der Duft? Da war Sandgelb mit ein wenig Azurblau. Schon zum zweiten Mal innerhalb kurzer Zeit schmeckte Nicéphore diese Magie. Wie unerwartet. Sie gehörte dem Ägypter. Er war an beiden Orten gewesen. Immer dann, wenn einer der Meister befreit worden war. Nicéphores Herz schlug schneller. Er war der Jäger. Und seine Beute war ihm nahe. Sehr nahe. Allerdings würde die Spur bald kalt werden. Nicéphore ballte die Hand zur Faust. Dann sah er zu dem Alten, der ihn und die beiden anderen Inquisitoren an diese Stelle des Kellers unter den Ausstellungsräumen des Ägyptischen Museums geführt hatte.

»Wo ist dieser Händler jetzt?«, wollte Nicéphore wissen. Er glaubte nicht, dass der Mann, der sich Horus nannte, mit den Alunni zusammenarbeitete. Die Magier hatten gelernt, sich unauffällig zu verhalten. Aber vielleicht hatte dieser Horus etwas gesehen oder gehört, das half, die Beute zu finden. Womöglich sogar die Enklave, die es in Ägypten geben musste.

Nicéphore wischte sich den Schweiß von der Stirn. Verdammt, es war so heiß in diesem Land. So staubig, als hätten die Jahrtausende, die es schon existierte, auch seine Luft altern lassen. Er hatte es noch nie gemocht. Schon als er es erstmals als Teil von Napoleons Heer besucht hatte, war es ihm zuwider gewesen. All die Menschen, die sich rühmten, einer uralten Kultur anzugehören und gleichzeitig doch nur die Manieren von Tieren besaßen.

Er erinnerte sich gerne daran, wie sie damals die Soldaten dieser Wilden besiegt hatten. Zu Tausenden waren diese gestorben. Ein Zeichen der Überlegenheit der zivilisierten Welt, hatte es Napoleon damals genannt. Gut, die Magie, die Nicéphore an jenem Tag freigelassen hatte, war sicher wichtiger für diesen Sieg gewesen als die Kanonen. Aber das war etwas, an das sich nur noch er erinnern konnte. In den Geschichtsbüchern wurde die Schlacht anders erzählt.

»Ich weiß nicht, wo er ist.« Der Alte jammerte. Kein Wunder, angesichts der Waffe, die auf ihn gerichtet war.

Nicéphore verabscheute es, wenn er seinen Männern befehlen musste, auf diese Hilfsmittel zurückzugreifen. In seinen Augen waren sie kaum mehr als Pfeil und Bogen, doch sie beeindruckten die furchtsamen Menschen. Einzig Magie war eine zivilisierte Waffe. Eine, die nur die Überlegenden zu nutzen verstanden. Eine, die auch er bald wieder würde nutzen können.

»Aber ... aber ich weiß, wo ihr etwas über die Leute erfahren könntet, die ihr sucht.« Der Alte verschluckte sich fast an seinen Worten.

Auf einen Wink von Nicéphore hin senkte der Inquisitor seine Waffe.

Der Alte sah zu Nicéphore, als wäre dieser sein Retter. »Sie arbeiten für das nationale Komitee für Altertümer.« Er hatte hörbar Mühe, den Namen aufzusagen. »Ich kenne den einen von ihnen. Aber die anderen waren mir neu. Erst recht die Asiatin.« Der Alte stolperte durch seine Sätze, als hinge sein Leben davon ab, wie schnell er Nicéphore die richtigen Antworten gab. »Der eine hat fast nichts gesagt.« Er senkte die Stimme. »Ich glaube, er kommt vielleicht aus Nubien.«

Nicéphore fühlte die Lust an der Jagd nun heiß in sich aufsteigen. Welche Erklärungen gab es für das, was der Alte gesehen hatte? Der Ägypter war sicher einer aus der Enklave. Und die Asiatin? Es musste eine Wu sein. Nicéphore lachte. Der Name passte immer. Alle Mitglieder dieser Familie trugen ihn. Und der vermeintliche Nubier? Der Junge aus Paris? Dieser Artur. Nicéphore hatte lange über ihn gegrübelt. Mittlerweile war er sicher, dass der Junge einen weiteren Namen trug. Le blanc. Der Fremde aus dem Forum, der Nicéphore auf die Spur des Meisterbilds geführt hatte. Er war die ungewöhnlichste Figur in diesem Spiel. Nicéphore war sich noch nicht sicher, was er von ihm halten sollte. Nachdem sie Alasdair getötet hatten, war er zunächst wütend darüber gewesen, dass der Junge entkommen war. Doch langsam verblasste diese Wut. Offenbar war der Junge äußerst hilfreich. Allerdings durfte sich Nicéphore keine weiteren Fehler erlauben. Houdins Tod war äußerst ärgerlich. Wenigstens hatte Nicéphores Herz darauf verzichtet, vor Schmerz zu brechen.

Er sah auf die Asche, die auf dem Boden lag. Jeder normale Mensch hätte sie übersehen. Doch er spürte, woher sie stammte. Die Reste eines der Meisterbilder. Er hätte auch ohne diesen Beweis gewusst, dass die drei es geschafft hatten, einen weiteren Meister zu befreien. Er fühlte es wie die Hitze.

»Ich habe alles gesehen«, plapperte der Alte ungefragt weiter. »Die … die Leute kamen aus dem Nichts. Ich glaube, da war noch jemand bei ihnen. Dann verschwanden sie wieder. Als wären sie durch die Luft gegangen.« Er war immer leiser geworden. Sicher hatte er während des Redens begriffen, wie verrückt sich seine Worte für die Ohren der Unwissenden anhören mussten. Für Nicéphore aber klangen sie völlig logisch. Der Mann, dessen Magie in der Luft lag, hatte ein Portal geöffnet. Der Ägypter. Nur sie besaßen diese Fähigkeit. Nicéphore spürte, dass er seiner Beute so nahe war wie noch nie.

»Erzähle uns mehr von diesem Komitee, deren Vertreter hier gewesen sein sollen. Wir sind sehr an … Kultur interessiert.«

Ungebetene Gäste

Es war, als würde Art einen Film zum zweiten Mal sehen. Sie hatten den Keller des Museums gerade erst erreicht, als Amin bereits ein Portal geöffnet hatte. Nur knapp waren sie entkommen, während die Kunstdiebe auf sie geschossen hatten. Die Totenstadt hatte Art sofort wiedererkannt. Die Ruhe, die dieser Ort ausstrahlte, erschien ihm trotz all der Toten um sie herum wohltuend. Sie hatten Babaef angerufen und vor den Kunsträubern gewarnt. Ihm und Naim gesagt, wo sie mit Meister Sahir zu finden waren. Und dann hatten sie mit dem befreiten Magier gewartet. Meister Sahir saß die ganze Zeit über reglos da, angelehnt an eines der kleinen Grabhäuser, ohne auch nur ein Wort zu sagen.

Es dauerte sicher eine Stunde, bis die Mumie und Naim zwischen den Gräbern auftauchten. Aber außer ein paar Katzen, die ihnen vermutlich in der Hoffnung, etwas zu fressen zu ergattern, um die Beine strichen, hatten sie kein Lebewesen in der Totenstadt bemerkt. Beim Anblick des befreiten Meisters blieben Babaef und Naim vor Ehrfurcht wie erstarrt stehen, ehe sie halfen, Meister Sahir zu ihrem Peugeot zu geleiten. Die Rückfahrt dauerte eine kleine Ewigkeit und war ausgesprochen unbequem, da sie sich nun zu sechst in den Wagen quetschen mussten. Doch irgendwann kamen die Pyramiden in Sicht, und zum ersten Mal an diesem verrückten Tag begann Art, sich sicher zu fühlen. Alles, was geschehen war, hatte ihn so aufgewühlt, dass er sich über Wus Nähe kaum freuen konnte – obwohl die Chinesin im Auto dicht an ihn gedrängt saß.

Die Nachricht von der Befreiung des Meisters schien ihnen vorauszueilen. Vermutlich hatte Naim sie dank eines Zaubers verbreitet, kaum dass sie die schützende Enklave betreten hatten. Die enge Gasse, die hinter dem Tor nach Awal lag, füllte sich rasend schnell mit Menschen und Mumien. Einige stumm vor Staunen, andere laut jubelnd. Es waren bald so viele, dass es unmöglich war, zu Fuß zum Haus der Magie zu gelangen. Sicher auch angesichts des Zustands von Meister Sahir öffnete Naim ein Portal, und kaum waren sie hindurchgetreten, fanden sie sich in der Halle wieder, in der sie Naim erstmals getroffen hatten. Die Ärzte der Enklave erwarteten sie bereits, und Art wunderte es nicht, dass sie allesamt keine Menschen waren. Gleich fünf Mumien in weißen Kitteln standen neben Qansuh. Auch dem Tjati der Enklave waren Freude und Ehrfurcht ins Gesicht geschrieben. Doch bei ihm erkannte Art ein weiteres Gefühl: Wiedersehensfreude.

»Noch einmal willkommen«, rief Qansuh und klatschte in die Hände, als wollte er ihnen applaudieren. »Tausendundeinmal willkommen. Das ist ein großer Tag für uns.« In die Freude mischte sich schnell Sorge, als er bemerkte, dass Meister Sahir so leblos wie ein Toter schien.

Die Mumienärzte nahmen den älteren Herrn vorsichtig aus Babaefs und Arts Griff und legten ihn auf eine schwebende Bahre.

»Ernst«, sagte einer von ihnen.

»Aber nicht aussichtslos«, ergänzte ein anderer.

»Wenn Ihr so freundlich wärt, Alunni?« Einer der Ärzte nickte Naim zu, der ein weiteres Portal öffnete.

Die Mumien schoben Meister Sahir hindurch, während Naim ihnen mit Amin folgte. Einer der toten Ärzte blieb noch einen Moment. Prüfend betrachtete er Arts Wunde und bestrich sie mit einer schwarzen Salbe aus einem kleinen Döschen, das er aus einer Tasche seines Gewands zog. Als er die Salbe wieder abwischte, war die Verletzung verschwunden. Mit einer Verbeugung verabschiedete er sich und folgte den anderen.

Qansuh sah ihm nach. Dann wandte er sich Wu und Art zu. »Es gibt keine Worte, die meine Dankbarkeit beschreiben könnten.« Seine Stimme klang so rau, als hätte er sie eine Ewigkeit nicht genutzt. »Ihr seid wahrlich seltsame und wunderbare Gäste. Ich habe kaum zu hoffen gewagt, dass ihr das Meisterbild findet. Doch dass ihr Sahir befreit und uns zurückgebt, stand außerhalb meiner Vorstellungskraft. Dieser Tag soll auf immer in Erinnerung behalten werden. Ich stehe in eurer Schuld. Awal steht in eurer Schuld. Dies schreit nach einem Fest, wie ihr es noch nie erlebt habt. Alles soll vorbereitet werden«, sagte der Tjati an Babaef gewandt. Dann verflog die Freude auf seinem Gesicht und Ernst zog darüber wie eine dunkle Wolke. »Ich bin schon zu lange auf dieser Welt, um nicht zu bemerken, dass ihr durch eine Dunkelheit gegangen seid, die euch noch wie Frost auf der Haut haftet. Manchmal vermögen Worte die finsteren Erinnerungen aus dem Herzen zu vertreiben. Bitte erzählt, was geschehen ist.« Er öffnete mit einem Schnippen einen weiteren Durchgang und machte eine einladende Geste. Hinter dem Portal war sein Empfangsraum zu sehen.

Art warf Wu einen kurzen Blick zu, dann folgten sie dem Magier hindurch.

Einige Stunden später hatte Art das Gefühl, dass die Worte seine dunklen Erinnerungen zwar nicht mit sich genommen hatten. Doch sie hatten ihnen einen Teil ihres Schreckens geraubt. Geblieben aber waren die Fragen. Würde Meister Sahir aus dem Dämmerschlaf, in dem sie ihn im Bild vorgefunden hatten, wieder erwachen? Wie konnte es sein, dass ein Magier in den Bildern steckte und die Meister bewachte? Und wer war der Mann, der Art so bekannt vorgekommen war? Er hatte sich nicht eingebildet, ihn schon einmal gesehen zu haben. Doch ihm fiel einfach nicht ein, wo das gewesen sein könnte.

»Viele Geheimnisse«, hatte der Tjati gedankenverloren gemurmelt, als er alles gehört hatte, was sich während der Schlacht bei den Pyramiden ereignet hatte. »Und vielleicht werden wir keines lüften können, wenn Meister Sahir nicht erwacht.« Einen Augenblick hatte er düster auf einen Punkt am Boden geblickt. Dann aber hatte sich sein Gesicht wieder aufgehellt. »Ein weiterer Meister wurde befreit. Die Nachricht muss zum Zirkel getragen werden. Und durch ihn in die Enklaven.«

Kurze Zeit später holte Naim die beiden ab und brachte sie zu den Gästegemächern, die man im Haus der Magie für sie hergerichtet hatte. Anders als Art schien die Chinesin wenig zufrieden zu sein. Auf ihrem Weg fragte er sie leise nach dem Grund für ihr erkennbares Missfallen. Einen Moment schien sie ihm keine Antwort geben zu wollen. »Verrat«, antwortete sie schließlich doch. »Meister Houdin hat von Verrat gesprochen. Wir wissen nicht, wen oder was er damit gemeint hatte. Den Magier in den Bildern? Wer ist er und wieso ist er dort? Oder geht der Verrat von einem Magier unter uns aus? Der Zirkel muss natürlich erfahren, was hier geschehen ist. Doch ich habe kein gutes Gefühl dabei, wenn die Nachricht von der Befreiung Meister Sahirs in die anderen Enklaven gelangt. Wir sind uns in den vergangenen Jahrhunderten in vielem uneins geworden.«

»Dann ist es vielleicht ein erster Schritt, wieder zusammenzukommen?«, bemerkte Art.

Sie antwortete darauf nicht, sondern betrat ihr Gästezimmer, das direkt neben dem von Art lag. Als er seine Tür schloss, glaubte er, ihre Sorgen auf der Haut zu fühlen. Tief atmete Art durch. Der Raum war fast ebenso groß wie das Empfangszimmer des Tjati. Ein Himmelbett aus dunklem Holz. Ein Marmorboden mit so kunstvollen Mosaiken, dass sie sicher mühelos jeden orientalischen Palast hätten zieren können. Und ein großes Fenster, das hinaus auf die Enklave wies. Es hätte schwerlich einen schöneren Ort geben können. Und doch fühlte Art sich in ihm seltsam verloren. Es gab noch eine Tür, die auf einen kleinen

Balkon führte. Für einen Moment überlegte er hinauszugehen, doch dann legte er sich hin und schlief ein, kaum dass sein Kopf das Kissen berührt hatte.

Ein Klopfen weckte ihn. Wie lange hatte er geschlafen? Nicht lang genug, fand er. Die Zauber, die er während der Schlacht bei den Pyramiden gewirkt hatte, waren mehr als anstrengend gewesen. Vor allem der Drache hatte ihm Kraft geraubt. Art schlurfte zur Tür, aber als er sie öffnete, war dort niemand. Enttäuscht schloss er sie wieder. Er hatte die verrückte Hoffnung gehabt, dass Wu dort stehen könnte. Sie erschien ihm manchmal so fern, als lebten er und sie in zwei Welten. Und dann war sie auf einmal so normal wie ein Mädchen, mit dem er vielleicht in einer Vorlesung saß oder die er auf dem Campus traf. Er würde gerne herausfinden, welche von diesen beiden Frauen sie eher war. Sehr gerne.

Ein erneutes Klopfen riss ihn aus seinen Gedanken. Es kam von draußen. Art erkannte jemanden auf dem Balkon stehen. Jemanden, der ihm allzu vertraut war. »Was machst du hier?«, fragte Art, als er die Balkontür geöffnet hatte.

»Ich wollte nach dir sehen. Und die Aussicht genießen. Sie ist wunderschön, nicht?« Amin saß auf dem Geländer und sah hinaus auf die engen Gassen der Enklave, die sich unter ihnen wie die Wege eines Labyrinths ausbreiteten.

»Ja«, bemerkte Art und blickte hinab. Die Gästezimmer lagen im obersten Stockwerk des Hauses. Ein Sturz vom Geländer war tödlich, gleich wie viel Magie in dem Menschen steckte, der fiel.

»Keine Sorge«, sagte Amin. Scheinbar hatte er Art die Gedanken von der Stirn abgelesen. »Wenn ich hinunterstürzen würde, bräuchte ich nur ein Portal zu öffnen, das sich direkt über meinem Bett öffnet.« Er zwinkerte Art zu. »Musste ich tatsächlich schon mal machen.«

Art nickte stumm und begnügte sich damit, die Arme auf dem Geländer abzustützen. »Wo wird das Fest stattfinden?« Er fühlte sich überhaupt nicht danach, zu feiern. Vielleicht lag es an Wus finsteren Worten. *Verrat.* Wem konnten sie trauen? Und wem nicht?

»Überall.« Amin machte eine Geste, die alle Gassen einschloss. »Sieh.« Er deutete an das Ende der engen Straße, die sich direkt unter ihnen entlangzog. Einige Männer, die verdächtig nach Mumien aussahen, waren gerade damit beschäftigt, Tische herbeizuschaffen. »Es wird eine lange Tafel geben, die sich durch die ganze Enklave zieht. Es wird gegessen und getrunken. Gesungen und geredet. Und für eine Nacht können wir alle dunklen Gedanken hinter uns lassen.«

Art sah zu seinem Freund, dessen letzte Worte seltsam nachdenklich geklungen hatten. Er bemerkte, dass der Ägypter jemandem nachsah, der das Haus der Magie gerade verließ. Es war Naim. Der Blick, den Amin ihm nachwarf, war … Art schlug sich mit der Hand gegen die Stirn und entlockte dem Ägypter damit ein Lachen.

»Du verstehst es erst jetzt?«

»Ich muss blind gewesen sein«, erwiderte Art und kam sich unsagbar dumm vor.

»Und taub noch dazu.« Amin sah ihn mit gespielt strenger Miene an. Offenbar nahm der Ägypter es ihm jedoch nicht übel, was er bis jetzt nicht bemerkt hatte: dass die Gefühle zwischen Amin und Naim nicht die von Cousins oder Freunden, sondern die von Liebenden waren.

»Seit wann …«

»… fühlen wir so füreinander?«, beendete Amin die Frage. »Es ist, als wäre es nie anders gewesen. Wir kennen uns, seit wir denken können. Ich kann dir nicht sagen, an welchem Tag unsere Freundschaft mehr wurde.«

»Und ihr beide …«

»Ja, es beruht auf Gegenseitigkeit.«

»Kannst du mich mal einen Satz beenden lassen?«, fragte Art. Amin lachte. »Ist ein Reflex. Die meisten, die dahinterkommen, schaffen es nicht, die entsprechenden Worte über die Zunge zu bekommen. Deshalb helfe ich immer nach. Naim und ich lieben uns.«

Aus seinem Mund klang das so natürlich und klar, dass Art sich schämte, es nicht sofort bemerkt zu haben.

»Er schien verärgert über dich zu sein«, bemerkte Art.

»Naim findet, dass ich zu viele Risiken eingehe. Hat sich darüber geärgert, dass ich mich in Paris mit den Inquisitoren angelegt habe. Er ist sehr beschützend.« Amin zuckte mit den Schultern.

»Weiß es dein Onkel?«

Die Fröhlichkeit, die mit dem Lachen über Amins Gesicht gezogen war, verflog, und zurückblieb ein düsterer Ausdruck. »Er ist nicht mein direkter Onkel. Nicht der Bruder meiner Mutter. Man nennt die Alten hier einfach Onkel. Vermutlich ist die Verwandtschaft zu ihm so entfernt, dass wir beide uns näher sind als ich ihm. Nun, wir leben in der Enklave. Aber die Enklave ist … sehr traditionell. In diesem Punkt ist Awal Kairo ziemlich ähnlich. Solche wie mich nennt man hier und unter den Menschen der Wüstenstaaten Liwat. Kein netter Name«, fügte er hinzu. »Und unsere Lebensweise heißt Shaat, was zufällig auch abartig bedeutet. Die Leute außerhalb der Enklave, die wie ich und Naim sind, nennen sich selbst Kweerieh. Sie müssen ein englisches Wort nehmen und verändern, weil unsere Sprache keines besitzt, das sie respektvoll beschreibt. Du siehst, es ist etwas, über das nur schlecht, aber am liebsten gar nicht gesprochen wird. Etwas, das aus Sicht meines Onkels vergehen wird, wenn man geduldig wartet. Wie eine Krankheit.«

Mit einem Mal klang Amin so niedergeschlagen, dass sich Art hilflos fühlte. »Du darfst also nicht anders sein«, meinte er.

»Nein«, erwiderte Amin. »Das ist es nicht. Jeder ist in irgendeinem Punkt anders als die andern. Ich will nicht anders sein. Ich will ich selbst sein. Aber ich darf nicht einmal darüber reden, alles wird verschwiegen. Weißt du, schweigen ist fast schlimmer als schreien«, fügte er leise hinzu. »Denn in einem Streit könnte ich zurückschreien. Aber das Schweigen erstickt mich. Und ihn.« Er sah Naim nach, der im Gewirr der Gassen verschwand. »Ich dachte immer, jeder, der uns sieht, bemerkt es sofort.«

»Mir ist nur die Elton-John-Nummer aufgefallen«, erwiderte Art und grinste Amin an. »Ich meine den Mantel und den Hut.«

»Hey«, rief der Ägypter in gespielter Entrüstung und griff sich an seine Kopfbedeckung, die er nun wieder trug. »Ich habe die beiden in London gekauft. Du ahnst nicht mal, wie teuer sie waren.« Das Lächeln kehrte auf sein Gesicht zurück, aber die tiefe Traurigkeit in seinen Augen war noch nicht verschwunden. »Wir sind alle anders«, wiederholte Amin und atmete tief durch. »Du mit deiner Haut.« Er hob eine Augenbraue und tat, als würde er Art kritisch mustern. »Ich mit meinem ... Geschmack.« Amin schüttelte den Kopf, als würde er sich über sich selbst wundern. »Und Wu ... ich meine, sie ist eine Frau. Das macht sie unter Magiern völlig verdächtig. Eigentlich sind nur Männer Meister. Die chinesische Familie ist eine Besonderheit unter uns Besonderen. Sie hat die einzige Meisterin der Geschichte gestellt. Hieß natürlich auch Wu.«

»Wir sind also eine völlig abwegige Gruppe. Und dennoch scheint alles an uns zu hängen«, bemerkte Art. Ihm wurde mit einem Mal noch etwas anderes klar. Auch wenn er allen Grund hatte, sich anders als die Übrigen zu fühlen, tat er es nicht mehr. Nicht unter Magiern. Einige Mitglieder des Zirkels einmal ausgenommen. Deren Misstrauen ähnelte allzu sehr dem, was ihm die normalen Menschen entgegenbrachten. Aber die einfachen Magier, egal ob es sich um Madame Poêle oder die Leute hier handelte, lehnten ihn nicht ab. Zumindest die meisten nicht. Amin schien es da weitaus schwerer zu haben. »Was sollen wir jetzt machen?«, fragte Art.

Amin sah ihn ernst an. »Ich tue, was ich schon längst hätte tun sollen.«

Und zu Arts Entsetzen glitt er vom Geländer und fiel in die Tiefe. Art konnte den Schrei nicht zurückhalten, der ihm zwischen den Lippen hindurchdrang. Er blickte hinab, und zu seiner Verblüffung sah er, dass sich unter Amin ein Portal öffnete. In genau demselben Augenblick knisterte hinter Art die Luft. Er wirbelte herum. Über seinem Kopf tat sich ein weiteres Portal auf.

Mit einem überlegenden Lächeln auf den Lippen kam Amin hindurch und landete lässig vor Art auf dem Balkon. »Ich werde dir Awal zeigen«, meinte er und grinste.

Die Enklave in Paris mochte seltsam sein. Awal aber war ... Art fand kein Wort, um sie zu beschreiben. Viel hatte er noch nicht von ihr gesehen. Die meiste Zeit hatten sie nach dem Bild gesucht oder sich im Haus der Magie ausgeruht. Im ersten Moment kam ihm Awal wie eine orientalische Märchenwelt vor. In den engen Gassen schien das Leben zu toben wie ein wildes Tier. An jedem Haus gab es etwas zu sehen, zu riechen oder zu schmecken. Nun, da Art wusste, dass Amin ein Besonderer unter den Besonderen war, bemerkte er in den Augen vieler männlicher Magier eine leichte Missbilligung, als würde Amin einen Makel besitzen, an dem er selbst schuld war. Die Frauen hingegen waren freundlich zu ihm. Jeder hier schien ihn zu kennen. Kein Wunder. Sicher war der Vertreter der Enklave im Zirkel eine Berühmtheit in Awal.

Amin stolzierte mit Art durch die Gassen und hatte es sich offenbar zum Ziel gesetzt, jede Person zu begrüßen, der sie begegneten. Und Art fragte sich, ob das überhebliche Selbstbewusstsein seines Freundes in Wirklichkeit nicht ein Schild war, um sich vor Anfeindungen zu schützen. Neben ihnen marschierte ein Mann, dem einige Säcke voller Gewürze folgten. Die Säcke schwebten, als würden sie von unsichtbaren Trägern gehalten. Um sie herum wurde das Fest vorbereitet. Immer mehr Tische wurden herbeigebracht. *Nein*, dachte Art im nächsten Moment. *Die Tische gehen selbst auf ihren schlanken Beinen.* Und die Stühle ebenfalls. Die Mumien, die ihnen folgten, dirigierten sie lediglich mit leichten Handbewegungen. Lampen schwebten über den Gassen, und die Kinder liefen so aufgeregt zwischen den Erwachsenen und Mumien herum, als würde das Fest einzig für sie ausgerichtet. Es dämmerte bereits, und die ersten Lichter erhellten die Gasse. Sicher würde die Feier bald losgehen.

Die Luft in der Enklave duftete schon. Die Aussicht auf ein wunderbares Essen lag darin, und Art merkte auf einmal, wie hungrig er war. Er wollte Amin gerade fragen, ob sie nicht langsam zurück zum Haus der Magie gehen müssten, als die Dämmerung von einem Lichtblitz erhellt wurde. Im ersten Moment dachte Art, ein Feuerwerk würde vielleicht den Beginn des Festes markieren. Zwar hätte er so etwas eher an dessen Ende erwartet, aber womöglich wurden die Dinge hier anders gehandhabt. Doch dann erkannte er den seltsamen Ausdruck auf Amins Gesicht. Der Ägypter schien … verwirrt und besorgt. »Was ist los?«, fragte Art misstrauisch.

»Ich … ich …« Amin blickte weiter in den unechten Himmel und runzelte die Stirn, als hoffte er, dass ihm seine Augen einen Streich gespielt hätten.

»Amin«, sagte Art. Der Klang des eigenen Namens ließ seinen Freund den Blick auf ihn richten. »Das ist nicht gut, oder?«

»Nein«, wisperte Amin. »Das ist ein Warnzauber. Es sind die …«

»Inquisitoren!«, schrie jemand aus der Menge, die sich in der Gasse gesammelt hatte.

Und dann brach das Chaos aus.

Wie hatten die Inquisitoren sie gefunden? Wie viele waren es? Waren sie den Magiern überlegen? Und wie konnte Art am schnellsten zu Wu gelangen? Es waren zu viele Fragen, die alle zur selben Zeit in seinen Kopf drängten. »Wir müssen zurück«, rief er in den Lärm hinein, der sich um sie herum erhob, als wäre ein Gewitter losgebrochen. Weitere Warnzauber zerschnitten die aufziehende Dämmerung, und Art zwang sich nachzudenken. Bislang hatten sie noch keinen der Inquisitoren zu Gesicht bekommen. Irgendwo in einiger Entfernung aber schrien Menschen. Die Menge drängte ihn und Amin mit sich, und Art hatte in dem Getümmel schnell die Orientierung verloren. »Kannst du nicht ein Portal öffnen?«, rief er Amin über die zahllosen Stimmen, die die Gasse füllten, hinweg zu.

»Zu wenig Platz«, erwiderte er und hielt seinen Hut auf den Kopf gedrückt.

Hinter ihnen liefen im Eilschritt einige Männer, die Amin recht ähnlich sahen, und wenigstens ein Dutzend Mumien mit grimmigen Gesichtern die Gasse entlang. Lautstark verlangten sie vorbeigelassen zu werden.

»Die Garde der Enklave«, sagte Amin knapp und zog Art beiseite. Um sie herum drängten sich die Leute an die Häuser, um Platz zu machen.

Der letzte der Wächter, der an ihnen vorbeieilte, war eine Mumie mit einem schartigen Schwert in den Händen. Mit schnellem Griff hielt Amin ihn fest. »Wie sind sie hereingekommen?«

Der Mumienkrieger sah so ärgerlich auf Amins Hand, als überlegte er, sie einfach mit seiner Klinge abzuhacken. »Haupttor«, sagte er dann. »Sie haben das Gesicht des Wächters vom Stein der Tür geschlagen. Nur Seth, der Verfluchte, weiß, wie sie das geschafft haben.« Er riss sich von Amin los und folgte den anderen weiter die Gasse entlang. Kaum waren die Verteidiger an ihnen vorbeigerannt, setzte sich die Menge auch wieder in Bewegung und nahm Art und Amin mit sich wie ein Fluss zwei Stücke Treibholz.

»Da vorne ist ein Platz«, sagte Amin, der nun alle Mühe hatte, seinen Hut auf dem Kopf zu behalten.

Einen Moment später öffnete sich die Gasse tatsächlich auf eine weite Fläche.

»Da könnte es gehen.« Amin zog Art hinter sich her auf einen leeren Hauseingang zu. Kaum waren sie der drängenden Menge entwischt, schnippte Amin auch schon mit den Fingern, und direkt vor der Tür des Hauses erschien ein Spalt in der Luft.

Sie sprangen hindurch, und Art stolperte über den Boden im Haus der Magie. Auch hier erklangen Schreie. Und direkt neben ihm erfüllte ein Schuss die Luft.

Er wirbelte herum und blickte einem der Grauen entgegen. Der Hass, den der Mann im Herzen trug, verzerrte ihm das Gesicht. Er hatte einen der Handschuhe übergezogen, doch die freien Finger schlossen sich um eine Pistole. Der Schuss, den er abgegeben hatte, schien einer der Mumien gegolten zu haben. Der Inquisitor feuerte ein weiteres Mal. Unbeeindruckt nahm die Mumie zur Kenntnis, dass die Kugel in ihrer Brust stecken blieb. Einem Mann, der neben ihr reglos auf dem Boden lag, schien der Inquisitor hingegen das Herz zerschossen zu haben. Blut färbte dessen weiße Galabija.

Die Wut, die sich in Art regte, war so heiß, dass sie seinen Verstand verbrannte. Er dachte nicht nach, als er die Hand hob. Die Magie, die er in sich fühlte, glich in diesem Moment nicht wie sonst einer Quelle, aus der er schöpfen konnte, sondern einem Vulkan, der unvermittelt ausbrach.

Amin neben ihm rief einen Namen. Vermutlich gehörte er zu dem blutenden Mann auf dem Boden.

Art konnte die Magie, die sich in seine Finger entlud, nicht lenken. Genauso gut hätte er versuchen können, einem Blitz eine Richtung zu geben.

Der Inquisitor riss noch die Hand mit dem Handschuh schützend in die Höhe, doch es war zu spät. Eine Welle, die die Luft erzittern ließ, schoss auf ihn zu, riss ihn von den Beinen und fegte dann an der Wand hinter dem Grauen entlang. Sie fuhr krachend in die Holzvertäfelung und trieb tiefe Kerben in sie hinein. Der Inquisitor stöhnte leise, dann regte er sich nicht mehr.

»Nicht schlecht«, sagte Amin, kniete eine Sekunde später neben dem am Boden liegenden Mann und fühlte seinen Puls. Dann presste er resigniert die Lippen aufeinander.

Art musste nicht fragen, ob der Magier noch lebte, als sich Amin mit ernster Miene wieder erhob. »Wo ist Wu?«, fragte er.

Ein Schrei drang von oben zu ihnen herab.

»Vielleicht da, wo der Krach ist«, erwiderte Amin. Er öffnete ein weiteres Portal, und Art sprang mit ihm hindurch. Sie gelangten auf den Flur, in dem die Zimmer von Art und Wu lagen. Eine der Türen stand offen. Es war die der Chinesin. Art wollte hineinstürmen, doch Amin hielt ihn zurück. Ehe sich Art losreißen konnte, kam einer der Inquisitoren aus dem Raum. Er hob so schnell die Hand, dass keiner der beiden reagieren konnte. Der Graue stieß die behandschuhte Faust nach vorne, und sie wurden von den Beinen geholt. Es fühlte sich an, als hätte ein Unsichtbarer zugeschlagen. Einen Moment lang war Art ganz benommen. Nur undeutlich sah er, dass eine der anderen Türen aufgerissen wurde. Seine Tür. Eine Gestalt kam aus dem Zimmer. Sie bewegte eine Hand, und der Inquisitor erstarrte, als wäre er zu Eis geworden.

»Was macht ihr hier?«, fragte Wu.

Einen Moment später sah Art ihr Gesicht so nahe vor seinem, dass er die Magie roch, die ihr an der Haut haftete. Schneeweiß. »Wir retten dich?«, brachte er heraus. Er ignorierte die Hand, die sie ihm im nächsten Moment hinhielt. Es war schon würdelos genug, dass er hier vor ihr wie ein auf den Rücken gedrehter Käfer lag. Da konnte er sich unmöglich von ihr helfen lassen, um wieder auf die Beine zu kommen.

»Das ist …«, sie sah Amin und ihn mit gerunzelter Stirn an, während sich die beiden wieder auf die Füße drückten, »nett von euch. Aber ich habe es auch so hinbekommen. Die Inquisitoren sind gut vorbereitet. Sie alle haben mehrere Zauber in ihren Todesfingern gesammelt. Sogar Portal-Zauber müssen darunter sein. Sonst wären sie nicht so leicht überall hingelangt. Ich hatte meine Tür offen stehen lassen, um sie in die Falle zu locken und mich bei dir versteckt«, sagte sie zu Art. »Vom Balkon aus kann man es sehen. Sie sind überall. Und sie sind so brutal, wie ich sie noch nie erlebt habe.«

»Wir schon«, sagte Amin leise. »Wir müssen Meister Sahir fortschaffen. Er ist der Schlüssel. Nichts ist wichtiger.« Bei diesen Worten blieben seine Augen an der Tür hängen, als wollte er am liebsten erneut vom Balkon springen, um in den Gassen nach jemandem zu suchen, den er liebte.

»Es geht ihm sicher gut«, sagte Art, und seine Worte malten ein schwaches Lächeln auf Amins Gesicht. »Und wir können ihn suchen, wenn wir Meister Sahir gerettet haben.«

»Wo ist er?«, fragte Wu, während sie dem erstarrten Inquisitor den Handschuh abzog.

»In einem besonderen Raum«, sagte Amin. »Magisch gesichert. Ich kann kein Portal direkt hinein öffnen. Nur meinem Onkel ist das möglich. Wenn wir zu Meister Sahir wollen, müssen wir meinen Onkel finden.«

»Wo würde er jetzt am ehesten sein?«, fragte Art drängend. Für den Moment mochten sie alleine im Flur sein. Doch er hörte weitere Schreie. Noch mehr Inquisitoren als dieser eine mussten in das Haus der Magie gelangt sein.

»Mein Onkel? Mittendrin«, meinte Amin überzeugt. »Er hat immer gerne von den Kämpfen gegen die Inquisitoren erzählt. Von der guten alten Zeit.« Er lächelte schief. »Bin sicher, dass er es sich nicht nehmen lässt, die wieder aufleben zu lassen. Außerdem«, er wurde ernst, »führt er die Verteidigung bestimmt persönlich an.«

»Und wenn er davon ausgeht, dass Meister Sahir sicher in einer Kammer untergebracht ist, die von außen nicht geöffnet werden kann, würde er wohl versuchen, die Angreifer dort zu stoppen, wo sie die Enklave betreten müssen«, sagte Wu.

»Du meintest doch, sie haben Portal-Zauber in ihren Todesfingern«, warf Art an Wu gewandt ein.

»Sicher ist die Zahl dieser Zauber begrenzt«, erwiderte Amin an ihrer Stelle. »Sie sind schwer zu stehlen. Und sie können nicht von außen in die Enklave hineingewirkt werden. Schutz-Zauber verhindern das. Nein, die Inquisitoren müssen erst mal durch die Tür kommen.«

Wu nickte Amin zu und warf den Handschuh angewidert zu Boden. Mit dem ausgestreckten Zeigefinger deutete sie auf ihn. Sofort ging er in Flammen auf, und ein beißender Gestank erfüllte den Flur.

»Dann also auf in den Kampf«, meinte Amin und nickte Art und ihr zu. Er schnippte mit dem Finger, und ein weiteres Portal öffnete sich vor ihnen. »Ich würde ja sagen, dass du vor mir hindurch gehen darfst. Aber als Gentleman will ich erst mal nach dem Rechten sehen«, meinte Amin und verschwand durch die Öffnung in der Luft.

»So ein Angeber«, sagte Wu und folgte ihm nur einen Lidschlag später.

Art sah durch die geöffnete Tür hinaus auf die Enklave, die sich jenseits des Balkons erstreckte. Dies war ein Krieg. Nicht wie der in dem Bild. Dieser hier war echt. Menschen starben. Und obwohl Art vor wenigen Tagen nichts von all dem hier gewusst hatte, schien es ihm, als würde seine eigene Heimat angegriffen. Er sah auf seine Finger, als hielte er eine Waffe und ballte die Hand zur Faust. Dann ging auch er durch das Portal und trat auf das Pflaster einer Gasse. Nur knapp entging er einem Zauber, der die Luft neben seinem Kopf vibrieren ließ und krachend in eines der Häuser einschlug. Vor ihnen auf dem Boden lagen Bruchstücke der Tür, durch die er mit Wu und Amin die Enklave betreten hatte. Bestürzt erkannte er einige Teile des Gesichts, das sie geziert hatte. Seine Freunde fand er nur wenige Schritte entfernt. Sie hatten zusammen mit ein paar Magiern und einem halben Dutzend Mumien hinter den Auslagen eines Geschäfts Deckung bezogen. Zauber schossen durch die Luft auf eine Gruppe Inquisitoren zu, die sich vor dem Eingang postiert hatten und Schilde in den Händen hielten, als wären sie Ritter. Die Schilde schimmerten in demselben Silbergrau wie die Todesfinger. Die Luft war erfüllt vom Duft der Zauber. Es war für Art unmöglich, die Farben zu benennen, die er wahrnahm. Genauso gut hätte er versuchen können, in einer schreienden Menge einzelne Worte zu verstehen.

Er suchte Schutz in einem Hauseingang und versuchte, sich einen Überblick zu verschaffen, doch er konnte in all dem Chaos nicht feststellen, welche der beiden Seiten im Vorteil war. Die meisten Zauber schlugen in die Schilde der Inquisitoren ein. Einer von ihnen, der in der zweiten Reihe stand, entließ einen der Zauber aus seinen Todesfingern und riss einer Mumie, die gerade dabei war, mit einem altmodisch aussehenden Gewehr auf die Grauen zu zielen, den verschrumpelten Kopf von den Schultern. Wie Amin vorhergesagt hatte, war der Tjati der Enklave unter den Verteidigern. Hatte er im Haus der Magie noch alt und behäbig gewirkt, schien der Kampf nun eine unerwartete Kraft in ihm entfesselt zu haben. Laut brüllend stand er in vorderster Linie und wehrte elegant jeden Zauber der Inquisitoren ab, den sie auf ihn losließen. Es war, als spielte er dabei Tennis mit einem unsichtbaren Schläger. Gleichzeitig schaffte er es, mit einem Feuerball den Anzug eines Grauen in Brand zu stecken, der versuchte, in die Gasse zu gelangen. Ein junger Magier, der am Rand der Verteidigungslinie stand, wollte dem Tjati offenbar nacheifern und es ebenfalls mit diesem Zauber versuchen. Der Feuerball aber, den er in seiner Hand erschuf, war weitaus langsamer, als er auf die Inquisitoren zuflog. Einer der Grauen holte mit dem Schild aus und schleuderte ihn auf die Magier zurück. Das Feuer verbiss sich in den Leib einer Frau, die aus der Gasse zu flüchten versuchte und nicht rechtzeitig ausweichen konnte. Lauthals schreiend warf sie sich zu Boden.

Für einen Moment waren die Verteidiger abgelenkt, und einer der Inquisitoren befahl seinen Männern vorzurücken. Er bewegte den Arm, an dem er einen der Handschuhe trug, und ein Portal öffnete sich. Gleich fünf der Inquisitoren verschwanden durch die Öffnung, ehe sie sich schloss.

Art wartete einen Moment ab, in dem kein Zauber an ihm vorbeischoss, und lief auf die Deckung seiner Freunde zu. Dabei sah er zu den Grauen, die nachrückten und den Platz der anderen einnahmen, die sich vermutlich nun irgendwo in der Enklave befanden. Einen riss er mit einem Zauber von den Füßen. Doch der zweite zielte mit seinem Handschuh auf Art. Der duckte sich ... und wurde im nächsten Moment von jemandem zur Seite gerissen, als der Zauber des Inquisitors so dicht an ihm vorbeischoss, dass er die Magie deutlich auf der Haut spürte.

Er sah Wu direkt in die Augen. »Vorsicht«, mahnte sie ihn, während sie ihn hinter die Auslagen zog. »Dieser Krieg hier ist echt.«

Eine der Mumien schoss mit einem Gewehr auf die Inquisitoren und traf einen von ihnen mitten in die Brust.

»Wir halten uns gut, oder?«, fragte Art.

»Ja, aber es ist aussichtslos«, erwiderte Wu. »Wir können kaum verhindern, dass sie Portale in die Enklave hinein öffnen. Sie suchen den Meister. Und sie suchen Hinweise auf die anderen Enklaven.«

In diesem Moment erklang ein Signal, das Art an eine Alarmsirene erinnerte.

Qansuh hielt in seinem Kampf inne, als ein Mann anfing, auf den alten Magier einzureden. Es war Naim. Der Miene des Tjatis war zunächst nicht zu entnehmen, was er dachte. Doch sein Gesicht verfinsterte sich und er nickte mit erkennbarem Widerwillen. Er warf noch einen Blick auf die Inquisitoren, in dem all die Verachtung und die Wut zu finden war, die er für sie empfinden musste. Dann machte er eine Bewegung mit den Fingern, und ein Portal öffnete sich für ihn in der Luft. Er winkte zwei der Verteidiger mit sich und verschwand.

»Wohin geht er?«, fragte Art.

»Zu Meister Sahir. Awal wird evakuiert«, wisperte Amin so leise, als fürchtete er sich vor den eigenen Worten. »Die Inquisitoren sind bereits tief in die Enklave vorgerückt. Sie sind überall.« Dann sah er Art an, als könnte er selbst nicht glauben, was er gerade gesagt hatte. »Awal wird fallen.«

»Aber …«, begann Art, doch Amin schüttelte den Kopf, und alle Worte erstarben ihm auf den Lippen.

»Es ist vorbei. Dieser Ort ist nicht mehr sicher.« Amin schleuderte einen Zauber auf die Inquisitoren, der jedoch zu ungenau gezielt war, an den Schilden abprallte und gegen eine Hausfassade schlug.

»Unsere magische Gemeinschaft wird nicht mehr sicher sein, wenn wir nicht fliehen und alles vernichten.« Naim suchte schweratmend Schutz bei ihnen. Er klang rau vor Bitterkeit. »Vor diesem Tag haben wir uns immer gefürchtet. Und den anderen herbeigesehnt. Meister Sahir ist zurück. Unsere Hoffnung. Und Awal fällt. Unsere Furcht.« Er klang, als könnte er nicht glauben, dass er beides am selben Tag erlebte.

Ein erneutes Signal ertönte, während sich einige Verteidiger in die Gasse zurückzogen.

»Kommt«, sagte Amin mit schwerer Stimme zu Wu und Art. Er zog sie beide in einen Hauseingang.

Die Inquisitoren indes rückten nicht nach.

»Moment«, sagte Art und hielt Amin am Arm fest. »Irgendetwas geht da vor sich.«

Verwirrt sah der Ägypter zum zerstörten Eingang in die Enklave.

Die Inquisitoren wichen zur Seite und machten Platz für jemanden, der hindurchkam.

Art kannte den Mann, der so selbstsicher auf die Gasse trat, als gehörte ihm die Enklave. Er hatte ihn in der Nacht gesehen, als Monsieur Rufus das Leben verloren hatte. Und er hatte ihn ein weiteres Mal zu Gesicht bekommen. In einer Welt, die es im Grunde nicht gab. Aber das war unmöglich. Das konnte nicht sein.

»Was ist?«, fragte Amin, der Arts fassungslose Verblüffung bemerkt hatte.

»Dieser Mann da«, murmelte dieser. »Er war in dem Bild. Bei den Pyramiden.«

»Unmöglich«, erwiderte Amin und hob eine Hand. »Wie sollte er da herausgekommen sein? Nur der Wächter und Meister Sahir waren echte Menschen.«

Der Alarm schrillte erneut. Dann veränderte sich der Ton und wurde lauter. Drängender.

Resigniert seufzte Amin. »Das Evakuierungssignal. Es … es ist vorbei.« Er öffnete ein Portal, und sein Zauber wurde überall um sie herum wiederholt. Art konnte fühlen, dass in der ganzen Enklave Durchgänge entstanden.

»Er kommt mir bekannt vor«, wisperte Wu mit dem Blick auf den Mann, der die Enklave betrat. »Aber es kann nicht sein. Der, an den er mich erinnert, müsste tot sein. Und er war nie ein Inquisitor.«

»Keine Zeit für Geister«, sagte Amin entschieden. »Es gibt einen Ort, an dem wir alle uns sammeln, wenn es zum Fall Awals kommt. Himmel, ich hätte nie gedacht, dass wir jemals dorthin gehen müssen.« Er sah sich noch einmal um, als wollte er sich das Bild tief in sein Gedächtnis brennen. Dann ging er durch das Portal.

Sie verließen die Enklave.

Und Awal fiel.

Im Angesicht der Herrscher

Eine Sonne, die so gleißend hell vom Himmel brannte, dass Art unwillkürlich den Blick senkte. Sand, der sich so endlos ausbreitete, als würde er die ganze Welt bedecken. Und eine Hitze, die sich um Art legte, als wollte sie ihm das Leben aus dem Leib brennen. Sie waren in der Wüste. In der echten Wüste. Um sie herum gab es keinerlei Anzeichen von Zivilisation. Noch nie war Art so weit weg von allem Menschlichen gewesen.

Wu war direkt neben ihm. Amin stand ein paar Schritte hinter ihr. Er sah aus, als hätte er sich und alles verloren. Fassungslos starrte er auf die Dünen. Nur wenige Menschen teilten sich das scheinbar unendliche Sandmeer mit ihnen, doch schon im nächsten Moment zerschnitten kurze Lichtblitze die Luft und weitere Portale öffneten sich. Aus einigen kamen Menschen, aus anderen traten auch Mumien auf den Sand. Den Ausdruck auf den Gesichtern teilten sie sich alle.

Sie hatten verloren.

Die Düne, auf der sie standen, füllte sich mit immer mehr Leuten, und bald schon waren sicher einige hundert um Art und seine Freunde auf der Anhöhe versammelt. Es war gespenstisch still. Keiner sagte ein Wort.

Amin war schnell verschwunden. Er war der Alunni dieser Enklave und sicher wollte er sich einen Überblick über die Geretteten verschaffen. Nach Qansuh und Meister Sahir suchen. Und nach Naim. Hier in ihrem Umkreis war er nicht aus einem Portal erschienen.

Art blieb dort, wo er die Wüste betreten hatte. Er setzte sich neben Wu auf die Düne. Immer weniger Durchgänge öffneten sich. Die Geretteten fingen an, jedes Mal zu jubeln, wenn noch jemand durch ein Portal kam. Doch irgendwann erschien kein weiterer Riss mehr in der Luft, und es wurde wieder still. Als jedoch ein Raunen durch die Menge ging, erhob sich Art und sah, dass sich doch noch ein Portal geöffnet hatte, abseits von allen anderen. Gebannt starrte die Menge auf den Durchgang.

Auch Art sah atemlos auf den Riss in der Luft. Kamen noch weitere Bewohner der Enklave? Oder hatten die Inquisitoren eine Spur zu diesem Ort gefunden? Er erkannte Amin, der sich dem Durchgang vorsichtig näherte. Ein Schatten fiel auf den Sand, als eine Gestalt hindurchkam.

Erleichtert atmete Art durch, als er die graue und vertrocknete Haut erkannte. Eine Mumie. Es folgten zwei weitere von ihnen und einige Magier. Sie stützen einen Mann, der nicht auf den eigenen Beinen gehen konnte. Meister Sahir. Unter den Magiern war auch Naim. Er war also nicht auf direktem Weg aus Awal geflohen, sondern musste bei der Rettung von Meister Sahir geholfen haben. Zuletzt kam ein älterer Magier hindurch, und hinter ihm schloss sich das Portal. Qansuh sah sich um, und dann brandete – der Niederlage zum Trotz – lauter Jubel in der Menge auf.

Wie aus dem Nichts erschien eine Liege, auf die Meister Sahir gelegt wurde. Sein Gesicht war so starr wie das eines Toten. Die Mumien, die mit ihm durch das Portal gekommen waren, scharrten sich sofort um ihn und begannen, sich um ihn zu kümmern. Vermutlich waren es die Ärzte der verlorenen Enklave. Ein Magier warf einen kleinen Beutel vor sie, und ein Zelt wuchs daraus hervor, als wäre es eine Pflanze. Das Ding erinnerte Art an die Bungalows von Madame Poêle. Schnell hatte es sich um den Meister und seine Ärzte geschlossen und schützte ihn vor der Hitze.

Während der Tjati einige Leute zu sich rief und mit ihnen sprach, trat Amin auf Naim zu. Einen Moment lang sahen sich die beiden wortlos an. Dann fielen sie sich in die Arme und küssten sich, während die Menge um sie herum feierte, dass die Inquisitoren es nicht geschafft hatte, ihren Meister in ihre Gewalt zu bringen.

Die Freude verging jedoch nach kurzer Zeit, und zurück blieben Erschöpfung und Trauer. Schnell wurde deutlich, dass nicht alle Einwohner der Enklave hatten gerettet werden können. Mumien gingen durch die Reihen und zählten die Überlebenden.

Art hielt sich im Hintergrund. In diesem Moment konnte er nichts tun und kam sich so unnütz wie ein überflüssiges Gepäckstück vor. Auf den Gesichtern der Geretteten erkannte er immer wieder dieselbe Mischung aus Erleichterung und Niedergeschlagenheit. Seine Freunde hatten eine Zeitlang bei Qansuh gestanden und mit ihm geredet. Nun waren sie zu ihm zurückgekehrt. Zelte wie das, in dem Meister Sahir behandelt wurde, entstanden, und eine kleine Stadt aus ihnen wuchs auf den Dünen.

»Wie viele sind es?«, fragte Art, als Babaef am Ende der Zählung an ihm und seinen Freunden vorbeiging. Sie saßen vor einem der Zelte im Schatten einer Plane, die über ihnen schwebte.

Für einen Moment schien es, als wollte die Antwort dem Geschöpf nicht über die vertrockneten Lippen kommen. »Fünfundzwanzig weniger als es sein sollten«, sagte Babaef schließlich. »Zehn meiner Sorte und fünfzehn Magier. Darunter auch drei Kinder.«

Vermutlich hatte Art keinen der Vermissten in der kurzen Zeit in Awal zu Gesicht bekommen. Und doch schnitt ihm die Nachricht, dass sie nicht hatten gerettet werden können, so tief ins Herz, als hätten sie zu seiner eigenen Familie gehört. Wie seltsam sich das anfühlte. Die magische Welt wurde immer mehr zu seiner. Und die der Menschen erschien ihm zusehends fremd. »Dann ist es vorbei?«, fragte er.

Seine Freunde blickten ihn irritiert an. »Vorbei?« Amin klang, als müsste er das Wort erst kosten. »Wieso?«

»Wieso?«, echote Art verständnislos. »Deine Heimat ist verloren. Einige von uns sind in die Hände der Inquisitoren gefallen oder wurden getötet. Und der einzige Meister, den wir haben retten können, liegt in einer Wüste und ist in einen Schlaf gefallen, aus dem er nicht erwacht.« Art war so laut geworden, dass einige der Umstehenden zu ihm hinsahen. Es war ihm gleich. Mit jedem Wort war das Gefühl in ihm aufgestiegen, dass sein Auftauchen all die schrecklichen Ereignisse der vergangenen Zeit ausgelöst hatte. Angefangen von Monsieur Rufus' Tod bis hin zum Fall der Enklave in Kairo.

Wu legte den Kopf schief und musterte ihn einen Moment lang nachdenklich. »Du glaubst, das alles sei deine Schuld?« Art konnte nicht anders, als sie wortlos anzustarren. Verdammt, sie schien ihm bis ins Herz blicken zu können. Er wollte etwas erwidern, doch sie sprach weiter, ehe auch nur ein Wort über seine Lippen gekommen war. »Der Krieg gegen die Inquisitoren hat lange vor deiner Zeit begonnen. Sogar lange vor unserer Zeit.« Sie machte eine Geste, die alle um sie herum einschloss. »Wir haben ihn nie führen wollen und uns jahrhundertelang vor ihm versteckt. Es herrscht Krieg, weil wir anders sind. Weil wir anders sein wollen.«

»Das ist es nicht«, entgegnete Art, als er an die Worte dachte, die Amin zu ihm gesagt hatte. »Jeder ist anders als die andern. Wir aber wollen nicht anders sein. Wir wollen wir selbst sein.« Er suchte Amins Blick, und der nickte ihm lächelnd zu.

Einen Moment sah Wu ihn verwundert an. »Ja, das stimmt«, pflichtete sie ihm bei. »Und die Befreiung der Meister ist der einzige Weg, den Krieg zu beenden und ohne Angst vor der Inquisition leben zu können. Du hast Ereignisse in Gang gesetzt, auf die wir lange gehofft hatten. Du kannst die Bilder finden. Du kannst sie öffnen. Du kannst diesen Krieg gewinnen. Dass es nicht einfach sein würde, wussten wir. Aber der Krieg wäre irgendwann ohnehin zu uns gekommen. Für uns gibt es keinen Frieden, solange die Inquisitoren uns jagen. Nirgendwo und zu keiner Zeit.«

Art atmete tief durch, als könnte er so die Schuld aus seinem Herzen vertreiben. Er blickte über die Reihen der Geretteten. Sie hatten keine Heimat mehr. Er verstand nicht viel vom Krieg. Aber die Lage erschien ihm reichlich trostlos. »Zu den anderen Bildern gibt es keine Spur. Gut, wir könnten das Internet durchforsten. Vielleicht finden wir irgendwo einen Hinweis. Ich meine, da ist …« Er stockte, als er an das Forum dachte, in dem er diesen Nicéphore kennengelernt hatte. An den Mann, der ihm vor dem Fotoladen und während der Schlacht um die Pyramiden begegnet war. Und in Awal. All die Aufregung bei der Flucht und die anschließenden trüben Gedanken an die Niederlage und seine eigene Rolle in allem hatten das Bild an den Mann aus seinem Kopf gedrängt. Nun aber konnte er an nichts anderes mehr denken. »Da war doch dieser eine Inquisitor, den ich kenne.« Art bemerkte Amins verwirrten Blick. »Nicht persönlich«, schob er hinterher. »Aber ich habe ihn schon in Paris gesehen. Eben in Awal. Und in dem Bild neben Napoleon.« Er hob die Hand, als er bemerkte, wie Amin zu einer Erwiderung ansetzte. »Ich weiß, dass das eigentlich nicht möglich ist. Aber es war so.« Er sah zu Wu. »Und du hast gesagt, dass er dich an jemanden erinnert, der tot sein müsste. Und dass dieser Mann nie ein Inquisitor war. Er war einer von euch. Einer von uns.« Es war keine Frage. Art konnte es in Wus Blick erkennen.

Für einen Moment schien sie unentschlossen. »Diese Dinge sollten nicht hier besprochen werden.« Sie deutete auf das Zelt, in dem Meister Sahir behandelt wurde und ging dorthin. Art und

Amin folgten ihr, und auf einen Wink von Amin hin ließen die Mumienwächter, die vor dem Eingang standen, sie passieren.

Es überraschte Art nicht, dass das Zelt weitaus geräumiger war, als es von außen den Anschein machte. Dies hier war eine Welt voller Magie. Meister Sahir lag auf der Trage und schlief, wenngleich er die Augen geöffnet hatte. Etwas abseits standen sechs Magier mit grimmiger Miene und musterten Art so misstrauisch, als erwarteten sie, dass er sich gleich vor ihren Augen in einen Inquisitor verwandelte. Ein Mumienarzt war gerade dabei, eine Schale mit Räucherwerk neben dem Kopf des Schlafenden auf einem Tischchen zu platzieren. Ein beruhigender Duft erfüllte das Zelt.

Wu sagte einige leise Worte zu Qansuh, der neben dem Kopfende der Trage auf einem Stuhl saß. Der Tjati runzelte die Stirn und warf Wu einen Blick zu, den Art nicht recht deuten konnte. Dann bat er die sechs Magier und die Ärzte, zu gehen.

»Wir bereiten den Aufbruch vor«, sagte der Tjati, nachdem die anderen fort waren. Er schien zusammengesunken, als müsste er alle Last der Welt auf seinen Schultern tragen, und klang alt und müde. »Die Hitze der Wüste verbirgt eine Weile die Magie, die uns hergebracht hat. Aber hier können wir nicht bleiben. Nicht, ohne weiter zu zaubern. Und irgendwann würden die Inquisitoren uns auf die Spur kommen. Außerdem braucht Meister Sahir einen sicheren Ort, an dem er erwachen kann. Der Bann, der auf ihm liegt, fällt langsam. Die Magie, die hinter diesem Bann steckt, ist finster und hat eine Farbe, die wir nicht kennen. Ein Geheimnis steckt in allem.« Er seufzte. »Ihr seht, wir haben viel zu tun. Also, was gibt es so Wichtiges?«

Wu zögerte, als wäre sie unsicher, ob sie sprechen sollte. Dann straffte sie sich. »Art hat jemanden gesehen«, sagte die Chinesin. »Und ich habe ihn ebenfalls gesehen. Er … er sollte tot sein.«

»Ein Zombie?«, fragte Qansuh angewidert. »Die konnte ich nie leiden. Die Spanier erschufen einige bei ihren Reisen nach

Südamerika. Ich bin froh, dass unsere Toten Stil haben. Wenn es mehr Mumien auf der Welt gäbe, wäre sie ein besserer Ort.«

»Nicht diese Sorte von Toten«, warf Art ein. »Ich habe ihn in Paris gesehen, als Monsieur Rufus getötet wurde. Und er war auch in Awal.« Der Name der Enklave kam ihm nur schwer über die Lippen, als würde er nach Traurigkeit und Verlust schmecken. »Außerdem habe ich ihn bei der Schlacht im Bild gesehen.«

Die Augen des alten Magiers richteten sich auf Art. »In dem Bild? Du meinst diesen geheimnisvollen Magier, der euren Worten nach über die Gefangenen wacht. Es ist nicht sicher, wer oder was er ist.«

Art schüttelte den Kopf. »Ich meine nicht den Wächter.«

»Erinnert Ihr Euch an die Zeit, als die Könige fielen?«, fragte Wu.

»Die dunklen Jahre?« Qansuh schien verwirrt. »Ich habe mir immer Mühe gegeben, nicht mehr an sie zu denken. Viele, die mir nahe waren, sind in jener Zeit gestorben.« Er presste die Lippen aufeinander.

»Wir haben nie herausgefunden, was damals geschah«, sagte Wu. »Wem die falsche Farbe gehört hat.« Sie sah zu Meister Sahir. »Diese Farbe seines Banns.«

»Du warst damals noch ein Kind, Tochter der Wu«, bemerkte Qansuh. »Das Gerücht von der falschen Farbe.« Er strich sich über die Lippen, als müsste er den Geschmack der Worte kosten. »Die Erzählungen über einen Zauber, den keine der Familien kannte. Ein Zauber, der unsere Meister fortsperrte in Bilder, die nicht sein konnten. Aber wir fanden nie heraus, woher der oder die Magier kamen, die ihn angeblich wirkten. Oder weshalb sie dies taten. Wenn es sie je gegeben hat. Dieses große Geheimnis wurde nie gelüftet.«

»Es muss diese Magier gegeben haben. Und sie gehörten zur siebten Familie«, sagte Wu.

»Die siebte Familie? Sie ist nur ein Gerücht«, erwiderte

Qansuh und machte eine ärgerliche Geste. »Noch nie wurde ein Beweis erbracht, dass es eine siebte Familie gibt.«

»Die siebte Familie?« Art runzelte die Stirn. »Ihr habt schon mal von ihr gesprochen. In Paris, oder? Meint ihr damit die Inquisitoren?«

Amin schüttelte den Kopf. »Nein, Wu spricht von der legendären siebten Familie, die einen verlorenen Zweig unserer Gemeinschaft darstellt. Ein Mythos.«

»Kein Mythos.« Die Chinesin sah Amin ernst an. »Es gibt genug Berichte über sie. Die Magier, die kein Heim fanden. Die durch die Welt reisten, ohne jemals einen Platz in ihr zu finden, an dem sie glücklich sein konnten. Die wie der Wind nie ruhten. Es hieß, dass sie über eine Macht verfügten, die selbst unter den Meistern gefürchtet war. Welche, wenn nicht die Fähigkeit, Bilder zu erschaffen, sollte diese Macht sein?« Sie ließ ihre Worte einen Moment wirken. »Meister Houdin sprach von Verrat«, fuhr Wu ruhig fort. »Er meinte sicher die Ereignisse, die zu seiner und zur Gefangennahme der anderen Meister geführt haben. Aber wir wussten nicht, wer den Verrat begangen haben sollte. Doch nun haben wir ein Gesicht gesehen. Und ich kenne den wahren Namen, der zu ihm gehört.« Sie machte eine Pause, als läge ihr der Name schwer wie Blei auf der Zunge. »Nicht Nicéphore.«

»Wie lautet er?«, fragte Qansuh.

»Joseph.«

Für einen Moment schien Qansuh ebenso sprachlos wie Amin, der die Chinesin verwirrt anstarrte. »Der Sohn von Meister Houdin?« Qansuh klang, als wäre er belustigt. »Er starb einige Jahre nach dem Verschwinden seines Vaters. Nach der Schlacht, deren Zeuge ihr geworden wart.«

»Eine Schlacht, die das Heer, dessen Oberbefehlshaber er als persönlicher Berater diente, beinahe ohne Verluste gewann«, fügte Amin nachdenklich hinzu. Die Traurigkeit, die er angesichts des Falls seiner Heimat auf dem Gesicht trug, verblasste für einen

Moment. »Es ist möglich, dass sein Abbild in dem Foto war.«

»Seid ihr sicher, dass er es war?«, fragte Qansuh. »Dass er auch in Awal war? Ich habe ihn nirgends gesehen.«

»Er war es«, sagte Wu.

Art runzelte die Stirn. »Aber wenn er der Sohn von Meister Houdin war ... äh, ist, wie kann er dann alle verraten haben? Ich meine, er ist doch wohl ein Magier und kein Inquisitor.«

»Es ist mehr als unerwartet, Joseph wiederzusehen. Oder Nicéphore, wie er sich nun nennt. Offensichtlich starb er nicht. Und er hat die Seiten gewechselt. Aus einem Magier wurde ein Inquisitor«, sagte Wu.

»Ein Magier, der die Seiten wechselt? Das hätte ich nie für möglich gehalten«, rief Amin.

»Und doch muss es so sein«, erwiderte Wu ruhig. »Vielleicht werden wir nie herausfinden, warum er sich ihnen angeschlossen hat. Aber nun scheint klar, wer der Verräter ist, so unerklärlich sein Erscheinen sein mag. Wir müssen unseren Feind, egal, wie er heißt oder wo er herkommt, besiegen.« Sie sah zu dem reglos daliegenden Magier. »Und dass wir unsere Meister retten. Einer ist tot, der andere ist in einem Schlaf gefangen.«

»Meister Sahir wird erwachen«, sagte Qansuh. »Babaef ist überzeugt davon, dass unsere Arzneien den Bann schon bald brechen können.«

»Und wenn selbst seine Macht nicht ausreicht, die Inquisitoren aufzuhalten?«, fragte die Magierin ernst. »Die Grauen jagen uns. Und sie sind tödlicher, als ich geahnt habe. Wenn sie von einem Magier angeführt werden, wissen sie alles von uns.«

»Dann müssen wir erst recht die anderen Fotografien suchen«, sagte Art. »Es gibt vielleicht weitere Foren, in denen von ihnen berichtet wird.« Selbst in den eigenen Ohren klangen seine Worte hohl.

Wu machte keinen Hehl daraus, dass sie Arts Vorschlag kaum überzeugte. »Wir suchen schon seit Jahren nach Hinweisen auf die Bilder. Auch im Internet. Erfolglos.« Sie schüttelte den Kopf. »Ich habe keinen Zweifel daran, dass dieser Monet nur von den zwei Bildern Kenntnis besaß. Und eine weitere Spur haben wir nicht.«

»Vielleicht wäre ein etwas altmodischerer Weg erfolgversprechender.« Die blecherne Stimme stammte von dem kleinen Kasten, der neben dem Räucherwerk auf dem Tischchen stand.

»Oh nein«, entfuhr es Art.

»Oh doch«, erwiderte das Radio hörbar beleidigt. »Es ist ein Wunder, dass ich gerettet werden konnte und nicht dem Feind in die Hände fiel.«

Vor seinem geistigen Auge sah Art jemanden die Arme verschränken und sich eingeschnappt fortdrehen.

»Es war nie wirklich in Gefahr. Es ist mit einigen von Qansuhs persönlichen Dingen aus der Enklave gerettet worden, und ich hatte es vorhin zu Meister Sahirs Unterhaltung hiergelassen, damit er etwas Musik hören kann. Ich dachte, es hilft ihm dabei, zu erwachen«, meinte Amin und rollte mit den Augen.

»Das war sehr weise«, plapperte das Radio munter weiter. »Die Heilkraft meiner Melodien hat ihm sicher geholfen.«

»Welcher Weg?« Wu trat an das Tischchen und griff das Radio.

»Ich verstehe nicht«, meinte es.

»Welcher altmodischere Weg wäre vielversprechender?«, fragte sie streng.

»Ach so, das meint Ihr.« Das Radio rauschte einen Moment, und es klang, als würde es sich räuspern. »Ich war nun schon einige Zeit bei dem Meister. Als Einziger mit Verstand, wie ich hier einmal feststellen möchte. Ich meine, diese Mumien nehmen sich zwar furchtbar wichtig, aber ...«

»Welcher Weg?«, fiel ihm Wu ins Wort.

Das Radio seufzte. »Er spricht im Schlaf. Allerdings sehr leise.«

Einen Moment lang sahen sich alle fragend an.

»Was?« Amin hatte als Erster die Sprache wiedergefunden. »Wieso hast du das nicht früher gesagt?«, fügte er vorwurfsvoll hinzu.

»Was sagt er?«, fragte Wu, ehe das Radio etwas erwidern konnte.

»Wenn die Lage nicht so ernst wäre, dann ...«, begann das Radio beleidigt und ließ den Satz unbeendet. »Es ist eher ein Murmeln.« Wieder ein Rauschen, das wie ein Räuspern klang. Dann fuhr es mit verstellter Stimme fort: »Cornelius und die Erklärung der Dreizehn. Houdin und der Tod des Sechzehnten. Sahir und die Schlacht der Drei. Fristón auf dem sinkenden Schiff. Jefimowitsch in den Flammen. Wu in der purpurnen Stadt. Sie alle. Im Angesicht ihrer Herrscher.«

»Wieso spricht er von dir?«, fragte Art und sah zu der Magierin.

»Ich ... ich denke nicht, dass er mich meint«, sagte sie und runzelte die Stirn. »Die Namen, die er nennt, gehören den Meistern. Und die Meisterin meiner Familie heißt, wie ich heiße. So wie meine Mutter.«

Art brauchte einen Moment, ehe er begriff. »Die Meisterin war deine Mutter?« Deshalb also lastete die Schuld, die sich Wu an der Gefangennahme ihrer Meisterin gab, so schwer auf ihr. Sie hatte mehr als nur das Oberhaupt ihrer weitverzweigten Familie verloren. Sie hatte ihre Mutter verloren.

»Wir teilen uns alle den Namen«, sagte sie und lächelte bitter.

»Das hat mich schon immer verwirrt«, bemerkte Amin. »Was sagt er noch?«, fragte er das Radio.

»Es sind nur diese Sätze«, antwortete das Radio wieder mit seiner normalen Stimme. Wenn es überhaupt möglich war, klang es nun noch beleidigter. »Er murmelt sie immer wieder vor sich hin.«

»Sahir und die Schlacht der Drei ist einfach«, meinte Art. »Die Drei sind die Pyramiden. Kein Wunder, dass er das weiß. Er war immerhin die ganze Zeit dort. Obwohl ...« Art schüttelte den Kopf, als müsste er sich selbst korrigieren. »Das klingt irgendwie nicht, als würde er von etwas erzählen, das er selbst erlebt hat. Es klingt eher, als habe er es auswendig gelernt. Ist er denn als Letzter gefangen worden?«

»Wenn ich mich recht erinnere, war er der Dritte«, warf das Radio ein.

»Damals warst du noch gar nicht ... gebaut worden«, meinte Amin.

»Mein Besitzer hat mir die Geschichte von den Meisterbildern oft genug erzählt«, gab das Radio schnippisch zurück. »Und ich weiß daher, in welcher Reihenfolge sie gefangen wurden. Cornelius, Houdin, Sahir ...«

»Jaja«, schnitt Qansuh ihm das Wort ab. Er sah von Meister Sahir auf. »Alle Magier kennen die Geschichte.«

Wu strich sich nachdenklich über die Lippen. »Aber warum kennt Meister Sahir sie dann?« Sie sah Art an, als glaubte sie, die Antwort auf ihre Fragen in seinem Gesicht zu finden.

»Weil er sie in seinem Gefängnis gehört hat«, sagte er unsicher. Dann nickte er stumm. »Ja, es kann nicht anders sein. Er muss sie dort aufgeschnappt haben.«

Amin sah von einem zum anderen. »Von Joseph?«

Joseph? Art dachte an den Mann, den er als Nicéphore kennengelernt hatte. Er hatte jünger ausgesehen, als er in der französischen Uniform gesteckt hatte. Bei den anderen beiden Begegnungen in der echten Welt war er ein Stück älter gewesen. »In dem Bild steckt nicht er selbst. Sondern nur sein jüngeres Ich oder wie immer man das auch nennen will.« Er erkannte die vielen Fragen auf Amins Gesicht. Beantworten konnte er sie nicht. »Er war damals in Ägypten. Und deshalb steckt er nun auch in dem Bild. Aber nicht wirklich. Verstehst du?« Art sah sofort, dass Amin noch nicht begriffen hatte, was er meinte.

»Es ist ein Zufall«, murmelte Wu. »Aber wenn es nicht Joseph ist, der Meister Sahir in dem Bild von den Gefängnissen der anderen berichtet hat, dann kann es nur ...«

»... Napoleon gewesen sein«, beendete Art ihren Satz.

Nun schien Amin endgültig verwirrt. »Aber Napoleon war doch auch dort. Ich meine, damals.« Er kniff die Augen zusammen.

»Ja«, erwiderte Wu gedehnt. »Aber er ist auch der Wächter.« »Dieser andere Magier.« Art fühlte mit einem Mal eine Kälte auf der Haut, als er an ihn dachte. »Wenn die Magier seit zweihundert Jahren gefangen sind, dann ist seither auch ihr Wächter in den Bildern. Der Magier mit der falschen Farbe. Er ... er ist einsam.« Ganz genau konnte Art nicht sagen, weshalb er überzeugt war, dass diese Annahme stimmte. Da war etwas in der Stimme des Wächters gewesen. Oder in seinem Blick. Etwas Trauriges unter all der finsteren Bosheit. »Sicher spricht er mit seinen Gefangenen«, meinte Art. »Sie sind die einzigen echten Menschen, mit denen er reden kann.«

Amin hob eine Augenbraue. »Es sei denn, er kann das Bild verlassen, wann immer er will.«

»Die Bilder«, murmelte Art. »Er hat gesagt, dass er uns auch bei der Hinrichtung begegnet ist. Ich weiß nicht, ob er sie verlassen kann. Aber er kann auf jeden Fall zwischen den Gefängnissen wechseln.«

»Der Wächter ist ein Geheimnis für sich. Drängender erscheint mir jedoch das der anderen Bilder.« Wu forderte das Radio auf, ein weiteres Mal die Sätze wiederzugeben, die Meister Sahir im Schlaf gesagt hatte.

»Was soll das bedeuten? Im Angesicht ihrer Herrscher?«, fragte Amin, als das Radio wieder verstummte. »Das müssen doch die Könige und Königinnen sein. Der Sultan. Die Kaiserinwitwe. Die Zarin. Sind sie alle auch in den Bildern?« Amin deutete auf das Radio, als könnte es ihm seine Frage beantworten. »Napoleon war da. Also war Meister Sahir in seinem Angesicht.« Einen Moment klang er wie ein Schüler, der eine schwere Matheaufgabe gelöst hatte. Doch dann schüttelte er den Kopf. »Nein, Napoleon war nicht Meister Sahirs Herrscher und außerdem war er damals noch nicht Kaiser. Es muss etwas anderes sein.«

Im Angesicht ihrer Herrscher. Der Satz erklang wie ein Echo in Arts Kopf. Er versuchte, sich die Bilder vorzustellen. Houdin und der Tod des Sechzehnten. Es war klar, wen die Worte beschrieben. Die Hinrichtung hatten sie nicht nur einmal miterlebt.

»Und wer war Meister Houdins Herrscher?«, fragte er.

»Napoleon«, antworteten Qansuh, Wu und das Radio wie aus einem Mund.

»Aber Napoleon nach dem Ägyptenfeldzug«, fügte Amin hinzu.

Dann passt es auch bei diesem Bild nicht, dachte Art. *Verdammt, wieso waren die Meister im Angesicht ihrer Herrscher? Hatten etwa die Könige und Königinnen die Fotos...* »Wer hatte die Bilder ursprünglich?«, fragte er laut.

»Nun«, antwortete das Radio, »dies gilt als ein weiteres großes Geheimnis. Soweit mir bekannt ist, vertreten einige Magier die Ansicht, dass die Inquisitoren in die Gefangennahme der Meister verstrickt waren und die Bilder besessen haben. Es gibt jedoch andere, zu denen übrigens auch mein früherer Besitzer zählte, die es für wahrscheinlicher halten, dass eine andere Gruppierung den Auftrag für die Bilder gab.«

»Verschwörungstheorien. Vermutungen. Mutmaßungen.« Qansuh winkte ab.

»Nein, ehrenwerter Tjati«, sagte Wu. »Seit heute gibt es einen Beweis, dass eine dieser Theorien richtig sein muss. Im Angesicht ihrer Herrscher. Was sonst könnten diese Worte bedeuten, als den Verrat unserer Könige und Königinnen an unseren Familien? Sie müssen es gewesen sein, die nach der Gefangennahme unserer Meister die Bilder besaßen.«

Qansuh sah sie an, als hätte sie den Verstand verloren. Dann aber verdüsterte sich sein Gesicht. »Weshalb hätten sie das tun sollen? Wir waren auf ihrer Seite.«

»Und sie nie auf unserer«, erwiderte Wu ruhig. »Wer weiß, was sich damals wirklich ereignet hat? Es war nur klar, dass unsere Meister verschwunden waren. Gefangen. Von den Bildern haben unsere Familien erst sehr spät erfahren.«

»Wie?«, fragte Art. Alle Augen richteten sich auf ihn. »Ich meine, so etwas steht doch nicht in irgendeiner Zaubererzeitung. Es gibt keinen Tagespropheten, oder?«

»Unsere Leute hatten einen Inquisitor gefangen«, sagte Amin mit hochgezogener Augenbraue. »Und ehe du fragst, es gibt auch kein Veritaserum. Aber es gibt Zauber, die Menschen zwingen, die Wahrheit zu sagen. So erfuhren wir, was unseren Meistern zugestoßen war. Der Inquisitor jedoch wusste nichts über die Hintergründe und unglücklicherweise hat er den Zauber nicht lange genug überlebt, um uns zu den anderen seines Ordens zu führen.« Der Ägypter zuckte mit den Schultern. »Ich habe seither geglaubt, dass alleine die Inquisitoren hinter den Bildern steckten. Aber vielleicht waren auch sie nur Diener von anderen. Oder hatten mit der Gefangennahme gar nichts zu tun.«

»Es ändert nichts«, meinte Qansuh. »Meister Sahir muss behandelt werden. Ich denke, die Enklave in Paris ist der geeignete Ort für ihn. Er muss unter den Schutz des Alunnischen Palastes gestellt werden. Wir alle müssen das. Ich werde einen Boten dorthin entsenden, der die Nachrichten und unserer Bitte um Asyl überbringt.«

»Wartet.« Art schüttelte den Kopf. »Ihr sagt, es ändert nichts? Im Gegenteil! Es ändert alles.« Kurz hielt er inne und sah in die fragenden Gesichter seiner Freunde. »Wir haben einen Meister befreit und einen verloren. Die Inquisitoren haben euch aus eurer Enklave vertrieben. Und nun haben wir einen Hinweis auf den Verbleib der anderen Meister. Wir müssen sie finden. Denn sie können die Inquisitoren aufhalten. Oder wollt ihr darauf warten, dass auch die anderen Enklaven fallen? Oder dass sie unser Geheimnis offenbaren, damit die ganze Welt uns jagt?« Er hatte sich in Rage geredet. Vielleicht war es die Aufregung nach der knappen Flucht aus Awal. Womöglich aber war es auch die Wut auf diesen totgeglaubten Magier, der nun in den Reihen der Inquisitoren stand. Joseph. Nicéphore. Der Mann, der zu Monsieur Rufus' Mördern gehörte.

»Aussichtslos«, meinte Qansuh. »Selbst mit dem Rätsel gibt es keinen Hinweis. Wo willst du mit der Suche beginnen?«

Ja, wo? Art stand da, ohne etwas zu sagen. Er hatte keine Ahnung. Er wusste nur, dass er die Meister finden konnte. Dass er sie finden *musste*. Dass er Wus Mutter finden musste.

»Nun, wenn ich etwas sagen dürfte?«, fragte das Radio plärrend. Es erwartete offenbar keine Antwort, denn es redete munter weiter. »Die Herrscher der magischen Familien waren König Georg III., Kaiser Napoleon, Sultan Ali Bey.«

»Ein entfernter Verwandter«, warf Amin überflüssigerweise ein.

»Karl IV. von Spanien, Zarin Katharina II. und die Kaiserinwitwe Cixi aus China. Sie müssen die Bilder einst besessen haben.«

»Vielen Dank für die Geschichtsstunde«, meinte Amin. »Aber die sind alle tot, oder?«

Ein Rauschen war aus dem Lautsprecher des Radios zu hören, das in Arts Ohren wie ein Seufzen klang. »Sie sind in der Tat tot. Aber nicht alle ihre Häuser sind untergegangen. Eines hat überlebt. Auch wenn es mir jedes Mal Schmerzen bereitet, sobald ich Nachrichten über ihre Verfehlungen wiedergeben muss.«

»Die verdammten Briten!«, entfuhr es Art.

»Ich muss wohl sehr bitten«, rief das Radio, doch niemand achtete auf das magische Gerät.

»Es könnte noch im Besitz der königlichen Familie sein«, murmelte Wu nachdenklich.

»Bestimmt«, pflichtete Art ihr bei. »Sicher wird nie etwas aus

dem Besitz ihrer Vorfahren weggeschmissen. Dieser George II. ...«
»... George III.«, verbesserte ihn das Radio.
»Sein ganzer Plunder ist bestimmt noch da. Wir müssen dorthin.« Art suchte in den Gesichtern seiner Freunde nach Zustimmung zu seinem Vorschlag.
»Das ist irre«, entfuhr es Amin, aber er lächelte. Und dann wischte sich der Ägypter die Trauer endgültig vom Gesicht. »Und das gefällt mir«, fügte er hinzu. Er klang, als wäre neuer Mut in ihm aufgestiegen. »Wonach suchen wir also? Radio?«
Das Gerät seufzte erneut. »Cornelius und die Erklärung der Dreizehn«, sagte es etwas gequält.
Amin sah das Radio an, als wartete er darauf, dass es weitersprach. »Und?«, hakte er nach, als es stumm blieb. »Was bedeutet das?«
Diesmal klang das Radio, als hätte sein Lautsprecher einen Riss. »Die Erklärung der Dreizehn. Es gibt eine weltberühmte Erklärung, die von dreizehn Kolonien unterzeichnet wurde. Ich hatte die Freude, für meinen verstorbenen Besitzer einmal eine Sendung wiedergeben zu dürfen, die von diesem Ereignis berichtet hat.«
»Natürlich«, sagte Amin lässig und tippte gegen das Radio, als säße jemand in dem Gehäuse. »Die Dreizehn. Sag noch mal, welche Erklärung das war. Ich meine, damit wir es alle hören.«
»Natürlich«, brummte das Radio. »Wie gut, dass mir der Zauber, der mich sprechen lässt, verhindert, ein böses Wort über Magier zu verlieren. Selbstverständlich handelt es sich um die amerikanische Unabhängigkeitserklärung.«
Ein Foto ihrer Unterzeichnung. Art nickte unwillkürlich. Das wäre ebenso unglaublich wie die beiden, die sie bislang gefunden hatten.
»Ihr wollt etwas hinterherjagen, das vermutlich schon lange verloren ist«, sagte Qansuh.
»Onkel«, sagte Amin eindringlich, »wir haben auch das Gefängnis von Meister Sahir gefunden. Wir sind vielleicht nicht

die Magier, die das höchste Ansehen haben. Aber wir sind die Magier, die das Unmögliche möglich gemacht haben. Welche Alternative haben wir? Mit euch nach Paris fliehen? Wenn wir uns nicht geirrt haben und die Inquisitoren von einem aus unseren Reihen befehligt werden, ist die Lage ernster, als wir jemals dachten. Und wenn auch nur die geringste Möglichkeit besteht, dass wir wenigstens noch einen Meister finden, so müssen wir auf die Suche gehen. Wenn wir Glück haben, wissen die Inquisitoren nicht, dass wir einen weiteren Hinweis besitzen. Sie werden hoffentlich beschäftigt genug sein, eure Spur zu finden.«

Der Tjati nickte widerwillig. »Es wird nicht einfach für sie sein. Wir werden viele Portale öffnen. Falsche Fährten legen. Sie verwirren. Umwege nehmen.« Er presste die Lippen aufeinander, als würde er die nächsten Worte lieber zurückhalten. »Ich kann euch nichts befehlen. Ihr seid Mitglieder des Zirkels. Und ihn könnt ihr in dieser Situation nicht kontaktieren. Zu gefährlich. Aber wenn ihr meine Einwilligung wünscht, so will ich sie euch geben. Geht. Versucht, das Verlorene zu finden. Aber kehrt zurück. Gesund und unversehrt.«

Das Lächeln auf Amins Gesicht wurde breiter, und er tippte sich unter sein Auge. »Was du sagst, soll geschehen, Onkel.«

Nachdem sie aus dem Zelt getreten waren, gab der Tjati den Befehl, diesen Ort zu verlassen. Einige Magier begannen daraufhin mit der Unterstützung der Mumien, die Menschen in Gruppen aufzuteilen. Die meisten sahen nicht so aus, als wüssten sie, was nun zu tun sei. Im Gegenteil. Fast alle wirkten verloren in der Wüste. Ganz so, als hätten sie vergessen, wo sie hingehörten.

»Es gibt einen Plan für den Fall, dass Awal fällt«, meinte Amin. »Im Notfall gehen wir einen langen Weg, der uns beinahe um die halbe Welt führt, ehe wir an unser Ziel gelangen. In diesem Fall nach Paris. Und ehrlich gesagt, keiner hat diesen Plan jemals ernst genommen. Aber nun muss er in die Tat umgesetzt werden. Es ist sehr anstrengend. Viele Portale. Viel Magie. Die Hoffnung liegt darauf, dass die Inquisitoren nicht in der Lage sind, alle Durchgänge gleichzeitig zu untersuchen.« Er bemerkte eine der Mumien, die zwischen den Leuten umherging. »Babaef, wann werdet ihr in Paris sein?«

Die Mumie blieb stehen. »Es dauert sicher zwei Tage. Verflucht sollen die Inquisitoren sein. Ich hoffe, unserem Kontaktmann im Ministerium ist nichts geschehen.« Er kniff die Augen zusammen, als wollte er Amin bis ins Herz blicken. »Ihr kommt nicht mit, oder? Ich kann es dir ansehen, mein Junge. Du hast wieder irgendetwas Verrücktes vor.«

Amin grinste die Mumie an. »Wir ... werden uns vermutlich ein wenig verspäten.«

»Du gehst?«

Art konnte nicht sagen, woher Naim so plötzlich gekommen war. Der Mann hatte die Augen nur auf Amin gerichtet. Das Grinsen im Gesicht ihres Freundes verblasste, und Wu zog Art mit sich auf eine der Dünen zu. »Ich glaube«, sagte sie, »unsere Abreise wird sich noch ein wenig verzögern.«

Auch wenn Art diesen Ort nicht mochte, so hatte er doch das Gefühl, dass sie zu früh aufbrachen. Zu überhastet. Und ohne einen richtigen Plan.

»Es gibt nicht viel zu planen«, hatte Amin erwidert, als Art ihn darauf angesprochen hatte. »Wir können nur hoffen, dass irgendwo in England dieses Foto zu finden ist. Dass wir es, ohne großes Aufsehen zu erregen, in unsere Finger bekommen. Und dass wir einen Weg hineinfinden.«

»Und den Wächter daran hindern können, uns aufzuhalten, während wir Meister Cornelius befreien«, ergänzte Wu. »Sicher wird er auch dort auftauchen.«

»Ein Kinderspiel«, meinte Art.

»Das denke ich nicht«, tönte es aus dem Lautsprecher des Radios. Mit Ironie konnte es offenbar wenig anfangen. »Es ist eine zum Scheitern verurteilte Suche. Ich bin sicher, dass man mit den politischen Führern dieser Welt sehr vernünftig sprechen kann. Bestimmt sind sie bereit, die magische Gemeinschaft vor den Angriffen der Inquisitoren zu beschützen, wenn man sie darum bittet.«

»Ja«, murmelte Amin. »Sie würden uns sicher schützen. Wenn wir für sie kämpfen würden. Darauf liefe es letztlich hinaus. Alle Magie dieser Welt als Waffe gegen irgendeinen Feind.« Er drückte den Knopf des Radios, und dessen empörtes Schnauben erstarb abrupt.

Um sie herum wurden nach und nach Portale geöffnet. Durch jedes gingen nie mehr als ein paar Dutzend Menschen und Mumien auf einmal. Ehe Naim eines durchschritt, tauschten Amin und er noch einmal einen Blick.

»Du wirst ihn wiedersehen«, sagte Art. Er wusste selbst nicht, weshalb er so überzeugt davon war. »Und dann wird alles gut.«

Naim verschwand durch den Spalt in der Luft, und Amin wandte sich ab. »Nächster Halt London. Ich hoffe, ihr habt einen Regenschirm dabei.«

Berauscht

Nicéphore war wie betrunken. Er musste sich anstrengen, sich das Verzücken nicht anmerken zu lassen, das all die Magie um ihn herum in ihm auslöste. Er kam sich vor, als wäre er ausgetrocknet und könnte nun zum ersten Mal seit langer Zeit wieder Wasser trinken.

Wie der Anführer einer siegreichen Armee schritt er durch die Enklave von Kairo. Sie war selbstredend jämmerlich. Die Magier hatten einst einen Staat im Staat geführt. In England, Russland, China, Spanien, hier in Ägypten und natürlich in Frankreich. Sie waren die eigentlichen Könige gewesen. Selbst jetzt noch, Jahrhunderte später, machte es ihn wütend, dass die Meister der Familien beschlossen hatten, ihre unerschöpfliche Macht in den Dienst einfacher Menschen zu stellen. Was bedeutete, dass sie wie Diener neben den Thronen gestanden hatten, anstatt auf ihnen zu sitzen.

Aber das würde sich ändern.

Endlich.

Seine Schritte klangen seltsam laut in den engen Gassen, die so verlassen waren wie die Wege einer vergessenen Stadt im Wüstensand. Die Magier hatten es geschafft, vor den Inquisitoren zu flüchten. Zumindest die, die bei dem Angriff nicht das Leben verloren hatten. Ihr Tod schmerzte Nicéphore. Er war kein Monster. Er war kein Feind der Magier. Aber sie waren wie Kinder, die vom Weg abgekommen waren und zurück auf den rechten Pfad geführt werden mussten. Und nicht alle würden sich fügen.

An einer Stelle, an der vermutlich eines der Portale geöffnet worden war, blieb er stehen und sog tief die Luft ein. Er war in diesem Moment unbeobachtet. Gut so. Denn sonst hätte er sein Gesicht zwingen müssen, Widerwillen und Abscheu zu zeigen. So aber konnte er genießen. Nur einen Moment. Er freute sich, dass den Magiern die Flucht gelungen war. Sie mussten den Krieg verlieren, doch nicht das Leben. Wenn er ihnen im Moment der tiefsten Demütigung einen Ausweg aufzeigte, würden sie ihm folgen. Dann könnte er endlich wieder unter seinesgleichen leben. Seinesgleichen anführen.

Zumindest, wenn es ihm gelang, seine Magie zurückzuerhalten.

Nur zu gut erinnerte er sich noch an das Gesicht, in das er gesehen hatte, als ihm seine Macht so brutal genommen worden war. Ein Gesicht, das dem der Magierin vorhin so ähnlich gewesen war wie das einer Tochter dem der Mutter.

Wu.

Die Chinesen waren das reinste Bienenvolk. Sie war nur eine von vielen. Auch über sie würde er herrschen, wenn er erst wieder zaubern konnte.

Wu.

Das Gesicht hatte die Erinnerung an vergangene Jahrhunderte in ihm geweckt. Ihm wieder die Jahre der Einsamkeit ins Gedächtnis gerufen, in denen er sich hatte verbergen müssen. Vor den Magiern, die ihm womöglich auf die Spur gekommen wären, wenn sie herausgefunden hätten, dass ihm die verschwundene Meisterin die Magie genommen hatte. Seine so sorgsam gehegte Intrige, an deren Ende er der Oberste aller Magier hatte werden wollen, wäre unweigerlich gescheitert, und er hätte die Rache der Magier zu spüren bekommen. Es war ein verrückter Zufall gewesen, dass er mittellos und ziellos auf den Narren getroffen war, der den Namen Nicéphore ursprünglich getragen hatte. Der Narr, der verzweifelt an einer Erfindung gearbeitet hatte, mit der er einen einzigen Moment auf Papier bannen wollte. Fast so, wie es der Zauber tat, der die Meister gefangen hielt. Für ihn als ehemaligen

Magier war es ein Leichtes gewesen, die Probleme zu lösen, an denen Nicéphore scheiterte. Und dann hatte er der Welt ein Wunder geschenkt. Unter dem Namen des Narren, dem er die Erfindung und das Leben stahl. So hatte er sich wenigstens eine Existenz aufbauen können. Und einen neuen Plan ersonnen. Seinen eigentlichen Namen hatte er bald schon fast vergessen. Joseph. Es war der Name, den sein meisterhafter Vater ihm verpasst hatte. Allzu gerne hätte Nicéphore ihn getötet, um ihm damit seine Magie zu nehmen und wieder ganz er selbst sein zu können. Doch der Wächter der magischen Gefängnisse war offenbar noch immer sehr aufmerksam. Sicher trauerten Gilles und der schwächliche Papus um ihren toten Vater. Nicéphore hingegen trauerte nicht um ihn, auch wenn er ebenfalls ein Sohn gewesen war. Er weinte um die verlorene Macht.

Ein junger Inquisitor riss Nicéphore aus seinen Gedanken. »Großinquisitor«, sagte er, »wir haben Gefangene gemacht. Es sind drei ... Mumien.« Er verzog angewidert das Gesicht. »Magier haben wir keine mehr entdeckt. Aber viele Spuren. Wir sind dabei, herauszufinden, wohin sie führen.«

Nicéphore nickte wie ein Vater, der seinen Sohn wortlos lobte. Sie würden die Spur nicht verlieren. Es war sicher schwer, herauszufinden, wohin die Magier gegangen waren. Aber er war einer von ihnen gewesen. Er wusste, wie sie dachten, und er kannte viele Geheimnisse. Sie würden ihm nicht ewig entkommen können. Er winkte den Mann fort, dann ging er bedächtig weiter. Und wieder war da dieser Junge gewesen, den er bei der Tochter der Wu gesehen hatte. Wie seltsam, dass das Schicksal ihn in dieses Spiel gesetzt hatte.

Der Junge. Er war der Schlüssel. Dank ihm kamen die Meisterbilder wieder ans Licht. Und dank ihm, da war sich Nicéphore mittlerweile sicher, fanden die Meister einen Weg aus ihren Gefängnissen. Und Nicéphore musste nur einen von ihnen töten, um den Fluch zu brechen, der auf ihm lastete, und wieder zu werden, wer er einst war. Doch wieso konnte der Junge in die Bilder gelangen? Besaß er eine Verbindung zu Nicéphores einstigem Verbündeten, der über die Gefangenen wachte? Eine andere Erklärung gab es nicht.

Es hätte alles so einfach sein können. Die Meister waren besiegt worden. Nur Meisterin Wu war übriggeblieben. Und während sie in das letzte Bild gesperrt wurde, hatte sie Nicéphore die Kraft geraubt. Er hätte die Führung über alle magischen Familien übernehmen können. Doch als Krüppel war es ihm nicht möglich gewesen. Und die verfluchte Chinesin hatte auch noch Nicéphores Verbündeten mit sich in ihr Gefängnis gezogen. Ihn zu einer Existenz als ewigen Wächter verdammt. Vielleicht hätte er Nicéphore heilen können. Vielleicht aber war auch alles gut, so wie es nun war.

Nicéphore sah auf, als er das Portal, das ins Haus führte, erreicht hatte. Der Duft der Magie war hier besonders stark. Die Geschöpfe, die seine Inquisitoren ihm zusammengetrieben hatten, würden sich wehren und versuchen, ihr Wissen für sich zu behalten. Es war zwecklos. Seine Getreuen hatten zu viele Zauber gesammelt, die sich hier sicher als nützlich erweisen würden. So wie bei dem Wesen, das sie im Innenministerium aufgespürt hatten und das ihnen verraten hatte, wo die Enklave in Kairo zu finden war.

Nicéphore lächelte.

Es würde alles gut werden.

Alles.

KINDER

Wie unwirklich alles war. Art sah aus dem Fenster in den Regen. Die kurze Zeit in der Wüste schien ihm wie ein Traum. Er saß mit Wu und Amin zusammen in einem betagten Internetcafé nahe des Hotels, in dem sie drei Zimmer gemietet hatten. Arts Frage, wie sie sich das Hotel leisten sollten, hatte Amin mit dem Zücken seines Portemonnaies beantwortet. »Du erinnerst dich sicher daran, dass ich es mal erwähnt habe«, hatte er gesagt. »Das Ding ist magisch. Spuckt zuverlässig Landeswährung aus. Hoffentlich hat der Hotelbesitzer es schon eingezahlt. Die Scheine lösen sich leider nach einiger Zeit auf.«

Awals Untergang steckte ihnen noch in den Knochen, und so hatten sie entschieden, sich von der Enklave in London fernzuhalten. Sie wussten nicht, wie die Inquisitoren in Erfahrung gebracht hatten, wo sich die Heimstatt der Magier befand. Wenn auch nur die Möglichkeit bestand, dass Art und seine Freunde sie unwissend nach Awal geführt hatten, so durfte sich dies in London nicht wiederholen. Vor ihnen schoben sich die Massen durch die große Oxford Street.

»Wo sind sie jetzt?«, fragte Wu und sah von dem Bildschirm auf, vor dem sie seit Stunden saß. Sie hatte sicher schon den halben Tag damit verbracht, die möglichen Orte in Erfahrung zu bringen, an denen die Besitztümer George III. zu finden sein könnten.

Amin rutschte von seinem Computer weg. Die Aufgabe, im Internet zusammen mit Art Hinweise auf ein Foto zu finden, das die Unterzeichnung der Unabhängigkeitserklärung zeigte, tat ihm erkennbar gut. Der Fall seiner Heimat hatte ihm sehr zugesetzt und das allgegenwärtige Lächeln vom Gesicht gebannt. Wenn er aber vor dem Monitor saß, schien er seine Trauer zu vergessen. »Wir sind seit zwei Tagen in London«, meinte er und legte die Stirn in Falten. »Ich denke, sie kommen heute in Paris an. Das letzte Portal wird sich in Mont-Saint-Michel öffnen. Da gibt es genug Wasser um die Stadt herum, damit die Spuren der Magie abgeschwächt werden. Sie müssen nur bei Flut dort ankommen. Danach können sie wie Menschen reisen. Sehr diskret. Mit einem Bus oder einem Zug.« Er schüttelte den Kopf, als müssten die Mitglieder seiner magischen Familie auf Eselskarren fahren.

Für einen Moment versuchte sich Art vorzustellen, wie mehrere Dutzend Menschen und Mumien gemeinsam einen TGV enterten und sich auf den Weg nach Paris machten. Sehr diskret war wohl nicht ganz zutreffend. »Uns läuft die Zeit davon«, sagte er. Es gab keinen einzigen Hinweis auf das verfluchte Foto. Entweder hatte das Radio aus dem, was Meister Sahir gemurmelt hatte, die falschen Schlüsse gezogen. Oder das Foto lag seit dem Tod des Monarchen irgendwo vergessen herum und verstaubte, ohne dass es je ein Mensch zu Gesicht bekommen hatte.

»Die Inquisitoren werden sie so schnell nicht aufspüren«, sagte Amin überzeugt. »Wenn sie es überhaupt schaffen.« Er musste sich keine Mühe geben, leise zu sprechen. Sie waren die einzigen Besucher des Cafés. Kein Wunder. Seit die meisten Leute mit ihren Smartphones bequem von unterwegs aus im Internet surfen konnten, verirrte sich wohl kaum noch einer in den Laden. Zumal die Computer aus den Anfangstagen des Internets zu stammen schienen.

»Ich denke, ich habe etwas gefunden«, meinte Wu unvermittelt.

Sofort schlug Arts Herz schneller. Er rutschte an die Chinesin heran, um einen Blick auf ihren Bildschirm werfen zu können, während sie Amin auswich, der das gleiche von der anderen Seite versuchte. Für einen Moment kam Art ihr so nahe, dass er ihren Atem auf der Haut spüren konnte. Er starrte sie nur wortlos an, als sähe er sie zum ersten Mal.

Und sie sah ebenso wortlos zurück.

Art hatte das Gefühl, dass Wu auf etwas wartete. Dass er irgendetwas sagte. Dummerweise schien er in diesem Augenblick unfähig, auch nur einen sinnvollen Satz über die Lippen zu bringen.

»Was soll das denn sein?«, fragte Amin.

Der Moment zersprang wie eine Seifenblase.

»Eine Tour für Besucher«, antwortete Wu. Sie sah Art noch einen Augenblick lang an, und es schien ihm, als würde er eine Spur des Bedauerns in ihrem Blick erkennen.

Verdammt, dachte er. *Warum hast du die Gelegenheit nicht genutzt, Art?*

»Eine Besichtigung des berühmten Windsor Castle. Sehen Sie die prunkvollen Staatsgemächer und schreiten Sie durch die Räume, in denen sonst nur die Mitglieder des britischen Königshauses wandeln. Betrachten Sie die Ahnengalerie der Mountbatten-Windsors und trinken Sie eine Tasse Tee unter den Augen der gemalten Monarchen.« Amin schüttelte den Kopf. »Touristenkram? Ich kann mir kaum vorstellen, dass sie dort ein Foto von der Unterzeichnung der Unabhängigkeitserklärung an der Wand hängen haben. Außerdem dachte ich, dass wir in den Buckingham Palace gehen müssen.«

»George III. war nie dort«, sagte Wu. Ihre Stimme klang etwas rau, als wäre sie aufgeregt. »Damals war der Buckingham Palace noch nicht der Sitz der Monarchie. George verbrachte seine letzten Jahre in Schloss Windsor. Er war wahnsinnig, wie es scheint.«

»Irre?« Amin schob sich noch näher an Wus Bildschirm, als könnte er mehr als sie darauf erkennen. »Menschen werden manchmal geisteskrank, wenn sie sich zu lange in der Nähe von magischen Dingen aufhalten.« Nachdenklich strich er sich über den dünnen Schnurrbart. »Schloss Windsor, hm? Dann sollten wir uns wohl doch mal für eine Führung anmelden.«

»Was soll das bedeuten? Nur für Kinder?« Amin sah den Mann mit der altmodischen Mütze und der antiquierten Uniform verärgert an, der vor dem Tor in der Außenmauer von Schloss Windsor stand.

Sie hatten nicht lange hierher gebraucht. Nur wenig mehr als eine Stunde dauerte die Busfahrt von London zum Rückzugsort der königlichen Familie. Während der Fahrt hatte Art die Landschaft betrachtet, die an ihnen vorbeirauschte wie eine Kulisse, und sich gefragt, ob sie wohl in der Lage sein würden, das Bild zu finden, wenn es sich tatsächlich noch im Schloss befand. Doch nun schienen sie es nicht einmal hinter die Schlossmauer zu schaffen. Das Gemäuer lag an einer Straße, die an dem kleinen Ort Windsor entlangführte. Außer einigen Polizisten und auffällig wenig Touristen waren neben Art, Wu und dem Ägypter nur Kinder zu sehen. Äußerst viele Kinder.

»Ich hatte es Ihnen bereits erklärt, Sir«, erwiderte der Alte stoisch. »Schloss Windsor öffnet heute zum letzten Mal für die nächsten Wochen die Pforten. Danach wird König Charles III. erwartet, um die kommenden Monate hier zu verbringen. Besucher sind dann nicht mehr erlaubt. Und heute sind ausschließlich Schulklassen zugelassen.«

»Das ist ein Skandal«, entfuhr es Amin. »Wissen Sie eigentlich, wen Sie hier vor sich haben?«

Für einen Moment glaubte Art, dass sich der Alte, dessen Uniform aussah, als habe er sie aus einem Museum entwendet, zu einer unhöflichen Erwiderung würde hinreißen lassen. Doch nach einem Moment des Schweigens schüttelte er den Kopf. »Womöglich einen Popstar?«, fragte er ungerührt.

Die Antwort schien Amin zwar nicht wirklich zu gefallen, doch sie schmeichelte ihm offenbar ein wenig. »Ja, genau«, meinte er. »Ich werde mit Sir Elton über die Sache reden«, fügte er hinzu. Dann machte er auf dem Absatz kehrt und ging eilig davon. Art und Wu lächelten dem Alten entschuldigend zu und folgten ihm.

Erst, als der Ägypter in eine Gasse gegenüber dem Schloss eingetaucht war, blieb er vor dem Schaufenster eines Souvenirladens stehen. »Verdammt«, murmelte er. »Er sprach von Wochen. Sollen wir vielleicht solange ein wenig Urlaub machen?« Missmutig sah er zu dem Schloss hinüber, das sich grau gegen den strahlendblauen Himmel erhob.

»So lange können wir auf keinen Fall warten«, murmelte Wu. »In einigen Wochen könnten die Inquisitoren längst den Standort der Enklave in Paris gefunden haben.«

»Vielleicht kann ich ihn bestechen?«, meinte Amin und zog sein Portemonnaie aus einer Tasche seines Mantels. Er griff bereits hinein, als wollte er es animieren, ihnen ein weiteres Mal das nötige Geld zu schenken.

»Er sah aus, als würde er nicht mal seine Mutter hereinlassen«, bemerkte Art. »Außerdem wären dann immer noch mehrere Dutzend Polizisten, Lehrer und Bedienstete in dem Schloss, denen wir sofort auffallen würden. Wir müssten schon Kinder sein, um unbemerkt da reinzukommen.«

Amin klatschte so laut in die Hände, dass eine Gruppe Touristen erschrocken zu ihnen hinübersah. »Kinder«, sagte er leise. »Brillant. Man merkt, wer dein Lehrer ist.«

»Hast du etwa das vor, an das ich gerade denke?«, fragte Wu mit hörbarer Abneigung.

»Ich weiß nicht, was du denkst, was ich vorhaben könnte«, sagte Amin. Dann hielt er den nächstbesten Mann an, der an ihnen vorbeikam. »Hier gibt es doch einen Fluss, oder? Müsste die Themse sein. Wo genau geht es dorthin, mein Bester?« Und ehe der verwirrte Mann ihm antworten konnte, fügte Amin hinzu:

»Und wir müssen natürlich noch vorher in ein Geschäft, in dem wir Kinderkleidung kaufen können. Wo finden wir das?«

»Oh nein«, murmelte Wu. »Er hat es wirklich vor.«

»Oh ja«, erwiderte der Ägypter und nickte. »Es geht zurück in die Schule.«

Als sie wenig später mit ein paar Einkaufstüten bewaffnet einen Park betraten, dessen Wiesen sich an die Themse schmiegten, hatte Art das Gefühl, dass sie dabei wären, ein Verbrechen zu begehen. »Nur noch mal zur Sicherheit«, sagte er, während Amin offenbar eine Stelle am Flussufer suchte, die ihnen ausreichend Schutz bieten würde, »wir verwandeln uns in Kinder?«

»Nein«, sagte Amin so nachdrücklich, als hätte Art gerade etwas völlig Abwegiges gesagt. »Wir selbst werden doch nicht wieder zu Schulkindern. Nur unsere Körper werden es. Der Rest von uns«, er tippte sich gegen die Stirn, »bleibt erwachsen. Ah, da sieht es gut aus.« Er wies auf eine Gruppe von Trauerweiden, deren Äste sich wie Arme auf das Wasser legten. Zum Glück war im Park nicht viel los. Vermutlich hatte die bevorstehende Schließung des Schlosses dazu geführt, dass die Touristen, die sonst in Scharen in das kleine Örtchen eingefallen wären, eine der anderen, beliebten Sehenswürdigkeiten in England heimsuchten. »Früher haben wir uns zu Hause in Awal manchmal älter gemacht.« Ein Schatten fiel über sein Gesicht. »Meine Mutter hat immer geschimpft, wenn man sie wegen des jungen Mannes angesprochen hat, der mir so ähnlich sieht.« Er lachte traurig, als sie unter die Weiden traten. »Nun, der Zauber tut nicht weh. Aber wir müssen ihn im Wasser ausführen, damit die Magie für die Inquisitoren nicht spürbar ist.« Er zog ein großes Badehandtuch aus seiner Tüte und reichte es Art. »Wird nass. Besser, wir legen uns auch schon mal die Dinge bereit, die wir dann anziehen. Ich habe Sachen für Zehnjährige besorgt.«

»Bleibt ihr ruhig hier. Ich gehe dort hinüber«, sagte Wu und hielt mit ihrer Tüte auf die nächste Weide zu, die etwas näher als die anderen am Wasser stand.

Art blickte ihr nach, bis sie unter den tiefhängenden Ästen verschwunden war. »Wie weit müssen wir rein?«, fragte er Amin.

Der Ägypter hatte seine Tüte ausgeleert und sah zum Wasser. »So tief, dass wir einen Föhn bräuchten«, erwiderte der Magier und seufzte. »Die vier Elemente puffern Magie ab. Feuer kommt aktuell nicht infrage. Luft ist natürlich am schwächsten«, bemerkte er ein wenig griesgrämig. »Erde ist ganz gut geeignet, wenn man in ihren Schoß klettert. Und Wasser wird nur selten genutzt. Ich meine, es gibt ein paar Zauber für den Einsatz unter Wasser. Aber so etwas lehne ich als Wüstenmensch natürlich ab.« Er hatte seinen Mantel, den Hut, die Schuhe und seine Socken ausgezogen und ging so vorsichtig in den Fluss, als liefe er auf Nägeln. Art leerte seine Tüte, zog sich ebenfalls aus und musste sich zusammenreißen nicht aufzukeuchen, als er die Kälte auf der Haut fühlte. Es schien eine Ewigkeit zu dauern, bis ihnen das Wasser bis zum Hals reichte.

Amin bibberte und sah mehr als unglücklich aus. »Der Zauber ist simpel«, sagte er. »Denk an einen Moment in deiner Kindheit. Aus der Zeit, in der du zehn Jahre alt warst. Dann berühre die Quelle deiner Magie. Ganz sacht. Wünsche dir, dass du wieder so aussiehst wie damals.«

Art runzelte die Stirn. Auf welchen Moment sollte er sich konzentrieren? Es war nicht einfach, sich in seinen Erinnerungen zu verlieren, während das kalte Flusswasser ihm die Wärme aus dem Körper stahl.

»Zur Not tut es dein Geburtstag«, hörte er Amin sagen. Dann schloss der Ägypter die Augen und stand unbewegt da. Art blickte sich um, doch niemand war in der Nähe, der ihn und Amin hätte beobachten können. Und Wu war unter den Ästen der Weide nicht zu erkennen. Also schloss auch er die Augen und rief sich mühsam seinen zehnten Geburtstag ins Gedächtnis. Der Duft von Kuchen stieg ihm in die Nase. Kerzen. Er erinnerte sich an ein großes Geschenk in buntem Papier. Seine Familie hatte nie viel Geld gehabt, doch an Geburtstagen gab es immer ein Geschenk, das sie sich eigentlich nicht leisten konnten. Was war es damals gewesen? Ein Lächeln breitete sich unwillkürlich auf seinem Gesicht aus, als er sich erinnerte. Ein Skateboard. Schwarz mit roten Rollen. Es hatte im Schaufenster eines Sportgeschäfts gelegen, und Art hatte es sich ein Jahr lang gewünscht und seiner Mutter immer wieder gesagt, dass er nur dieses Skateboard wollte. Nichts anderes. Mit dem Gedanken an das Geschenk suchte er in sich nach der Quelle seiner Magie. Er fand sie so leicht, als beherrschte er diese Übung schon sein Leben lang. Das Bild des Geschenks behielt er dabei im Kopf. Er wusste noch, wie er in das Wohnzimmer gekommen war. Seine Mutter stand schlaftrunken hinter dem Esstisch, auf dem der Kuchen samt der Kerzen drapiert war. Art sah sich selbst das Papier abreißen und ...

Über ihm schloss sich eine Decke aus eiskaltem Wasser. Unwillkürlich schrie er auf, was dazu führte, dass sich sein Mund mit dem Wasser füllte. Er bekam Panik. Hastig schlug er mit den Beinen. Nach quälend langen Augenblicken durchstieß sein Kopf die Wasseroberfläche, und er sog gierig die Luft ein.

»Ups«, sagte Amin mit seltsam hoher Stimme. »Hatte vergessen, dass man sich für so etwas besser ins flache Wasser kniet.«

Art schwamm rasch in Richtung Ufer, bis er Boden unter den Füßen spürte und starrte den Jungen vor ihm an. Die Züge von Amin waren deutlich zu erkennen, auch wenn der Schnurrbart fehlte. Allerdings ... »Du warst dick?«, entfuhr es Art.

Der pummelige Junge, der neben ihm schwamm, hielt prustend auf das Ufer zu. »Stattlich«, brachte er hervor, während Art ihm folgte.

Der Zauber war überwältigend. Es war ihm so leichtgefallen, ihn zu wirken.

Als sie aus dem Wasser gestiegen waren, bemerkte Art, dass ihnen die Unterhosen heruntergerutscht waren. Er griff nach einem Handtuch, trocknete sich hastig ab und schlüpfte dann in die

Kinderkleidung. Wie seltsam vertraut es sich anfühlte, wieder im Körper eines Zehnjährigen zu stecken. Vor allem, da sich Art ansonsten noch immer erwachsen fühlte. Die Kleidung, die Amin für ihn gekauft hatte, war ihm ein wenig zu kurz und zu eng, doch er schaffte es, sich hineinzuzwängen. Sie verstauten die alten Sachen gerade unter ein paar Büschen am Ufer, als Schritte Art herumfahren ließen. Er fürchtete schon, dass da doch jemand gewesen war, der sie beobachtet hatte. Aber es war nur ein asiatisches Mädchen, das selbstsicher auf sie zuschritt. Art hatte mit zehn Jahren für ein Mädchen aus seiner Klasse geschwärmt, das ihn jedoch wie die anderen geflissentlich ignoriert hatte. Doch als er Wu sah, wusste er, dass sich sein kindliches Ich nur für sie interessiert hätte.

»Man sieht, dass deine Mutter Köchin war«, bemerkte sie augenzwinkernd, als sie Amin anblickte. Schnell verstaute sie auch ihre Tüte unter den Büschen.

»Ich war eben nicht mager«, bemerkte der Magier säuerlich und zog das Radio und einen pinken Rucksack, den ein Einhorn zierte, aus der Tüte. Dann steckte er das magische Gerät in ihn hinein und schnallte ihn sich auf den Rücken. »Und nun können wir bitte mal aufhören, von der Vergangenheit zu reden. Sollten uns schleunigst ins Schloss schummeln. Denn wenn ich mich recht erinnere, können wir nur noch heute dort hinein. Also haben wir keine Zeit, uns über den stattlichen und äußerst süßen Jungen lustig zu machen.«

Sie mussten allerdings eine ganze Weile warten, bis sie eine passende Gelegenheit bekamen, das Schloss zu betreten. Amin lehnte missmutig an einem Baum, während sich Wu und Art hinter einem Busch verbargen. Heute war zwar der Tag, an dem nur Kinder das Schloss besuchen durften. Doch wenn einige von ihnen alleine hier herumliefen, würde dies irgendwann die Aufmerksamkeit des Wächters erregen. Immer wieder lugte Amin hinter dem Stamm hervor und beobachtete die Straße in der Hoffnung, dass bald ein Bus käme, der eine neue Ladung Kinder ausspuckte.

»Wie ist es für dich?«, fragte Art die Chinesin. Das Warten war öde. Ihm war noch immer kalt nach dem ungewollten Bad im Fluss und … er war so nervös, als wäre er wirklich zehn Jahre alt und würde mit einem Mädchen alleine sein. Mehr oder weniger alleine. Aber Amins Baum war so weit entfernt, dass er sie wohl nicht hören konnte. Es war einer der wenigen Momente, in denen sie und er ungestört waren, und er wollte herausfinden, wer sie eigentlich war.

Sie sah ihn verwirrt an. »Was? Wieder zehn zu sein?«

»Nein.« Er lächelte. »Das meine ich nicht. Genevieve hatte angedeutet, dass Frauen unter den Magiern nicht …« Er suchte nach den richtigen Worten.

»… gleich sind«, beendete Wu den Satz. Sie nickte. »So war es schon immer. Und ich glaube manchmal, dass es sich nie ändern wird. Bei den normalen Menschen ändert es sich ein wenig. Aber noch lange nicht genug. Wir Magier aber sind eine verschlossene Gemeinschaft. Wir sind ziemlich langsam darin, uns zu entwickeln. Genevieve und ich spüren es jedes Mal im Zirkel. Unsere Meinung ist weniger wert. Die männlichen Alunni denken so. Amin ist eine Ausnahme. Wir gelten als schwächlich. Dabei musste ich schon mein Leben lang mehr leisten als die anderen, um wenigstens etwas Anerkennung zu finden. Es muss die übrigen Alunni um den Verstand bringen, dass ausgerechnet ich euch auf der Suche nach den Meistern begleite.«

»Ich bin froh, dass du es bist«, sagte Art sofort und freute sich über das Lächeln, das seine Worte ihr auf das Gesicht malten. »Ich meine, du bist gut. Richtig gut. Mit dem Drachen und allem anderen.« Er sah dabei auf den Drachenring, der sich der neuen Größe seiner Besitzerin angepasst hatte. »Und du bist mutig.«

Verdammt, dachte er im nächsten Moment. *Wie sagt man solche Sachen richtig?* Er hatte eigentlich sagen wollen, dass er sie mochte. Dass sie wunderschön war. Aber es waren nur die falschen Worte über seine Lippen gekommen.

Doch sie lächelte weiter. Und Art begriff, dass es vielleicht doch die richtigen Worte gewesen waren.

»Und du?«, fragte sie. »Ich kann mir vorstellen, dass du auch immer mehr leisten musstest als die anderen.«

Das konnte Art eigentlich nicht gerade behaupten, wenn er an seine eher unterdurchschnittlichen Schulnoten zurückdachte. »Ich wollte immer ein anderer sein«, sagte er stattdessen. »Mit heller Haut. Einer, der nicht auffällt.«

»Das wäre schade«, erwiderte Wu. »Wer nicht auffällt, den bemerkt man nicht.« Sie sah ihn auf eine Weise an, die Art überraschte. Eine Weise, die ihm gefiel. »Es ist in Ordnung, wenn du anders bist.«

»Ich will nicht anders sein«, sagte Art. »Ich will nur ich selbst sein.« Und das mehr als jemals zuvor in seinem Leben. Noch nie war er so zufrieden damit gewesen, er selbst zu sein. Wus Blick blieb so geheimnisvoll wie eben. Das hatte er nicht erwartet. Flirteten sie hier? Als Zehnjährige? »Aber ich wünschte, ich wüsste, in welche Familie ich gehöre.«

»Du fürchtest, dass es die siebte ist«, sagte Wu.

Darauf wusste Art nichts zu erwidern. In der Tat hatte er Angst davor, dass es so sein könnte.

»Sie gelten als gefährlich«, meinte sie. »Aber das heißt nicht, dass das stimmt. Denn im Grunde ist jede Familie auf ihre Weise gefährlich. Jeder bekannte Magier, jede bekannte Magierin kann einer der sechs Familien zugerechnet werden.« Sie blickte Art an, als sähe sie ihn zum ersten Mal. »Du bist die Ausnahme. Und nicht nur du glaubst, dass du zu dieser siebten Familie gehörst. Auch im Zirkel wurde über diese Möglichkeit gesprochen. Du kannst die Fotografien öffnen. Das vermag keiner von uns.«

»Ich bin Franzose«, erwiderte er sofort. »Ich müsste doch zu der Familie aus Frankreich gehören.«

»Und doch ist deine Farbe anders«, sagte Wu gelassen. »Die Farbe deiner Magie. Gilles kann ich erkennen, sobald er zaubert. Auch wenn ich seine Magie nicht sehen würde. Die Farbe seiner Familie ist immer von Rot durchsetzt. Amins Familie zaubert in Gelb mit Azurblau. Doch du …« Sie zuckte mit den Schultern. »Du bist ein Geheimnis.«

»Die falsche Farbe.« Er lachte. »Ich glaube, meine Farbe ist immer falsch.«

»Mir gefallen deine Farben ziemlich gut«, sagte die Chinesin. »Beide.«

Dann sagte sie nichts mehr, und ein Schweigen war plötzlich zwischen ihnen, das irgendwie gefüllt werden musste. Aber womit? Art stand da und wusste nicht, was er sagen oder tun sollte. Ihr einen Kuss auf die Lippen drücken? Sie war eine zweihundert Jahre alte Zehnjährige. Aber das war im Moment nicht wichtig. Nur eines zählte. Er war ein Mann und sie eine Frau und … er mochte sie. Sehr sogar. Er gab sich einen Ruck und …

»Da!« Amin trat mit ein paar schnellen Schritten zu ihnen und deutete auf den Parkplatz. »Endlich.«

Ein Reisebus fuhr an das Schloss heran, hinter dessen Scheiben Art die Gesichter von Kindern ausmachte. Nicht alle waren in ihrem Alter, doch einige schienen zumindest die passende Größe zu besitzen.

»Gut«, sagte Wu und trat hinter dem Busch hervor. Sie sah nicht noch einmal zu Art zurück, doch er blieb einen Moment stehen und fand, dass der Bus sich besser noch etwas Zeit hätte lassen können. Dann folgte er seinen Freunden zwischen einige parkende Autos. Dort hielten sie sich versteckt, bis alle Reisenden aus dem Bus gestiegen waren. Es mussten wenigstens drei Klassen sein. Die Jüngsten, die am ehesten zu ihnen passten, liefen aufgedreht und äußerst lautstark hinter ihrem Lehrer auf das Tor zu.

Der Mann hatte erkennbar Mühe, sie unter Kontrolle zu halten. Die Älteren waren weit weniger aufgeregt. Kaum einer von ihnen schien das Schloss wahrzunehmen. Fast alle der Jugendlichen hatten die Augen auf ihre Smartphones gerichtet, und es war ein Wunder, dass sie es dennoch unfallfrei in die richtige Richtung schafften, obwohl einige beim Gehen nicht einmal aufsahen.

»Los«, zischte Art. Er war ein ganzes Stück größer als Wu und Amin. Ihm war auf dem Weg hierher eingefallen, dass er das Skateboard zu seinem elften Geburtstag bekommen hatte. Kein Wunder, dass er die beiden zehnjährigen Magier um gut einen Kopf überragte.

Sie liefen los und schafften es gerade noch, zu den Jugendlichen aufzuschließen, als diese von dem uniformierten Alten durchgewunken wurden.

»Moment«, sagte der Mann und hob die Hand, als er den Kopf senkte und Art und die beiden anderen misstrauisch beäugte. Vor allem auf Amin blieb sein Blick hängen. Unwillkürlich schlug Arts Herz schneller. »Ihr seid spät«, meinte der Wächter und hob tadelnd einen Finger. »Hier wird nicht gebummelt. Und nicht gerannt. In den Räumlichkeiten des Königs geht es diszipliniert zu.«

Die Schreie, die jenseits der Mauer erklangen, ließen eher darauf schließen, dass eine Horde Kinder mit Bewegungsmangel gerade dabei war, das Schloss in Schutt und Asche zu legen.

»Natürlich, Monsieur«, sagte Art schnell.

»Franzose?«, fragte der Alte mit einem Ausdruck auf dem Gesicht, als wäre das Einzige, was noch schlimmer war als Kinder, französische Kinder.

»Wir sind zum Austausch hier«, warf Wu ein. »China.«

»Und Ägypten«, sagte Amin lässig. Selbst in seiner Rolle als Kind hatte er seine Glamrock-Attitüde nicht verloren. Vermutlich wollte er diese Haltung noch mit dem Glitzerpulli unterstreichen, für den er sich entschieden hatte.

»Ich könnte schwören, dass ich euch kenne«, murmelte der Mann. Doch er wurde abgelenkt, als sich bereits die nächste lautstarke Schülergruppe dem Tor näherte. Genervt winkte der Uniformierte sie durch.

»Wunderbar«, meinte Amin und rieb sich die Hände, während sie einem Weg folgten, der sie auf das Schloss zuführte. »Mein teuflischer Plan geht auf. Wir sind drin. Und nun suchen wir das Foto.«

»Und wie genau werden wir das machen?«, fragte Art. Sie schritten unter einem weiteren Tor hindurch und kamen auf einen von der Schlossmauer umsäumten, weitläufigen Hof. Erst jetzt begriff er, wie groß das Schloss war. Er sah natürlich ein, dass dies hier der beste Ort war, um mit der Suche zu beginnen. Doch die schieren Ausmaße des Baus, der sicher hundert oder mehr Räume aufwies, entmutigten ihn. Sie hatten nur diesen einen Tag Zeit.

»Du … du spürst es einfach«, meinte Amin, der ihm die Skepsis offenbar vom Gesicht ablas. »Hat doch auch bisher gut funktioniert.«

»Aber nur, wenn ich in der Nähe des Fotos war«, wisperte Art. Sie tuschelten weiter leise miteinander, während sie dem Weg folgten. An seinem Ende sammelten sich die Schulklassen unter einem Reiterdenkmal auf einem penibel geharkten Kiesweg, der wie eine Tartanbahn um einen ordentlich gemähten Rasen herumlief. Sie schoben sich vorsichtig an die viel zu lauten Kinder heran, die es nicht schafften, auch nur eine Minute lang stehen zu bleiben. Immer wieder stoben Kinder aus der Gruppe heraus wie Vögel aus einem Schwarm. Der Lehrer, dem es nicht gelang, sie zur Ordnung zu rufen, gab den Versuch, alle Kinder durchzuzählen, bald auf und winkte die Gruppe genervt mit sich. Art sah aus dem Augenwinkel die neugierigen Blicke der anderen, die im Gegensatz zu ihrem überforderten Lehrer sofort bemerkten, dass die Klasse unverhofft drei Kinder mehr auswies. Zwei Mädchen betrachteten sie besonders penetrant.

»Wir sind Austauschschüler aus Ägypten, China und Frankreich«, sagte Amin, während sich die Gruppe hinter dem Lehrer zu einem Eingang in das Schloss bewegte. »Und wir ...«

»Du bist süß«, meinte die eine der beiden. Sie mussten sitzen geblieben sein, denn sie überragten die übrigen Kinder um sicher einen Kopf. Bei ihren Worten hatte sie Art angesehen.

»Du nicht«, fügte die andere hinzu. Sie sah zu Amin. »Hast du den deiner kleinen Schwester geklaut?« Sie deutete auf den Rucksack, und beide Mädchen prusteten ziemlich herablassend los.

»Unerhört«, zischte Amin, während die Mädchen ihre Aufmerksamkeit einer Gruppe von Jungs zuwandten. »So einen wollte ich eben schon immer haben.«

»Und er passt wunderbar zu unserer geheimen Kommandoaktion«, kommentierte Art. »So schön unauffällig.«

»Könnt ihr beiden bitte aufhören?« Wu hatte eine Augenbraue erhoben, und auch wenn sie äußerlich nur zehn Jahre alt war, flößte sie Art damit mehr Respekt ein als jede Lehrerin. »Wir haben eine Aufgabe zu erfüllen.«

Art nickte. Mit einem Mal fühlte er die ganze Verantwortung für dieses Abenteuer auf sich ruhen, obwohl er im Grunde nicht viel machen konnte. Sie hatten auf dem Weg beschlossen, sich ein wenig mit den anderen Kindern das Schloss anzusehen. Vielleicht, so die Hoffnung der beiden Alunni, würde er ja in einem der Räume eine Spur des Fotos fühlen. Art selbst war nicht besonders optimistisch, was das anging. Sicher wäre doch irgendwem in all den Jahren ein derart ungewöhnliches Foto aufgefallen. Wenn es seit der Regentschaft von George III. wirklich hier war. Womöglich würden sie einen der eher privaten Räume des Schlosses betreten müssen.

Obwohl die Lehrer verzweifelt versuchten, einen Überblick über ihre Schülerinnen und Schüler zu bewahren, vermischten sich die Klassen irgendwann während der Führung unweigerlich. Art und die beiden anderen Magier fielen nicht weiter auf, als sie bald von einigen deutlich älteren Kindern umringt wurden.

Die Frau, die den Klassen gerade die Geschichte des Schlosses vorbetete, schien so betragt, dass sie den Lärm ihrer Zuhörer vermutlich schlicht nicht mehr richtig hörte. Stoisch leierte sie Daten und Ereignisse herunter, als würde sie einen auswendig gelernten Text aus einem Geschichtsbuch aufsagen. Die Räume, durch die sie die Klassen führte, sahen für Art alle gleich verstaubt aus. Er hatte solche Ausflüge auch zu Hause mitgemacht und konnte den Schülern nachfühlen, wie langweilig es für sie sein musste. Die strengen Gesichter verblichener Adliger, die sie von überlebensgroßen Gemälden herab finster musterten. Art versuchte, jeden Raum möglichst vollständig zu erkunden, doch nirgends fühlte er auch nur das leichteste Prickeln auf der Haut. Die Führung dauerte sicher schon eine Stunde, aber es kam Art so vor, als hätten sie bisher nur einen Bruchteil des weitläufigen Schlosses gesehen. Schließlich wurden sie in einen Raum geführt, in dem ein riesiges, von einem Glaskasten geschütztes Puppenhaus aufgebaut war. Als sich die ersten Kinderhände gegen das Glas drückten, blickte der Lehrer, der für die jüngeren Kinder zuständig war, streng umher, was seine Schützlinge nur kurz zu beeindrucken schien. Zwar wurde der Glaskasten nicht mehr angepatscht, dafür aber fingen die Kinder an, dauerhaft miteinander zu tuscheln.

»Oh, super«, kommentierte Amin gähnend, als sie einen Platz vor dem Puppenhaus fanden. Er war im letzten Raum beinahe eingeschlafen, als er sich an die Wand gelehnt hatte und den Ausführungen über den königlichen Stammbaum erkennbar unaufmerksam gelauscht hatte. »Ich bin froh, dass ich nie in eine Schule musste.«

»Dieses Wunderwerk wurde in den Zwanzigerjahren des vergangenen Jahrhunderts erbaut«, erzählte die Führerin gerade. »Es ist im Maßstab eins zu zwölf gehalten und wurde nicht gefertigt, um damit zu spielen.«

»Natürlich nicht«, flüsterte Amin. »Das hätte ja am Ende noch Spaß machen können.«

»Queen Mary's Dolls' House, so der offizielle Name, ist nach Königin Mary benannt, die wiederum die Gemahlin von König Georg V. war, und stellt eine für die damalige Zeit moderne Luxusvilla in verkleinerter Form dar.«

Eine weitere Gruppe betrat den Raum mit dem riesigen Puppenhaus und schob alle, die im Weg waren, an dem Miniaturgebäude vorbei. Unvermittelt wurde Art gegen den Glaskasten gedrückt – so hart, dass ein unschöner Laut erklang. Abrupt wurden die monotonen Erläuterungen ihrer Führerin von einem erschrockenen, spitzen Schrei unterbrochen. Während ein kräftiger Arm nach ihm griff, spürte Art, wie sich seine Nackenhaare aufstellten, als würde ein leichter Strom durch ihn fließen. Er wagte nicht zu atmen. Das Foto. Es musste hier sein. Irgendwo in dem Puppenhaus. Art kam nicht dazu, mit den Augen danach zu suchen. Er wurde grob fortgerissen, und ein vor Zorn gerötetes Gesicht schob sich nahe an seines.

»Kannst du nicht aufpassen?«, herrschte ihn der Lehrer an. Seine Geduld schien am Ende. Er funkelte Art so wütend an, als habe dieser gerade das historische Puppenhaus vernichtet. Im nächsten Moment mischte sich Verwirrung in das Gesicht des Lehrers. »Ich kenne dich nicht. In welche Klasse gehörst du?«

Arts Herz setzte einen Schlag aus. Wenn der Lehrer sie für Kinder hielt, die sich hier hereingeschmuggelt hatten, um irgendeinen Unsinn anzustellen, würden sie sehr wahrscheinlich nicht noch einmal auch nur in die Nähe des Puppenhauses kommen. »Sir, ich ...«

»Ich weiß«, rief der Lehrer, als hätte er Art durchschaut. »Du gehörst in die Klasse von Mrs Wood. Sie schiebt immer gerne ihre schwierigen Fälle ab. Aber das geht zu weit. Ich werde ...«

»Sir!« Wu hatte sich vor dem Lehrer aufgebaut.

Der Anblick eines Mädchens, das er nicht kannte und das ihn so streng ansah, als wäre er und nicht Art gerade gegen das Haus gestoßen, ließ den Lehrer für einen Moment verstummen.

»Ich kenne diese Jungen. Auch ich gehöre in Mrs Woods Klasse.« Die Lüge kam Wu so flüssig über die Lippen, als hätte sie die Worte zuvor auswendig gelernt. »Ich schlage vor, dass er zur Strafe den Rest des Ausflugs in völliger Stille hier verbringt und gründlich darüber nachdenkt, was er gerade getan hat.«
Der Mund des Lehrers klappte auf, ohne dass er auch nur ein Wort herausbrachte.
»Ich werde selbst auf ihn aufpassen, wenn Sie es wünschen. Obwohl das bedeuten würde, dass ich leider heute nichts mehr lernen kann.« Nun hob sie ihre Augenbraue. »Es sei denn, Sie wünschen, ihn selbst zu beaufsichtigen.«
»Ich …«, begann der Lehrer, der vollkommen aus dem Konzept geraten war.
»Sie haben recht«, fiel Wu ihm betont höflich ins Wort. »Ich brauche natürlich Hilfe bei dieser Aufgabe.« Sie tat, als suche sie wahllos jemanden aus. »Er dort kann mir helfen«, sagte sie und deutete auf Amin. »Ehrlich gesagt, Sir, er hat die ganze Zeit nicht richtig zugehört.« Sie schaffte es, ihre Worte empört klingen zu lassen. »Ich bringe die beiden dann später zum Bus.«
Der Lehrer schien einen Moment lang unschlüssig, was er zu Wus Vortrag sagen sollte.
»Ich glaube«, sagte die Chinesin, »dass er für die ganze Unruhe verantwortlich ist.«
Die Aussicht, den Rest der Führung womöglich ohne Störung erleben zu können, führte dazu, dass der Lehrer Wu zunickte, als wäre sie eine Kollegin. »Na gut«, sagte er gönnerhaft. »Wie es scheint, besuchen nicht nur Problemkinder die Klasse von Mrs Wood. Aber seid pünktlich am Bus.« Er sah auf seine Uhr. »Wir fahren in genau fünfundvierzig Minuten ab.«
»Das ist ein Skandal«, wisperte Amin, als der Tross aus Schülern, Lehrern und der Führerin den Raum verlassen hatte. »Wir könnten verloren gehen und niemand würde uns vermissen.« Der Lehrer hatte sich mehrmals wortreich entschuldigt, und die Füh-

rerin hatte einem der Bediensteten, der vermutlich dafür Sorge tragen sollte, dass niemand den historischen Ausstellungsstücken zu nahe kam, aufgetragen, ein Auge auf Art zu werfen. Nun standen sie mit einigem Abstand vor dem Puppenhaus unter Beobachtung.

»Du bist zweihundert Jahre alt. Ich bin sicher, du findest immer zurück«, erwiderte Art leise. Er hatte schon versucht, sich unauffällig näher an das Miniaturhaus zu schieben, doch jedes Mal hatte der Uniformierte streng aufgesehen und Art mit seinem Blick unmissverständlich klargemacht, dass ein weiterer Schritt einer zu viel wäre. »So kommen wir nicht voran. Wir müssen den Typen loswerden.«

»Ich weiß«, murmelte Amin so leise, dass Art ihn kaum verstand. Dann seufzte er. »Es gibt nur einen Weg.«

Fast unmerklich schüttelte Wu mit dem Kopf. »Keine Magie. Zu gefährlich.«

Aber Amin war bereits zu dem Uniformierten gegangen und wechselte einige Worte mit ihm, die Art nicht verstand. Dann verließ Amin einfach den Raum. Überrascht sahen Art und Wu sich an. Schon nach einer Minute kam Amin zurück, bedankte sich bei dem Uniformierten und stellte sich wieder zu den beiden. Art warf ihm einen eindringlichen Blick zu, doch Amin tat, als würde er das gar nicht bemerken.

Einen Moment lang war es so still, dass Art sich selbst atmen hörte.

Und dann erklang die Stimme. Sie klang so blechern, als dröhnte sie aus einem alten Lautsprecher. »Achtung.« Sie kam Art unerwartet vertraut vor. »An das gesamte Wachpersonal. Alle haben sich unverzüglich am Haupteingang einzufinden. Die SO14 führt angesichts des morgigen Eintreffens des Königs eine Sicherheitsüberprüfung des Personals durch. Die Besucher dürfen die Ausstellung weiter … besuchen.«

Art runzelte die Stirn. Einen Moment lang hatte er geglaubt, die Durchsage sei echt. »Das hast du nicht wirklich gemacht, oder? Das klappt nie.«

Amin lächelte ihn lässig an. »Natürlich klappt das«, erwiderte er. In der Tat schien der Uniformierte unschlüssig, ob er seinen Posten wirklich verlassen konnte. Dann kam er auf sie zu.

»Sir«, sagte Wu, ehe der Mann auch nur ein Wort über die Lippen gebracht hatte. »Ich bitte Sie, die Strafe dieses Jungen nicht zu unterbinden.« Sie deutete auf Art, der sich anstrengen musste, schuldbewusst dreinzublicken. »Ich verspreche Ihnen, dass mein …«, sie blickte zu Amin und schien nicht sicher, wie sie ihn nennen sollte, »… ach, dass ich auf die beiden aufpassen werde«, schloss sie. »Sie können ohne Bedenken Ihre Pflicht erfüllen.« Bei den letzten Worten hob sie ihre Augenbraue und sah aus, als würde sie dem Mann gerade einen Befehl geben.

Zu Arts Verblüffung nickte er ihr zu, als würde er in ihr eine Verbündete erkennen. »Wenn er Ärger macht, kommst du zum Haupteingang. Wir haben hier eine Arrestzelle.« Bei diesen Worten warf er Art einen drohenden Blick zu, dann verließ er mit eiligem Schritt den Raum.

»Das ist doch irgendein Zauber, oder?«, meinte Amin und fixierte Wus Augenbraue. »Kann ich das auch?« Versuchsweise hob er seine eigene, was ihn allerdings aussehen ließ, als wäre er ein wenig schwachsinnig.

»Verzeihung«, tönte es da gereizt aus dem Flur vor dem Raum.

»Ach, das hätte ich fast vergessen«, meinte Amin und verließ die beiden, um kurze Zeit später mit dem Radio in der Hand zurückzukehren. »War eine gute Idee, nicht?«, fragte der Ägypter. »Ich habe dich doch richtig verstanden. Du hast etwas gefühlt, oder?«

»Ja«, erwiderte Art. »Es ist hier irgendwo.« Sein Blick fiel auf das Radio. Er hatte sich also nicht geirrt. Die Stimme, die den Wachmann zu sich gerufen hatte, war die des Radios gewesen. Aber wer oder was war SO14?

»Es ist die Einheit der Polizei, die für den Schutz der königllichen Familie zuständig ist«, antwortete das Radio, als er es fragte. Es schien nur darauf gewartet zu haben, mit seinem Wissen zu prahlen. »Wie ich schon sagte, hat mein früherer Besitzer hochwertiges Bildungsradio konsumiert. Es ist also wenig verwunderlich, dass ich eine hervorragende Allgemeinbil…« Die letzten Worte waren nicht mehr zu verstehen, da Amin die Lautstärke fast auf null drehte.

»Wo ist das Foto?«, fragte Wu.

»Ich glaube dort«, sagte Art und deutete auf das Puppenhaus. »Als ich dagegen gestoßen bin, habe ich etwas gespürt.«

Die Chinesin war bereits an das Haus herangetreten und betrachtete die kleinen Zimmer.

»Das passt doch wunderbar«, meinte Amin. »Ich meine, der gute George hat hier gewohnt und das Foto im Blick behalten. Bestimmt kam er jeden Tag her, um es in seinem Puppenhaus anzuschauen. Etwas gruselig. Er …« Amin runzelte die Stirn und sah auf das Radio, aus dessen Lautsprecher energisches Gemurmel kam.

»Queen Mary's Dolls' House wurde ein Jahrhundert nach dem Tod von König George III. angefertigt«, war zu hören, kaum das Amin am Lautstärkeregler gedreht hatte. »Er hat es sich also wohl nicht angesehen.«

Amin zuckte mit den Schultern, als wäre der Kommentar des Radios die reinste Spitzfindigkeit.

»Aber er könnte das Bild vererbt haben«, mutmaßte Art, der die Abwesenheit des Wachmanns nutzte und so nahe an das Puppenhaus herantrat, dass er das Glas mit den Fingern berühren konnte. »Vielleicht haben seine Nachfahren es aus weiser Voraussicht nicht ganz so nahe bei sich aufbewahrt. Ich meine, er selbst ist doch wahnsinnig geworden. Und jemand, der wusste, dass es sich um ein magisches Bild handelte …«

»… ist auf die Idee gekommen, es in dem Haus zu verstecken«, beendete Wu den Satz.

»Mehrere Maler haben extra Bilder dafür angefertigt«, sagte das Radio. »Es gibt sogar eine Bibliothek, für die so bekannte Schriftsteller wie Sir Artur Conan Doyle oder Rudyard Kipling Texte geschrieben haben. Eine winzige Bibliothek mit ebenso winzigen Büchern, die …«

Die Stimme brach abrupt ab, als Amin das Radio ausschaltete und hastig in seinen Einhorn-Rucksack zurückstopfte. »Ich könnte das Glas fortzaubern«, meinte er und griff nach einem von mehreren Metallständern, an denen ein Seil zur Absperrung befestigt war, das die Besucher von dem Glaskasten fernhalten sollte. »Aber da Magie nicht infrage kommt …« Er ließ den Satz unbeendet. »Verdammt«, keuchte er, als er versuchte, den Ständer hochzuheben. »Mein zehnjähriges Ich scheint geschwächt zu sein.«

»Warte«, meinte Art und griff ebenfalls nach dem Ständer. Gemeinsam hoben sie ihn in die Höhe. »Wenn wir das Glas eingeschlagen haben, wird sicher irgendein Alarm losgehen. Dann muss es schnell gehen. Und was machen wir, wenn wir das Bild haben?«

»Gehen wir rein und befreien Meister Cornelius«, erwiderte Amin. »Und dann bringe ich uns per Portal in Sicherheit. Wir werden die Inquisitoren schon irgendwie auf eine falsche Fährte führen. Es geht nicht anders«, fügte er hinzu, als er Wus Blick bemerkte. »In irgendeine Zitrone müssen wir beißen.«

Die Chinesin nickte.

Und dann wuchteten sie den Ständer gegen das Glas.

Der Alarm klang furchtbar laut und schrill in dem leeren Raum. Sofort schlug Arts Herz schneller. Polternd fiel der Ständer zu Boden, und er trat über die Glassplitter auf das Haus zu.

Wo war das Bild? Seine Freunde und er suchten die kleinen Zimmer mit den Augen ab. Den Thronsaal zierte das Gemälde eines Königs und seiner Königin. Eine Etage tiefer gab es ein großes Esszimmer, in dem ebenfalls kleine Bilder hingen. Doch keines von ihnen war ein Foto, das die Unterzeichnung der Unabhängigkeitserklärung zeigte. *Du suchst an der falschen Stelle, Art,* sagte er sich. *Wenn es einfach an einer der Wände hängen würde, hättest du es doch schon durch das Glas gesehen.* Wo hatte er gestanden, als er gegen den Kasten gedrückt worden war? Auf der anderen Seite. Da das Glas dort noch unbeschädigt war, drehte Art kurzerhand das ganze Haus. Es war so schwer, dass er es in seinem Kinderkörper nur mühsam bewegen konnte. Amin trat neben ihn und zog ebenfalls.

»Schneller«, trieb Wu sie an. Ihre Stimme war über den Alarm hinweg kaum zu verstehen.

»Danke für den Hinweis«, brachte Amin hervor. Er stöhnte, als sie beide an dem Haus zogen.

Verdammt, dachte Art, *es ist zu schwer*. Weitere Zimmer kamen quälend langsam in ihr Blickfeld. Ganz unten war die Bibliothek mit ihren winzigen Büchern. Nur ein Bild hing hier, und es hatte wie erwartet nichts mit dem Motiv zu tun, nach dem sie so fieberhaft suchten. Art krallte seine Finger in die Wand der kleinen Bibliothek, um das Haus weiter zu drehen.

Und zuckte mit einem leisen Schrei auf den Lippen zurück.

»Himmel«, entfuhr es Amin aufgebracht. »Kannst du mich bitte nicht so erschrecken?«

Der Ägypter sah ihn vorwurfsvoll an, doch Art erwiderte nichts. Er hatte das Gefühl, dass sich seine Nackenhaare aufgestellt hatten, seit er die Wand berührt hatte. Atemlos betrachtete er die Bibliothek. Zwei Lesetischchen mit Schubladen. Ein kleiner Schreibtisch, der vor einem Kamin stand. Ein Gemälde, das nichts mit dem Foto zu tun zu haben schien, das sie suchten. Und zwei Regale voller Bücher.

»Da kommen übrigens Wach…«, begann Amin. Doch er brach mitten im Satz ab, als Wu ihm eine Hand auf den Mund drückte.

»Wo ist es?«, fragte sie.

Vorsichtig fuhr er mit den Fingern über die winzigen Bücher.

»Ich kann einen von ihnen schon sehen«, erklang Amins Stimme dumpf hinter Wus Hand. Schritte mischten sich in den Alarm.

Erneut zuckte Art zurück. Und griff wieder zu. Mit zitternden Fingern zog er eines der kleinen Bücher hervor. Der Einband war grün. Ein goldenes Muster zierte ihn.

Wütende Stimmen füllten den Flur, doch Art beachtete sie nicht. Andere erklangen in seinem Kopf. Stimmen, die nicht aus dieser Welt stammten.

Er öffnete das Buch.

Und fand statt Seiten voller Wörter ein fein säuberlich gefaltetes Foto. Hastig klappte er es auf. Das Bild, das es zeigte, hätte von so vielen Knicken verunstaltet sein müssen wie ein Gesicht voller Narben. Doch als er das Foto entfaltete, war es ganz glatt. Es fühlte sich an wie biegsames Glas. Die Leute, die darauf zu sehen waren, befanden sich in einem Raum. Einige saßen an einem Tisch, andere hatten sich ihnen gegenüber auf Stühle und Bänke gesetzt. Fahnen hingen an einer der Wände.

»Tu es«, hörte Art Wu sagen.

Er nickte und fühlte, wie seine Freunde nach ihm griffen.

Dann betrat er mit Amin und Wu das nächste Foto.

Und einen Moment später richteten sich Dutzende Augenpaare auf sie drei.

Blind

Wo würden sie noch hingehen müssen? Nicéphore blickte sich verärgert um. Sie waren in einem verdammten Wald. Ach was, in einem Dschungel. Südamerika. Genervt schlug er nach einer der Millionen Mücken, die hier hausten. Nach dem Fall der Enklave in Kairo hatte es so viele Spuren gegeben, dass er überzeugt davon gewesen war, die Magier binnen Stunden wiederzufinden. Und dann hatte sich herausgestellt, dass sie ihn und seine Inquisitoren an der Nase herumführten. Falsche Fährten. Sackgassen. Eine Jagd um den Erdball. Es war klar, dass jede Enklave einen Fluchtplan für den Fall besaß, dass die Inquisitoren sie aufspürten. Die Wüste zu finden, war noch recht einfach gewesen. Doch von dort hatten sich Dutzende der verfluchten Portale geöffnet. Selbst Nicéphore hatte damit nicht gerechnet. Er schlug einen Ast beiseite, der sich ihm in den Weg streckte, und bedeutete einem seiner Männer, den Seher zu holen.

Soweit er wusste, gab es ein halbes Dutzend Enklaven auf der Welt. Warum nur hatten sie ausgerechnet als erste die in Kairo gefunden? Die Araber hatte er noch nie leiden können. Die Falschheit stand ihnen in die gebräunten Gesichter geschrieben. Und ihre grauenhafte Macht, Durchgänge in alle Teile der Welt öffnen zu können, erwies sich für ihn zunehmend als Ärgernis. Er hatte seine Leute auf immer mehr Länder verteilen müssen.

Wohin wollten sie? Sicher in eine der übrigen Enklaven. Zeit seines Lebens hatte er versucht, ihre genauen Positionen in Erfahrung zu bringen. Doch dies waren Geheimnisse, die er bislang nicht hatte lüften können. Mehr als Gerüchte und Andeutungen waren ihm nie zu Ohren gekommen. Er vermutete die Zufluchtsstätten gut verborgen in den großen Metropolen. Sollte er seine Leute dorthin beordern? Es wäre nicht das erste Mal, dass er in London oder Paris nach den Enklaven fahnden ließ. Es war eine Suche, die der nach der Nadel im Heuhaufen glich. Die Seher müssten schon sehr nahe an den Portalen sein, die sich dorthin öffneten, um sie aufspüren zu können. Wenn er sich irrte und sie in einer anderen Stadt oder gar einem anderen Land waren, als er dachte, würden sie die Spur verlieren. Und er würde den Meister, den sie hatten befreien können, vielleicht niemals finden. Meister Sahir, wie er vermutete.

»Großinquisitor.« Der Mann, dessen Augen farblos wie ein matter Kiesel waren, ging so zielstrebig auf ihn zu, als könnte er sehen. Es lag nicht alleine daran, dass die Sinne von Blinden weitaus geschärfter waren als die derjenigen, deren Augen die Welt wahrnehmen konnten. Mehr noch wies dem Seher die Magie in Nicéphores Handschuh die richtige Richtung. Die Seher konnten sie deutlicher spüren als jeder andere.

»Such den nächsten Durchgang«, wies Nicéphore den Seher an. Der Mann, nein, der Junge war kaum achtzehn Jahre alt. Je jünger die Seher waren, desto feinfühliger reagierten sie auf Magie.

Ohne auf den Dschungel und all das Leben, das in ihm tobte, zu achten, ging der Junge los, und Nicéphore folgte ihm zusammen mit drei seiner Männer. Der Junge bewegte den Kopf mal hierhin, mal dorthin, als würde die Magie einen Duft hinterlassen. Sah er sie auch wie eine Farbe? So wie Nicéphore? Vielleicht würde er einen von ihnen danach fragen, ehe er endlich den Platz einnahm, der ihm schon seit Jahrhunderten gebührte. Der Oberste der Magier. Es würde ihm eine Freude sein, die Inquisitoren zu vernichten. Sich ihrer zu entledigen wie eines Werkzeugs, das ausgedient hatte.

»Es gibt doch einen nächsten Durchgang?« Nicéphore wusste nicht, was er tun sollte, wenn es keinen gäbe. Wenn dies erneut eine Sackgasse war, bestand die Gefahr, dass er und seine Leute die Spur verloren. Sie waren bereits drei Portalen gefolgt, die zu Orten geführt hatten, an denen kein weiteres geöffnet worden war. Berlin in Deutschland. New York in den USA und dieses grauenhafte Dorf in Indien. Die Magier hatten diese Orte wie normale Menschen verlassen und die Inquisitoren damit auf falsche Fährten geführt.

Der Seher hielt inne, als lauschte er einer leisen Stimme. Dann, nach einer quälend langen Pause, nickte er. »Es gibt einen«, murmelte er. »Ein großer Durchgang. Für viele. Sehr viele. Es ist einige Zeit her, dass er geöffnet wurde. Aber ich kann ihn noch fühlen. Wir müssen uns beeilen. Die Spur verblasst.«

Nicéphore atmete die Luft aus, die er vor Anspannung angehalten hatte. Die Erleichterung verbarg er sorgsam unter dem Hass, den er wie alle Inquisitoren stets auf dem Gesicht trug. Es war eine Maske, die sie alle einte. Die anderen durften aber keineswegs bemerken, dass die Suche für ihn eine persönliche Sache war. Er musste den Meister finden. Ihn töten, um dank seines Opfers den Fluch brechen zu können, den die Meisterin aus China ihm auferlegt hatte. Um das Gefühl, in der Magie verkrüppelt zu sein, endlich zu verlieren.

Für einen Moment war es ganz still. Selbst der verfluchte Dschungel war ruhig. Die glatte Stirn des Jungen gebar Falten. Dann deutete er auf eine Lichtung, die sich jenseits der Bäume erhob.

Nicéphore schloss die Augen. Er ... fühlte die Magie ebenfalls, als er seine Konzentration auf die Lichtung richtete. Nie hätte er diese Stelle alleine gefunden. Nun aber konnte er sie so deutlich spüren, als hätte er den Zauber dort selbst gewirkt. Er kam sich vor wie ein Jäger. Die Magier waren fort. Und doch konnte er fühlen, dass noch jemand hier war. Mit einer beiläufigen Geste bedeutete Nicéphore seinen Männern zu warten. Einer legte dem Blinden eine Hand auf den Arm, während Nicéphore auf die Lichtung trat.

»Zeig dich!«, rief er laut. Es gab keinen Grund, dieses Versteckspiel unnötig in die Länge zu ziehen. Er spürte die Anwesenheit eines magischen Geschöpfs. Sicher eine Mumie.

Keine Antwort.

»Wir können den ganzen Tag damit zubringen, dass du dich versteckst.« Das konnten sie nicht. Nicéphore rannte die Zeit davon, doch er ließ seine Stimme klingen, als wäre er allenfalls gelangweilt. Er sah auf seinen Handschuh und entließ einen der Zauber, der in ihm gespeichert war. Es brauchte viel Übung, um die Todesfinger zu beherrschen. Für die Inquisitoren war es wie zaubern. Für Nicéphore fühlte es sich an, als wäre er amputiert und würde eine gefühllose, künstliche Hand benutzen. Aber der Zauber wirkte. Die Erde riss auf, als hätte eine mächtige Klinge sie zerteilt. Ein tiefer Graben war in sie hineingetrieben worden.

Noch immer keine Reaktion. Oder doch? Nicéphore hatte ein Rascheln gehört. Vielleicht war es ein Tier. Oder … Er hob die Hand und wurde von den Beinen gerissen, ehe er einen weiteren Zauber aus dem Handschuh entlassen konnte. Verdammt. Hier war nicht nur eine Mumie, sondern auch ein Magier.

Aus dem Augenwinkel sah er seine Begleiter, die auf die Lichtung liefen. »Halt!«, rief er und stemmte sich auf die Beine. Dies hier würde er alleine erledigen. Er tat es nicht nur als Zeichen an seine Männer. Er tat es vor allem für sich. Um zu spüren, dass er noch immer ein Magier war, auch wenn er sich eines Hilfsmittels bedienen musste.

Die Inquisitoren blieben wie befohlen stehen.

»Du kannst hier nicht weg«, sagte Nicéphore. Seine Beute verbarg sich unter einem Zauber. Keine einfache Magie. Aber Nicéphore wusste, wie er sie brechen konnte. Er drückte den Handschuh auf den Boden und schloss die Augen. Der Zauber, den er den Todesfingern entlocken musste, hatte er vor vielen Jahren durch Zufall gefangen. Man konnte einen Zauber nicht nur aus der Luft einfangen, sondern die Todesfinger einem Magier auch gegen die Brust drücken, um all die Zauber, die er beherrschte, in dem Handschuh aufzunehmen. Ein Verfahren, das zuverlässig mit dem Tod des Magiers endete. Dieser Zauber, den er nun wirkte, war eine Herausforderung für ihn. Ein Zauber, der alles Leben verbrannte. Nicéphore fühlte, wie die Luft anfing zu vibrieren. Sich auflud mit Wut und Zorn. Der Zauber war einer der Geächteten. Die nur erlernt, aber niemals gewirkt werden durften. Was für eine Verschwendung. Nicéphores Hass auf die Ungerechtigkeit, die ihn zum Krüppel gemacht hatte, ließ die Luft brennen. Er hörte ein Keuchen. Dann einen Schrei. Er öffnete die Augen und sah schemenhaft einen Mann, nicht weit entfernt. Die verbotene Magie brach den Zauber, der ihn verbarg. Seine Silhouette wurde von Feuer umrahmt, ebenso wie die einer zweiten Gestalt. Eine Mumie, wie vermutet.

»Hör auf.« Die beiden Worte schienen den Magier alle Kraft zu kosten. Vielleicht war er hiergeblieben, um die Inquisitoren aufzuhalten. Sie daran zu hindern, den Durchgang zu untersuchen, der hier noch zu spüren war.

Nicéphore wusste, dass er dem Flehen des Magiers entsprechen sollte. Die Magie, die er hier freisetzte, würde es dem Seher erschweren, der Spur zu ihrem Ende zu folgen. Es unmöglich machen. Aber er konnte nicht aufhören. Der Hass riss ihn mit sich wie ein wilder Fluss. Er wollte töten. Gerechtigkeit spüren.

Hör auf. Die Worte des Magiers mischten sich mit seinen eigenen Gedanken. Das Gras, die Bäume, die Tiere. Alles vor Nicéphore ging in Flammen auf. Die Schreie des Sterbenden und des Geschöpfs, das vernichtet wurde, trieben sein Herz an. Ließen es schneller schlagen. Und dann war es vorbei. Er fühlte, dass er alles Leben ausgelöscht hatte. Die Spur vernichtet hatte. Die Hoffnung?

Nicéphore schrie seine Wut über sich und die Welt hinaus. Er hatte sich gehen lassen. Die verkohlten Körper auf der verbrannten Lichtung zeigten dies allzu deutlich. Er fühlte, dass seine

Männer ängstlich hinter ihm standen. Sie würden kein Wort über das verlieren, was hier geschehen war. Nicht, nachdem sie gesehen hatten, wozu er fähig war.

Die magischen Flammen erloschen so schnell, wie sie gekommen waren. Nicéphore trat auf die Lichtung und sah auf den Magier. Er stutzte und beugte sich hinab. Das magische Ding, das der Tote umklammerte, als könnte es ihn retten, war unbeschadet. Kein Wunder. Der Zauber hatte nur alles Leben vernichtet. Nicéphore nahm es aus den Händen der Leiche an sich. Ein kleiner, unscheinbarer Spiegel, der voller Magie steckte. Ein unerwarteter Fund. Und dennoch schmerzte die unnötige Niederlage. Die Spur war verloren. Aber er würde wenigstens nicht ganz mit leeren Händen fortgehen.

»Großinquisitor.« Der Mann, der an Nicéphores Seite trat, gehörte zu den Älteren des Ordens.

»Was?« Nicéphore war nicht in der Stimmung für weitere schlechte Nachrichten.

Der Alte sah kurz zu den anderen Inquisitoren, als wäre er nicht sicher, ob er in ihrer Gegenwart frei sprechen könnte. Doch er las Nicéphore offenbar den Ärger vom Gesicht ab und entschied sich, dessen knapp bemessene Geduld nicht unnötig zu strapazieren. »Eine Spur«, brachte er kurzatmig hervor.

»Ein weiteres Portal?« Nicéphore fragte sich, in welche entlegene Region der Welt die verfluchten Araber ihn noch schicken würden.

»Nein, vielleicht ein Meisterbild.«

Für einen Augenblick glaubte Nicéphore, dass seine Ohren ihm einen Streich gespielt hatten. Eine neue Spur. Mit einer knappen Geste bedeutete er dem Mann weiterzusprechen. Die übrigen schwiegen und gaben sich redlich Mühe, unsichtbar zu sein.

»Ein Zufall.« Nicht nur die ungewohnte Anstrengung ließ die Stimme des Mannes zittern. Er klang, als könnte er es kaum erwarten, Nicéphore alles zu erzählen. »Ein Seher in England hat die Spur gefühlt. Er war in London, als er eine Magie aufgespürt hat, die ihm fremd war. Sehr schwach. Aber es ist ihm gelungen, ihren Ursprung zu finden.«

»Wo?«, fragte Nicéphore in die Pause hinein, die der Alte einschob.

»Schloss Windsor.« Der Mann klang so stolz, als hätte er selbst die Spur entdeckt. »Wir halten es für möglich, dass der fremde Zauber darauf hindeutet, dass der Feind ein weiteres Bild geöffnet hat.«

Nicéphore nickte. Das war gut. Sehr gut sogar. Vielleicht würden die Dinge viel schneller an ihr Ende kommen, als er gedacht hatte. Falls es ihm gelang, rechtzeitig dort zu sein, ehe seine Feinde das Bild wieder verließen … Nicéphore biss sich auf die Lippen. Er hatte keinen Portal-Zauber mehr in seinem Handschuh. Und wenn er sich nicht irrte, besaß auch keiner der Männer an seiner Seite mehr einen von ihnen. Es war also ein weiter Weg. Selbst wenn er noch heute fliegen würde. »Alle Brüder in England sollen dorthin gehen. Ihr werdet einen Jungen mit dunkler Haut, eine Chinesin und einen Araber finden. Und einen Meister. Die Chinesin und der Araber können sterben. Sie sind nutzlos für mich. Den Jungen aber bringt ihr mir. Und den Meister.« Damit er ihm dieses gnädig geschenkte Leben anschließend nehmen konnte. Und für den Jungen und dessen seltenes Talent würde er sicher eine Verwendung finden.

»Unsere Brüder in England haben sich bereits auf den Weg gemacht«, erwiderte der Inquisitor. »Ihre Nachricht kam von unterwegs. Sie werden schon bald dort eintreffen.«

Zufrieden steckte Nicéphore den Spiegel ein.

Das Ende der magischen Familien stand bevor.

Und ihre Rückkehr mit ihm an ihrer Spitze.

DREIZEHN

Art blickte in den Raum, den das Bild gezeigt hatte, und an dessen hinterem Ende sie nun standen. Dicke Vorhänge aus Samt umgaben die Fenster. Die Fahnen, die Art auf dem Foto gesehen hatte, hingen in strahlenden Farben zwischen zwei Türen. Und in dem Raum tummelten sich Dutzende Männer, die gekleidet waren, als stammten sie aus dem achtzehnten Jahrhundert.

»Himmel«, entfuhr es Amin. »Nicht gerade der unauffälligste Auftritt.«

Einige der Männer schienen verwirrt, andere amüsiert über das Erscheinen der drei vermeintlichen Kinder. Ein paar aber trugen offen die Missbilligung angesichts der Störung auf den Gesichtern.

»Was soll das?«, rief einer von ihnen. »Habt ihr euch hier irgendwo versteckt gehalten?« Er lief vor Zorn rot an. Zusammen mit den meisten der anderen saß er auf einem der aufgereihten Stühle. Es schien, als wären die Männer Zuschauer eines Stücks, das sich am Schreibtisch auf der anderen Seite des Raums abspielte. Dort saß jemand mit weißer Perücke, vor dem mehrere Schriftstücke lagen. Einige Männer standen um den Tisch versammelt.

Art wechselte einen schnellen Blick mit seinen Freunden. Dies hier war zwar nicht echt. Doch er fürchtete, dass der Magier, der sich in den Bildergefängnissen herumtrieb und über die Meister wachte, jederzeit auftauchen konnte. Vielleicht reichte es schon, wenn sich die immer wiederkehrenden Ereignisse der Bilder zu sehr veränderten, um ihn herbeizulocken.

»Sir«, sagte er und hatte das Gefühl, dass gerade ein Scheinwerfer auf ihn gerichtet wurde.

»Ja, Junge?« Die Stimme klang zumindest freundlich. Sie stammte von einem der Männer, die vor dem Schreibtisch standen. Er warf Art einen Blick zu, als hätte er seinen Enkel vor sich, der etwas angestellt hatte.

Verdammt, was soll ich nur sagen? Art hatte Mühe, sich das, was er zuvor über die Unterzeichnung der Unabhängigkeitserklärung gelesen hatte, in Erinnerung zu rufen. Geschichte war in der Schule ohnehin nie sein Lieblingsfach gewesen. Wer hatte noch mal mit wem im Krieg gestanden? Die Engländer und die Franzosen gegen die Kolonisten? Oder alle gegeneinander? Er bemerkte Wus Nicken und hoffte, dass sie ihn damit aufforderte weiterzusprechen. »Wir sind gekommen, um diesem besonderen Moment beizuwohnen.«

Der Mann runzelte die Stirn, während sich Gemurmel um ihn herum erhob. »Ihr seid Kinder«, sagte er und musterte sie mit Belustigung. »Sehr seltsame Kinder. Ihr kommt von weit her?«

»Weiter, als Sie denken«, erwiderte Amin, während er versuchte, den Einhorn-Rucksack unauffällig vom Rücken zu streifen.

»Nun«, sagte der Mann und nickte den dreien zu. »Mein Name ist Benjamin Franklin. Ich bin ...«

»... der Erfinder des Blitzableiters«, fiel ihm Amin ins Wort. Er lächelte entschuldigend, als er die strengen Blicke der Männer um sie herum bemerkte. »Verzeihung«, schob er rasch hinterher. »Ich löse gerne Kreuzworträtsel.« Er legte eine Hand über den Mund. »Die verstehen aber gar keinen Spaß, oder?«, raunte er Art zu.

»Wie schön, dass ihr Interesse an den Naturwissenschaften habt. Doch dies hier ist ein Moment der Geschichte. Wir werden ...«

»... die Unabhängigkeitserklärung unterzeichnen.« Amin schloss die Augen, als könnte er so ungeschehen machen, dass er Benjamin Franklin erneut ins Wort gefallen war. »Habe mir einen Artikel im Internet durchgelesen«, murmelte er, als würde dies alles erklären.

Obwohl sich in den Reihen der Männer Protest gegen die Kinder erhob, schien Franklin nicht verärgert. Dennoch wies er auf die Tür. »Dieser Moment gehört den hier Anwesenden. Den Gründervätern unseres eigenen Landes aus freien Kolonien und unabhängigen Staaten. Doch das Erbe wird einmal euch, den Kindern, gehören.«

Art sah sich um und blickte in die strengen Gesichter der Gründerväter. Ihn beeindruckte weniger, wer sie waren, sondern vielmehr ihre Größe. Für sein Kinder-Ich waren sie riesig. In seinem Kopf überschlugen sich die Gedanken. Wo war der Meister? Er blickte zu Wu. »Wie sah Meister Cornelius aus?«, wisperte er leise.

»Groß. Hager. Weiße Haare, weißer Bart.«

»Sind eigentlich alle Meister hager?«, murmelte Art.

»Wenn ich euch nun bitten darf?« Franklin gab einem der Männer nahe den Türen ein Zeichen, und dieser zog eine von ihnen auf.

Langsam, als würden sie einen Trauerzug begleiten, schlichen die drei auf die Tür zu. Dabei suchte Art wie auch die beiden Alunni mit den Blicken nach dem entführten Meister. »Die haben fast alle weiße Haare«, bemerkte Amin leise und betrachtete die Perücken, die sie trugen. »Und Bärte.«

Es stimmte. Art presste die Lippen aufeinander. »Er ist hier irgendwo. Ich kann ihn spüren.«

»Ich auch«, erwiderte Wu. »In diesem Zimmer.«

Jemand hatte einen Diener herbeigerufen, der ungeduldig auf der Türschwelle wartete. Auch er trug eine weiße Perücke.

»Egal, was passiert, du darfst keine Magie einsetzen«, raunte Wu warnend. »Vielleicht lockt sie den Wächter herbei.«

Amin warf ihr einen verärgerten Blick zu. »Vielleicht sollten wir ihn einfach fertigmachen! Dann hätten wir eine Sorge weniger.« Seine Stimme war viel zu laut. Einige der Männer schmunzelten. Sicher glaubten sie an irgendein Spiel der Kinder, die sich hier reingeschlichen hatten.

Die Geduld des Dieners endete. Er packte Amin, der ihm am nächsten war, und zog ihn grob aus dem Raum. Dem Ägypter entfuhr ein Schrei, und als Art unwillkürlich eine Hand hob und die Finger schon zum Schnipsen aneinanderlegte, fiel ihm Wu in den Arm.

»Keine Magie«, wiederholte sie. Ihre Bemerkung ließ einige Männer in der Nähe lachen. »Höchstens im Notfall.«

»Geben Sie den Kindern etwas zu essen und begleiten Sie die drei dann hinaus«, sagte Franklin.

Wu hob abwehrend ihre Hand, als der Diener auch sie greifen wollte. »Danke«, sagte sie ernst. »Ich finde den Weg alleine.«

Art blieb stehen und sah sich noch einmal um. Meister Cornelius war hier. In diesem Raum. Groß. Hager. Weiße Haare. Weißer Bart. Welcher der Männer war er?

»Er schläft sicher«, sagte Wu. Sie schien ihm die Gedanken von der Stirn gelesen zu haben.

Ein schlafender Mann. Art überhörte das ärgerliche Gemurmel über die störenden Kinder, die nicht gehen wollten. Er fühlte die Hand des Dieners, der nach ihm griff. In diesem Moment erhaschte er einen kurzen Blick auf die letzte Reihe der Männer. Sah in die überwiegend von Missbilligung gezeichneten Gesichter. Nur ein Mann blickte nicht zu ihm hin. Ein Mann, der die Augen geschlossen hielt. »Wu?«, fragte Art.

»Ja?«

»Notfall.«

Dem Diener riss endgültig der Geduldsfaden »Es reicht«, zischte er und zog grob an Art. Dieser suchte nach der Magie in sich und schnippte mit den Fingern. Der Diener und alle bis auf Art und seine Freunde wurden von einer Schockwelle erfasst, die sie von den Beinen und den Stühlen riss. Alle, die nicht echt waren.

Nur einer blieb sitzen.

Der Schlafende.

Eilig lief Art auf ihn zu, vorbei an stöhnenden Männern, die wie betäubte Fliegen auf dem Boden lagen, und rüttelte an ihm. Der Mann entsprach ziemlich genau der Beschreibung von Wu, und Art spürte die Magie des Mannes, als hätte dieser gerade vor seinen Augen gezaubert.

»Bleibt besser liegen, Leute«, hörte er Amin von der Tür her rufen. »Er ist mein Schüler, und ich habe ihn zu einer Waffe gemacht. Er wird euch auf meinen Befehl hin allen einen Fluch an den Hals zaubern, von dem ihr euch nicht mehr erholen werdet.«

»Sie sind nicht echt«, sagte Wu. Sie lief auf Art und den Schlafenden zu. »Los. Bring uns hier raus, ehe der Wächter kommt. Amin. Beweg dich.« Sie half Art dabei, den Schlafenden hochzuziehen.

»Meister Cornelius?«, fragte Art, während er sich einen Arm des Mannes über die Schulter legte. Der Magier reagierte nicht. Nun, darum würden sie sich kümmern, wenn sie zurück waren. Art hielt drohend eine Hand erhoben, bereit einen weiteren Zauber zu wirken, falls jemand versuchte, sie aufzuhalten. Doch es war nicht nötig. Die Abbilder der Männer, die vor mehr als zwei Jahrhunderten die Unabhängigkeitserklärung unterzeichnet hatten, waren noch immer unfähig, ihnen Widerstand zu leisten.

»Amin, jetzt beeil dich«, drängte Art. »Ehe der Wächter kommt.«

Und im nächsten Moment erstarrte er, denn er spürte etwas. Wie schon in den anderen Bildern war da ein falscher Ton in einer Melodie. Und dazu eine boshafte Kälte. Er sah zur Tür. Nicht alle Männer lagen noch auf dem Boden. Benjamin Franklin hatte sich erhoben und stand mit einem Grinsen auf dem Gesicht vor dem Schreibtisch. Er hielt eine Hand ausgestreckt, als würde er etwas umfassen, das Art nicht sehen konnte. Und einige Schritte entfernt baumelte Amin im Griff unsichtbarer Finger, die Füße sicher einen halben Meter über dem Boden in der Luft.

»Zu spät«, keuchte der Ägypter. Er schien kaum genug Atem für die beiden Worte zu haben. »Geht. Schnell.«

Verflucht, sie waren zu langsam gewesen. Art schüttelte den Kopf. »Lass ihn!«, schrie er dem Wächter zu.

Franklin wandte sich um und blickte Art an. Über das grinsende Gesicht schien sich für einen Moment ein zweites, dunkleres zu legen, und ein anderer Ausdruck mischte sich hinein. War das Freude? Art konnte es nicht sagen. Im nächsten Moment sah er nur wieder Franklins Züge. Er stieß die Faust nach vorne, und eine Schockwelle fegte auf ihren Gegner zu. Sie riss ihn zwar nicht von den Beinen, doch immerhin zwang sie ihn, den Zauber zu unterbrechen, der Amin gefangen hielt.

Nach Luft schnappend wie ein Fisch, der an Land gezogen wurde, fiel der Ägypter zu Boden.

»Deine Freunde kommen hier mit dem Meister nicht heraus«, zischte Franklin. Wie schon bei Napoleon und dem Henker bewegte sich sein Mund nicht passend zu den Worten. Wu und Amin beachtete er gar nicht, als wären sie nur Komparsen in einem Stück. Langsam schritt Franklin auf sie zu. »Du bist nicht wie sie«, sagte ihr Feind, während sich die anderen Figuren in diesem Raum auf die Beine drückten. »Ich habe es gespürt. Bei der Guillotine. Bei den Pyramiden. Hier und jetzt. Ich kann dir helfen herauszufinden, wer du wirklich bist.«

Tu etwas, sagte sich Art. *Greif ihn an.* Ja, es wäre das Richtige. Doch er konnte nicht. Er wollte verstehen, was der Wächter meinte. Verstehen, weshalb der Wächter wusste, wie Art fühlte.

Neben ihm hob Wu die Hand mit dem Drachen, der sich wie auf einen stummen Befehl hin von ihrem Finger wand. Art hielt ihr seinen entgegen und spürte, wie sich der Drache darauf zog. Eine Macht, die größer als seine war, erfüllte ihn mit einem Mal.

Wu sah zu Franklin. Und hob eine Augenbraue. »Du kannst dir nicht mal selbst helfen«, sagte sie.

Mit einem Lächeln auf den Lippen nickte sie Art zu.

Und er schnippte mit den Fingern.

Rauch sammelte sich so plötzlich in dem Raum, als würde ein Feuer in ihm lodern. Doch er breitete sich nicht aus, sondern nahm die Form eines Drachen an. Wurde dichter. Lebendiger. Bis das Wesen aussah, als besäße es einen echten Leib. Er hatte etwa die Größe eines Pferdes und brüllte so laut, dass sich Art die Hände auf die Ohren pressen musste.

Franklin wich zischend wie eine Schlange zurück, als sich der Drache vor Art, Wu und Meister Cornelius aufbaute.

»Amin!«, rief Art drängend, während der Ägypter aufstand. »Komm schon.«

»Oh, ich denke, euer Begleiter möchte noch ein wenig bleiben. Was meint ihr, meine Freunde?«

Auf die Gesichter der übrigen Anwesenden legte sich ein boshaftes Grinsen. Ehe Amin reagieren konnte, sprang ihm der erste entgegen und riss ihn wieder von den Füßen. Der Diener auf der Türschwelle warf sich zu Boden und packte Amins Beine, sodass er sie nicht mehr bewegen konnte. Ein dritter Mann griff seine Arme.

»Geh nicht«, sagte der Wächter. »Du bist zu mehr gemacht.«

Was faselt er da? Es gab so viele Fragen, die Art auf die Zunge sprangen. *Woher kommt der Wächter? Warum hat er die Meister hier eingesperrt?*

Aber nur eine zählte für Art.

Wie können wir Amin retten?

»Geht ohne mich«, rief dieser, als hätte er Arts Gedanken hören können. »Und sagt Naim, dass ich ihn liebe.«

Der Drache öffnete drohend sein Maul, als einige der Männer versuchten, sich an ihm vorbeizudrücken.

»Wir haben nicht viel Zeit«, sagte Wu gepresst. »Wenn der Moment endet, den dieses Bild währt, kommen wir vielleicht nicht mehr an Meister Cornelius heran. Es wäre logisch, Amin hierzulassen.«

»Okay, Notfall«, keuchte Amin unter den mittlerweile fünf Männern hervor, die ihn zu Boden drückten.

Art sah von ihm zu Wu.

Sie erwiderte seinen Blick und … lächelte. »Aber die Logik ist nicht immer die beste Ratgeberin.«

Art nickte und vertraute ganz der Magie in sich. Der Zauber, den er wirkte, war wie ein Sturm. Ein Sturm, der den Wächter und die Abbilder der Gründerväter erfasste.

Amin drückte sich auf die Beine und kam schwerfällig auf sie zu. »Wäre also logisch gewesen, hm?«, brummte er missmutig.

»Du wolltest doch, dass wir gehen«, entgegnete Wu, während der Sturm schon wieder abnahm.

»Weil man das eben so sagt«, rief Amin aufgebracht. »Das ist dramatischer.«

»Lasst uns verschwinden«, drängte Art.

In dem Moment knurrte der Wächter wie ein Tier und sprang auf sie zu. Art gab dem Drachen einen stummen Befehl, doch als das Wesen auf Franklin zuschoss, riss dieser beide Arme in die Luft, und das magische Geschöpf wurde wieder zu dem Rauch, aus dem es entstanden war. »Meine Welt«, zischte er und stieß eine Faust nach vorne.

Art und seine Freunde wurden fortgestoßen. Wu und Amin blieben wie betäubt liegen. Nur Meister Cornelius stand weiterhin, als würde er von unsichtbaren Fäden gehalten.

»Hier ist meine Macht stärker.« Der Wächter legte seine Hand auf einen Arm des schlafenden Meisters, der daraufhin in sich zusammensackte, als hätte man die Fäden nun zerschnitten.

Art reagierte als einziger. Er warf sich nach vorne und packte den anderen Arm von Meister Cornelius. Aus den Augenwinkeln sah er die Gründerväter, die einen Kreis um ihn und seine Freunde zogen.

»Du kannst ihn nicht haben«, rief Franklin, das Gesicht vor Wut verzerrt. »Aber deine Freunde können gehen. Ja, ich gewähre ihnen die Rückkehr in die Welt der Lebenden. Unter einer Bedingung. Du bleibst und wirst mein Schüler. Ich werde dir die Magie auf eine Weise zeigen, die den Magiern an deiner Seite verschlossen ist. Dir zeigen, wer du bist. Denn auch ich bin ein Meister. Der Meister der siebten Familie. *Unserer* Familie.«

Alles ergab plötzlich einen Sinn. Obwohl er es bereits befürchtet hatte, schienen sich die Teile erst durch die Worte des Wächters zu einem Ganzen zusammenzufügen. Arts Talent, die Bilder zu betreten. In ihnen zu zaubern, besser als in der echten Welt. Er gehörte in die siebte Familie. Der Mann dort vor ihm war einer seiner Vorfahren. Und zu Arts Überraschung wollte ein Teil von ihm das Angebot annehmen. Wollte wissen, wer er eigentlich war. Doch der Moment währte nicht lange. Was hatte der Wächter gerade gesagt? *Meine Welt. Hier ist meine Macht stärker.* Eine verrückte und verzweifelte Idee nahm in seinem Kopf Gestalt an. »Unsere Welt«, sagte er. Eine ungewohnt tiefe Selbstsicherheit erfüllte ihn. »Hier ist unsere Macht stärker.«

Die Beschwörung des Drachen hatte Art geschwächt, doch er fühlte noch genug Macht tief in sich. Er verband sie mit seiner Hoffnung, dass es ihm gelingen würde, seine Freunde zu retten. Den Meister zu retten. Sie alle nach Hause zu bringen. Er griff nach ihr.

Auch der Wächter zauberte. Seine Magie war wie eine Fessel, die nach Art langte.

Für einen Augenblick fühlte es sich für Art an, als würde die Magie immer heißer in ihm brennen. Es war zu viel. Zu viel Macht, die er durch sich fließen ließ. Er sollte aufhören. Doch er tat es nicht. Wenn es sein musste, würde er bis zum Äußersten gehen. Er …

Die Zauber explodierten in einer außer Kontrolle geratenen Druckwelle, und ein Krach erfüllte den Raum, als wäre eine Bombe in ihm gezündet worden.

Art sah, wie die Wände des Raums zerbarsten. Etwas durchbrach die Decke. Die Abbilder der Gründerväter zerfaserten und schienen wie zuvor der Drache in Nebel zu vergehen. Zurück blieben nur Art, der Wächter und drei Magier, von denen sich keiner mehr rührte.

Eine Welt außerhalb des Raums schien es nicht zu geben. Der Boden war noch da, doch um sie herum existierte nichts. Art ertrug es kaum, sich umzusehen. Seine Augen konnten die Leere nicht fassen. Er fühlte sich so klein und verloren wie noch nie in seinem Leben.

Doch er lebte.

Ebenso wie seine Freunde.

Sein Gegner lag vor ihm und blickte sich so verwirrt um, als könne er nicht begreifen, was geschehen war.

Mit einer Hand langte Art nach Wu. Mit der anderen legte er Amins Hand in die von Meister Cornelius.

Dann umfassten seine Finger den Arm des Ägypters, und Art schloss die Augen. Er fühlte eine tiefe Erschöpfung in sich. Seine Magie hatte heiß in ihm gebrannt und war nun erloschen wie ein heruntergebranntes Feuer, von dem nur Asche übrigblieb. Mit einem Mal war er unglaublich müde. Aber er durfte nicht schlafen. Er musste noch einmal seine Magie rufen. Es fiel ihm so schwer. Unwillig kam sie, während der Wächter Art voller … Angst anblickte.

»Ich bin ein Meister und du kannst mein Schüler sein. Ich kann dir helfen. Du darfst nicht gehen«, rief er. Doch die Worte klangen nur noch schwach in Arts Ohren. Wände erschienen. Ein Puppenhaus. Er hörte einen Alarm.

Und spürte einen schrecklichen Schmerz. Vor ihm verblasste die Gestalt von Franklin, der eine Hand auf ihn gerichtet hielt. Art wurde vor Schmerzen fast besinnungslos.

Dann endlich verschwand der Wächter.

Und Art fiel in eine endlose Dunkelheit.

Als er wieder erwachte, fühlte er sich so schwach, dass er sich kaum regen konnte. Er öffnete mit Mühe die Augen. Sie waren zurück. Für einen Moment wurde alles um Art herum wieder schwarz. Die Aussicht, in eine bodenlose Ohnmacht zu fallen, hatte durchaus ihren Reiz. Er war so erschöpft, dass ihm jeder Gedanke schwerfiel. Und doch gab er sich der Verlockung nicht hin. Mit aller Kraft hielt er sich wach. Zwang die Augen, offen zu bleiben. Auch wenn es wehtat.

Und verstand nicht, was sie ihm zeigten.

Sie waren nicht alleine.

Art erwartete die Wachleute zu sehen, deren Stimmen er gehört hatte, als seine Freunde und er das Bild betreten hatten. Doch stattdessen erkannte er einen Mann in Grau. Woher kam der verfluchte Inquisitor? Der Ausdruck eines tiefen und unverständlichen Hasses lag auf dessen Gesicht.

»Wieso sind da Kinder?«, hörte Art jemanden fragen.

Er folgte dem Blick des Inquisitors und machte zwei weitere Mitglieder dieses finsteren Ordens aus. Auf dem Boden lagen drei Männer in Uniform. Reglos. Vermutlich waren Wachen und Inquisitoren etwa zur selben Zeit vor dem zerstörten Glaskasten erschienen. Eine Begegnung, die den Wachen offenbar den Tod gebracht hatte. Der Magie nach, die hier spürbar war, hatten die Inquisitoren einen gestohlenen Portal-Zauber genutzt. Wie nur hatten die Grauen sie aufgespürt?

»Eure Augen täuschen euch«, sagte einer der Inquisitoren. »Tötet die beiden dort. Den Jungen hier aber nicht. Ihn und den Alten sollen wir mitnehmen.«

Kraftlos wie ein Kranker, der zu lange im Bett gelegen hatte, drehte sich Art um und suchte nach seinen Freunden. Genau wie er sahen Wu und Amin noch immer aus wie Zehnjährige. Sie und Meister Cornelius hatten es mit ihm zusammen aus dem Bild herausgeschafft. Immerhin. Doch was zählte die Rettung, wenn sie nun alles verloren? Mühsam hob Art die Hand, in der Hoffnung, die Magie in ihm würde ihm ein weiteres Mal helfen. Doch er spürte, dass er sich zu viel zugemutet hatte. Dass er zu schwach war, um sie noch einmal zu rufen.

Der Inquisitor packte ihn und drehte ihm den Arm so brutal um, dass Art schrie. »Schieß sie nieder.«

Aus dem Augenwinkel sah Art einen der beiden anderen eine Waffe ziehen.

Wu regte sich im Schlaf. Der Graue, der die Pistole entsicherte, wandte daraufhin zuerst ihr den Kopf zu und zielte.

Für einen Moment schien die Zeit stehen zu bleiben. Art hatte das Gefühl, in einem Albtraum gefangen zu sein, unfähig, ihn zu beenden. Amin und Meister Cornelius waren ebenso bewusstlos wie die Chinesin.

Nur Art war da. Er hätte sich ohne nachzudenken in den Schuss geworfen. Aber er war nicht stark genug, sich zu rühren. Aus tiefster Verzweiflung griff er in Gedanken doch nach der Magie in sich, selbst wenn das bedeutete, dass er sich damit endgültig überanstrengte. Ein letztes Mal brauchte er sie. Nicht für sich, sondern für sie. Art versuchte, sich der Magie hinzugeben, doch er schaffte es nicht, sie freizulassen.

Der Inquisitor lächelte, als wollte er den Moment der Hinrichtung genießen.

Neben Art begann das Foto, das die Unterzeichnung der Unabhängigkeitserklärung zeigte, sich von den Rändern her aufzulösen.

Das Foto.

Der Zauber wurzelte tief in Art. Diese Magie musste er nicht rufen. Sie steckte in ihm. War immer an seiner Seite. Und schien wie von selbst zu wirken. Ohne nachzudenken, deutete Art mit einem Finger auf den Inquisitor. Der Mann blickte irritiert zu Art, der mit einer Hand das Foto berührte.

Und dann löste sich der Inquisitor auf.

Der Schuss war deutlich zu hören, doch ebenso wie der Mann hatte die Waffe bereits begonnen, zu verblassen, und die Kugel zerfiel zu schwarzem Staub, bevor sie ihr Ziel erreichte. Und einen Moment später erschien der Graue auf dem Foto, das langsam zerfiel.

Die Gesichter der beiden anderen Inquisitoren verschwammen vor Arts Augen. Er wusste, dass er nun endgültig am Ende war. Jeder Atemzug kostete ihn lächerlich viel Kraft. Die beiden bewegten sich. Vielleicht zog gerade ein anderer seine Waffe, um zu beenden, was Art verhindert hatte.

Jemand legte ihm zitternd eine Hand auf die Brust. Es war Meister Cornelius. Der Magier hatte ein Auge geöffnet und ... hatte er Art gerade zugezwinkert?

Im nächsten Moment fühlte sich Art so wach, als hätte er einen Tag lang geschlafen.

Ohne nachzudenken hob er eine Hand und ließ die Magie in sich frei. Das Foto war fort. Er konnte niemanden mehr hineinschicken. Aber er fühlte, dass er jeden Zauber rufen konnte, der ihm in den Sinn kam. Es schien keine Grenzen zu geben. Eine ungeahnte Kraft stieg in ihm auf. Art gab sich ganz dieser Magie hin.

Ein Inquisitor hielt in der Tat eine Waffe in der Hand. Er versuchte noch, sie auf Art zu richten und ... erstarrte mitten in der Bewegung. Er schien zu Stein zu werden. Im nächsten Moment brach er auseinander, als hätte ihn jemand mit einem Hammer zertrümmert.

»Ihr werdet dennoch sterben«, rief der letzte der Grauen. Seine Stimme klang trotzig und verzweifelt. Er unternahm nicht mal den Versuch, zu fliehen oder anzugreifen. Starr stand er vor Art und trug seinen Hass offen auf dem Gesicht.

Art zögerte. Er hatte keine Skrupel, seine Freunde und sich zu verteidigen. Doch der Inquisitor war unbewaffnet. Es erschien Art wie ein Mord, wenn er ihn nun tötete. Der Graue hätte nicht gezögert. Aber Art war anders. »Eines Tages vielleicht«, gab er zurück.

Und schnippte mit den Fingern.

Ein vergiftetes Angebot

Es war Art nicht schwergefallen, den letzten Inquisitor zu überwältigen, nachdem er ihn zu einem Kind hatte werden lassen. Die Berührung durch Meister Cornelius hatte ihm eine Macht geschenkt, die ihm selbst unheimlich war. Ein Gedanke hatte gereicht, um aus dem Mann mit dem vor Hass verzerrten Gesicht einen Jungen werden zu lassen, der kaum älter als fünf Jahre war. Die Hände hatte Art ihm mit dessen grauer Krawatte gefesselt. Seine Freunde waren immer noch bewusstlos. Doch Meister Cornelius hatte nun beide Augen geöffnet und sah sich staunend um. »Wer bist du?«, fragte er müde.

»Ich heiße Art. Ich habe für Monsieur Rufus gearbeitet. Sie kennen ihn wohl eher als Alasdair. Er …« Art brach ab, als ihm bewusst wurde, dass Monsieur Rufus der Sohn des Meisters war, den er gerade befreit hatte. Vielleicht sollte er ihm nicht direkt erzählen, dass sein Sohn tot war. »Und …«, er atmete durch, als müsste er für die nächsten Worte Luft holen, »ich bin ein Magier.«

Meister Cornelius lächelte. »Ohne Zweifel. Sonst hättest du den Grauen mit meiner Macht nicht verzaubern können. Er sah fremd aus, doch der Hass ist mir wohlbekannt.« Er gähnte herzhaft. »Ein Zauber hat mich schlafen lassen. Eine sehr lange Zeit, wie ich denke. Es tut mir leid, dass ich beinahe nicht rechtzeitig wach geworden bin.«

»Kein Grund, sich zu entschuldigen. Meister Sahir schläft noch immer«, erwiderte Art erschöpft. Allmählich verließ ihn die

Macht des Meisters und die Müdigkeit kam nun umso stärker zurück.

Interessiert blickte Meister Cornelius auf den Gefangenen, der auch als Junge seine Abscheu vor Magiern offen auf dem Gesicht trug, und musterte ihn einen Moment wie eine absonderliche Laborratte. Dann wandte er sich wieder Art zu. »Deine Farbe ist ungewöhnlich.« Er runzelte die Stirn. »Damit meine ich die Farbe deiner Magie. Einzigartig. Du bist anders. Ich würde gerne erfahren, was eigentlich geschehen ist.«

Seine Farbe unterschied ihn? Das war nichts Neues für Art. Er zuckte mit den Schultern. »Das ist eine lange Geschichte«, erwiderte er. »Und ich denke, dass dies hier der falsche Ort für sie ist.«

»Du sagtest, Sahir schläft noch? Dann ist auch er befreit worden. Der Wächter meines Gefängnisses hat mich zuweilen geweckt und mit mir geredet. Ich weiß, dass wir gefangen wurden. Sind noch mehr gerettet? Ich habe viel verpasst, wie mir scheint«, bemerkte Meister Cornelius und drückte sich langsam auf die Beine. Dann richtete er sich zu seiner vollen Größe auf. Und sank sofort wieder zu Boden. Er blinzelte, als wäre er todmüde. »Aber ich teile deine Einschätzung, junger Magus, dass dies nicht der richtige Ort und die richtige Zeit für Erklärungen sind. Ich bin natürlich vertraut mit diesen Räumen, auch wenn ich mich über dieses Ding hier wundere. Ist es zum Spielen gedacht?« Er wies auf das Puppenhaus.

»Wenn Sie sich darüber wundern, dann warten Sie erst mal ab, was Sie draußen zu sehen bekommen«, sagte Art. »Sie kennen vielleicht den Ort, aber nicht die Zeit. Was sollen wir jetzt machen?«

Meister Cornelius antwortete nicht. Er schien eingeschlafen zu sein. *Himmel*, dachte Art. *Auch dafür ist das hier nicht der richtige Ort. Wir müssen weg. In eine der Enklaven.* Arts Blick fiel auf Amin. *Und es gibt nur einen, der uns dorthin bringen kann, Art.*

Die Macht von Meister Cornelius schwand endgültig aus seinem Inneren, als er mit ihr den Geist des schlafenden Amin berührte. Art fühlte sich leer, als sein Freund erwachte. Er konnte ihm die zahllosen Fragen vom müden Gesicht ablesen, doch er schüttelte den Kopf. »Bring uns zurück nach Paris«, sagte er und achtete dabei darauf, dass der vermeintlich Fünfjährige es nicht mitbekam.

»Und er?« Amin deutete auf den Inquisitor im Körper eines kleinen Kindes.

»Wir müssen doch ohnehin einen Umweg machen. Wir können ihn unterwegs irgendwo absetzen.« Art lächelte. Er wusste schon genau, wohin sie ihn bringen würden.

Wie gut es sich anfühlte, wieder er selbst zu sein. Amin hatte Art, Wu und sich zurück in ihre eigentliche Größe verwandelt, nachdem sie Meister Cornelius und die schlafende Chinesin nach ihrer Ankunft in La Première in die krallenbewehrten Hände von Dr. Drolerius gegeben hatten. Der Ring hatte sich von Arts Finger gelöst, als er ihre Hand genommen hatte, und der Drache saß nun wieder auf ihrem. Art und Amin waren ebenfalls zunächst bei der Gargoyle untergebracht worden, doch sie waren bald in den Garten von Madame Poêle gezogen.

Im ersten Moment hatte keiner der Magier begriffen, wer da in die Enklave gekommen war. Drei Kinder und ein alter Mann. Es herrschte ohnehin Ausnahmezustand seit der Ankunft der Flüchtlinge aus Kairo. Erst die herbeigerufenen Gilles und Genevieve hatten schließlich erkannt, wen sie da vor sich hatten.

Die Enklave entpuppte sich als nicht so endlos, wie Art gedacht hatte. Sie platzte aus allen Nähten. Der Garten von Madame Poêle stand nun voller Zelte, in denen die Magier aus Kairo notdürftig untergebracht waren. Amin hatte seinen Bungalow einer Familie zur Verfügung gestellt und teilte sich mit Naim eines der Zelte.

Mitten in all dem Chaos saß nun Genevieve mit ihnen an einem langen Tisch und ließ sich berichten, was geschehen war. Sie überließen es dem Radio, das sie auf den Tisch gestellt hatten, einen Bericht der Geschehnisse abzugeben, die sich in der echten Welt ereignet hatten. Wenn es aber um die Abenteuer in den Fotografien ging, erzählten sie selbst, obwohl viele Nachrichten längst mit den Flüchtlingen aus der Wüste nach Paris gekommen waren. Die bitteren ebenso wie die guten.

Als Art schließlich mit seinem Bericht endete, nahm er eines der Körner, die ihre Gastgeberin ihnen auf die Teller gelegt hatte, und kaute es vorsichtig. »Wir hätten es nicht aus dem Schloss geschafft, wenn Meister Cornelius mir nicht geholfen hätte. Ich frage mich, weshalb er früher als Meister Sahir erwacht ist.«

»Vielleicht hat er die Anwesenheit der Inquisitoren gespürt. Die Gefahr. Wer weiß.« Genevieve lächelte müde. »Aber auch Meister Sahir ist auf dem Weg zurück in diese Welt. Wir müssen geduldig sein. Für ihn und Meister Cornelius sind zwei volle Jahrhunderte verloren gegangen. Sie brauchen Zeit, um sich an alles zu gewöhnen. Wir sind glücklich, dass sie zurück sind. Ihre Macht und ihre Weisheit werden helfen, uns gegen die Inquisitoren zur Wehr zu setzen.« Genevieve klang mit jedem Wort entschlossener. »Ich muss mich für einige der Alunni bei dir entschuldigen, Artur. Sie haben dir misstraut, und manche – oder sollte ich besser sagen, einer – tut es noch immer. Doch du bist ein Magier. Wie wir. Der Zirkel hat mir die Befugnis erteilt, dich in den Rang eines Paladins zu erheben. Die Paladine beschützen die Enklaven. Diesen Titel zu tragen ist eine große Ehre. Es braucht normalerweise viele Jahre der Ausbildung, bis man diesen Rang erhält. Doch deine Taten haben uns dazu bewogen, an dieser Stelle eine Ausnahme zu machen. Es wird noch eine offizielle Zeremonie geben, in der wir unsere Entscheidung verkünden werden. Wir wollen warten, bis Meister Cornelius und vielleicht sogar Meister Sahir an ihr teilnehmen können.«

»Natürlich musst du noch viel lernen, bis du ganz alleine und ohne meine Hilfe zaubern kannst«, bemerkte Amin. »Aber du hast den besten Lehrer. Ich habe beim Zirkel ein gutes Wort für dich eingelegt.«

Art war sprachlos. Und diesmal nicht wegen Amins schamloser Verdrehung der Tatsachen. Ein Paladin. Erst jetzt, da er diesen Titel erhalten hatte, begriff er, wie sehr er sich gewünscht hatte, zu all dem hier zu gehören. Ganz offiziell. Er ertrug dadurch sogar Amins Prahlerei. Und dessen neueste modische Geschmacklosigkeit. Der Anzug, den sein Freund nun trug, wäre beinahe nicht aufgefallen, so schlicht wie er geschnitten war. Der Ägypter hatte ihn indes scheinbar mit einem Zauber versehen, der ihn in regelmäßigen Abständen wie eine LED-Birne die Farbe wechseln ließ, sodass Art schon nach einer Minute des Hinsehens Kopfschmerzen bekommen hatte.

Trotz allem würde Amin ein guter Lehrer sein. Aber noch jemand hatte Art angeboten, ihn zu unterweisen. Unwillkürlich musste Art an das denken, was der Wächter zu ihm gesagt hatte. Sie beide gehörten in die legendäre siebte Familie. Seit er davon überzeugt war, schien er auf eine seltsame Weise mehr er selbst zu sein als jemals zuvor. Die Vorstellung, ausgerechnet in diesen Zweig der magischen Welt zu gehören, machte ihm aber auch Angst. Er hatte von allem berichtet, was geschehen war. Nur das Ende des Gesprächs mit dem Wächter hatte er ausgespart. Er war noch nicht so weit, das Wissen um seine eigene Herkunft mit den anderen zu teilen. »Wer ist er?«, fragte er halb an sich selbst gewandt.

Amin und Genevieve wechselten einen Blick miteinander. Sie wussten offenbar, wen er meinte. »Wir können es nicht sagen«, sagte Genevieve schließlich. »Es steht außer Frage, dass er ein

Magier ist. Und ich bin auch davon überzeugt, dass er die Wahrheit gesagt hat, als er sich den Meister der siebten Familie nannte. Es gibt für mich keine andere Erklärung für seine Fähigkeiten. Doch wieso hat er die Bilder bislang nicht verlassen? Es scheint mir, als wäre er dort ebenso gefangen wie unsere Meister. Und was ist mit Joseph? Es besteht kein Zweifel, dass er der Verräter ist, von dem Meister Houdin sprach. Sein eigener Sohn. Wieso paktiert er mit den Inquisitoren? Wir hoffen, dass die befreiten Meister diese Geheimnisse lüften werden, wenn sie wieder ganz geheilt sind. Wie ich schon sagte, wir müssen geduldig sein. Und hoffen, dass die Inquisitoren La Première nicht so schnell finden.« Das Lächeln, das Genevieve aufsetzte, sah allzu gekünstelt aus, um überzeugend zu sein. »Doch eines ist sicher«, fuhr die Magierin fort, »wenn sie eines Tages vor unserer Tür stehen, werden wir um diese Enklave kämpfen. Erst recht, da sie nun das Heim zweier Familien ist. Und auch deine, Artur. Das soll ich dir von Gilles ausrichten.«

Für einen Moment wusste Art nicht, was er darauf erwidern sollte. »Meine Freunde nennen mich Art«, sagte er nach der kurzen Pause. Nie zuvor hatte er sich besser aufgehoben gefühlt als hier. An einem der unmöglichsten Orte der Welt. Wie sollte er das nur seiner echten Familie erklären, wenn er sie das nächste Mal traf?

»Du bist nun eine Berühmtheit, Art«, sagte Genevieve. »Seit du auf der Bildfläche erschienen bist, haben sich viele Dinge ereignet. Manche sind wunderbar. Andere schrecklich. Durch die Enklave kursieren mehrere Gerüchte und Halbwahrheiten über das, was geschehen ist. Und in ihnen allen spielst du eine Rolle. Nun muss ich mich verabschieden. Es gibt viel zu tun in diesen Tagen.« Sie erhob sich von dem Stuhl, auf dem sie gesessen hatte. Doch gerade als sie gehen wollte, hielt sie inne. »Was ist eigentlich mit dem Inquisitor geschehen, den du in ein Kind verwandelt hast?«, fragte sie.

»Ich bitte um Verzeihung«, sagte das Radio, das auf dem Tisch stand, »aber ich habe ...«

»Nicht jetzt«, schnitt Amin dem magischen Ding das Wort ab. »Dies hier ist ein Gespräch unter Magiern.«

Das Radio rauschte, und Art fand, dass es dabei ziemlich beleidigt klang.

»Wir haben natürlich eine falsche Fährte gelegt, um die Grauen nicht herzulocken«, fuhr Amin ungerührt fort und schob sich eines der Körner von Madame Poêle auf die Zunge. »Ich war ziemlich geschafft. Also rein magisch betrachtet. Und wir waren Kinder, die einen alten Mann stützen mussten. Von Schloss Windsor ging es daher per Portal einmal zum Nordpol. In der Kälte verwischen magische Spuren einfach wunderbar. Die Grauen werden nie herausfinden, dass ich von dort ein Tor nach Paris geöffnet habe. Kann sein, dass wir den Kleinen bei der Gelegenheit da ... vergessen haben.« Amin kicherte. »Vielleicht baut er gerade einen Schneemann. Na ja, sicher wundern sich die Leute von der Forschungsstation, warum schon wieder jemand vor ihrer Tür gestrandet ist. Aber das ist nicht unser Problem. Ich ...« Amin blickte sich irritiert um, als er einige Leute auf sie zulaufen sah. »Was haben die denn bloß?«

»Mir scheint«, ertönte es aus dem Radio, »dass sie wegen der Botschaft besorgt sind.«

»Botschaft?« Amin blinzelte verwirrt. »Welche Botschaft?«

»Na die, die ich empfangen habe. Von der ich eben berichten wollte.«

Der Ägypter blickte das Radio verärgert an. »Warum hast du sie nicht übertragen, du nutzloses Ding?«

In das Rauschen des Radios mischten sich die aufgeregten Stimmen der Magier, die auf sie zugelaufen kamen. »Genevieve! Amin!«, riefen sie. »Ihr müsst euch das anhören. Es ist schrecklich!«

Genevieve hob eine Hand, und die Männer, die atemlos vor ihnen anhielten, verstummten.

»Was ist schrecklich?« Madame Poêle kam mit einer Etagere voller Körner auf den Tisch zu. »Ich hoffe, ihr meint nicht meine Spezialitäten.« Sie lachte, doch als keiner darin einfiel, sah sie fragend zu den Männern.

Einer von ihnen erhob das Wort. »Es läuft überall. Auf jedem Ding, das imstande ist, auch nur den leisesten Ton von sich zu geben. Es ...« Er brach ab und deutete auf das Radio. »Wieso spielt es die Botschaft nicht ab?«

»Bitte«, sagte Art an das Radio gewandt. *Wie seltsam*, dachte er bei sich. *Jetzt ist es schon vollkommen normal für mich, mit einem Radio zu sprechen.* »Spiele die Botschaft ab.«

Aus dem Lautsprecher erhob sich das Bild einer Gestalt. Sie war durchsichtig wie ein Hologramm und etwa so groß wie Arts Unterarm.

»Wieso kannst du so etwas?«, murmelte Amin. »Das, das«, er kniff die Augen zusammen, »das ist Joseph.«

»Nicéphore«, wisperte Art. Er war es. Der Anführer der Inquisitoren. Der Mann, dem Art unwissentlich den nötigen Hinweis auf eines der Meisterbilder gegeben hat. Der Hinweis, der all den Schrecken und das Leid ausgelöst hatte.

»Diese Nachricht richte ich an die befreiten Meister der Magie. An den Zirkel der Alunni. An die Paladine der Enklaven. An alle Mitglieder der magischen Gemeinschaft. Wir haben Meister Houdin getötet.«

»Das ist eine Lüge«, entfuhr es Art. Aus dem Augenwinkel sah er Amin die Hand heben und biss sich auf die Lippen.

»Wir haben eure Zuflucht in Kairo gefunden und vernichtet. Und wir werden auch eure übrigen Verstecke in Schutt und Asche legen. Es sei denn, ihr ergebt euch. Ich kann euch euer Leben schenken. Das eurer Kinder. Ein neues Zeitalter steht bevor. Wenn ihr es erleben wollt, müsst ihr euch meiner Führung unterwerfen. Hört mein Angebot an euch. Als Zeichen eures Gehorsams sollt ihr mir denjenigen unter euch bringen, dessen Farbe sich von allen unterscheidet. Durch den Mann, mit dem es begonnen hat, kann es auch enden.«

Alle Augen richteten sich auf Art.

»Soll ich die Botschaft noch einmal wiederholen?«, fragte das Radio, doch niemand antwortete ihm.

»Mach dir keine Sorgen, Art«, sagte Amin lauter als nötig. Er versuchte, aufmunternd zu klingen. Er konnte indes nicht verbergen, wie sehr ihn die Worte Nicéphores aufgewühlt hatten. »Niemand wird dich ihm ausliefern.« Er blickte sich um, als wollte er klarstellen, dass ihn auch alle gehört hatten. Genevieve hatte ihren Blick fest auf Art gerichtet und schien damit Amins Worte unterstreichen zu wollen.

»Wieso kann er überhaupt so mit uns sprechen?«, fragte Art mit rauer Stimme. Das Gefühl, Teil dieser ganzen magischen Gemeinschaft zu sein, verblasste wieder, und er kam sich trotz Amins und Genevieves Zuspruch ungewollt und außenstehend vor.

»Er muss einen der Zauberspiegel von Awal in die Hände bekommen haben«, murmelte Amin. »Und wer weiß, was die Inquisitoren noch erbeuten konnten.« Er wischte sich über die Augen, als wollte er die Bilder loswerden, die er gesehen hatte. »Er war ein Magier? Sicher? Ich kann mich gar nicht erinnern, ihn früher einmal richtig zaubern gesehen zu haben. Wie kann er nun ein Inquisitor sein? Und wie kann er es wagen, uns dieses vergiftete Angebot zu machen? Er betrügt doch seine eigenen Leute. Erst uns. Und jetzt sie. Ich weiß nicht, was ich denken soll.« Er sah auf das Radio, als erwartete er, dass Nicéphore gleich dort herauskommen würde. »Aber eines weiß ich.« Amin sprang von seinem Stuhl auf und richtete die nächsten Worte an alle Umstehenden. »Wir werden uns nicht ergeben. Wir werden kämpfen. Bis zum Ende, wenn es sein muss. Nicéphore oder wie immer er sich jetzt nennt, will ein neues Zeitalter? Kann er haben. Und zwar eines, in dem er keinen Platz mehr hat. Wir haben uns seit Jahrhunderten versteckt. Aber vielleicht ist es an der Zeit, dies zu ändern. Wir sind nicht mehr schwach. Wenn uns der Verlust meiner Heimat eines gelehrt hat, dann, dass wir dies hier nur gemeinsam schaffen können. Zu lange haben wir uns von den Inquisitoren jagen lassen. Das wird jetzt enden. Wir sind nicht mehr wehrlos. Denn wir haben einen Vorteil, den wir vorher nicht besessen haben.«

»Und welchen?«, fragte Madame Poêle.

Art erhob sich und sah von ihr zu seinen Freunden. »Ihr habt mich.«

Verändere nichts.
Bleibe nie länger als eine Stunde.
Nie in der Öffentlichkeit.

Akram El-Bahay
MINISTRY OF SOULS
– DAS SCHATTENTOR
Roman

352 Seiten
ISBN 978-3-404-20965-1

London, 1850: Unbemerkt von der Öffentlichkeit sorgt das Ministerium für endgültige Angelegenheiten dafür, die Seelen Verstorbener auf die andere Seite zu befördern. Der angehende Soulman Jack will sich endlich im Außeneinsatz beweisen. Sein erster Auftrag führt ihn ausgerechnet auf das Gelände des Buckingham Palace. Dort wurde eine arabische Gesandtschaft ermordet. Jack soll den Tatort von ihren Geistern befreien — und entdeckt, dass Naima, die Tochter des Emirs, noch lebt. Als er ihr helfen will, wird er von einem schattenartigen Biest angegriffen. Um Naima zu schützen, befördert Jack sie in die Zwischenwelt! Und bricht damit eine der wichtigsten Regeln der Soulmen.

Lübbe

Die Regeln des Ministeriums sollen die Welt schützen. Doch um sie zu retten, muss Jack jede einzelne von ihnen brechen

Akram El-Bahay
MINISTRY OF SOULS –
DIE SCHATTENARMEE
Roman

352 Seiten
ISBN 978-3-404-18199-5

London, 1850: Unbemerkt von der Öffentlichkeit kümmert sich das Ministerium für endgültige Angelegenheiten weiterhin darum, die Seelen Verstorbener in die Zwischenwelt zu befördern. Der Soulman Jack und die arabische Prinzessin Naima sind einem mysteriösen Rachegeist auf der Spur. Das Wesen hat Jack mit einem Fluch belegt, der dafür sorgt, dass er immer mehr an Kraft verliert und so durchscheinend wird wie Glas. Ihnen bleibt wenig Zeit, wenn sie den Fluch brechen und noch dazu die finsteren Pläne des Rachegeists durchkreuzen wollen. Dafür müssen sie nicht nur in den Orient reisen, sondern sich sogar in die Zwischenwelt wagen – wo sie wahrhaft Schauerliches erwartet ...

Lübbe

Die Community für alle, die Bücher lieben

Das Gefühl, wenn man ein Buch in einer einzigen Nacht verschlingt – teile es mit der Community

In der Lesejury kannst du
- ★ Bücher lesen und rezensieren, die noch nicht erschienen sind
- ★ Gemeinsam mit anderen buchbegeisterten Menschen in Leserunden diskutieren
- ★ Autoren persönlich kennenlernen
- ★ An exklusiven Gewinnspielen und Aktionen teilnehmen
- ★ Bonuspunkte sammeln und diese gegen tolle Prämien eintauschen

Jetzt kostenlos registrieren: www.lesejury.de

Folge uns auf Instagram & Facebook:
www.instagram.com/lesejury
www.facebook.com/lesejury